Philipp Winkler
CREEP

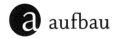

Philipp Winkler

CREEP

Roman

ISBN 978-3-351-03725-3

Aufbau ist eine Marke der
Aufbau Verlage GmbH & Co. KG

1. Auflage 2022
© Aufbau Verlage GmbH & Co. KG, Berlin 2022
© Philipp Winkler, 2022
Einbandgestaltung zero-media.net, München
Satz LVD GmbH, Berlin
Druck und Binden CPI books GmbH, Leck, Germany
Printed in Germany

www.aufbau-verlage.de

»Full agoraphobic, losing focus, cover blown
A book on getting better hand-delivered by a drone
Total disassociation, fully out your mind
Googling derealization, hating what you find«

Bo Burnham – That Funny Feeling

»Don't you dare go hollow«

Laurentius of the Great Swamp in Dark Souls

»Don't touch me
Whats up wit it
I stay noided, stimulation overload account for it
Desensitized by the mass amounts of shit«

Death Grips – I've Seen Footage

FANNI

Während die Naumanns den Esstisch für das Frühstück decken, schiebt Fanni die Tastatur bis auf den Standfuß ihres Primärmonitors, um Platz für die Rationsbeutel zu schaffen.

Im Videowiedergabefeld des Video Annotation Tools hilft Moira ihren Eltern beim Tischdecken, legt drei rechteckig abgerundete Platzsets aus Kork auf den Tisch. Ihr Okapi steht bereits am Kopfende.

Der Tisch ist aus Vollholz und war Georgs Gesellenstück. Das hatte er auf Nachfrage mal Freund_innen erzählt, die zu einem Brettspieleabend bei den Naumanns waren. Die Freund_innen fanden das beeindruckend. Fanni auch. Wenn auch bestimmt auf eine elementarere Weise.

Bis auf Rechner hat sie noch nie etwas Materielles gebaut. Und PC Building ist ohnehin etwas anderes, als einen Tisch selbst zu schreinern. Man setzt vorgefertigte interoperable Komponenten unter den Hauptgesichtspunkten von Performance und Effizienz zusammen, anstatt etwas von Grund auf aus einem Basismaterial zu formen.

Fanni holt die türkische 24 Hour Civilian Ration – Menüvariante 2 – aus ihrem Rucksack. Im Gegensatz zu den Soldat_innenrationen, die Fanni hauptsächlich nutzt, ist sie bunt, in satten Farben gehalten. Das Foto eines – so schätzt Fanni – Sees in der Türkei, die Berge im Hintergrund, ist allover auf die Tüte gedruckt.

Mit konzentriert herauslugender Zungenspitze trägt Moira drei ineinandergestapelte Müslischalen zum Tisch.

Fanni sortiert die in silbernen Beuteln versiegelten Breakfast-Bestandteile aus dem Rationspaket. Vier Scheiben Lavash-Brot, Käsebällchen, Adjikasoße und schwarze Oliven, nicht entkernt. Dazu ein Teebeutel Lipton Yellow Label und eine kleine Tube Honig.

Moiras Mutter Uta tritt in den Frame der Kamera. Sie verknotet ihr ewig langes dunkelbraunes Haar zu einem unordentlichen Dutt, bei dem Fanni immer an eine nicht näher definierte widerspenstige Steppenpflanze denkt. Uta schiebt ein paar Prospekte auf dem Tisch zusammen und legt sie irgendwo außerhalb des Kameraframes hin.

Als Fanni vorhin das Video Annotation Tool auf ihrem Arbeitscomputer geöffnet und sich sofort in den Account und die Indoor-Cam der Naumanns geloggt hatte, saß Georg schon mit seiner ersten Tasse Kaffee am Tisch und sah sich die Prospekte an. Soweit Fanni es erkennen konnte, handelte es sich um Prospekte verschiedener Fährunternehmen – Fanni konnte kleine, von Wasserblau dominierte Karten und die schwedische Flagge ausmachen.

Jeden Spätsommer besuchen die Naumanns Georgs Eltern, die für ihren Ruhestand nach Schweden ausgewandert sind. Zumindest haben sie es die vergangenen zwei Sommer so gemacht.

Fanni war vor etwas mehr als zwei Jahren auf die dreiköpfige Familie gestoßen, als sie nach Feierabend durch die Kund_innen-Datenbank zappte.

Fanni sah sie durch die bodentiefen Fenster hinter dem Esstisch. Uta und Georg topften auf der Terrasse Pflanzen um. Sie konnte nicht hören, worüber sie sich unterhielten. Moira lief barfuß herum und verteilte mit einem ernsthaften Gesichtsausdruck überall Blumenerde, so als gäbe es nichts Wichtigeres auf der Welt. Das war etwas anderes als die gewöhnliche Impulsivität von Kleinkindern – Kindern im Allgemeinen –, die Fanni aus den Kamerafeeds und dem Real Life vom Sehen kannte. Moiras Eltern störten sich nicht an dem Schmutz. Sie sahen glücklich aus. Lachten und machten den Eindruck zufriedenen Existierens, ohne den Aftertaste von Selbstverständlichkeit. Das fand Fanni irgendwie sympathisch. Und war zu ihrer eigenen Überraschung gehooked. Sie prägte sich den in der BELL-Datenbank eingetragenen Namen und die dazugehörige Adresse ein, so dass sie sie wiederfinden würde.

Sie wohnen sogar hier in der Stadt. Im Norden. Nicht irgendwo sonst in Deutschland, in irgendeiner random Stadt. Auch wenn Lokalpatriotismus in Fannis Augen eine Form von Low-Key-Nationalismus ist, findet sie das so was Ähnliches wie schön.

Sie legt den Flameless Ration Heater auf den Boden des Heating Bags, steckt den gezippten Trinkbeutel dazu und gießt 100 ml Wasser in den Heating Bag, um die Redoxreaktion des FRH auszulösen. Dann drückt sie die Adjikasoße auf die runden Lavash-Scheiben und isst eine der öligen Oliven, während sie Moira dabei zusieht, wie sie die Knie voran auf ihren Stuhl am Tischende klettert. Uta bringt zwei Tassen Kaffee und ein Glas Orangensaft mit Fruchtfleisch für Moira. Georg rückt ihren Stuhl näher an den Tisch und schüttet Müsli aus einem zylinderförmigen Glasbehälter in ihre Schale.

Fanni verteilt die Käsebällchen auf den Lavash-Scheiben, drückt sie in die Soße, damit sie nicht so leicht rausrutschen können, wenn sie das dünne Fladenbrot wie Tortillas zusammenrollt.

»Sag, wenn's reicht«, kommt Georgs Stimme aus den PC-Boxen, die an den Trennwänden von Fannis Büro-Cubicle hängen.

Immer mehr Müsli häuft sich in Moiras Schale auf. Sie grinst ihren Vater verschmitzt an und stützt sich mit durchgedrückten Armen auf der Tischplatte ab. Fanni kann kaum hinsehen.

Vor ein paar Wochen war Moira aus der gleichen Position abgerutscht und hatte sich im Sturz an der Tischkante gestoßen. Sie hatte sogar eine kleine Platzwunde an der Stirn. Ihre Eltern reinigten die Wunde und klebten ihr ein Pflaster auf. Bevor Moira überhaupt anfangen konnte zu weinen, lenkten Georg und Uta sie mit einem Taschenspiegel ab und zeigten ihr die rote Strähne, die das Blut im Pony ihres Topfschnitts hinterlassen hatte.

»Wow, wie schick«, sagte Uta, und Georg dachte laut drüber nach, ob er sich auch eine Strähne seines weißblonden Haars rot färben sollte. Moira schüttelte kichernd den Kopf, und darüber war Fanni froh.

»Was«, sagt Georg in gespieltem Erstaunen, »so viel Hunger hast du? Lässt du Mama und mir denn auch noch was über?«

Moira nickt eifrig und bejaht. Ihr Pony fliegt auf. Die native Full-HD-Auflösung der Indoor-Cam reicht nicht aus, um zu erkennen, ob sie eine kleine Narbe zurückbehalten hat, da, wo die Platzwunde war.

Fanni hofft, dass die Verkaufszahlen der aktuellen Version der Indoor-Cam bald rückläufig sein werden, weil das bedeuten würde, dass BELL die nächste auf den Markt wirft. Diese wird in der Lage sein, reinzuzoomen. Sobald die Verkäufe dieses Modells dann zurückgehen, wird die Version mit 4K-Auflösung und per App schwenkbarem Kamerakopf veröffentlicht. Die Prototypen der nächsten beiden Kameragenerationen sind bereits ausgetestet und bereit, in Serie zu gehen. Das weiß Fanni aus einem Dokument, das jemand unverschlüsselt und ziemlich sloppy im Intranet hat rumliegen lassen – sie musste Zeit totschlagen, als die Kundin, die sie gerade beim Yoga beobachtete, in einen nicht von Kameras erfassten Bereich ihres Hauses ging. Da sich sämtliche aktuellen Kameramodelle BELLs aber sowohl in den USA als auch in Europa, Indien und Teilen Ostasiens noch wie geschnitten Brot verkaufen, hat der Konzern keine Eile damit, die nächsten Generationen zu veröffentlichen.

Beim Frühstück reden Uta und Georg über eine Bewohnerin des Alten- und Pflegeheims, in dem Uta als Ergotherapeutin angestellt ist. Vorigen Monat war die Bewohnerin gestürzt, jedoch ohne sich etwas zu brechen oder zu prellen. Seitdem beharrt die Frau darauf, auch die kürzesten Wege mit dem Rollstuhl zurückzulegen. Uta sagt, dass sie sich Sorgen mache und dass solche Ängste oftmals zu sich selbst erfüllenden Prophezeiungen würden.

Fanni isst die zusammengerollten Brote. Die Käsebällchen darin knistern. Sie beobachtet Moira, die ihre Eltern wiederum mit besorgt hochgezogenen Augenbrauen beim Tischgespräch beobachtet. Sie schaufelt sich löffelweise Müsli, Joghurt und Blaubeeren in den Mund und kaut in der Wange, so dass das Auge auf der Seite ein wenig zusammengekniffen ist. Sie wirkt, als würde sie jeden Moment eine sehr kritische, wohlüberlegte Frage stellen, hört aber nur weiter still zu. Beobachtet. So wie Fanni.

Nach dem Frühstück räumen sie alle gemeinsam ab. Die drei Naumanns ihren Esstisch aus Vollholz. Fanni ihren weißen Schreibtisch im weißen Cubicle.

Sie kommt von der Damentoilette zurück, auf der sie die leeren Rationsbeutel entsorgt hat, und wechselt in die Videotürklingel der Naumanns. Moira schlüpft gerade in ihre

Sandalen. Georg schiebt das Lastenfahrrad in das fisch-
äugige Sichtfeld der Kamera. Uta verabschiedet sich von
den beiden, steigt in den Kleinwagen und setzt rückwärts
aus dem Frame. Dann fahren auch Moira und Georg los.
Meistens bringt er sie in den Kindergarten, der auf direk-
tem Weg zu seiner Tischlerei liegt.

Fanni schaut auf die Uhr. Es ist 7:43 Uhr. Ab 9 Uhr
werden ihre Kollegen aus dem Research & Development
allmählich in den Office Space tröpfeln.

Sie verlässt den Account der Naumanns und scrollt wahllos in der BELL-Datenbank herum. Dann öffnet sie den
Eintrag eines Kunden aus Regensburg und schlüpft in eine
seiner Indoor-Cams, um nachzusehen, ob jemand zu Hause
ist.

»Hi«, sagt Marcel, der im Cubicle neben Fanni sitzt.

»Hi«, sagt sie und versucht, so zu wirken, als wäre sie
auch gerade erst gekommen. Hätte eben erst ihren Rechner
hochgefahren.

Marcel ist Student. Er macht ein Urlaubssemester, um
Geld zu verdienen. Was er studiert, hat sie vergessen, oder
er hat es nicht gesagt, als er sich an seinem ersten Tag vorgestellt hat. Sie reden zweimal am Tag miteinander. Hi,
wenn er kommt. Ciao, wenn er geht. Er ist der perfekte
Sitznachbar. Noch nie – zumindest nicht, dass Fanni es mitbekommen hätte – hat er sich auf seinem Stuhl zurückge-
lehnt, um aus seinem Cubicle bei ihr reinzuschmulen.

Ihr vorheriger Sitznachbar, dessen Namen sie von ihrer
Festplatte gelöscht hat, war leider eine Quasselstrippe.
Doch noch schlimmer war sein Kippeln, bei dem er sich
jedes Mal an ihrer gemeinsamen Trennwand festgehalten
hat. Sobald sie die Kugellager seines Schreibtischstuhls

klappern hörte, wusste Fanni schon, dass jeden Moment wieder diese viergliedrige Fleischegelfamilie auf ihrer Seite der Trennwand kleben würde. Fingernägel, die sich in Augen verwandelten und ihr lidlos auf die Tastatur, auf die Monitore starrten.

Sie muss an das Foto des Ziploc Bags voller abgetrennter Finger in unterschiedlichen Verwesungszuständen denken, das sie vor Ewigkeiten mal auf Rotten.com gesehen hat. Sie kann sich nicht mehr an die spöttische Bildbeschreibung erinnern.

Sie startet das VAT, als sei es das erste Mal an diesem Tag.

Im Office Space flauen die Begrüßungsgespräche langsam ab und werden vom flüsternden Klicken der Maustasten und dem unbefriedigenden Geräusch von Rubberdome-Tastaturen abgelöst.

Ihre erste Instance heute. Eine Videotürklingel in Winsen (Luhe). Kleiner Vorgarten. Niedriger Zaun an drei Seiten. Fanni tippt auf Reihenhaus. Drei Treppenstufen führen von der Haustür hinunter. Unkraut, das zwischen den Steinplatten des Wegs hervorsprießt. Drei Pkw am Bürgersteig – alle anthrazitgrau. Auf der anderen Straßenseite links eine Flucht von Mietgaragen, rechts die Seitansicht eines mehrstöckigen Ziegelbaus mit senkrecht angeordneten Fenstern, die in der Hauswand so winzig wirken, als wären sie falsch skaliert.

Fanni zieht jeweils eine Bounding Box um die Autos und labelt sie in der Objektliste rechts vom Videowiedergabefeld Car-1, Car-2, Car-3.

Sie klickhält den Marker in der Timeline der Kameraaufnahme und zieht ihn nach rechts. Die Hecken vor dem Ziegelbau flirren so unmerklich, dass es auch Pixelfehler sein könnten.

Etwas krabbelt in unnatürlicher Geschwindigkeit über den Weg, der den Vorgarten teilt. Fanni lässt die Maustaste los. Das Etwas ist groß genug, um seine recordete Existenz zu sehen, aber zu klein, um zu erkennen, was es ist. Kurz überlegt sie, eine neue Label-Kategorie zu erfinden und es dementsprechend zu markieren: Insect-1. Würde sie damit einen Präzedenzfall schaffen, der sich durchsetzt, ihre R&D-Kollegen würden sie im internen Gruppenchat zuflamen, warum the fuck sie ihnen allen diese Extraarbeit machen musste. Sie lässt es und spult weiter vor.

Eine Person taucht hinter der Ecke des Ziegelbaus auf, geht zum Bürgersteig, nach rechts und aus dem Bildausschnitt. Es ist eine ältere Frau mit grauem Haar und floral bedruckter Kittelschürze. Sie zieht einen dieser Einkaufstrolleys hinter sich her, die Fanni außer von Rentner_innen nur von chinesischen Austauschstudierenden und Vollnerds kennt.

Sie spult zurück, umrahmt die Frau mit einer Bounding Box und labelt sie Person-1. Sie drückt auf Play. Die Frau geht in Realgeschwindigkeit zum Gehweg vor. Fanni fällt auf, dass sie hinkt, und fragt sich, was sie sich getan hat. Ob sie auch gestürzt ist, so wie die Bewohnerin des Altenheims, von der Uta beim Frühstück erzählt hat? Wahrscheinlich gibt es in dem Mehrparteienhaus, aus dem sie kommt, nicht mal einen Fahrstuhl. Ein Rollstuhl wäre keine Option, selbst wenn sie wollte. Vielleicht hat sie auch keine Verwandten oder Bekannten mehr, die für sie einkaufen gehen oder ihr zumindest dabei helfen könnten. Oder sie hat noch einen Ehemann, der allerdings noch immobiler ist als sie, weshalb sie alleine zum nächsten Netto oder Penny hinken muss.

Die Bounding Box verliert sie, als sie vorne am Gehweg

ankommt. Fanni drückt auf Stop und zieht die Bounding Box nach, so dass sie die Frau wieder einschließt. Play. Sie geht die Straße entlang. Stop. Fanni zieht die Box nach und spielt die Aufnahme weiter ab. Auf dem Frame, an dem jeder Pixel der Frau den Bildausschnitt verlassen hat, hält sie wieder an. Der Trolley ist noch zu sehen, doch genau genommen gehört er nicht zu Person-1. Zählt auch nicht als Carried Object. Fanni checkt das Attributkästchen der Frau für Outside of view frame.

Sie spult manuell in der Timeline zurück. Jetzt schiebt die rückwärts gehende Frau den Einkaufstrolley, anstatt ihn hinter sich her zu ziehen. Der Algorithmus lässt die Bounding Box den Weg der Frau halbwegs exakt nachverfolgen. Fanni hält auf dem Frame an, an dem die Frau komplett hinter der Gebäudeecke verschwunden ist. Sie macht einen Haken bei Occluded or obstructed.

Dann drückt sie wieder auf Play und lässt die Frau ihres Weges gehen. In der Metadatenbeschreibung steht, dass das Recording zwei Wochen alt ist. Wahrscheinlich haben die Frau und ihr eventuell existierender Ehepartner die Lebensmittel inzwischen aufgebraucht, so dass sie bereits mindestens einmal wieder mit ihrem Trolley dort entlanggehumpelt ist.

An diesem Tag bearbeitet Fanni insgesamt 47 Instances aus ganz Deutschland. Sie rahmt Personen, Autos, Haustiere, Pakete ein. All das, was die Menschen meinen, wenn sie von Alltag reden. Von Normalität. Das, was zu sehen ist, wenn man die herausstehenden Nägel einhämmert. Wenn man alle Enden abschneidet, so dass allein die Mitte übrig bleibt. Vorgärten, der Mähroboter, Gassirunden mit dem Hund, ein Plausch mit den Nachbar_innen, die Müllabfuhr, Hände voller Einkaufstüten, der sich kontaktlos schließende

15

Kofferraum des SUVs, Tornisterkinder. Zu harmloser Zwei-
dimensionalität glatt gebügelt und auf einen einzigen leicht
zu managenden Sinn reduziert. Das Leben, befreit vom
Minenfeld der Interaktion. Von emotionaler Aufladung,
von Erwartung und Haltung gereinigt. Alle Pitfalls aufge-
schüttet und begradigt.

Wie jeden Tag ist Steve, der Teamleiter des Research & Development, der Letzte, der den Office Space verlässt. Wenn
Fanni Lenker, Hinter- oder Vorderrad seines Rennrads erst
gegen die Tür seines vom Rest des Büroraums abgetrennten
Glaskubus und anschließend gegen die Eingangstür des Office Space prallen hört, dann weiß sie, dass sie wieder allein
ist. Allein im Büro. Allein mit den landesweit 5 001 277
BELL-Kund_innen.

Als Erstes steckt Fanni den USB-Stick in ihren Rechner.
Sie öffnet die Datenbank von BELL und extrahiert einen
neuen Batch zufällig ausgewählter Kund_innen-Credentials.

Die einzelnen Datenpakete enthalten jeweils: Vor- und
Nachnamen der Kund_innen. Ihre eingetragene E-Mail-
Adresse. Passwort. Zeitzone. Anschrift. Anzahl und Namen
– in 99 % der Fälle gleichbedeutend mit ihrem Standort –
aller an der jeweiligen Adresse angeschlossenen Kameramodelle.

Loggt man sich mithilfe der Credentials in einen Account,
lassen sich außerdem alle eingetragenen Telefonnummern
und per App verbundenen Devices sowie die Zahlungs-
informationen des Kontos herausfinden. Im Fall von Kredit-
karten sind das z. B. die Art der Karte, die letzten vier Zif-
fern der Kreditkartennummer sowie der CVV.

Dazu kommt, dass man natürlich auch Zugriff auf die
Livefeeds der Kameras und deren Archiv von Recordings

hat, sollte der_die Kund_in das Feature nicht deaktiviert haben. Und Fanni kann durch ihren arbeitsbedingten Zugriff selbst die Videohistorien dieser Kund_innen aufrufen. Weil es in den BELL-AGB vergraben und bis zur absoluten Unverständlichkeit verklausuliert ist, weiß kaum jemand, dass das Ausschalten der eigenen Videohistorie nicht bedeutet, dass dies auch für die Aufzeichnung und Speicherung aufseiten BELLs gilt.

Fanni zieht den USB-Stick ab und schiebt ihn zurück in das enge Frontfach ihres Laufrucksacks. Dann öffnet sie das Video Annotation Tool.

Die Naumanns essen meist zwischen 18 und 19 Uhr zu Abend. Darin unterscheiden sie sich kaum vom Großteil der anderen BELL-Kund_innen. Im Anschluss verbringt Fanni noch ein wenig Zeit mit ihnen. Bis Moira ins Bett gebracht wird.

Davor und danach schaut sie durch Videotürklingeln und Indoor- und Outdoor-Cams und setzt sich in ihrem Bürostuhl um, wenn ihr der Hintern oder die Oberschenkel einschlafen. Sie ist live dabei, wenn der DabbaWala-Kurier das ersehnte griechische Essen für den Abend mit Freund_innen bringt. Leistet einer Frau in Kassel Gesellschaft, die nach Hause kommt und sofort – ihren Arztkittel noch an – mit einer Dose Bier auf die Terrasse geht, und einen werbespotwürdigen ersten Schluck nimmt. Sieht mit an, wie sich ein älterer Mann in Schneverdingen mit einem Berner Sennenhund auf die Couch quetscht und sie sich ein Eis am Stiel teilen. Wie ein Ehepaar in Pforzheim mit angespannten Hälsen über die Hausaufgaben ihres Sohnes streitet. Sieht ein anderes in Markkleeberg, das seine Sexschaukel aus dem Kleiderschrank holt und in die Deckenhaken im Schlafzimmer einklinkt. Sie beobachtet einen

Mann in Oberhausen, der minutenlang bei ausgeschaltetem Motor in seinem Auto sitzen bleibt – die Stirn auf dem Lenkrad –, bevor er ins Haus geht.

Um 23:01 Uhr springt die Innenbeleuchtung des Gebäudes mit einem lauten Klacken auf maximale Intensität und kündigt die Ankunft der Putzkolonne an.

Fanni sieht von ihren Monitoren auf und blinzelt sich von der gefilterten Realität zurück ins Hier und Jetzt des IRL. Sie fährt den PC runter und schultert ihren Rucksack.

Wie jeden Abend kommen ihr im letzten Gang vor dem Foyer die Reinigungskräfte entgegen. Sie schieben Wägen vor sich her, deren Chemikalienarsenale Fanni jedes Mal an Ricardo López erinnern. Der Björk-Stalker sendete im Jahr 1996 eine Briefbombe mit Schwefelsäure an die isländische Sängerin. Das Paket wurde allerdings von Scotland Yard abgefangen und konnte sicher detoniert werden. Manchmal, wenn die Reinigungskräfte ihre laute Unterhaltung, die den gesamten Gang füllt, unterbrechen, sobald Fanni um die Ecke biegt, stellt sie sich vor, dass unter ihnen ein verkappter Ricardo López ist, der im Geheimen bei sich zu Hause an einer Concoction der ätzendsten Putzmittel werkelt, um sich an irgendjemandem zu rächen.

Fanni hält den Kopf unten und weicht den Wägen und den Blicken aus, als würde sie eine viel befahrene Straße entlanglaufen. Bis sie aus dem Gebäude ist, sind alles, was sie sieht, ihre Laufschuhe und der Vinylboden in BELLs Brand Color, Pale Robin Egg Blue.

Sie steht an der Haltestelle Businesspark Süd, neben dem Lichtkegel der Laterne, und wartet auf die nächste Tram, die ein paar Stationen später zur U-Bahn wird.

An der Seitenscheibe des Haltestellenhäuschens kleben die Überreste irgendeines Käfers. Vor der Sitzbank im

Häuschen der Schatten des zerquetschten Insekts. Vom Laternenlicht auf den Boden geworfen. Fanni denkt an einen Post – Titel: Human Shadow of Death –, den sie mal im SickeningReality-Subreddit gesehen hat. Er enthielt eine Bildergalerie mit den groben schwarzen Umrissen von Personen, die sich innerhalb des Explosionsradius der Atombombe von Hiroshima befunden hatten. Durch ihre Gegenwart hatten sie verhindert, dass der Bereich unmittelbar hinter ihnen – im Gegensatz zur übrigen Umgebung – von der nuklearen Hitze wie gebleicht wurde. So entstanden die schattenähnlichen Abdrücke auf Stein und Asphalt.

Die Tram rumpelt durch die entzündete Nicht-Dunkelheit des Industriegebiets heran. Sie ist größtenteils leer. Fanni steigt ein. Die Tram fährt los. Erst verliert sie den Abdruck des zerquetschten Insekts aus dem Blick. Dann die Materie, die den Schatten erst möglich macht. Kurz darauf ist auch der Gebäudekomplex von BELLs Mutter-Company Zenith nicht mehr zu sehen.

JUNYA

Sein Zeigefinger auf der Maus. Maustaste und Knöchel klicken. Aus den Kopfhörern, die auf dem PC-Tower liegen, wummern Hammerschläge. Junya schiebt die Maus auf dem Mauspad umher, in dessen Mitte der neoprenartige Stoff bereits hauchdünn und rissig geworden ist. Das Kabel der Maus raschelt durch zusammengeknüllte Taschentücher und Druckerpapier, stößt gegen schimmelflaumbewachsene Instant Ramen-Cups und auf dem Bauch liegende, leere Ramune-Flaschen. Mit einem weiteren Mausklick stutzt Junya das Ende des Videos. Anschließend startet er den Render- und Exportierungsvorgang.

Während er wartet, schlägt er wahllos ein vergilbtes Tankōbon von Hokuto no Ken auf. Protagonist Kenshiro sieht sich wieder mal einer Bande postapokalyptischer Banditen gegenüber, die für ihn und seine hyperschnellen Faustschläge jedoch kein Hindernis sind. Beeindruckt von dieser Darstellung roher, müheloser Gewalt geraten die übrigen Banditen gehörig ins Schwitzen und ziehen sich mit den Worten »Er … er ist ein Monster!« zurück.

Die Exportierung ist abgeschlossen. Junya legt das Buch zurück auf den Stapel seiner Manga, die sich von dem überfüllten Aluminiumregal neben seinem Schreibtisch wie Pilzkulturen auf dem Boden ausgebreitet haben. Die kleinen Rollen des Regals ächzen von Jahr zu Jahr mehr unter dem Gewicht der telefonbuchdicken abgegriffenen Exemplare von Shūkan Yangu Sandē, Bessatsu Māgaretto und Gekkan Afutanūn sowie Junyas Sammlung von Büchern über Yōkai und Tankōbon-Ausgaben von Hokuto no Ken,

Yokohama Kaidashi Kikō, Nozokiya und anderen größtenteils seit Ewigkeiten bereits abgeschlossenen Manga-Reihen.

Trotz Junyas Bemühungen, seine Tür nur für absolut Notwendiges zu öffnen, hat die Zeit ihren zersetzenden Atem über seine Habseligkeiten gehaucht. Sie hat die Wärmeleitpaste seines Computers austrocknen lassen, Schimmelherde in seinem Mülleimer und den herumliegenden Katto Yocchan Ika-Tüten gesät, das Schreibtischstuhlpolster unter seinen Sitzknochen zersetzt und dunkle, feuchte Flecken in die Ecken seines Zimmers geleckt, als hätte sich der Dämon Tenjōname in Junyas Zimmer einquartiert. Seit neuestem macht die Zeit sich einen Spaß daraus, hellköpfige Warzen auf Junyas Körper heranzuzüchten, die er, sich verrenkend, versucht zu fotografieren und per Bildersuche zu diagnostizieren.

Er öffnet das Forum im Tor-Browser, loggt sich ein und lädt das Video in der Creator's Corner hoch.

Auf der Straße hupt ein Auto. Sofort darauf das Quietschen von Reifen und ein blecherner Aufprall. Junyas Neugierde gewinnt. Er überfliegt seine Caption nur kurz, ignoriert die Englischfehler und postet sein neuestes Werk. Dann stellt er sich am Fenster auf die Zehenspitzen, um über die Hecke gucken zu können.

Auf der Kreuzung steigt ein Mann mit fliegender Krawatte aus seinem Wagen. Er wirft die Hände hoch, als er um die Motorhaube des Autos herumgeht, auf der lose großformatige Zettel liegen. Einige wirbeln zu Boden. Ein abgeknickter Fahrradreifen und eine Rucksacktasche, deren Material nach wasserabweisendem Polyurethan aussieht, ragen hinter der Hecke hervor. Der Mann spricht zu jemandem, den Junya nicht sehen kann, und schaut sich gehetzt um. Dann schüttelt er seine Armbanduhr frei. Junya sieht, wie der Mund des Mannes einen Vokal des Erschreckens ausstößt, der Junya selbst nicht unbekannt ist, wenn auch aus anderem Kontext und mit einer ungleich höheren Qualität. Der Mann springt zurück in sein Auto. Dann fährt er das Beifahrerfenster herunter und lässt eine Handvoll Geldscheine fallen. Das Fenster ist noch nicht wieder geschlossen, da setzt der Wagen zurück und fährt davon.

Später sitzt Junya vor seinem geöffneten Thread im Forum, drückt immer wieder F5 und versucht zu errechnen, wie spät es gerade in den Zeitzonen anderer Forenmitglieder ist. Der Viewcounter seines Threads ist, seit Junya das Video gepostet hat, um acht angestiegen, was bedeutet, dass sich in der Zwischenzeit nur zwei andere Personen den Thread angesehen haben. Trotzdem wartet er noch auf ein erstes Feedback. Er drückt erneut F5.

Geschirrklappern und das Geräusch von auf dem Holztablett hin und her rollenden Stäbchen kündigen das Frühstück an.

Junya minimiert das Browserfenster und fokussiert die Holzfusuma. Seine Mutter wird es nicht wagen, sein Zimmer zu betreten. Das hat sie nicht mehr getan, seit er siebzehn war; bei ihrem letzten Versuch, ihn mit ihrem bei den Sumō-Kampfrichtern abgeschauten, »nokotta!« zurück zur Schule zu beordern.

Sie stellt das Tablett im Flur ab. Junyas Magen, der unter dem Geripppe blubbert, drängt ihn zum Aufstehen. Er hört, wie sie versucht, ihr Husten in der Faust zu verstecken. Er wartet auf das sich entfernende Schlurfen ihrer Hausschuhe. Dann steht er auf und holt sich sein Frühstück herein.

Junya isst das Schälchen mit Tsukemono und schaut sich das Video ein weiteres Mal an, eine Kopfhörermuschel über dem Ohr. Die andere dahintergeschoben. Als er die letzte Gurkenscheibe zum Mund führt, klopft es an der Tür. Die Gurke flutscht von den Essstäbchen und platscht zwischen seine nackten Füße auf die Schreibtischstuhlunterlage aus PVC. Er reißt sich die Kopfhörer herunter und schließt Videoplayer und Browser. Er klammert sich an die Armlehnen seines Stuhls und versucht, ganz still zu bleiben. Vielleicht zieht der Eindringling dann wieder davon. Es klopft erneut.

»Junya-kun?«, kommt es von hinter der Zimmertür. Es ist Maedas Stimme.

Junya schaut sich schnell um. Am Boden vor seinem Nachtkästchen liegen das offene Lockpickset und einige seiner Übungsschlösser. Aus dem Handtuchhaufen vor dem Fußende des Bettes ragen seine zusammengeknüllte Tobi-Hose und der Regenmantel heraus. Irgendwo im Haufen steckt die Maske. Davor stehen die Jika-tabi, alte Arbeitsschuhe mit separiertem großen Zeh. Der Stiel des alten Holzhammers seines Vaters schaut unter dem Bett hervor. Junya wollte die Sachen nach dem Frühstück reinigen. Der Eimer, in dem sich die Packungen Natron und Backpulver befinden, steht direkt neben der Tür; bereit zum Einsatz. Seine Augenlider zucken, als würden sie von mikroskopischen Nadeln dazu animiert.

»Junya-kun?« Maeda-sensei räuspert sich laut. »Deine Mutter sagte mir, dass sie dir eben erst dein Essen gebracht hat. Ich schätze also, dass du noch nicht wieder im Bett liegst und schläfst.«

Junya zieht reflexhaft die Zehen ein, als würde er mit ihnen etwas greifen wollen. Wieso kann ihn der alte Mann nicht einfach in Frieden lassen? Er sinkt vom Stuhl auf den Boden und schiebt die Übungsschlösser in den dicht bevölkerten Schatten unter seinem Bett.

Hat er nicht erst kürzlich eines von Maedas mitleiderregenden Treffen durchgestanden und sich dafür sogar dem Tageslicht ausgesetzt? Er hatte gehofft, dies würde ihm den alten Mann für eine gewisse Zeit vom Hals halten.

»Ja«, sagt Junya und zuckt unter der Schräglage seiner eigenen Stimme zusammen. Er ist es nicht gewohnt, laut zu sprechen. Überhaupt zu sprechen. »Einen Moment, bitte.«

»Ich bin im Ruhestand, Junya-kun. Da hat man alle Zeit der Welt.«

Von seiner Oberlippe tropft Schweiß in das Etui mit seinem treuen Werkzeug. Anstatt die Picks der Größe nach geordnet in ihre Schlaufen zu schieben, legt er sie lose hinein, klappt die Ledertasche zu und versenkt sie in der Schublade seines Nachtkästchens.

»Ich wünschte nur, ich könnte mich hinsetzen. Die alten Knochen machen mir wieder zu schaffen.« Junya ignoriert den Wink.

»Was kann ich für Sie tun?«, sagt er und positioniert sich sicherheitshalber in Türnähe.

»Du könntest«, Maeda belegt das Wort ›können‹ mit der Schwere einer versteckten Aufforderung, »die Tür öffnen. Meine Generation unterhält sich gerne von Angesicht zu Angesicht. Wie soll man seinen Mitmenschen denn sonst ein so arg benötigtes Lächeln schenken? Aber du sollst dich natürlich nicht genötigt fühlen, Junya-kun.«

Junya sucht in sich nach der Stärke zu verbaler Konfrontation. Doch vergeblich. Da ist nur Ohnmacht in ihm.

»Na gut. Ich statte deiner Mutter und dir lediglich einen Besuch ab, um zu hören, wie es euch geht.«

»Gut. Danke für Ihren Besuch.«

»Nun, wenn dem so ist, dann freut mich das natürlich, Junya-kun. Du weißt aber hoffentlich auch, dass du ehrlich mit mir sein kannst, wenn es anders ist.«

Ständig sagt der Alte Dinge, denen Junya nicht entnehmen kann, ob es sich dabei um Fragen oder Aussagen handelt. Diese Unberechenbarkeit erträgt er nicht, genauso wenig wie die Erwähnung seiner Mutter.

»Ich habe mich mit deiner Mutter unterhalten.« Er macht eine Pause. »Ich muss ehrlich sein«, noch eine Pause. »Ich mache mir Sorgen.«

»Entschuldigen Sie, dass ich Ihnen Sorgen bereite, Maeda-sensei. Es geht mir wirklich –«

Maeda fällt ihm ins Wort: »Ich rede von deiner Mutter, Junya-kun. Kannst du dich noch erinnern, wann ihr zum letzten Mal ein Wort miteinander gewechselt habt?«

»Nein. Schon lange her, schätze ich«, lügt Junya und presst sich an die Wand. Nur zu gerne würde er mit ihr verschmelzen. Sehnsüchtig schaut er zu seinem Computer, dessen Lüfter das Zimmer mit seinem Surren erfüllt. »Ich – ich habe noch zu tun.«

Er lässt den Blick weiterschweifen und bleibt am Haufen von Handtüchern haften, die er unter das Fußende des Bettes gequetscht hat. In der Eile muss er übersehen haben, dass das schwarze schnabelähnliche Maul der Maske noch zu sehen ist.

»Na schön. Vielleicht ein anderes Mal«, sagt Maeda. »Doch weshalb ich ebenfalls hier bin: Ich wollte vorfühlen, ob ich dich nicht davon überzeugen könnte, wieder mal zu einem unserer monatlichen Treffen zu kommen.«

Fast hatte er schon geglaubt, Maeda würde ihn diesmal damit verschonen.

»Danke für die Einladung, aber ich fürchte, ich fühle mich noch nicht bereit, so bald nach dem letzten Treffen.«

Es klingt, als würde Maeda seinen Hals von festsitzendem Schleim klären.

Dann sagt er: »Bist du so gut und sagst mir, welchen Monat wir haben?«

Diese Frage verwundert Junya.

»Es ist Juli. Wir haben Juli«, sagt er, nachdem er kurz darüber nachdenken musste.

Hinter der Tür schnaubt Maeda.

»Junya-kun. Als du zuletzt an einem Treffen teilnahmst, lag noch Schnee. Das ist nun schon fast ein halbes Jahr her.«

Junya legt den Kopf schief. Das kann nicht stimmen. Er kann nicht fassen, dass es so lange her sein soll.

»Der nächste Termin ist erst in zirka zwei Wochen. So kannst du es dir in aller Ruhe überlegen. Abgemacht, Junya-kun?«

Er bejaht, nickt wie ferngesteuert und fragt sich, was es nur ist, das die Welt außerhalb seines Zimmers so rasen lässt.

Maeda verabschiedet sich, und als Junya sich gerade wieder gesetzt hat und die Gurkenscheibe aufhebt, klopft es erneut an der Tür.

»Fast hätte ich es vergessen. Deine Mutter gab mir einen Brief für dich. Sie hat vergessen, ihn dir zu deinem Essen dazuzulegen. Er ist von der Geidai. Schon wieder ist ein Jahr vergangen. Ich finde es bewundernswert, dass du nicht aufgibst.«

Die glitschige Blöße der fermentierten Gurke zwischen den Fingern, wartet Junya darauf, dass der Alte das Schreiben vor die Tür legt und geht.

26

»Magst du mir die Tür öffnen, damit ich dir den Brief geben kann?«

Junya will verneinen. Er will, dass Maeda abhaut, damit endlich wieder Ruhe einkehrt. Damit die Illusion, sein Zimmer schwebe in einem zeitlosen schwarzen Vakuum, sich wiederherstellen kann. Stattdessen schiebt er die Tür ein wenig auf. Maedas quadratischer Kopf füllt die Breite des Spalts aus. Wie ertappt tritt er einen Schritt zurück. Er scheint nicht erwartet zu haben, dass Junya tatsächlich öffnet. Über seiner Brille ziehen wellenförmige Falten quer über die Stirn und lassen sie wie eine von Windströmungen gerippelte Sanddüne aussehen.

Maeda hält Junya den Briefumschlag hin. Seine mit Längsrillen unterteilten Fingernägel sehen aus wie Miniaturdachziegel. Junya greift nach dem Schreiben, und der Alte schenkt ihm sein mitgebrachtes Lächeln. Es ist gut dosiert und wohltuend wie ein Löffel warmer Ume-Sirup. Junya bedankt sich mit einem kurzen Nicken und schließt die Tür.

Das Ablehnungsschreiben der Tokioter Kunsthochschule entspricht im Wortlaut exakt denen der vergangenen Jahre. Sie bedanken sich förmlich für sein Interesse an einem Studium an der Tōkyō Geijutsu Daigaku. Es folgen eine Entschuldigung sowie eine Mitteilung darüber, dass die Prüfungskommission auch weiterhin keine Bewerbungen seinerseits mehr berücksichtigen könne. Zum einen, da er schon vor Jahren die Maximalzahl erfolgloser Bewerbungen für das Studium erreicht habe. Zum anderen, weil ihm bereits mehrmals erörtert worden sei, dass bei Bewerbern ohne ein abgeschlossenes Grundstudium an der Geidai oder einer vergleichbaren Kunsthochschule eine außerordentliche künstlerische Befähigung erkennbar sein müsse. Diese liege in seinem Fall nicht vor. Weiter steht dort, dass sie Junya seinen eingereichten USB-Stick aus, wie sie behaupten, logistischen Gründen nicht zurücksenden können. Wie in jedem Jahr schließen sie damit, dass sie ihm viel Glück auf seinem weiteren Weg wünschen und ihn nochmals darum bitten möchten, von weiteren Bewerbungen abzusehen.

Als er sich auf seinen Stuhl fallen lassen will, rollt dieser unter seinem Gesäß weg und Junya knallt mit dem Steiß auf den Boden. Sein Gesicht zieht sich zusammen, als würde es den Schmerz einsaugen, und in seinem Schädel, zwischen Haut, Gehirnmasse und Knochensplittern, ersticken wollen.

Ein verschleimtes Röcheln auf dem Flur. Seine Augen blitzen zur geschlossenen Tür. Schälchen klimpern auf dem Tablett, als Junyas Mutter es vom Boden des Flurs aufnimmt und wegträgt.

Noch einmal überfliegt er das Schreiben. Später wird er es zu den anderen in den Ordner heften. Zuerst aber wird er die Kleidung und den Sanmoku-Hammer von den Spuren der letzten Nacht befreien.

In der anderen Haushälfte klirrt es plötzlich laut. Bevor er sich dessen überhaupt bewusst ist, ist er auf den Beinen, aus dem Zimmer hinaus und tappt barfuß den Flur entlang.

Er linst um die Ecke in das kleine Wohnzimmer, welches gleichzeitig als Durchgangsraum zum Kochbereich dient. Das Geschirr, von dem Junya zuvor noch gegessen hatte, liegt in wildem Mosaik verteilt auf den Tatami. Seine Mutter sitzt mit dem Rücken zum Flurdurchgang auf einem Bein. Das andere ist zur Seite hin abgewinkelt. Der Hausschuh liegt neben ihrem Fuß. Es sieht sehr unbequem aus und als posiere sie für einen Bildhauer oder Maler. Ihre altmodische Frisur, an der sich, bis auf die Ergrauung, seit vierzig Jahren nichts geändert hat, ist in Unordnung geraten. Zum ersten Mal, solange er zurückdenken kann, wirkt die Frisur seiner Mutter wie echtes Haar und nicht wie ein entlaufener Laborparasit, der sich auf ihrem Kopf verankert hat.

Er beobachtet sie vom Durchgang aus. Wie sie dasitzt, neben sich den umgeworfenen Kotatsu-Heizofen, der seine kurzen Beine gen Decke streckt und sein Heizelement entblößt. Sie macht keine Anstalten aufzustehen oder sich aus der Position zu lösen.

Der Kotatsu ist alt – so wie das ganze Haus. Einer der ersten Generationen, die mit elektrischen Heizspiralen unter der Tischplatte ausgestattet waren. Davor hatten die Menschen Schalen mit glühender Kohle unter den kleinen Deckentischen stehen.

Als Kind hat sich Junya oft vor seiner Mutter darunter versteckt. Wenn die Hänseleien wieder solch ein Ausmaß angenommen hatten, dass er am Morgen schon vor Schulbeginn in Tränen ausbrach. Oder wenn sie ihn wieder zwang, sein üppiges Abendessen aufzuessen, obwohl er nichts mehr herunterbekam.

Unter der dicken Steppdecke roch es nach verkokelten Fusseln und den Füßen seines Vaters. Junya rollte sich so klein zusammen, wie er nur konnte, und stellte sich dann vor, er wäre ein Vogelküken in einem Brutkasten, das man nicht stören durfte, bis es aus seinem Ei geschlüpft war. Doch seine Mutter kümmerte sich nicht um Hirngespinste und Befindlichkeiten. Wenn er am Morgen weinte und schluchzte, er wolle nicht zur Schule gehen, jagte sie ihn durch das Haus. War es ein ungerader Monat und somit die Zeit des nächsten großen Sumōturniers, so war Junyas Mutter ganz besonders engagiert und unbarmherzig. Dann stampfte sie auf wie ein Gyōji, einer der Kampfrichter, erhob ihre gusseiserne Pfanne wie einen Gumbai-Fächer und bellte ihm mit tiefer Stimme wiederholt ihr »hakkeyoi!«, gefolgt von einem zackigen, »oi«, hinterher, während er wimmernd vor ihr weglief.

Eines Morgens war es Junya wieder einmal gelungen, in den warmen, nach Arbeiterfüßen riechenden Bauch des Kotatsu zu kriechen, als die Tatami unter ihm erbebte und ihr Kommen ankündigte. Als ihre Hand wie eine Giftschlange unter die Steppdecke schoss, versuchte Junya sich kleiner zu machen, als er es je geschafft hatte. Aber die von der Hausarbeit raue Hand seiner Mutter hatte ihn am Fußknöchel zu fassen bekommen. Junya schrie auf und stieß mit dem Kopf gegen das Heizelement, das wie ein aggressiver Bienenschwarm brummte. Nachdem sie seinen Kopf in eiskaltes Wasser getunkt hatte, setzte sie ihm seinen Randoseru auf den Rücken und schickte ihn zur Schule, so dass er »ja nicht zu spät zum Unterricht« erschien. Über Junyas Schläfe hatte der Heizstab einen Krater in seine Haare gebrannt und die Haut darunter versengt. An diesem Tag war die Schikane, die er von seinen Klassenkameraden zu ertragen hatte, schlimmer als je zuvor und setzte einen neuen Standard für die kommenden Jahre.

Wenn er jetzt den Hammer seines Vaters in der Hand halten würde. Er könnte es tun. Im Nachhinein könnte er auf Unzurechnungsfähigkeit plädieren, indem er beim Verhör aussagte, er habe lediglich den grau melierten Parasiten erledigen wollen, der von seiner geliebten Mutter Besitz ergriffen hatte.

Ihr Kopf hebt sich. Sie streckt den Rücken durch, so dass ihr Oberkörper fast auf seine doppelte Länge anwächst. Eine Sekunde vergeht. Dann wird ihr Kopf in einem gewalttätigen Hustenanfall umhergeworfen. Ihr Rücken krümmt sich unter dem violetten Jäckchen zu einem Buckel. Auf eine Weise, die ihm fremd ist, gruselt ihn der Anblick. Als habe seine Mutter jegliche Körperspannung, ja im Grunde sich selbst, aufgegeben und sich vollständig dem knallenden, rüttelnden Husten hingegeben.

Als der bellende Sturm sich gelegt hat, sitzt sie gekrümmt da. Ihre Nasenspitze berührt fast schon die Tatami-Matte. Sie atmet schwer und erschöpft, wie eine im Sterben liegende Raubkatze.

Junya löst sich aus seiner Starre. Auf nackten Sohlen schleicht er zurück in sein Zimmer.

FANNI

Das Haus, in dem Fanni in einer von zwei Dachgeschoss-wohnungen wohnt, gehört – neben einigen weiteren Immobilien in der Stadt – ihrem Vater. Trotzdem zahlt sie Miete.

Sie hatten nie über einen Verwandtenrabatt oder Ähnliches gesprochen. Wie sie nie über irgendetwas sprachen. Direkt nach dem Abitur unterschrieb sie den Mietvertrag für die möblierte Wohnung, zog aus und bezahlte zu jedem Monatsanfang kommentarlos ihre Miete. Und genauso kommentarlos wurde das Geld vom Bankkonto ihres Vaters empfangen. Nur die Kaution hatte sie nicht gezahlt. Das war während eines Gesprächs von ihrer Mutter, kurz vor dem Auszug, beiläufig, aber imperativ abgehakt worden. Fanni wusste nicht, ob ihre Eltern darüber geredet und eine Abmachung getroffen hatten. Oder ob ihre Mutter ihr das von ihrem Vater weitergeben sollte. Fanni fragte auch nicht nach. Nahm es einfach hin. Jedes Mal, wenn sie sich zum Geburtstag ihrer Mutter sehen, fragt er verben- und adjektivlos nach der Wohnung. Meistens erinnert er sie zusätzlich noch ans Stoßlüften.

Was ihr Vater nicht weiß: während ihres Studiums verschenkte sie den Großteil der Einrichtung über eBay-Kleinanzeigen. Sie wollte das Zeug nur loshaben. Das gehörte zu ihrem damaligen Optimierungsprozess dazu. Alles, was nicht tagtäglich von Nutzen oder in irgendeiner Weise fest montiert war, flog raus. Regale und Stühle über die Brüstung ihres Balkons zu schubsen, wäre natürlich bedeutend kathartischer gewesen. Aber sie wollte nicht die Schuld an einem lächerlichen Passant_innentod – »Von Sideboard erschlagen« – tragen.

Die Minimierung direkter interpersonaler Beziehungen war ebenfalls ein elementarer Teil dieses Prozesses. Wann immer Leute kamen, um Möbel oder sonstigen Stuff wie DVDs oder Küchenutensilien abzuholen, ließ Fanni sie ins Haus, öffnete die Wohnungstür und lief ins Schlafzimmer. Von dort aus rief sie die Leute rein und sagte ihnen, dass sie sich einfach bedienen sollten. Ihre Ausrede, warum sie nicht aus dem Schlafzimmer kommen könne – geschweige denn beim Tragen helfen –, war eine hochansteckende Krankheit. Ein paar der Sachen musste sie noch mal einstellen, weil manche das Risiko nicht eingehen wollten, sich über Keime an den Gegenständen anzustecken.

Das Mobiliar, das die Aktion überlebt hatte, waren das Bett, der Nachtschrank, Sofa und Couchtisch und der Schrank in der Küche. Darin bewahrt Fanni ihre Meal, Ready to Eat-Rationen auf.

Die Luft in der Wohnung ist trocken und atmet sich wie feiner Nebel aus Staub.

Die Vorhänge am Balkon und das Plissee des Dachfensters in der offenen Küche sind seit Wochen zugezogen. Draußen ist Sommer. Auch das Licht bleibt ausgeschaltet. Der Griff zum Lichtschalter wäre vollkommen unnötig. Die Wege haben sich ihr ins Körpergedächtnis eingebrannt. Auch eine MRE-Ration aus dem Vorratsschrank für den nächsten Tag auszuwählen, funktioniert reibungslos im Dunkeln. Sie weiß genau, welche Ration, welche Menüvariante wo liegt. Ihr gesamtes Inventar, das Rationen aus aller Welt umfasst, ist jederzeit abrufbar in ihrem Kopf gespeichert. Sie entscheidet sich für die dritte von vorne in der rechten Reihe. Eine australische PR1M-Ration, entwickelt für Special-Forces-Einheiten.

Nachdem sie ihre Wasserflasche an der Spüle aufgefüllt hat, stellt sie ihren Rucksack vor die Trennwand zwischen Küche und Wohnzimmer. Den USB-Stick mit dem neuesten Batch BELL-Kund_innendaten legt sie auf den Couchtisch. Dann geht sie ins Schlafzimmer und zieht sich aus. Auf dem Weg ins Badezimmer, das vom Windfang abgeht, nimmt sie den Rucksack mit und stellt ihn, fertig gepackt, vor die Wohnungstür.

Sie duscht im Dunkeln, das Wasser auf Anschlag nach links. Eiskalt rauscht es aus der Brause. Noch immer reagiert ihr Körper in dem Moment, in dem die ersten Spritzer auf ihre Epidermis hageln, mit Fluchtdrang. Sie zwingt ihn mit Gewalt dazu, nicht aus der Duschkabine zu springen. Ist eine gewisse Schwelle überschritten, setzt körperweite Taubheit ein, und es wird erträglich. Dann kommt es ihr beinahe so vor, als löse sich ihr Meat Prison vom Hals abwärts auf und sie wäre nichts weiter als ein levitierendes Hirn.

Im Schlafzimmer öffnet sie das Fenster einen Spalt breit. Sie würde es gerne weiter öffnen, um mehr Nachtluft hereinzulassen, doch das würde auch den Schallwellen der nächtlichen Stadt Tür und Tor öffnen. Grölende und betrunkene Jugendliche. Singende, betrunkene Touri- und Studierendengruppen. Scherbengeklirr. Der ferne Lärm, der von den Hauptverkehrsstraßen heranweht. Das Puckern der Bahnen. Und sämtliche dazugehörige Gerüche.

Fanni legt sich aufs Bett. Das Tablet steht aufgeklappt auf der Matratze – da, wo es immer steht. Sie startet ihre selbst programmierte Einschlaf-App. Die Videospur besteht aus Restlichtaufnahmen von BELL-Indoor-Cams in Schlafzimmern. In jedem einzelnen ist nicht mehr zu sehen als ruhig daliegende, schlafende Menschen. Die Audiospur des mehrstündigen Loops ist aus mehreren Videos ihres Lieblings-ASMRtist Ephemeral Rift zusammengesetzt. Das körnige grünschwarze Bild und das angenehme Flüstern helfen ihr oft beim Einschlafen. Nicht immer. Für diesen Fall hat sie die Packungen Stilnox in der Schublade des Nachtschranks.

JUNYA

\CreeprXchange >> Creator's Corner >> Hammer_ Priest's Kaidan\

<< ... >>

<< lieber mitenthusiast, dein aktuelles video hat mir gefallen. kompliment. du erschaffst eine immersion, die man leider allzu selten antrifft. mit welcher konsequenz du bei deinem konzept bleibst, ist bewundernswert. apropos immersion: ich denke darüber nach, auch meine s. o. p. zu upgraden. dein setup aus gopro-kamera und ir-beleuchter scheint mir da sinnvoll. auf sicherem wege habe ich mir die benötigten teile zugelegt und wollte die kamera anhand deines tutorials, das du vor längerer zeit gepostet hast, umbauen. leider ist der hoster, bei dem du das video hochgeladen hattest, down. ich könnte es auch allein mit deiner text-anleitung, die du zusätzlich gepostet hattest, versuchen, überlasse aber ungerne etwas dem zufall und würde mir lieber begleitend das video dazu ansehen. falls du die datei noch nicht vernichtet hast, wäre ich dir verbunden, wenn du einem »kollegen« unter die arme greifen könntest. dank im voraus. gv. >>

– GermanVermin, 21 minutes ago

Junya liest den Post mehrmals durch. GermanVermin ist eine Institution im Forum und kommentiert nur selten anderer Leute Material. Junya kann nicht anders, als sich geehrt zu fühlen. Er ist sich aber auch bewusst, dass Lob der Tod wahrer Kunst ist. Des Rebellentums. Doch fragt er sich auch, ob seine Erregung denn so verwerflich ist. Genauso wie die Befriedigung, die er beim Klicken eines aufgesperrten Türschlosses empfindet. Oder die Vorfreude, die beinahe schon einer außerkörperlichen Erfahrung gleicht, wenn er im Schatten eines fremden Schlafzimmers steht und sein eigener Atem seine Wangen küsst, reflektiert vom Holz der Maske. Nein, es liegt kein Unrecht darin, in der Ausübung seiner Berufung auch Genugtuung zu erfahren.

Gemeinsam mit anderen Dateien aus dem und für das Forum hat er das Video tief unten an den Wurzeln eines Verzeichnisbaums in einem verschlüsselten Ordner vergraben.

Während Junya das Tutorial-Video bei einem anderen File-Hosting-Anbieter im Darknet hochlädt, sieht er es sich noch einmal an. Je mehr er auf der Timeline des Videoplayers umherskippt, desto fester umfasst er die Maus. Er sieht seinen dünngliedrigen Fingern im Video dabei zu, wie sie mit einer Zange das werksseitig verbaute Objektiv herausdrehen. Wie sie den Infrarot-Beleuchter auf das neue Nachtsicht-Objektiv stecken. Wie sie zu Präsentationszwecken die kleine schwarze Box öffnen, in der er zuvor Spannungsumwandler-Board und Batteriefach verbaut hat.

Seine an der Kamera herumnestelnden Hände widern ihn an. Der Schmutz unter seinen krallenartigen Nägeln, die foliendünne Haut über den Mittelhandknochen und wie zaghaft seine Fingerspitzen an der Linse zupfen.

Der Mauszeiger flüchtet zum x in der rechten oberen Fensterecke. Es bleibt der Ladebalken des Uploads im Tor-Browser. Und Junyas Finger auf der Maus. Wie die Beine einer Vogelspinne, die sich auf ein Nagetier am Waldboden gestürzt hat, um ihm die Beißklauen ins Fleisch zu stoßen und ihm ihr Gift zu injizieren, damit sie den bald leblosen Körper aussagen kann.

Junya zieht die Hand eng an seinen Brustkorb und lässt sie in seinen Schoß auf die andere sinken. Er klemmt beide zwischen seine Schenkel. Es sieht aus, als hätte er nur noch Stümpfe an den Armenden.

FANNI

Sie hat wieder stundenlang wach gelegen. Der Nachtschrank blieb zu. Sie hat es ausgefightet. Irgendwann ist sie dann schließlich eingeschlafen.

Um 5:30 Uhr klingelt ihr Wecker und befreit sie von der Nacht und ihren blutgetränkten mentalen Möbiusschleifen. Mit Wecker ist ihr Bittium-Smartphone gemeint. Mit Klingeln ist MC Rides maschinengewehrfeuerartiges Brüllen des Wortes »Blow« im Song Hot Head gemeint.

Nach dem Duschen setzt sich Fanni vor das Sofa. Sie benutzt es als Rückenlehne und zieht sich den Couchtisch ran. Ihre Beine sind lang auf dem Laminat ausgestreckt.

Sie klappt ihr VivoBook auf und bootet ein jungfräuliches Tails vom USB-Stick. Nachdem das OS vollständig hochgefahren ist, öffnet sie den Tor-Browser und kopiert den Onion-Link des MonstroMart aus einer verschlüsselten Textdatei in die Adresszeile.

Glücklicherweise ist das WLAN-Signal der Nachbarn stark genug, so dass der Seitenaufbau des Schwarzmarkts keine Äonen dauert. Dass die Seite – selbst für Dark Web-Verhältnisse – äußerst rudimentär designt ist, hilft dabei natürlich auch.

Der MonstroMart gehört weder zu den etabliertesten noch zu den am elegantesten programmierten Marketplaces. Das ist allerdings ein Plus, da das Risiko, an Scammer zu geraten, dadurch zumindest ein klein wenig geringer erscheint als auf größeren Schwarzmärkten. Was selbstverständlich nicht bedeutet, dass die Seite nicht von einer Minute auf die nächste durch eine DDoS-Attacke eines konkurrierenden Marketplaces down gehen kann, die Seite von den Feds hochgenommen wird oder ein_e Admin beschließt, dass ihm_ihr das Pflaster zu heiß wird und einen Exit-Scam durchzieht und mit den Krypto der Vendor und Käufer_innen abdampft.

Was Fanni am MonstroMart überzeugt hatte – neben dem vergleichsweise starken Fokus auf Data Dumps und Carding –, war der Name des Marketplaces selbst bzw. der Humor hinter der Simpsons-Referenz, den die Admins damit bewiesen. Sie gingen sogar die Extra Mile und übernahmen den Slogan in den Seitenheader: MonstroMart – Where shopping is a baffling ordeal. Fanni schätzte die Konsequenz. Immerhin riskieren die Admins, potenzielle User_innen, die die Referenz nicht verstehen, damit abzuschrecken. Außerdem kann man den Slogan natürlich auch als Metajoke über die allgemeine Shoppingerfahrung im Dark Web betrachten.

Am linken Rand der Website sind die verschiedenen Produktkategorien aufgelistet. Die meisten lassen sich nochmals in Subkategorien ausklappen. In der Seitenmitte werden einige besondere Angebote samt Thumbnail präsentiert. Während die Erstellung eines Angebots an sich kostenlos ist, kann man sich als Vendor dazu entscheiden, gegen Bezahlung auf der Startseite gefeaturet zu werden.

Folgende Angebote sind dort dargestellt: 20 Xanax 2 mg bars, UK England Driving License Passport Pack PSD Photo, Adderall 30 mg pharmacy grade x100, Kentucky Electricity Bill PSD Template, Glock 19 Gen3, 2 Credit Card Info + Name + Add + Phone + CVV + Exp – Working!, 10x Spotify Premium (Lifetime Accounts + Freebies), All kind Fuel Pump Skimmer – Works smoothly, (28 Tab/1 Box) Oxycodone 80 mg, Android Locker Ransomware.

Fanni loggt sich ein und erstellt ein neues Angebot in der Kategorie Data Dumps. Die letzten Datenpakete hatte ein_e User_in mit dem Handle GermanVermin gekauft. German-Vermin hatte einen zuverlässigen Eindruck gemacht und dann auch sofort nach Kaufbestätigung bezahlt.

Als sie das erste Mal Kund_innendaten verkauft hatte, war sie sich noch unsicher gewesen, ob überhaupt jemand Interesse an so kleinen Datenpaketen haben würde. Normalerweise bestanden Dumps aus mehreren Tausend Credentials. Allerdings ist ihr das zu riskant, vor allem weil es sich nur um die Daten deutscher Kund_innen handelt. Schließlich will sie ihren Job nicht verlieren.

Sie loggt sich aus, schaut auf die Uhr. Dann fährt sie das VivoBook runter. Zeit zur Arbeit zu fahren. Zeit zu frühstücken und zu schauen, was es Neues bei den Naumanns gibt.

JUNYA

Das Vorhaben, sich selbst gut zuzureden, dass es ja nur eine Stunde dauern würde, fällt bereits in sich zusammen, als Junya den ersten Schritt von der Haustür auf das Taxi zu macht, vor dem Maeda auf ihn wartet.

»Die anderen werden sich freuen, dich wiederzusehen, Junya-kun«, sagt der alte Mann auf der Fahrt ins Shiritsu Wakagiri-Gemeindezentrum. Mühsam dreht er sich auf dem Beifahrersitz zu Junya um. Dieser nickt einmal und schaut aus dem Fenster, den Hinterkopf in die Rückenlehne gepresst. Maeda füllt die Taxifahrt mit unablässigem Gerede. Junya hört nur mit halbem Ohr hin, wie Maeda ihm irgendetwas von seinem Sohn erzählt. Wie alt er ist oder heute wäre. Belanglose Informationen, die nichts mit ihm zu tun haben.

Er konzentriert sich auf die Freileitungen, die sich am Straßenrand dahinziehen. Klammert sich an ihnen fest wie ein Bergwanderer am Ansicherungsseil. Ganz Tokio – ganz Japan – ein einziger Stromkreis. Die Stromleitungen als Verbindung nach Hause. Dieser Gedanke beruhigt Junya.

Die anderen Teilnehmer sitzen bereits in einem Nebenraum des Gemeindezentrums, als Junya und Maeda eintreffen. Maeda begrüßt die Runde, und die Runde verbeugt sich vor ihm.

Junya merkt sehr wohl, wie die anderen ihn aus den Augenwinkeln heraus anstarren. Selbst wenn sie so tun, als würden sie die Schale mit Nashibirnen auf dem Tisch zwischen ihnen betrachten oder aus dem Fenster sehen, vor dem unmittelbar ein hoher Maschendrahtzaun steht. Er ist sich unsicher, ob er sich dadurch nur umso gefangener vorkommen soll oder doch eher, als würde der Zaun zumindest das Geschehen auf der Straße von ihm fernhalten.

Er sitzt auf einem Plastikklappstuhl zwischen Maedasensei und einem gewissen Bunta, der am Rand von einer der beiden gepolsterten Bänke sitzt, die sich im Zimmer gegenüberstehen. Er sieht aus wie übrig gebliebener Kloßteig, in den jemand eine dickrandige Brille gesteckt hat. Junya missfällt Buntas Körpergeruch. Er überdeckt seinen eigenen. In einem Schwadenkranz von Ausdünstungen wabert er um ihn herum wie Nebel um einen Berg.

Die anderen vier der Gruppe sind wie er selbst menschliche Spannbügel, an denen die Kleidung schlottert, sobald die Klimaanlage in ihre Richtung pustet. Pickelherde, schuppige Hautflächen, fettiges ungekämmtes Haar, das wie ein Rabenflügel flach am Kopf liegt. Da ist dieses Gefühl der Scham wieder, das Junya bereits vor einem halben Jahr, beim letzten Treffen, empfunden hatte. Es ist, als wäre er mit den verschiedenen Entwicklungsstufen seiner selbst in einem Raum eingesperrt.

Anfangs muss Maeda das Gespräch andauernd anschieben, doch nach einer Weile haben die anderen wieder dort angeknüpft, wo sie bei ihrem letzten Treffen geendet hatten. Junya hält seinen Kopf unten und versucht, es durchzustehen. Niemand hat irgendetwas zu sagen, was ihn interessiert. Zu Beginn geht es um einen Ausflug, den die Gruppe schon seit Längerem zu planen scheint. Dann sprechen sie in gedämpfter Lautstärke über ihre naiven Wünsche und Träume. Darüber, dass sie irgendwann gerne an dem Punkt wären, an dem sie sich nicht nur vor die Tür, sondern auch in Geschäfte trauen. Zwischen den Regal-

43

reihen eines Sofmap stehen können, um die neuesten Premium-Editionen von Hatsune Miku- oder Sōryū Asuka Rangurē-Figuren zu bewundern. Vielleicht würden sie irgendwann sogar arbeiten gehen, um sich die Modelle ihrer Lieblingsidols und -animéfiguren von ihrem eigenen Geld kaufen zu können, anstatt sich dafür schämen zu müssen, auf das Geld und die Versorgung ihrer Eltern angewiesen zu sein.

Was für erbärmliche Kreaturen. Junya wünscht, er bestünde aus reiner Elektrizität. Dann würde er jetzt in der Wandsteckdose verschwinden und die Stromleitungen bis zu seinem Zimmer reiten. In seinen Computer hinein.

Der Raum, in dem Maeda seine Treffen für die Hikikomori aus der Umgebung abhält, ist normalerweise der Pausenraum der Bücherei, die ebenfalls im Gebäude des Gemeindezentrums beheimatet ist. Eine Frau mit hängenden Wangen, eventuell nur ein paar Jahre jünger als seine Mutter, schätzt Junya, kommt herein, entschuldigt sich im Flüsterton und drückt sich hinter einer Bank vorbei. Die Gruppe wendet ihre Blicke ab. Die Frau kocht sich in der kleinen angrenzenden Küche, aus der es nach erhitzten Kräutern riecht, einen Tee und bewegt sich dann außer Sichtweite. Das Rücken eines Stuhls ist zu hören.

Die anderen Gruppenteilnehmer werden zunehmend freimütiger. Sie fahren ihre Schutzschilde herunter. Der jüngste von ihnen, der auf der anderen Seite neben Maeda sitzt, keckert sogar für einige Sekunden hinter vorgehaltener Hand, damit niemand seine schiefen Zähne sieht. Er lacht über eine Anekdote Maedas, der sich beim Reden vorlehnt und nach der Schale mit dem Obst greift. Der Alte nimmt jede Birne in die Hand und betrachtet sie von allen Seiten und legt sie wieder zurück, bis er eine gefunden hat, die ihm zusagt. Junya lehnt sich zurück und verzieht den Mund.

»Es gibt da diese neue Abtastung von Tenshi no Tamago, wissen Sie? Einige der Leute auf dem Discord-Server für Film-Fans, auf dem ich täglich bin, unterhielten sich darüber. Aber niemand hatte die Version bisher gesehen. Dann haben sich ein paar von uns auf die Suche danach gemacht. Haben sämtliche kleinen Online-Shops und Filmbörsen durchforstet. Am Ende war ich es, der den Film gefunden hat. Ich! In einem Forum für Vintage-Animationsfilme hat ihn jemand angeboten. Auf dem Discord-Server waren alle ganz aus dem Häuschen, als ich es ihnen erzählt habe. Noch in der selben Nacht haben wir ihn alle gemeinsam geschaut. Zweimal! Ein tolles Erlebnis. Und die Abtastung ist ausgezeichnet. Die müssen Sie sehen. Die Texturen wirken so viel plastischer als im Original.«

Neben Junya kneten Hände wie Teigklumpen Buntas Oberschenkel, die in einer Jogginghose im Denim-Look stecken und deren Speck die Nähte der Hose spannen. Bunta schaut Junya erwartungsvoll und nervös lächelnd an. Junya begreift erst jetzt, dass dieses Gegluckere die ganze Zeit ihm galt.

»Ähm …«, sagt Junya überfordert, »wie bitte?«

»Maeda-sensei, er hat erzählt, dass Sie auch eine Passion für Film haben, Yamamura-senpai. Und dass Sie sich an der Geidai beworben haben.«

Junyas Nase kitzelt, als würden Larven darin wimmeln.

»An der Geidai Film studieren«, sagt Bunta und klingt, als spräche er von einem ehrfurchtgebietenden Monument der Antike, »das wäre ein Traum. Die Anforderungen sind sicher sehr hoch, ja?«

Junyas Augen suchen etwas, was sie fokussieren, auf das

sie sich vollkommen konzentrieren können. Er bleibt an Maedas Knien hängen. An dem Muster seiner Anzughose, die er trotz der Hitze trägt. Er schüttelt sich ein Nein aus dem Kopf, doch Bunta scheint es zu überhören. Jetzt, da er den Mut dazu hatte, Junya anzusprechen, redet er sich in Fahrt.

»Und – entschuldigen Sie – Ihr Nachname ist Yamamura, richtig? Das – das muss toll sein. Ich hätte auch gerne solch einen berühmten Nachnamen.«

»Was?«, schnappt Junya und muss sich so aufs Starren konzentrieren, dass seine Augen zu brennen beginnen.

»Sie wissen schon. So wie Sadako. Aus Ringu.«

Die Bilder von damals schießen Junya durch den Kopf. Wie jeder auf seiner Schule den Horrorfilm bereits kannte. Alle außer ihm. Wie sie ihn damit aufzogen, dass er den gleichen Namen trägt wie der rachsüchtige Onryō des Mädchens Sadako Yamamura. Wie seine Mitschüler sich einen Spaß daraus machten, sich an ihn heranzuschleichen, ihn zu hauen und wegzulaufen. Junya würde in sieben Tagen kommen und den anderen umbringen, scherzten sie. Erst sehr viel später, als er durch Zufall von dem Film erfuhr, verstand er den Streich. Nicht, dass es einen Unterschied gemacht hätte. Zu diesem Zeitpunkt hatten sie sich schon wieder neue Foltermethoden für ihn ausgedacht.

»Von Regisseur Hideo Nakata? Der erfolgreichste Horrorfilm der Geschichte? Sie müssen doch schon einmal –«

Es bricht regelrecht aus Junya heraus: »Selbstverständlich kenne ich die Ringu-Reihe, Boke! Und das mit Sicherheit bedeutend besser und länger als du.«

So wie die Scherben eines zerschlagenen Spiegels sich erst allmählich lösen und herausfallen, lässt Junyas Anspannung langsam nach. Er sieht sich selbst in den dicken Brillengläsern Buntas. Beide, alle hier Versammelten, sind nichts weiter als menschlicher Dreck. Er ist keinen Deut besser als der schnaubende fette Idiot vor ihm. Keiner von ihnen. In der Zeit des Treffens könnte dieser Raum für so viel sinnvollere Angelegenheiten genutzt werden als für eine Gruppe Versager, die sich wie Säue in ihrem Selbstmitleid suhlen.

Durch sein Spiegelbild in den Gläsern hindurch schimmern zwei aufgeplatzte, wässrige Augen. Er hofft, dass Bunta sich diese Erfahrung zu Herzen nehmen und noch lange daran zurückdenken wird, jedes Mal, wenn sein Selbstwertgefühl versuchen sollte, ihm wieder einmal etwas vorzumachen.

Der ganze Raum ist wie erstarrt. Die anderen Hikis sind dermaßen geschockt, dass sie ihre Scheu vergessen, und Junya mit einer Mischung aus Furcht und Erstaunen anglotzen. Zwar wäre es ihm lieber, sie würden ihre Blicke wieder abwenden, doch gleichzeitig kommt er sich für einen Moment mächtiger und besser als sie vor.

Doch dann ist da auch noch Maedas Blick, der, obwohl er unmittelbar neben ihm sitzt, in diesem Moment genauso gut durch die runde Finsternis eines Brunnens auf Junya herabschauen könnte.

Er sucht das Fenster. Sucht die Oberleitungen. Seinen Computer an ihrem Ende. Sein Zimmer. Doch sein Blick kommt nicht einmal beim Fenster an.

Stattdessen bleibt er an der Bibliothekarin hängen, die in der Tür zur Küche steht und ihn mit einem Ausdruck ansieht, der ihm eins zweifellos und glasklar aufzeigt: Er ist Ungeziefer. Unter leere Menschenhaut gekrochen. Tausende von Ommatidien ragen aus den Höhlen, in denen eigentlich zwei Augäpfel sitzen sollten. Normalerweise würde er sich sofort ducken, in der naiven Hoffnung, so den Blicken der Frau zu entgehen. Doch in diesem Augenblick erwidert er ihn. Diese tiefe Abscheu birgt auch etwas Reinigendes.

Er sagt: »Ich möchte jetzt nach Hause.«

Maeda stemmt sich neben ihm hoch. Er ruft Junya ein Taxi.

Während Junya im Gang wartet, hört er, wie Maeda hinter der Tür den aufgelösten Bunta zu beruhigen und ihm auszureden versucht, dass er an der Situation schuld sei. Was Maeda dabei auslässt, ist, wer dann die Schuld daran tragen soll.

Maeda begleitet ihn im Taxi nach Hause. Die Fahrt über dreht sich der alte Mann nicht einmal zu ihm um. Junyas Blick ist absichernd an den Oberleitungen eingeklinkt.

Der Wagen hält vor Junyas Elternhaus.

Wie durch einen tiefen Brunnenschacht hört er Maeda vom Beifahrersitz sagen: »Wenn du darauf spekulieren solltest, dass ich dich aufgebe, Junya-kun, dann muss ich dich leider enttäuschen.«

Dann steigt Junya aus.

FANNI

Bevor Fanni vor drei Jahren bei BELL angefangen hatte, war sie jeden Tag joggen gegangen. Das war eine der zentralen Maßnahmen ihres Optimierungsprozesses gewesen.

Als sie wieder mal auf der Suche nach einer Erklärung oder einer Bezeichnung für sich selbst war, stieß Fanni in einem Post im agender-Subreddit zum ersten Mal auf die Bezeichnung Meat Prison und verstand mit diesem Begriff die Entkopplung von sich und ihrem Körper, die sie schon eine gefühlte Ewigkeit gespürt hatte, sofort um einiges besser. Viele ihrer bis dato schemenhaften Gefühle schienen auf einmal schärfer gezeichnet. Wurden greifbarer. Das war noch einige Zeit, bevor es den Neutrois-Subreddit – und lange bevor es den Voidpunk-Subreddit – gab. Doch nur, weil sie sich in ihrem sogenannten Körper eingesperrt fühlt, bedeutet das nicht, dass sie einfach die Verantwortung ignorieren kann, die sie für das Funktionieren der sie umgebenden Molekülansammlung nun mal trägt. Zumindest nicht, solange der Mind-Upload noch bloße Science-Fiction ist. Joggen scheint ihr da ideal: es wirkt der Verkümmerung der Muskulatur entgegen und passt zugleich perfekt zu ihrem solitären Lebensstil.

Seit sie Moira und ihre Eltern kennengelernt hat, hat sie das Joggen allerdings ein wenig schleifen lassen. An manchen Tagen muss sie sich geradezu zwingen, ihren Arbeitsrechner runterzufahren.

Der Tag ist stickig und so heißgelaufen, als hätte die Realität Ventile und als wäre mindestens eins dieser Ventile verstopft. Fanni hat sich vom Laufen in Wassernähe so etwas wie Erfrischung erhofft, dabei allerdings die paradoxe Sonnensucht der Leute unterschätzt. Auf den Grasflächen und Bänken entlang des Kanals reihen sie sich auf. Der Fußweg ist auch nicht besser. Ständig muss Fanni ihr Tempo wegen händchenhaltender Paare oder Gruppen, die die gesamte Breite des Wegs einnehmen, verlangsamen.

Bei solchen Menschenansammlungen muss Fanni immer an Amokläufe – oder in geringerem Maße an Terroranschläge – denken. Sie sieht sich wiederholt um, in der Erwartung, einen Kleinlaster auf sich zukommen zu sehen, der Spaziergänger_innen wie Bowlingpins vom Weg fliegen lässt.

Stattdessen nutzt jetzt irgendein joggender Dude seine Chance, da sie von einer schlendernden Gruppe Schüler_innen abgebremst wird, und quatscht sie von der Seite an. Fanni hält ihren Blick geradeaus gerichtet.

Genau aus diesem Grund trägt sie in der Öffentlichkeit – ob beim Laufen oder in den Öffis – auffällig neonfarbene Headphones. Selbst, wenn sie gar keine Musik hört.

Das scheint dem Typen aber scheißegal zu sein. Sie hält es nicht mehr aus und nutzt ihrerseits die Chance, die ihr die nächsten Treppenstufen bieten, die vom Kanal hoch auf Straßenniveau führen, und hängt den Dude ab.

Jetzt steht sie an einer Ampelkreuzung im Scheuerer-Kiez, stützt sich auf die Knie und schwitzt ein Muster auf den Bürgersteig. Der Trinkschlauch ihres Laufrucksacks baumelt neben ihrem Gesicht. Sie zieht daran. Der Wasserbeutel ist leer. Ein hohler Geschmack von Plastik.

»Fanni?«

Sie schreckt auf. Der Trinkschlauch schlingert durch die Luft.

Ein Pkw mit dem Ellipsenlogo von BELLs Ride-Hail-

Schwesterunternehmen ORBiT fährt am Bürgersteig entlang und hält einige Meter weiter. Die Hintertür schwingt auf. Hochhackige Schuhe. Fußknöchel wie Eiswürfel. Der Rest der großen schlanken Frau, die sich von der Rückbank auf den Bürgersteig entfaltet, ist in einen luftigen cremefarbenen Hosenanzug gehüllt und vermittelt den Eindruck von jemandem, der es nicht nur hinnimmt, inmitten lauter vollkommen Fremder zu essen, sondern sogar liebend gerne in Restaurants geht.

Ihr Blick findet Fanni wieder. Sie ruft ihren Namen. Dann kommt sie auf Fanni zu. Ihre Handtasche, ebenfalls cremefarben, baumelt in der Armbeuge.

Die Ampel springt auf Grün. Der Menschenklumpen um Fanni setzt sich in Bewegung, aber sie schafft es nicht, sich zu rühren. Ist so erstarrt wie der Narco im Video ›Cartel Member Gets Mauled By Pack of Lions‹, der sich im privaten Raubtiergehege eines verfeindeten Kartellbosses einem ganzen Rudel Löwen gegenübersieht.

»Du bist es wirklich! Ich dachte schon, ich hätte mich verguckt«, sagt die Frau mit dem feuchtrot nachgezeichneten Lächeln. Sie packt Fanni bei ihren sonnengeröteten Oberarmen und hält sie vor sich, positioniert sie, als wäre Fanni etwas, das sie vor dem Kauf noch ein letztes Mal genauer in Augenschein nehmen muss.

Fanni schätzt die Wahrscheinlichkeit, dass die Fremde von ihr ablässt, wenn sie behauptet, gar nicht sie zu sein, als zu gering ein, um es zu versuchen.

Die Frau legt den Kopf schief und verzieht den Mund in gespieltem Vorwurf. »Goodness, du erkennst mich nicht, oder? Ich bin's doch, du Dummi! Lilly.«

Fanni ist schwindelig. Es gelingt ihr nicht, das Gesicht der kindlichen Lilly mit den immerzu wegen ihrer Hasenzähne geschürzten Lippen über das der Frau vor ihr zu projizieren. Stattdessen entschwebt es ihr und driftet davon, in die Wolken. Sie schaut Fanni erwartungsvoll an.

»Ja. Hi, Lilly«, kullert es aus Fanni raus.

»Das gibt es ja nicht«, sagt Lilly lang gezogen, »dich zu treffen, hatte ich ja nun gar nicht erwartet.«

Sie sieht so erwachsen aus wie jemand, der auf einem Shoppingkanal Perlenohrringe präsentiert.

Lilly nimmt ihren linken Arm, und kurz denkt Fanni, dass sie ihn ihr auf dem Rücken verdrehen will. Aber sie hakt Fanni bei sich ein. Klemmt ihren Arm an sich und geht ohne Vorwarnung los, so dass Fanni nicht anders kann, als sich auch in Bewegung zu setzen.

»Komm. Das schreit doch nach einem Update. Du kannst ja danach weiterjoggen, Sporty Spice. Ich habe noch ein bisschen Zeit bis zum Abendessen bei meinen Eltern.«

Während sie sich den Bürgersteig entlangschleifen lässt und weiterhin erfolglos versucht, das Mädchen Lilly mit dieser Frau mit dem stählernen Zwingenarm in Übereinstimmung zu bringen, steigt in ihr die Vorahnung auf, dass jeden Moment ein fensterloser, unbeschrifteter Van am Straßenrand hält. Neutralgesichtige Männer in schwarzen Anzügen springen heraus, nehmen sie in Gewahrsam und stülpen ihr einen Abu Ghuraib-Sack über den Kopf. Die Fremde zieht sich ihre gummiartige Lillymaske vom Gesicht und entpuppt sich ebenfalls als männlicher Geheimagent. Und dann geht es ab in irgendeinen topsecret Untergrundgulag. Dass Fanni sich so ausgeliefert vorkommt, als hätte Lilly ihr bei der Begrüßung ein Muskelrelaxans in den Arm injiziert, bekräftigt diese Vorstellung nur zusätzlich.

»Lass uns mal schauen, ob es hier irgendwo ein nettes

Café gibt. Weißt du eins?«, und bevor Fanni irgendwas entgegnen kann: »Ach, wir finden schon eins.«

Fanni hofft, dass sie mit dem Van und den Geheimagenten recht hat.

Sie sitzen auf der Holzterrasse eines Weinlokals, die im Scheuerer-Kiez ungefähr so fehl am Platz wirkt wie ein Anlegesteg für Millionärsjachten an einem krötenverseuchten Sumpf.

Eingerahmt von den Wedeln zweier untersetzter Palmen in seeminengroßen Töpfen, recappt Lilly seit 43 Minuten – Fanni schaut immer wieder auf ihr Smartphone – ihr Leben seit dem Abitur. Natürlich ohne dass Fanni danach gefragt hätte.

Sie war zum Studium an eine renommierte Londoner Wirtschaftsuniversität gegangen. Seitdem lebt sie – unterbrochen von einem Auslandssemester in Lausanne – eben dort. Sie arbeitet in derselben Holding wie ihr Ehemann Ashiq. Mitten in London, zwischen Trafalgar Square und Piccadilly Circus. In einem Job mit hohem Ceiling, sagt sie. Ashiq und sie haben sich im Studium kennengelernt, und ihre Mutter scheint ihn aus rassistischen Gründen nicht leiden zu können.

»Sie nennt ihn immer nur meinen Paki«, sagt sie und schnaubt vor dem Schluck in ihr Glas Weißweinschorle. Es ist schon ihr drittes. Fanni nippt noch immer an ihrem ersten Glas teuren Wassers aus den italienischen Alpen. »Dabei ist er in Nottingham geboren. Aber was soll man machen. Eltern, am I right?«

»Deiner Mutter sagen, dass sie ein alter Nazi ist«, rutscht es Fanni wie ein glitschiges Bonbon aus dem Mund.

Ein Anflug von Irritation legt sich in Lillys smokey geschminkte Augen. Bevor sie sich über ihr ganzes Gesicht ausbreiten kann, spült sie die Irritation mit einem weiteren Schluck runter. Sie erzählt, dass ihr Mann kurzfristig arbeiten musste und sie deshalb nicht nach Deutschland begleiten konnte.

»Work, work, work, work, work«, sagt sie im Singsang. Fanni ist sich bewusst, dass das eine Referenz sein soll. Sie weiß nur nicht worauf.

»Du kannst dir nicht vorstellen, wie froh Mama klang, als ich ihr das am Telefon erzählt habe.« Sie schüttelt den Kopf. Verdreht die Augen.

Fanni antwortet entsprechend ihres Programms, das sie seit dem Beginn von Lillys Monolog durchzieht – sie nickt. Immerhin scheint das Lilly als Konversationsinput von ihr zu genügen.

Sie nimmt ein neues Glas Weißweinschorle von einer Kellnerin mit gelangweilten Augen entgegen und trinkt davon, bevor der Sockel zum ersten Mal den Tisch berührt hat.

Mit der Oberlippe im Glas macht sie ein summendes Geräusch, das im Kelch widerhallt, und stellt es schnell ab.

»Das muss ich dir erzählen – Tobi ist wieder bei Mama und Papa eingezogen. Wohnt in seinem Kinderzimmer.« Sie gluckst und wirkt für einen Augenblick gar nicht mehr so erwachsen. »So ein Loser.«

Fanni erzeugt in ihrem Hals ein kurzes Geräusch, das so ähnlich klingt wie jenes, das Lilly in ihr Glas gesummt hat. Man könnte es als angedeutetes Lachen oder als signalisiertes Einverständnis interpretieren.

Lilly spricht weiter und Fanni denkt darüber nach, wann sie zum letzten Mal jemanden hat lästern hören. Es muss irgendwann in der Schule gewesen sein.

Widerstände regen sich in ihr. Senden elektrische Signale in alle Körperareale.

Sie hat ewig nicht an Tobi, Lillys großen Bruder, denken müssen. Oder an Lilly. An die ganze Zeit damals. Diese Erinnerungen waren immer weiter ausgeblichen. Und dann platzt Lilly herein, einen dicken Permanentmarker in der manikürten Hand, und zieht die Konturen nach, ohne dass Fanni sie darum gebeten hätte. Thront ihr gegenüber in dem Korbstuhl. Mit überschlagenen Beinen. Unterstreicht alles, was sie sagt, mit kreisenden Handbewegungen oder dem Schwenken des Weinglases. Und birst förmlich vor Entitlement, während Fanni tiefer und tiefer in ihren Stuhl sinkt – nicht in der Lage auszusprechen, dass sie das alles einen feuchten Dreck interessiert – und spürt, wie ihr der Schweiß den Rücken runter bis in die Poritze läuft.

Sie kommt sich benutzt vor und so, als müsste sie zu Hause mehr als nur Schweiß von sich abduschen. Es ist nicht, weil sie enttäuscht ist, dass Lilly in der ganzen Zeit, in der sie hier sitzen, noch nicht einmal nach Fannis Leben gefragt hat. Und genausowenig ist es, weil sie neidisch auf Lilly wäre. Definitiv nicht! Was sie stört – das merkt Fanni jetzt. Was sie richtig fuchst, ist das Gefühl, dass Lilly ihr all das – London, die Eliteuni, der Job, das hohe Ceiling, der erfolgreiche Ehemann – nur erzählt, um sie neidisch zu machen. In der Hoffnung, Fanni führe nicht so ein Highlife. Sei nicht so erfolgreich in ihrem Job und so accomplished wie sie.

Vielleicht sucht Lilly Genugtuung für damals. Eventuell wäre das sogar nur fair. Aber wenn Fanni Lilly ansieht – wie die sich die Weinschorle reinschüttet und sich so sehr anstrengt, drängt sich ihr der Wunsch nach einem außer Kontrolle geratenen Linienbus auf, der auf den Bordstein hochrast, die Terrasse des Weinlokals in umherfliegende Planken verwandelt und sämtliche Gäste – Lilly und sie selbst inklusive – überrollt und zu organischem Brei zermatscht.

Lilly beugt sich konspirativ vor und sagt: »Gestern Abend beim Dessert – Tobi war schon oben, in seinem Kinderzimmer – fragte mich Mama dann, ob ich es nicht einrichten könne, dass er bei Ashiq und mir in der Firma ein Bewerbungsgespräch bekommt. Ein Internship. Irgendetwas.« Sie stößt Luft ins Weinglas. Es beschlägt von innen. Sie nimmt einen Schluck. »Kannst du dir das vorstellen? Dieses Würstchen unter lauter Top-Notch-Managern?«

»Genau«, sagt Fanni und wundert sich weiter, wie sehr Lilly sich verändert hat. Und dann wundert sie sich doch nicht mehr so krass, weil ihr einfällt, dass sie schon damals immer mal wieder das Gefühl hatte, die grenzstumme Lilly halte irgendwas zurück. Sie spare sich irgendwas auf. Fanni konnte nur nicht sagen, für was – oder eher für wann.

»Und ein Bewerbungsgespräch; wofür denn bitte? Der hat ja nichts gelernt. Nichts zu Ende gebracht.« Sie schüttelt den Kopf. »Ich kann Mama nachher schon hören. Wie sie versuchen wird, mir die Verantwortung zuzuschieben, sobald er nach oben an seinen PC gegangen ist. Ein Besuch in London. Damit er mal was anderes sieht. Natürlich bezahlt von meinen Eltern. Apropos, wie spät haben wir es eigentlich?« Während sie redet, holt sie ein iPhone aus ihrer Handtasche. »Na gut, auf ein Glas kann ich noch bleiben.« Sie legt ihr iPhone auf die Handtasche und steht auf. »Entschuldige mich kurz, Dear. Falls die Kellnerin kommt, sei so gut, bestell mir noch eine Schorle. Und Fanni«, sie erhebt den Zeigefinger, »komm ja nicht auf die Idee, die Rechnung zu bezahlen. Ich lade dich ein.« Sie betont die Personalpronomen.

Dann verschwindet sie ins Lokal. Der Duft frisch gewaschener Wäsche schwebt eine Sekunde in der Luft, bevor Autoabgase, Hauseckenurin und heranwehender Imbissfritteusenfettgeruch wieder in den Vordergrund treten.

Fanni wendet ihren Blick zurück zum Tisch. Er bleibt an Lillys iPhone hängen. Die anderen Gäste auf der Terrasse sind in ihre Gespräche oder Smartphones vertieft.

Sie schnappt sich das iPhone, öffnet auf ihrem eigenen Smartphone die Malware-App, die sie sich vor ein paar Monaten just for the lulz im Dark Web gekauft hat, hält die Smartphones aneinander und initiiert die NFC-Attacke. Ihr Bittium vibriert kurz und signalisiert damit, dass sie nun im Besitz sämtlicher auf Lillys iPhone gespeicherter Bezahldaten ist. Sie legt das iPhone zurück und steckt das Bittium in den Case ihres Oberarmbands. Dann kippt sie den Rest ihres Wassers auf ex runter, steht auf und setzt sich ihren Rucksack auf. Neben dem Tisch exerziert sie ein stark reduziertes Aufwärmprogramm aus jeweils fünf Wiederholungen des plyometrischen Ausfallschritts und Rumpfbeugen durch. Dann stößt sie sich ab und läuft los.

JUNYA

Das Schwierigste ist nicht etwa das Einbrechen in fremde Wohnungen. Genauso wenig wie der erste Schlag. Es ist nicht einmal das Recherchieren der Anschriften. Die größte Schwierigkeit von allen ist es, durch diese Tür zu treten.

Es war ein langer Weg für Junya, vom Entschluss bis zum ersten Schritt vor die Haustür, ins nächtliche Tokio hinaus. Über Monate hatte er sich der Haustür buchstäblich Schritt für Schritt angenähert. Das Überwinden selbiger hatte weitere Monate gefressen. Ganze Nächte stand er in voller Montur auf den Fliesen des Genkan, den Blick auf die Schuhe seines Vaters an seinen Füßen gerichtet. Doch der Griff zum Türknauf erfolgte einfach nicht, da konnte Junya noch so erwartungsvoll und hasserfüllt seine Hände anstarren, die sich an den bauschigen Hosenbeinen festklammerten wie die eines schüchternen Kindes am Rockzipfel seiner Mutter. Wenn der Morgen dann anbrach und er seine Mutter im großen Wohnzimmer aufstehen hörte, zog er sich die Zehenschuhe wieder aus, schlich zurück in sein Zimmer, schlüpfte unter die Decke und fuhr damit fort, sich selbst zu verabscheuen.

Doch dieser Pfad der Überwindung war nichts im Vergleich zu all den Jahren zuvor, in denen sein Hass auf den knapp zehn Quadratmetern seines Kinderzimmers wie in einem gestrandeten Walkadaver gegärt hatte, bis er kurz vor der Explosion stand. Eine Wahl treffen musste. Entweder brachte er sich um oder er fand ein Ventil. Kanalisierte seinen Hass. Kanalisierte auch die Abscheu, die ihm in seinem alten Leben da draußen entgegengeschlagen war und die er über so viele Jahre in sich aufgenommen und gespeichert hatte, und lenkte sie mitsamt all den Fäulnisgasen und dem Blut und den Gedärmen zurück auf ihren Ursprung.

Er kontrolliert ein letztes Mal den Akkustand der GoPro-Kamera und ob Infrarot-Beleuchter und Stromkabel festsitzen. Er schlägt die Tobi-Arbeitshose seines Vaters auf. Uralte Rückstände von Holzstaub und Leim sowie jüngere Spritzblutflecken auf den Schenkelpartien, die bei dieser Art der Hose aufgeplustert sind. Ab den Waden verengt sie sich, damit die Bauarbeiter sie in die Tabi-Stiefel stecken können und so kein Schmutz in die Hosenbeine dringt.

Während Junya hineinschlüpft, behält er die Zimmertür und damit die feindselige Welt, die dahinter beginnt, im Blick.

Er stellt die Jika-tabi vor die Tür und legt sich den Werkzeuggürtel um die Hüfte. Sein Vater war immer wie eine Rosine gewesen, eingeschrumpelt und süß. Doch Junya muss Gürtellöcher benutzen, die sein Vater nur mit eingezogenem Bauch erreicht hätte. Wo der komprimierte, sehnige Körper seines Vaters vor Energie strotzte, befindet sich in dem lang gestreckten Körpergeäst Junyas nicht mehr als staubige Leere. Er steckt den Sanmoku-Hammer in eine der abgescheuerten Lederschlaufen. Dann zieht er sich den schwarzen Regenmantel über. Auch wenn es selbst nachts noch unerträglich schwül ist, knöpft er ihn zu. Er kann es sich nicht erlauben, dass der flatterige Stoff ihm im falschen Moment in die Quere kommt. Er steckt sein Lockpickset zu den Handschuhen in eine der tiefen Manteltaschen. Dann holt er aus einer Faltbox im Oshiire die Perücke und die Maske heraus.

Er fährt mit den Fingern durch das lange totenweiße Haar, um die Strähnen voneinander zu trennen. Am Schopf gepackt, lässt Junya die Perücke mit den Haarspitzen voran langsam in den offenen Rucksack sinken. Es sieht aus, als ziehe sich Hikeshi Baba, der laternenlöschende Yōkai, der die Gestalt einer alten weißhaarigen Frau annimmt, in den Rucksack zurück. Mit dem Daumennagel kratzt Junya Blutreste von der Holzmaske, legt sie obenauf und zurrt den Rucksack zu.

Den Rucksack auf dem Rücken testet er seinen Bewegungsspielraum. Er weitet und zurrt Gurte enger, zupft den Mantel zurecht, bis er zufrieden ist.

Da stehen seine Schuhe. Da ist die Tür.

»Los«, flüstert er.

Minutenlang steht er still zwischen Bett und Schreibtisch. Er fühlt die physikalische Zentralkraft seines Zimmers auf ihn einwirken. Wie es ihn hier halten will, wie es ihm aus den Lüfteröffnungen seines Computers, aus aufgeklappten DVD-Hüllen und den Rissen im Oshiire zuflüstert. Wie gefährlich es dort draußen sei. Dass die Welt kein Ort für einen Schwächling wie ihn sei. Dass draußen die Raubvögel kreisen und nur auf eine Made wie ihn warteten. Und dass auf den Schutz der Nacht stets der offen daliegende Wahnsinn des Tages folge. Was, wenn etwas Unvorhergesehenes passiert und er nicht vor Tagesanbruch wieder in seinem Zimmer ist? Wenn er sich verläuft? Wenn er diesmal gefasst wird? Festgehalten. Festgenommen.

Junya schiebt eine Hand unter den Mantel und sucht den Kopf des Sanmoku-Hammers. Das Holz, das irgendwann einmal, als sein Vater ihn sich für die Arbeit gekauft hatte, geschmeidig und glatt gewesen sein muss. Inzwischen ist es splinterig und abgenutzt. Fleckig. Junya umschließt den Hammerkopf mit seiner Hand und denkt daran, was ihm in der Nacht durch den Kopf gegangen war, als er es

zum ersten Mal vor die Haustür geschafft hatte und es kein
Zurück mehr zu geben schien. An das, was seine Mutter zu
seinem Vater gesagt hatte, nachdem Junya in der ersten
Klasse ohne ihre wertvolle Kamera aus der Schule wieder-
gekommen war und sie ihn dafür bestrafen wollte. Deru
kugi wa utareru. Ein herausstehender Nagel muss eingeschlagen werden.

Die Tabi-Schuhe in der Hand, drückt sich Junya geübt
den Hausflur entlang. Die knarzenden Holzbohlen sind
fest in seinem Körpergedächtnis verankert. Er könnte sie
auch im Schlaf umgehen, ohne dass er seine Mutter auf-
wecken würde.

Von der Haustür führt ein kleines Stück Flur ins Haus
hinein und gabelt sich anschließend nach links und rechts
auf. Junya lebt in seinem Zimmer in der linken Haushälfte.
Seine Mutter in der rechten. Dort, wo das große und das
kleine Wohnzimmer liegen, der Waschraum und die Toilette, die Küche. Seine Mutter betritt den linken Teil des
Hauses nur noch, um Junya Essen und Trinken vor die Tür
zu stellen oder, in seltenen Fällen, um im Zimmer gegenüber am Butsudan zu beten. Wofür weiß er nicht. Vielleicht für ihren Vater. Vielleicht für ihren Sumō-Helden,
Chiyonofuji. Junya wiederum betritt die andere Haushälfte nur, um auf die Toilette zu gehen oder, in seltenen
Fällen, ein Bad zu nehmen. Dann, wenn sein Körpergeruch solche Ausmaße angenommen hat, dass er ihn selbst
ablenkt.

Junya verharrt auf der imaginären Grenze. Flackernde
Strahlen, die vom großen Wohnzimmer aus wie Licht-
schranken den Flur durchschneiden.

Seine Mutter scheint noch auf zu sein und fernzusehen.
Seit dem Tod seines Vaters schaute sie kaum noch fern.

61

Interessierte sich vielleicht nicht mehr dafür, was im Land und in der Welt vor sich geht, weil es niemanden mehr gibt, mit dem sie darüber urteilen könnte.

Seit Chiyonofuji im Jahre 1991 seinen Rücktritt vom aktiven Sumōsport erklärt hat, verfolgt sie zwar weiterhin die Basho, allerdings nicht mit der gleichen flammenden Leidenschaft. Anders war das noch in den Jahren, in denen Chiyonofuji bei Turnieren als Shimpan an der Ringseite saß. Dann griff sie sich ihren Tee und rutschte im Seiza-Sitz wie ein Kind näher an die Mattscheibe heran.

Die Shōji-Schiebetüren des großen Wohnzimmers sind mit Löchern gespickt. Seit Jahren wurden sie nicht mehr repariert, geschweige denn ausgetauscht. Junya schaut durch eines der Löcher hindurch, als bestünde er aus nichts weiter als Augen; wie ein Mokumokuren.

Der Raum hat sich seit Junyas Kindheit kaum verändert. Nur der erdige Geruch der Tatami wiegt schwerer als früher. Seine Mutter sitzt mit dem Rücken zum Flur am runden Chabudai, auf dem Teekanne und Tasse stehen. Ihr Futon ist auf der anderen Seite des kleinen Tisches ausgebreitet.

Vor dem rollbaren Fernsehschränkchen in der gegenüberliegenden Zimmerecke liegen VHS-Kassetten und -Hüllen. Eine Blende des Schranks, unter dem Fernseher, ist geöffnet. Darin steht noch immer der VHS-Rekorder, den Junyas Vater ihr zu einem ihrer Hochzeitstage geschenkt und gesagt hatte, dass sie von nun an die Bashos und Fernsehberichte mit ihrem geliebten Chiyonofuji aufnehmen könne. Daraufhin war sie ihm um den Hals gefallen.

Junya hat sich dem Fernsehschrank früher nie nähern dürfen, wollte er keinen Schlag mit der flachen Hand auf

den Hinterkopf riskieren. Selbst wenn er nur in der Nähe
des Fernsehschranks, mit seiner selbst zusammengeleimten
und -bemalten Ganpura-Figur, spielte, auf die er so stolz
gewesen war. Seine Mutter kam dann mit wehender Schürze
ins Wohnzimmer gestürmt und schrie ihn an, er solle dort
sofort weggehen. Als bestünde die Elektronik des VHS-Re-
korders aus hauchdünnem Garn, das schon durch den geringsten Luftzug reißen könnte.

Junya fragt sich, ob sie genauso reagiert hätte, wäre die Sache mit ihrem Fotoapparat nicht geschehen. Die anschlie-
ßenden Tage strafte sie ihn durch Nichtbeachtung. Der Hinterkopf seiner Mutter, zu der Zeit noch schwarz wie Kohlen,
und wie dieser hoch oben über ihm an der Küchenzeile oder
vor der Wäscheleine hinter dem Haus aufragte. Er rief immer wieder nach ihr. Okaasan, rief er. Weil er Hunger hatte.
Durst. Weil er Groß musste und es sich noch immer nicht
alleine traute. Weil er ihr die Raupe zeigen wollte, die er im
Gras gefunden hatte. Weil er ihre Aufmerksamkeit wollte.

Ihr trippelndes Klatschen, bei dem sie ihre manierlich
gestreckten Handflächen kaum auseinandernimmt, reißt
Junya zurück ins Hier und Jetzt.

Beim Applaudieren wiegt sie aufgeregt mit dem Gesäß
auf ihren Waden umher. Auf dem rauschigen Bild des Fernsehers haben Chiyonofuji und sein Kontrahent den Dohyō
betreten und widmen sich ihren Shikiri-Ritualen. Aus den
ehrfürchtigen Lobhudeleien der Fernsehkommentatoren
hört Junya das Wort Ufuru heraus, wie der Liebling seiner
Mutter stets genannt wurde. Der Wolf. Wegen seines Raub-
tierblicks, mit dem er seine zumeist um ein Vielfaches
schwereren Gegner einzuschüchtern vermochte.

Chiyonofuji beendet den Kampf im Handumdrehen
durch sein Markenzeichen, das Uwatenage. Das blaustichige

Publikum jubelt. Die Kommentatoren überschlagen sich vor Begeisterung.

Als hätte sie die Wiederholung dieses Kampfes nicht bereits an die hundert Male gesehen, entfährt Junyas Mutter ein lang gezogener Seufzer der Erleichterung, der jedoch in schnappendes Husten mündet, das sie in ihre gewohnt disziplinierte Haltung zurückzwingt. Sie versucht, jeden einzelnen Huster zu unterdrücken, indem sie den Mund geschlossen hält. Es klingt, als würde irgendwo in der Nachbarschaft ein gebrechlicher Hund heiser zu bellen versuchen.

Ein ungutes Gefühl beschleicht Junya, und er nimmt das Auge vom Loch im Washi-Papier der Schiebetür. Er würde am liebsten ausspucken, aber reißt sich zusammen, weil die Übelkeit, die sich in ihm ausbreitet, nicht aus seinem Magen rührt. Abwechselnd presst er seine Lider zusammen und reißt sie auseinander.

Er schaut noch einmal durch das Loch im Shōji. Das Wohnzimmer sieht verändert aus. Als sei die Schwerkraft darin abgeschwächt, hebt sich der jahrelang angesammelte Staub aus den Tatami und schwebt in feinen Wölkchen im bläulichen Schein des Fernsehers in Bodennähe. Seine Mutter verschwindet hüftabwärts darin. Auf dem Fernseher beginnt sich die krisselige Nahaufnahme des siegreichen Chiyonofuji, der gerade sein Kenshō-kin, sein Preisgeld, vom Gyōji entgegennimmt, aufzulösen. Die Elektronen flirren in einem Phosphorstrudel durcheinander, um sich schließlich zu der Ansicht des Brunnens aus Ringu zusammenzusetzen. Die Stimme Buntas, wie dieser sagt, dass Junyas Nachname Yamamura sei, hallt in Junyas Kopf wider. Das Bild verändert sich erneut: Sadako kriecht aus dem Brunnen, in Weiß gehüllt, die nassen schwarzen Haare schwer wie das Blattwerk einer Trauerweide vor dem Gesicht. Es ist ganz so wie im Film. Frames überspringend nähert sie sich der Kamera. Der Glasscheibe des Fernsehers. Dann entsteigt sie dem Fernseherausschnitt, als wäre es eine Luke hinein in das Wohnzimmer. In unmenschlichen Verrenkungen kriecht sie auf Junyas Mutter zu. Diese sitzt wie versteinert da. Mit ihrem durchgestreckten Rücken und den Händen im Schoß, scheint sie Sadako entweder zu erwarten oder nicht sehen zu können. Im nächsten Moment ist Sadako über ihr. Jedwede Interpretation strömt durch die Löcher der Schiebewände aus dem Raum. Nur der Tod bleibt.

Junya blinzelt. Das Flimmern des Fernsehers erlischt mit einem ploppenden Geräusch. Seine Augen beginnen, sich der frischen Dunkelheit anzugleichen. Der Staubnebel ist fort. Sadako ebenso. Junyas Mutter kriecht zum Futon hinüber und schlüpft unter die Decke. Sie hustet und es klingt wie Peitschenhiebe. Dann ist es still im Haus.

FANNI

Sie geht an Steves gläsernem Büro vorbei – von allen nur Glaspuff genannt – und durch die Reihen der Cubicles, die den Großteil des Office Space vom Research & Development einnehmen. Außer dem leisen Surren des Kühlschranks am Eingang, der täglich mit Nootropika in tropischen Fruitflavors, VOSS Wasser und Suntory BOSS Iced Latte-Dosen aufgefüllt wird, ist es still.

An der Menge gegen die Cubicle-Trennwände geklebter und gepinnter Memorabilia lässt sich leicht feststellen, wer von den Employees schon länger bei BELL arbeitet.

Ariels Cubicle zum Beispiel ist mit Fotos aus Tokio, wo er aufgewachsen ist, behängt. Flyer zu vergangenen Einzel- und Gruppenausstellungen, an denen er mit seiner Videokunst teilgenommen hat. Auf seinem Schreibtisch winkt Tag und Nacht eine Maneki-neko. Ein digitaler Bilderrahmen wechselt Pärchenfotos von ihm und seinem Freund durch. Auf jedem Bild schneiden sie Grimassen.

Friedemann hat sich mehrere Post-its in sein Cubicle gehängt, die ihn ans Essen erinnern sollen. Sie sind umgeben von ausgedruckten Auszügen des Cardano-Whitepapers, Polaroids seiner zwei Kinder und von Flüssen und Seen, die er von seinem Kajak aus fotografiert hat.

Im Cubicle von Romano hängen aufgefaltete Straßenkarten Europas und Nordafrikas. Viele Strecken sind mit rotem Marker nachgezogen. Es sind jene, die er mit seinem Transporter, den er zu einem Streaming-Mobil umgebaut hat, bereits abgefahren ist. Jeden Sommer ist er damit unterwegs und streamt das Ganze über Twitch. Er arbeitet nur noch deshalb bei BELL, weil die Streamingeinnahmen seine laufenden Kosten noch nicht komplett decken.

Nur Fannis Cubicle ist so weiß wie an ihrem ersten Arbeitstag vor drei Jahren. Dabei arbeitet sie, neben Friedemann, von allen aktuellen Employees im R&D am längsten bei BELL. Alles, was ihr jemals etwas bedeutet hat, existiert in digitaler Form und funktioniert nicht als Gegenstand, den man aufhängen könnte.

Die Fensterscheiben des Büroraums lassen das brüchige Morgenlicht durch. Am Nachbargebäude taucht aus dem Untergrund eine Flotte von ORBiT-Elektroautos auf. In Zweierreihen fahren sie zu einem der drei Exits des Zenith-Komplexes, von wo aus sie sich über die ganze Stadt verteilen und Menschen von A nach B transportieren.

ORBiT und DabbaWala, ein Lieferservice-Unternehmen, teilen sich das A-Building sowie die darunterliegende mehrstöckige Tiefgarage, in die die onyxschwarzen Pkw von ORBiT und die seladongrün gebrandeten E-Roller DabbaWalas zum Aufladen oder Feierabend zurückkehren.

Die beiden Tochterunternehmen sind die Zugpferde von Zenith Inc., doch BELL wird weithin als der vielversprechende Darling angesehen. Nicht nur aufgrund des durchschlagenden Erfolgs, sondern vor allem, weil BELL mit seinen ausgeklügelten AGB und Rechteabtretungen eine Datenkrake sondergleichen ist.

Auf der anderen Seite des B-Buildings, das allein von BELL besetzt ist und in der Mitte des Komplexes liegt, ist da schließlich noch das C-Building. Dort sind neben den Büros von Dazzle, Zeniths eigener Videosharing-Plattform, kleinere Subsidiaries untergebracht. Hauptsächlich frisch aufgekaufte Start-ups und Moonshots, deren Produkte in vielen Fällen nie das Licht der Welt erblicken. Zum Beispiel: TESSERACT, ein Entwicklerstudio für Augmented-Reality-Apps und -Games. couchpotato, ein Big-Data-Datenbank-Operator. Slumbr Land, die eine gleichnamige App entwickeln, die jeden eingespeisten Podcast einschlafkompatibel mit ASMR-Filtern ausstattet.

Fanni setzt sich an ihren Schreibtisch, fährt den Rechner hoch und packt die Tüten ihres heutigen MRE aus, die für die Frühstücksmahlzeit gedacht sind. Der Strom von ORBiT-Autos, die aus der Tiefgarage auftauchen, ist versiegt. Der Kühlschrank am Eingang gluckert kurz auf und surrt weiter. Der Mauszeiger schwebt über dem Desktopsymbol des Video Annotation Tools.

Sie stellt sich vor, wie schön es wäre, wenn jetzt von draußen Sirenen zu hören wären. Zu dem tiefen Jaulen würde eine knackend übersteuerte Lautsprecherstimme hinzukommen, die alle Bürger_innen dazu auffordert, in ihren Häusern zu bleiben und Türen und Fenster geschlossen zu halten, weil plötzlich ein bis dahin unbekannter Virus ausgebrochen sei, der alle, die ihm ausgesetzt sind, in Zombies verwandelt. Keiner ihrer Kolleg_innen würde auf Arbeit erscheinen. Sie wäre den ganzen Tag und den nächsten, dann Wochen und Monate alleine im R&D. Sie würde die Naumanns und so viele andere Kund_innen wie möglich über die Gegensprechanlagen der Kameras vor Zombies warnen, die um ihre Häuser streifen. Auf der Suche nach Fleisch und Gehirnen.

Die Unterhaltungen, die die anderen beim Eintreffen an der Eingangstür beginnen, werden über den Tag im Gruppenchat des Element-Messenger weitergeführt.

Fanni liest immer mal wieder rein, beteiligt sich aber nicht aktiv.

Nur sehr selten schreibt sie etwas, dann aber nicht aus dem Drang heraus, sich mitteilen zu müssen, sondern um ein Mindestmaß sozialer Partizipation zu demonstrieren. Die anderen sind allgemein sehr entspannt und tolerant. Fanni befürchtet nicht ernsthaft, dass es zu irgendwelchen Workplace Animosities käme, würde sie sich gar nicht mehr beteiligen. Riskieren will sie es allerdings auch nicht. Je reibungsloser die Tage auf Arbeit sind, umso schneller vergeht die Zeit bis zum Feierabend, wenn Fanni dann wieder alleine im R&D ist. Hin und wieder eine Message oder ein zielsicher platziertes Emoji und sie sollte safe sein.

Die Unterhaltung im Chat dreht sich heute anfangs um irgendeine bevorstehende Celebration. Ariel fragt, ob die anderen schon den riesigen Ice Cream Cake gesehen haben, der im Atrium aufgebaut wird. Fanni hat keine Ahnung, worum es geht. Sie schaut so gut wie nie in das Postfach der E-Mail-Adresse, die sie bei Jobantritt angegeben hatte. Und den Firmen-Newsletter hat sie damals sofort in den Spam-Ordner verschoben.

Obwohl noch nicht mal Mittagspause ist, dreht sich der Chat anschließend darum, in welche der drei Kantinen man zur After Work Hour gehen will, und wie man die After After Work Hour verbringen könnte.

Arne versucht, die anderen davon zu überzeugen, die After Work Hour heute ausfallen zu lassen und stattdessen direkt in die City zu fahren. Sein Appetit auf »Huppifluppi-Essen« sei für den Rest der Woche noch vom Molecular Monday im FuZion – der Kantine des A-Buildings – gedeckt. Er plädiert für, so schreibt er, eine proletarische Currywurst mit Pommes Schranke, setzt aber ein PS dahinter, dass der Imbiss, den er in derselben Message vorgeschlagen hat, auch sehr gute Seitanwurst und Süßkartoffelpommes anbietet.

Dann geht es um die After After Work Hour, und wie immer, wenn es um Gruppenaktivitäten geht, trumpft Ariel groß auf und flutet den Chat regelrecht mit Vorschlägen und Links zu diversen Events.

Diesmal hat er folgende im Angebot: ein Pop-up-Biohacking-Buffet im Tattoo- und Piercingstudio einer Freundin, die Vernissage seiner ehemaligen Medienkunst-Professorin, das Endshowcase eines VR-Game-Jams, ein Pseudoscience Slam oder ein Visit im Hackerspace in Schönheim, der sein fünfzehnjähriges Jubiläum mit einer Keysigning-Party, Live-Speedrun-Programm, einer Podiums-diskussion zum Cyborg Manifesto und anschließendem Chiptune-Rave feiert.

Bis zur Mittagspause hat die Gruppe noch keinen Kon-sens gefunden. Fanni hält sich die Möglichkeit offen – sollte die Entscheidung auf den Pseudoscience Slam fallen –, ebenfalls zuzusagen. Damit hätte sie ihre selbst auferlegte halbjährliche Pflicht zur Teilnahme an einer Gruppenakti-vität IRL frühzeitig abgeleistet und bräuchte für den Rest des Jahres nicht mehr auf die passende Chance zu lauern.

Über die drei Jahre, in denen sie bei BELL ist, hatte es etwas Kalibrierung benötigt. Mittlerweile hat Fanni ihren Kollegialitäts-Sweet Spot bei einer körperlichen Partizipa-tion pro Halbjahr gefunden. Manchmal hat sie sogar so was Ähnliches wie Spaß dabei. Zum Beispiel vor zwei Halb-jahren, als sie in einer Paintball- und Lasertag-Halle in einem alten Hochbunker waren. Sobald sie die Helme mit Gesichtsschutzmaske sah, wusste Fanni, dass es die richtige Entscheidung gewesen war, mitzukommen. Beim Laufen und Ballern blieb nicht viel Gelegenheit für Unterhaltungen. Dass sie jedes Deathmatch gewann, war lediglich ein netter Bonus gewesen.

Früher als sonst erfolgt das eigentlich allmittägliche Geklapper der Kugellager in den Schreibtischstuhlrollen, das Quietschen von Sneakersohlen auf dem Vinylboden und das nervtötende Flap-Flap von Flip-Flops.

»Behrends! Hey, Behrends!«

Fanni richtet sich in ihrem Cubicle auf. Durch die Glaswand, die den R&D-Büroraum und den Gang voneinander trennt, sieht sie ihre Kolleg_innen. Steve steht im Eingang, so dass sein Fuß die Tür offen hält.

Im Gegensatz zu den anderen wird sie von ihm oft nur beim Nachnamen angesprochen. Das ist eine seiner kleinen Spitzen, die Fanni spüren lassen sollen, wie ihr Standing innerhalb der Abteilung ist, wenn es nach ihm geht.

Sie weiß nicht, ob er sie einfach nur so nicht leiden kann oder es daran liegt, dass sie keinen Penis hat und somit der von ihm angestrebten vollständigen Bro-isierung des R&D im Weg steht. Es könnte auch damit zu tun haben, dass er von ihr nicht die gewünschte Rückmeldung auf seine Annäherungsversuche erhalten hatte, kurz nachdem er vor zweieinhalb Jahren als Teamleiter in der Abteilung anfing. Ständig scharwenzelte er um ihr Cubicle herum und presste seine Ü40-Pecs in ihr Sichtfeld. Dabei war ihm jeder noch so kleine Vorwand recht. Wahrscheinlich war er auch noch der Meinung gewesen, sich dabei subtle AF zu verhalten. In etwa so subtil, wie er versucht hatte, seinen Ehering am Finger zu verdecken.

»Hast du den Newsletter nicht gelesen? Gleich Milestone-Celebration im Atrium«, sagt er laut durch den Raum.

Sie hasst es, wenn jemand die Stimme erhebt. Kein Grund der Welt rechtfertigt das.

»Nee, passt schon«, muss sie zurückrufen.

»Hast ihn also nicht gelesen«, der Spott in seiner Stimme entgeht ihr nicht. »Teilnahme für alle Employees obligatorisch. Also los.«

Sie nickt und taucht ab und loggt sich mit einem Seufzer aus ihrem Account aus.

Als sie, an ihm vorbei, den Raum verlässt, schüttelt er seinen Glatzkopf, der ihn wie einen Jeff Bezos-Klon aus einem Discounterlabor aussehen lässt. Sie geht schneller als sonst in Richtung des Lichthofs. So dass es verdächtig aussähe, wenn er zu ihr aufschließen würde.

In der Mitte des mehrstöckigen Atriums schwebt eine Videodrohne so groß wie eine externe Festplatte. Sie filmt den großflächigen Ice Cream Cake, dessen Optik dem Standardmodell der BELL-Videotürklingel nachempfunden ist, von oben ab. Drei Viertel des Rechtecks sind milchspeiseeisweiß. Mit einem Minzeiskreis, der in seiner Farbgebung BELLs Brandcolor zwar nahekommt, aber eine Nuance zu sehr ins Grüne driftet. Das obere Viertel, in dem die Linse der Kamera verbaut ist, ist aus Zarbitterschokoladeneis. So erklärt es der CMO auf der Bühne. Dann fährt er sich durch sein sehr fluffig fallendes Haar und moderiert den CEO von BELL Deutschland und den Special Guest an – den International Sales Manager, der extra für die Celebration aus Burbank rübergejettet ist, wo sich sowohl das globale HQ von BELL als auch von Zenith Inc. befindet. Der CEO stellt die Drohne, die manuell einstellbare Routen im Kund_innenzuhause abfliegen und überwachen kann, als kommende Erweiterung des BELL-Product-Line-ups vor.

Überall im Atrium sind Monitore aufgestellt, die das Drohnenbild wiedergeben, so dass auch Fanni, die in der

Nähe des Cakes steht, ihn als das erkennen kann, was er darstellen soll. Zurzeit findet eigentlich eine Meisterschüler_innen-Ausstellung der hiesigen Kunsthochschule im Atrium statt. Auf dem Weg hat Fanni die zur Seite geräumten Skulpturen und Installationen im Gang stehen sehen.

Sie stellt ihren ungenippten Becher mit einem nicht alkoholischen adaptogenen Drink neben sich vor die Säule. Auch die Emporen der oberen Stockwerke sind voller Menschen. Schulter an Schulter drängen sich Coder_innen, PR-Menschen, Software-Engineers und Customer Service-People an den Brüstungen, schlürfen ihre Drinks und schauen hinunter auf die Bühne und den Cake, unter dem die Schwaden von Trockeneispacks vorwabern. Fanni muss an die Schutt- und Asbestwolken denken, in denen die Hochzeitsgesellschaft im »Versailles Wedding Hall Disaster«-Video untergegangen ist, als der Boden unter ihren tanzenden Füßen wegbrach und 23 Menschen zwei Stockwerke tief in den Tod stürzten.

Der CEO – eine lebensechte Simulation des modernen Tech-Entrepreneurs samt humble getragenem T-Shirt von GAP, Out-of-Bed-Haarwirbel und Augenringen – spricht gerade von gewonnenen Market Shares, als wären es Wetterphänomene am Polarkreis. Er fordert die Anwesenden dazu auf, sich selbst eine Round of Applause zu geben. Schließlich sei der erdrutschartige Erfolg BELLs in Deutschland das Verdienst jedes und jeder einzelnen von ihnen. Fanni wünscht sich, sie hätte den Becher nicht abgestellt und somit eine Ausrede, nicht zu klatschen. Sie verschränkt die Arme hinter dem Rücken und lehnt sich zur Sicherheit gegen die hinter ihr stehende Säule. Dann kommt er auf den Object-Recognition-Algorithmus zu sprechen und darauf, wie satisfied die Führungsetage mit dem Leap sei, den dieser in den vergangenen Monaten noch einmal gemacht habe. Dabei zieht er irgendwelche Werte heran, die Fanni – und wahrscheinlich allen anderen aus dem R&D – vollkommen fremd sind. Bei ihm klingt es ganz so, als handele es sich bei dem von BELL verwendeten OR-Algorithmus um eine futuristische KI von der Klasse eines HAL 9000 oder Skynets und nicht etwa um ein zusammengeschustertes Machine-Learning-Netzwerk mit der Autonomie und der Aptitude eines herkömmlichen Tackers. Den Anteil, den Fanni und ihre in der Welt verteilten Kolleg_innen im Research & Development daran haben, dass der Algorithmus überhaupt Fortschritte gemacht hat und nicht mehr regelmäßig jede streunende Katze mit dem Müllwagen verwechselt, unterschlägt er dabei ganz einfach.

Fanni schaut sich nach einem Fluchtweg um. Von dem One-Man-Bullshitbingo wird ihr schwindelig. Steves Glatze wogt in der Nähe des Eingangs zwischen den Köpfen wie eine Basketballhälfte in einem Müllteppich auf dem Pazifik.

Sie muss hier raus. Kriegt wieder dieses Amoklauffeeling und sieht sich schon von einem Querschläger getroffen zu Boden sacken. Sieht, wie jemand direkt neben ihr sein Hawaiihemd lüftet und eine um den Bauch geschnallte C4-Sprengladung entblößt, die ihre abgefetzten Gliedmaßen auf den Ice Cream Cake platschen lassen wird.

Auf der Bühne hat der CMO wieder übernommen und moderiert nochmals den Gast aus den Staaten an, der, bevor er auch etwas sagt, ein neues Showreel BELLs zeigen will.

Schon werden die Oberlichter des Atriums abgedimmt und der Clip erscheint auf der Leinwand hinter der Bühne und auf den Monitoren. Fannis Chance. Es ist ein Zusammenschnitt kurzer Videotürklingel- und Indoor-Kameraclips – von BELL-Kund_innen auf TikTok, YouTube und Dazzle geteilt.

Fanni schiebt sich im Zickzack an Schultern vorbei Richtung Ausgang. Im Augenwinkel das Showreel auf den Monitoren.

Von einem whimsical Song aus Ukulele, Glockenspiel und Claps unterlegt, werden heimkehrende Marines in Desert-Camouflage-Montur auf dem Vorgartenrasen von Wifey, Kindern und Golden Retriever umarmt. Dabba-Wala-Lieferant_innen schlittern über vereiste Einfahrten und werden von den Hausbewohner_innen an der Tür mit einem Weihnachtsgeschenk bedacht, das wahrscheinlich weniger wert ist als ein gutes Trinkgeld. Cringy Vorstadtdaddies in Toga oder T-Rex-Kostüm empfangen den Schulbus mit ihren Teenie-Kindern am Straßenrand.

Fanni duckt sich etwas tiefer und umschleicht Steve. Um sie herum wholesome lächelnde Gesichter, beschienen vom Licht der Monitore. Sie muss an das Türklingelvideo einer Konkurrenzfirma BELLs denken, das sie vor zwei Jahren auf einem True-Crime-Kanal auf YouTube gesehen hat.

Ein spätabendlicher Suburb von L.A. Der Rücken des Hausbewohners, der in Bademantel und mit verschränkten Armen auf seiner Veranda steht – den Blick zur Straße. Ein weißes Auto mit offenem Kofferraum rast von rechts nach links durchs Kamerabild. Das verzweifelte Kreischen einer Frau, die bei voller Fahrt versucht, durch die Beifahrertür zu entkommen. Der Fahrer reißt sie zurück ins Wageninnere. Der Kopf des Manns im Bademantel folgt dem Auto. Den Hilferufen. Kurz bevor das Auto den Kameraframe verlässt, röhrt der Motor nochmals auf. Dann ist es weg. Outside of view frame. Von der Frau bis heute keine Spur.

Die automatischen Doppeltüren schließen sich hinter Fanni. Das vor sich hin plinkernde und clappende Instrumental und das gemeinschaftliche Lachen der Employees dringen unter den Türen hindurch wie Giftgas in den Gang.

JUNYA

Dohi-sensei war der Lieblingslehrer der ganzen Grundschulklasse. Er war jung, scherzte mit den Schülern und
Schülerinnen, sah gut aus und behandelte alle gleich. Selbst
Junya. Die anderen Lehrer und Lehrerinnen ignorierten
Junya entweder oder schnauzten ihn an, wenn er im Unterricht leise Selbstgespräche führte oder sich unablässig mel-
dete, um Dinge zu fragen, die mit dem Unterrichtsfach
nicht das geringste zu tun hatten. Dohi-sensei war geduldig
mit ihm, ging auf seine Fragen ein, auch wenn dies bedeu-
tete, den Unterricht für ein paar Minuten unterbrechen zu
müssen. Manchmal setzte er sich in der Mittagspause auch
auf einen der freien Plätze neben Junya und unterhielt sich
mit ihm. Dohi-sensei war auch Junyas Lieblingslehrer. Bis
zu diesem einen Tag in der sechsten Klasse.

Doch bevor dieser Tag kam, hätte auch Junya gerne auf
der Glückwunschkarte zum Geburtstag des Lehrers unterschrieben, die Klassensprecherin Etsuko jedes Jahr besorgte
und auf der sie die ganze Klasse unterschreiben ließ. Alle
außer Junya. Als hätte er keinen Namen, mit dem er unterschreiben könnte. Oder als wäre er nur ein Klon, der die
Schulbank in Vertretung eines echten Schülers belegte.

Junya betrachtet das von Kinderhand gemalte Filzstiftbild
im Zwielicht, das vom Laubengang des Apātos durch das
vergitterte Fenster in die Wohnung sickert.

Es war im fünften Schuljahr gewesen, einen Tag vor
Dohi-senseis Geburtstag. In der Pause stand Junya von seinem Platz auf und ging hinüber zu Etsukos Tisch, um den

sich die ganze Klasse versammelt hatte. Er stellte sich auf die Zehenspitzen, um wenigstens einmal einen Blick auf das Motiv der Karte zu erhaschen, die Etsuko ausgesucht hatte. Es war eine Ansicht des Pariser Eiffelturms. Junya ist bis heute nicht dahintergestiegen, was es damit auf sich hatte.

Als die anderen ihn bemerkten, wichen sie geschlossen vor ihm zurück, als habe er eine höchst ansteckende Krankheit. Koji, Masataka und Hiroyasu traten vor und fragten ihn so laut, dass es auch jeder hörte, was er wolle. Junya blieb stumm. Wie sollte er ihnen begreiflich machen, dass er nichts weiter wollte, als dasselbe wie alle anderen auch; seinem Lieblingslehrer zum Geburtstag gratulieren.

Die drei packten ihn und verbogen ihm den Arm auf dem Rücken. Als wären sie Polizisten, die einen widerspenstigen Kaufhausdieb abfertigten, schoben sie ihn durch die Reihen. Sie forderten ihn heraus, er solle sich doch wehren. Solle sich ruhig trauen. Dass er schon sehen werde. Doch Junya unternahm nichts. Das tat er nie. Und was hätte er schon tun können? Er war allein und die anderen waren alle, außer Junya.

Koji und Masataka schubsten ihn mit Wucht auf seine Schulbank zurück. Sie krachte unter ihm zusammen, als eines der Tischbeine durchbrach.

Junya bekam riesigen Ärger und seine Eltern mussten die Bank nur aus dem Grund nicht bezahlen, weil der Rektor für das nächste Schuljahr bereits neues Mobiliar geordert hatte. Die gesamte Klasse behauptete, er sei in der Pause wie aus dem Nichts ausgerastet und habe seine Schulbank zertrümmert. Niemand hielt es danach noch für notwendig, sich nach Junyas Version zu erkundigen. Sämtliche Aussagen standen gegen ihn. Es hätte ja doch nichts genützt. Er hätte nichts gesagt. Weder zugegeben noch geleugnet hätte er es.

Junya zählt neunundzwanzig krakelige Namen. Dann zerknüllt er das Blatt Papier mit dem Filzstiftbild, auf dessen Rückseite die Grundschulklasse 4-1 ihrem Lehrer Watanabe-sensei ganz herzlich zu seinem Geburtstag gratuliert. Er wirft es in den Müllkorb und geht zurück in den winzigen Nebenraum, in dem Lehrer Watanabe noch immer sorglos daliegt und selbstzufrieden im Schlaf schmatzt.

Durch die Augenlöcher seiner Maske betrachtet Junya die Abschlussurkunde, die in einem schmalen Wandregal über dem Bett steht. Sie ist vor drei Jahren von der Universität Chiba auf einen gewissen Yūji Watanabe ausgestellt worden.

Junya dreht das Smartphone Watanabes auf die Displayseite, die mit ihrer Uhrzeitanzeige die einzige Lichtquelle im kleinen Zimmer ausmacht. Dann kontrolliert er die GoPro, die er am Schultergurt seines Rucksacks angebracht hat. Er gibt darauf acht, nicht mit dem Schnabel der Maske dagegenzustoßen und so den Bildausschnitt zu ruinieren.

Die Aufnahme läuft. Er greift unter seinen Mantel und zieht den Sanmoku-Hammer heraus. Dann blickt er hinunter auf den jungen Lehrer, der nicht ahnt, was gleich mit ihm geschehen wird.

Junyas Augen verengen sich, als er versucht, den Fonticulus anterior auf dem Kopf des Schlafenden möglichst genau anzupeilen. Sein eigenes Schnaufen unter der Maske. Er riecht das klamme Holz und seinen fahlen Atem.

Wie jedes Mal vor dem Erheben des Hammers rasen Bilder durch seinen Kopf, so schnell, dass sie sich überlagern. Als würde Junya jeden Moment sterben, fliegt sein Leben im Schnelldurchlauf vor seinem inneren Auge vorbei. Die starren Augen seines Vaters, der auf dem Wohnzimmerboden liegt. Die hassverzerrte Fratze seiner Mutter. Das wiehernde Gelächter all seiner Mitschüler aus elf Jahren Schule. Die Ablehnung in den Augen der Lehrer, wenn er eine Frage stellte. Und zuletzt der zuckende Mundwinkel Dohi-senseis, der ein Grinsen zu unterdrücken versucht. Dann sind die Gesichter verschwunden, und alles, was bleibt, ist immer nur ein Satz: Deru kugi wa utareru. Ein herausstehender Nagel muss eingeschlagen werden.

Er umfasst den Stiel des Hammers so fest, dass das Zittern bis in seinen Arm hinaufreicht. Schließlich erhebt er ihn, holt aus, bis es in seiner Schulter zu ziehen beginnt. Dann gibt es kein Zurück mehr.

Wenn der Hammer auf die schlafenden Köpfe heruntersaust, dann ist Junya nicht mehr länger er selbst. Oder aber er ist viel mehr er selbst, als er es in irgendeinem anderen Moment seines Lebens ist.

Verglichen mit seiner Wirkung ist das unspektakuläre Geräusch des auf dem Schädel auftreffenden Hammers schon fast eine Kränkung. Der Lehrer Watanabe schreckt auf, doch noch bevor sein schlaftrunkener Schock zu echter Alarmbereitschaft werden kann, landet der Hammer bereits zum zweiten Mal auf seiner Schädelplatte.

Er schnappt nach Luft, als würde er nach einem riskanten Tauchgang durch die Wasseroberfläche stoßen. Dann fuchtelt er wild mit den Armen.

Junya lässt den Hammer unaufhörlich auf dem Kopf Watanabes einschlagen. Watanabes Winseln gipfelt in jaulenden Spitzen. Sein Blut sucht panisch einen Weg aus einer beliebigen Öffnung seines Kopfs, erschwert ihm das Atmen und spritzt gegen Junyas Regenmantel, während die Schemen der Arme des Lehrers hilflos durch die Luft irren. Der

Hammerkopf prallt stumpf auf den Schädel. Watanabe versucht, den Schlägen zu entgehen, kriecht rückwärts und rutscht in die Lücke zwischen Bett und Wand. Junya beugt sich über das Bett, den Hammer erneut erhoben, doch dann lässt er ihn sinken, dreht sich um und rennt zum Genkan, an dem Abfallkorb vorbei, in dem das zerknüllte Blatt Papier liegt, reißt die Wohnungstür auf, läuft den Laubengang entlang, die Treppe hinunter, überquert den Parkplatz des Apāto und spurtet durch Nebenstraßen und über Spielplätze. Nach einigen Minuten geht er keuchend in die Hocke, reißt sich Maske und Perücke vom Kopf und stopft sie zusammen mit der Kamera in den Rucksack. Die Handschuhe steckt er zurück in den Mantel. Er steht auf, holt ein paarmal tief und schmerzhaft Luft und lässt sich von der Nacht Tokios verschlucken.

Als Junya um die letzte Straßenecke biegt und das Signallicht des Krankenwagens sieht, der vor seinem Elternhaus steht, versinkt urplötzlich alles in zähflüssiger Ungewissheit.

Die Nachbarn sind aus ihren Häusern gekommen und haben einen gaffenden Halbkreis um die Szenerie gebildet. Manche von ihnen tragen Atemschutzmasken, die in einer Sekunde noch weiß zu sein scheinen, in der nächsten jedoch, im Stroboskop der Signalleuchten auf Wagendach und Kühlergrill, rot aufblitzen.

Ein Trupp von Notfallsanitätern, ebenfalls mit Schutzmasken auf den Gesichtern, kramt im Heck des Wagens und läuft anschließend mit Taschen in den Händen zum Haus hinauf.

Der Schock lässt Junya auf der Kreuzung erstarren wie ein vom Scheinwerferlichtkegel eines heranrasenden Autos hypnotisiertes Kaninchen. Er wiegt seinen Kopf leicht von der einen Seite zur anderen. Als besäßen seine Gedanken ein Gewicht und würden, einmal angestoßen, mit kinetischer Energie ausgestattet. Doch so sehr die verschiedenen Versionen dessen, was geschehen sein mag, seinen Kopf ins Wanken bringen, so unbeweglich und massig steht in ihrer Mitte der simple Fakt, dass er es nicht herausfinden wird.

Während er dabei zusieht, wie zwei der Sanitäter zurückkommen, um den Krankenwagen laufen und den Umstehenden etwas zurufen, macht Junya einen Schritt zurück. Sie winken eine Handvoll Männer aus dem Menschenrund heran, die sie zurück zum Haus und damit außer Sicht begleiten. Junya setzt zu einem weiteren Rückwärtsschritt an. Vom Haus erschallt ein mehrkehliges Rufen. Einmal. Zweimal. Beim dritten Mal kracht es und Junya ahnt, dass sie mitsamt der Tür in den Hausflur gefallen sind. Er dreht sich um. Seine schnellen Schritte werden immer raumgreifender. Aus Laufen wird Spurten. Er schwingt die Arme durch, versucht sein Elternhaus mit jedem Mal weiter von sich wegzustoßen.

Da sind fremde Menschen im Haus. Das ist alles, was sein Denken bestimmt, als er die Straße in die Richtung zurückrennt, aus der er gekommen ist. Das, und die Angst vor dem Tag und dem, was dieser bringt.

FANNI

Die Naumanns veranstalten einen Privatflohmarkt in ihrem Garten. Am Morgen hat Fanni Georg Bierzeltgarniturtische hinaustragen sehen. Dann brachten Uta und er Bücherkisten, leere Bilderrahmen, Körbe voller Kleinkrams heraus. Moira steuerte Stofftiere, Bilderbücher und ein paar ihrer Tierfiguren bei.

Durch die Indoor-Kamera kann Fanni nicht viel erkennen. Georg kommt immer mal wieder ins Haus und trägt etwas zu trinken in den Garten. Wasser, Bier, Sekt, Säfte. Uta steht am Grill auf der Terrasse und versorgt die Gäste. Viele von ihnen kennt Fanni nicht. Wahrscheinlich alles Freund_innen und Bekannte. Vielleicht auch Kolleg_innen aus dem Altenheim und Angestellte aus Georgs Tischlerei. Fanni hat vier fremde Kinder verschiedenen Alters gezählt. Mit zwei davon – ungefähr so groß wie Moira – läuft Moira in ihrer über den Knien abgeschnittenen Latzhose manchmal in den Kameraframe. Ihr Okapi immer in der Hand. Sie lacht.

Irgendwie gefällt Fanni das nicht. Diese ganzen Menschen. Daheim bei den Naumanns. Wie ihre Schuhe Spuren auf den Fliesen hinterlassen, wenn jemand auf die Toilette geht. Dass sie durch den Garten schlendern oder so selbstverständlich und locker herumstehen, als fühlten sie sich wie zu Hause. Und die zwei Kinder, mit denen Moira spielt – eins langhaarig und in einem Kleid, das andere kurzhaarig und in Hose und T-Shirt. Fanni kennt diese Kinder nicht. Kennt deren Eltern nicht.

Sie sieht es schon kommen. Moira freundet sich mit

ihnen an, und schon verbringt sie die Nachmittage bei ihnen zu Hause. Zum Spielen. Als Nächstes kommen gemeinsame Familienausflüge an den Wochenenden. In den Tierpark. An den Odernsee oder einen der anderen Badeseen in der Umgebung. Zum Schluss fahren sie gemeinsam in den Urlaub. Besuchen vielleicht sogar Georgs Eltern in Schweden. Und Fanni bleibt nichts weiter als das leere Haus.

Moira hat einen Lieblingsplatz im Erdgeschoss. Es ist ein brauner Sisalteppich zwischen Esstisch und Terrassenfenstern mit konzentrischem Muster. Er sieht wie eine perfekt kreisförmige Treibsandgrube aus. Moira sitzt fast jeden Tag auf dem Teppich und spielt mit ihren Tierfiguren oder breitet ihre bebilderten Karten aller möglichen Tierarten um sich aus. Sie kann stundenlang dasitzen und sich die Bilder auf den Vorderseiten der Karten ansehen. Auf den Rückseiten stehen Daten zu den Tieren. Zu welcher Familie und Gattung sie zählen, ihre Verbreitung, ihr Lebensraum, welche Nahrung sie fressen. Oft bittet Moira ihre Eltern, ihr die Rückseiten vorzulesen. Dabei kennt sie sie alle auswendig. Fanni auch. Trotzdem hören sie Moiras Eltern gerne dabei zu. Wenn sie von Fennekfüchsen lesen. Von Faultieren. Kormoranen. Hyänen. Schneehasen. Shepherd-Walen. Axolotln. Und natürlich vom Okapi. Moira will Tierforscherin werden, wenn sie groß ist. Oder Tierschützerin. Aber am besten beides. Noch vor zwei Jahren wollte sie Giraffe werden, wenn sie groß ist. Damit sie von da oben aus all die anderen Tiere gut sehen kann. Fanni fand das überraschend schlüssig.

Manchmal, wenn Moira auf dem Treibsandteppich sitzt, umgeben von all den Tieren, pickt sie eine Karte heraus und hält sie hoch. In die Kamera. Und erzählt dem Geist, erzählt Fanni, von dem jeweiligen Tier. Auf den Kartenrückseiten ist nicht unendlich Platz. Und Moira erweitert die Informationen über die Tiere mit eigenen Fakten. Welche Kuchensorte der Salamander am liebsten isst. Dass der sibirische Tiger nicht umarmt werden mag. Wohin die Nasenaffenfamilie in Urlaub fährt. Oder warum der Hammerhai eine ganz breite Lesebrille braucht. Dabei grinst sie dann auf so eine ganz bestimmte Weise. Sie weiß, dass diese Dinge nicht stimmen. Das kann Fanni von ihrem Gesicht ablesen. Sie glaubt diese Dinge nicht wirklich. So wie andere Kinder das tun würden. Nein, Moira hat einfach Lust daran, sich diese Dinge auszudenken.

Und Fanni wünscht sich dann, Moira würde nie wieder aufhören, zu erzählen und ihren Kopf mit wahren und erfundenen Fakten zu füllen. Mit so vielen, dass sie andere Dinge vergisst.

Moiras Schlafenszeit rückt näher. Einige Gäste sind schon gegangen. Mit Büchern und Gesellschaftsspielen in den Armen. Moira und die zwei fremden Kinder kommen rein. Sie zeigt ihnen die Tierkarten, die zur Seite geräumt in der Ecke liegen.

Das kurzhaarige Kind schaut sich um, sieht die Indoor-Cam und zeigt darauf. Zeigt auf Fanni und sagt: »Was ist das da?«

Moira hat die Karte der Oryxantilope in der Hand.

Sie sagt: »Da wohnt der Geist drin. Aber du musst keine Angst haben. Der Geist ist ganz lieb. Der beschützt uns. Und er mag auch Tiere gern.«

Die Naumanns hatten ihre BELL-Kameras bereits ein paar Wochen installiert, als Fanni sie fand. Zu Anfang sah sie noch den ein oder anderen skeptischen Blick hoch zur Kamera. Oder in die Linse der Videotürklingel, wenn sie die Haustür aufschlossen. Nach einigen Wochen saßen sie dann am Esstisch und sprachen darüber, ob sich ihr Gefühl von Sicherheit durch die Kameras zum Positiven verändert hatte. Und ob es das Gefühl des Beobachtetwerdens aufwog.

»Moira, möchtest du, dass der Geist hierbleibt?«, sagte Georg.

Moira sah einen Moment hoch. Und auch wenn Fanni das sogar vor sich selbst etwas peinlich war, sie hatte das Gefühl, Moira könnte sie tatsächlich sehen. Sie hätte schwören können, dass die Blutpumpe in ihrer Brust für ein paar Schläge aussetzte. Dann rief Moira, ja, der Geist solle bleiben.

Georg und Uta beschlossen, die Kameras nicht wieder abzumontieren.

Aus Tischgesprächen hatte Fanni erfahren, dass bei den Naumanns eingebrochen worden war. Sie waren nicht zu Hause gewesen. Die Einbrecher_innen stahlen nichts von persönlichem Wert. Aber das Gefühl von Sicherheit in den eigenen vier Wänden war futsch und sie entschieden sich dazu, es mal mit den Überwachungskameras zu probieren. Auf Probe. Und Moira erklärten sie es so, dass ein freundlicher Geist im Haus wohne, der darauf aufpasse, dass nicht noch mal Leute in ihr Zuhause kämen, die da nicht hingehörten.

Moira hatte sofort angefangen, mit den beiden Kameras zu reden. Das hatte Fanni im Videoarchiv der Naumanns gesehen. Sie holte das ganze Material nach, das sie verpasst hatte. Extrahierte es aus der Datenbank, so dass sie es zu Hause bingen konnte. Noch lieber wäre sie aber live dabei gewesen, als Moira das erste Mal mit der Kamera gesprochen hatte.

»Da ist gar kein Geist drin. Das ist doch eine Kamera. Die hat man zum Gucken, ob wer kommt«, sagt das fremde langhaarige Kind, »mein Papa hat so eine in der Garage.«

»Wohl«, sagt Moira mit Entschlossenheit in der Stimme, »ist der Geist da drin. Der wohnt da und guckt raus und passt auf.«

Die fremden Kinder nehmen sich bei der Hand und verlassen das Haus zurück in den Garten. Moira schaut Fanni an. Sie lässt sich auf den Hintern fallen, als befände sie sich im Sitzstreik.

»Die sind doof«, sagt sie, »hör nicht auf die, Geist.«

Am frühen Nachmittag teilte ihr die DHL-App auf ihrem Smartphone mit, dass ihr Paket mit den südkoreanischen MREs, die sie sich in den Niederlanden bestellt hatte, bei Nachbarn abgegeben worden sei. Der Paketbote hatte schon wieder ihre in der App eingestellte Präferenz ignoriert, Pakete in der Packstation zwei Straßen weiter abzuliefern.

Fanni geht das Treppenhaus rauf und sucht nach dem Nachbarsnamen auf den Klingelschildern. Wieder mal wünscht sie sich, 1000 Jahre später zur Welt gekommen zu sein. Als eine basale Zeile Code. Dann, wenn die Menschheit sich endlich zu einer postbiologischen Zivilisation weiterentwickelt hat und nur noch als Zip-Datei auf einer von Roboterhelfern gewarteten Quantenfestplatte existiert.

Im dritten Stock findet sie den Namen. Vogler. Es ist das erste Mal, dass sie dort ein Paket abholen muss.

Sie stößt Luft aus, macht ein Hohlkreuz und drückt die Schulterblätter nach hinten.

»Sie haben ein Paket für mich. Hallo, bei Ihnen liegt ein Paket von mir. Für mich.« Sie schließt die Augen. Pustet noch mal aus. »Entschuldigung. Bei Ihnen wurde ein Paket abgegeben. Für mich. Wurde ein Paket für mich abgegeben. Hallo«, flüstert sie und rollt den Hinterkopf über den Nacken. Ihr Pferdeschwanz streift über den Tragegriff des Laufrucksacks.

Mit den Knöcheln von Zeige- und Mittelfinger drückt sie das Klingelschild rein. Erst danach registriert sie die giftgrünen Gummistiefel auf dem hölzernen Schuhregal neben der Wohnungstür. Sie sind deutlich zu klein für die Füße eines ausgewachsenen Menschen. Ein Kloß von der Größe eines Puppenkopfs materialisiert sich in ihrem Hals. Sie hört den Klingelton durch die Tür. Er wird von einem Wee-oo-wee-oo durchbrochen, das nur in unfertig ausgeformten Kinderstimmbändern entstehen kann.

Noch bevor sie auf dem Absatz kehrtmachen kann, wird die Tür aufgerissen. Ein Kind mit Plastikfeuerwehrhelm starrt sie mit leeren Augen an. Sein Mund steht offen. Unter seiner Nase glänzt Schleim. Auf der Unterlippe Speichel. Auf einem Knie eine verheilende Schürfwunde.

Fanni tritt instinktiv einen Schritt zurück. Keiner sagt etwas. Der Feuerwehrhelm verschluckt Zentimeter für Zentimeter mehr Kinderstirn. Die Stille kommt ihr ewig vor. Sie wundert sich fast, dass das Kind vor ihren Augen nicht im Zeitraffer heranwächst, in den Stimmbruch gerät und Bartwuchs entwickelt, dann zu runzeln beginnt und schlussendlich verwest und zu Staub zerfällt.

»Ich bin die Feuerwehr.« Das Kind spricht so schmatzend, als wären seine Zähne aus feuchtem Fruchtgummi. Und doch sagt es das so trocken, als würde es ein physikalisches Grundgesetz aufsagen.

Zu Fannis Erleichterung öffnet sich im Flur hinter dem Kind eine Tür. Das Rauschen einer Toilettenspülung. Eine

Frau wie ein Strohhalm kommt barfuß zur Tür. Sie trägt eine bunte Ballonhose. Muster und Farben erinnern Fanni an die Stereogramme aus den Das magische Auge-Büchern, die sie sich gerne in der Bücherei ihrer Grundschule angeguckt hat.

»Ruven, du sollst doch nicht alleine die Tür aufmachen.«

Sie legt dem Kind ihre Hand auf die Schulter, worauf es sich sofort umdreht und mit erneutem Wee-oo-wee-oo den Flur hinabläuft.

Die Frau lächelt Fanni an. Sie hat einen Pilzkopf – Moiras Frisur gar nicht so unähnlich, nur in Erdbraun – und ein fliehendes Kinn, das sich unterhalb ihres Gesichts zu verstecken versucht. Vom Mund darüber aus fragt sie Fanni, ob sie ihr helfen könne.

Ihre Antwort kommt so langsam, dass ihr die Verzögerung schon selbst bewusst wird. »– habt ein – mein Paket.«

Eine Spur Verwirrung mischt sich ins Lächeln der Frau. Schnell öffnet Fanni ihre DHL-App auf dem Smartphone und hält es der Vogler-Frau vor die Nase.

»Oh, klar, sorry. Einen Moment.«

Sie holt das Paket von einem Regal im Wohnungsflur. Es riecht nach Patschuli.

Fanni erkennt den Geruch von früher wieder, als ihre Mutter eine Zeit lang Anhängerin des Breatharianismus war – eine der gefährlichsten, weil abstrusesten New-Age-Richtungen, deren Gurus behaupten, allein von Sonnenlicht und irgendwelchen esoterischen Energien zu leben. Beim Versuch, den 21-Tage-Prozess der australischen Breatharianismus-Scharlatanin Jasmuheen zu befolgen, war sie wegen der Dehydrierung ständig ohnmächtig geworden. Immer wenn Fanni aus ihrem Zimmer kam, fand sie ihre Mutter in einem anderen Raum des riesigen

Elternhauses liegen. Manchmal hatte sie es noch auf ein Sofa oder auf eine Chaiselongue geschafft. Meistens lag sie irgendwo auf dem Boden.

Die Frau streckt ihr das Paket entgegen. Anstatt es ihr zu geben, dreht sie das Paket und linst mit schiefem Kopf auf das Versandetikett.

»Fabienne Behrends. So wie – Roger Behrends? Unser Vermieter, Roger Behrends?«

Fanni bekommt zwei Ecken des Pakets zu fassen und zieht. »Ist mein Vater.«

»Ach so! Und ich hab immer gedacht, der Name rechts oben wäre vielleicht nur so was wie ein Platzhalter oder eine Stadtwohnung vom Vermieter. Dann wohnst du ja schon viel länger hier als wir«, sagt sie mit einem Erstaunen in der Stimme.

»Neun Jahre.« Fanni zieht an dem Paket.

Die Vogler-Frau lässt es endlich los. Ihre Augen werden ganz rund und groß. »Oh, wow. Wie lustig, dass wir uns noch nie im Treppenhaus über den Weg gelaufen sind.«

Fanni versteht nicht, was daran besonders lustig sein soll. »Ja. Danke.« Sie dreht ihre Hüfte zum Gehen ein.

»Du joggst?«

Fanni hört auf, ihre Hüfte einzudrehen. »Was?«

Die Frau zeigt an ihr herunter – auf die schwarze Laufhose aus Elasthan, ihre Ultraboost. Und wieder herauf – noch mal die Hose, ihr T-Shirt in Meshstruktur.

»Nach der Geburt unseres zweiten«, sie weist mit dem Daumen hinter sich in die Wohnung, als halte jemand auf Kommando ein Baby zum Beweis in den Flur, »wollte ich meine Laufschuhe auch mal wieder entstauben. Aber alleine schaff ich es irgendwie nicht, meinen inneren Schweine–«

»Nein«, platzt es aus Fanni mit mehr Druck hervor, als sie beabsichtigt hatte. »Also – nein. Danke noch mal.« Sie dreht sich um und steigt die Treppe rauf, zwei Stufen auf einmal nehmend.

Als sie schon ein Stockwerk höher ist, hört sie ein, »da nicht für«. Dann fällt eine Tür ins Schloss.

JUNYA

Nachdem Junya sich wie ein gejagtes und angeschossenes Wildtier vor Tagesanbruch in den Noyamakita Rokudōyama-Park flüchtet, sich abseits der Wege unter einem Erdvorsprung zusammenrollt und den Tag in konstanter Alarmbereitschaft und ständigem Schrecken vor den zwischen den Eichen und Storaxbäumen widerhallenden Geräuschen von Kindergartengruppen auf Tagesausflug und spazieren gehenden Hundebesitzern zubringt, die sich in seinen Ohren zu megafonverstärkten Stimmen von Suchtrupps wandeln, wagt er sich bei Anbruch der darauffolgenden Nacht aus dem Unterholz und an das Ufer des Tama-Sees.

Er ist dermaßen dehydriert, dass er seine Bedenken über Darmbakterien und Plattwürmer, die sich in seinem Magen verlustieren und darin auf Meterlänge heranwachsen, zwar zur Kenntnis nimmt, diese aber ignoriert. Er schlüpft am ruhig daliegenden Ufer aus den Rucksackgurten und fällt an der Wasserlinie auf die Knie. Er formt seine Hand zu einer Schale und schlürft mehrere Hübe des Wassers. Dann übergibt er sich sofort zurück in den See.

Keuchend stützt er sich auf die Hände. In dem Gemisch aus Seewasser und Galle wogt die deformierte Lüge Junya Yamamuras. Er stößt eine Hand ins Wasser und verwirbelt es. Bevor es zur Ruhe kommt, schöpft er sich erneut Hand um Hand zum Mund und trinkt. Er wartet nicht ab, ob sein Magen das Wasser annimmt. Er schultert seinen Rucksack und macht sich auf in den Beton- und Polyethylendschungel Tokios.

Junya schlurft mehrspurige Schnellstraßen entlang, durch

Wohngebiete, deren Stille ihm plötzlich bedrohlich erscheint, und an Konbinis vorüber, in denen randvolle Regalreihen mit bunten Snacktütchen, abgepackten Sandwiches, Bentō-Boxen und fettig schimmernde Yakitori-Spieße in den Auslagen locken.

Je weiter er sich von seinem Zuhause und der Ungewissheit, die dort lauert, entfernt, umso stärker wird das Bedürfnis, weiter einen Fuß vor den anderen zu setzen, umso stärker wird aber auch die Angst, für immer dort draußen zu stranden. In dieser Welt, der er sich vor zirka zwanzig Jahren verweigert hatte.

Im Gebäude einer sich wegen Bauarbeiten außer Betrieb befindlichen Driving Range findet er vor dem neuerlichen Tagesanbruch Unterschlupf. Mit seinem Werkzeug knackt er trotz zittriger Finger die Bautür und durchsucht das folienverhangene, teilentkernte Gebäude. Er überwindet seinen Ekel und pickt etwas von einem Pausentisch der Bauarbeiter, was er für Nussstückchen hält. Dann schläft er vollkommen erschöpft in einer der überdachten Golf-Abschlagzellen ein, die dreistöckig vor einer weiten fächerförmigen Rasenfläche stehen, die von einem gebäudehohen engmaschigen Netz eingespannt ist.

Zu wenige Stunden später schreckt Junya auf, als er laute Stimmen hört. Er klemmt sich seinen Rucksack auf den Rücken und schleicht die Abschlagzellen entlang und die Treppen hinab. Das blubbernde Getöse eines Generators dröhnt vom Eingangsbereich herüber. Die Stimmen nähern sich, und Junya rennt kurz entschlossen hinaus aufs Green der Driving Range, betet, dass die Arbeiter ihn entweder nicht bemerken oder zu faul sind, ihm hinterherzulaufen. Er tritt so hart auf, dass er das Gefühl hat, im weichen Rasen einzusickern. Als er am Netz angelangt ist, meint er,

Rufe hinter sich zu hören. Er dreht sich nicht um. Wie eine Ratte läuft er die Netzbefestigung entlang, auf der Suche nach einer Lücke. Dort, wo das Netz aufhört, steht ein Metallzaun, der rund einen halben Meter höher ist als Junya groß. Er ist noch nie in seinem Leben über einen Zaun gesprungen, doch er hat es in Filmen gesehen. Die Leute werfen immer zuerst ihren Rucksack rüber. Er versucht dasselbe, doch der Rucksack bleibt oben hängen. Kurz bevor er ihm wieder entgegenkommt, springt Junya hoch und gibt ihm einen Schubser, so dass er auf der Straßenseite zu Boden fällt. Er nimmt zwei Schritt Anlauf, springt am Zaun hoch und krallt sich fest. Fast lässt er wieder los, weil die Zaunstreben in seine Handflächen und Finger schneiden. Dann zieht er sich hoch und schwingt ein Bein über den Zaun. Er ächzt vor Anstrengung, doch dann hat er es geschafft und landet, seinem Rucksack nicht unähnlich, plump auf dem Gehweg.

Das, was Junya auf der Taxifahrt mit Maeda aus dem Auto heraus nur erahnen konnte und zu ignorieren versucht hatte, bestätigt sich nun, da er es am eigenen Leib erfährt. Die Stadt vibriert schon am frühen Morgen vor lebendiger Bewegung. Autos, Fahrräder, Fußgänger ziehen ihre unberechenbaren Bahnen und hetzen Junya von einer Gasse in die nächste. Das Hupen von Transportern, das Rattern der sich unentwegt durch die Eingeweide der Stadt schlängelnden silbergrünen Züge. Politiker, die aus kleinen Autos mit riesigen Megafonen ihre Wahlversprechen herunterleiern, ohrenbetäubendes Klingeln, wenn er zu nahe an den automatischen Türen einer Pachinko-Halle vorbeihastet, junge Menschen mit nasaler Stimme, die versuchen, ihm Werbefächer und Taschentuchpackungen in die Hand zu drücken. Läutende Bahnschranken und Ampeln, und unter all dem, als steter Grundton, das Zirpen der Zikaden, die aus den Baumwipfeln heraburinieren.

Nach übernatürlich langen Stunden kann Junya sich kaum mehr auf den Beinen halten und stößt mit Passanten zusammen, die sich aus der Sommerhitze in die klimatisierten Geschäfte retten wollen, aus denen schrille Vocaloid-Musik dudelt. Bald taumelt er mehr, als dass er geht. Die Fassaden der Gebäude rotieren um ihn und je später es wird, desto entrückter wird der Strudel. Umso bunter und lauter. Am Abend hat alles eine fluoreszierende Intensität angenommen und Junya fühlt sich, als paddele er ohne Rettungsring auf einem Ozean aus Leuchtstoff. Die Stadt, die Erschöpfung, der Hunger und der Durst versuchen ihn mürbe zu machen, während tief unter ihm rote Krankenwagenlichter den Meeresgrund stroboskopieren.

Ein nackter, muskulöser Arm reißt Junya aus seinem Delirium. Noch bevor er begreift, dass jemand auf Englisch zu ihm spricht, sticht ihm ein Cocktail aus Alkoholfahne und Parfüm in der Nase.

»Ich rede mit dir, Bro. Mein japanischer Bro.«

Eine Hand hängt über Junyas Schulter. Am Handgelenk mehrere Lederarmbänder.

»Dude, der is' komplett hinüber.«

Gelächter. Dann zieht sich der Arm fester um Junyas Oberkörper wie eine sonnengebräunte Würgeschlange und rüttelt ihn durch.

»Hör mal, Bro. Haben uns echt total verlaufen. Wir wollen nach Roppongi. Bisschen Karaoke, bisschen Party. Love Hotel Action, hm, Bro? Bang Bang, wir verstehen uns.«

Wie nasse Tusche, die auf ein Tuch tropft, eröffnet sich Junya die Umgebung langsam und fleckig. Er befindet sich in irgendeiner engen Gasse. Alle paar Meter stehen bunte

Schilder. Preislisten. Ein Neonschild surrt über ihm. Der Arm, der ihn in der Zange hat, gehört einem Gaikokujin, dessen blondes Haar unter einer umgedrehten Baseballkappe hervorkringelt. Er trägt ein minzgrünes Muskelshirt und presst Junyas spitze Schulter in seine Achsel, in der ein wuschiges Nagetier eingeklemmt zu sein scheint.

»Ich glaub, der kriegt gar nichts mehr mit, Dude«, sagt ein weiterer Mann, der neben ihnen steht und ihn mit hochgezogener Augenbraue ansieht, als erwarte er jeden Augenblick, dass Junya sich vor seinen Augen dematerialisiert.

»Na, umso besser. Pass auf.«

Der blonde Gaikokujin nickt dem anderen zu. Junya hat das Gefühl, in der Präsenz des Mannes zu verdampfen.

»Du siehst aus, als würdest du dich in den Straßen hier auskennen, mein japanischer Bro. Du kannst uns doch zeigen, wo der nächste Bahnhof ist, oder? Welche Linie wir nehmen müssen? Hai? Na komm, los geht's.«

Der Gaikokujin schiebt ihn neben sich her, als wäre er sein Rollkoffer. Um nicht zu stolpern, folgen Junyas Beine der groben Navigation, mit der der Arm ihn die Gasse entlangmanövriert. Junya schüttelt den Kopf und zwingt seine Füße zum Stoppen. Sein Schädel wummert. Er spürt, wie die pulsierende Schläfenarterie die Haut darüber anhebt.

»Woah woah woah woah, was ist, Mann? Hier geht's lang, komm schon.«

Er klemmt Junyas Kopf zwischen Unterarm und Bizeps und versucht, ihn dazu zu bringen, wieder loszulaufen. Junya zieht seinen Kopf ein, so dass der Arm des Mannes über sein fettiges Haar schrabbt und er sich aus der Umarmung befreien kann. Er hebt den Kopf. Der Mann sieht ihn an. Er kennt diesen Gesichtsausdruck. Kennt ihn von früher. Von Klassenkameraden. Von Koji, Masataka, Hiroyasu aus der Grundschule. Von Ryōhei, Shigeki, Fusao, Atsuto und wieder Masataka. Aus der Mittelschule. Junya kann sich an alle ihre Namen erinnern. Und an diesen Gesichtsausdruck, den sie alle gemeinsam hatten.

»Komm, Dude, vergiss den. Der hat wahrscheinlich eh keine Kohle«, sagt der andere.

Der Blonde kommt auf Junya zu. Automatisch senkt sich sein Blick gen Asphalt. Riesige neonorange Sneaker vor ihm.

»Hey, nichts für ungut, Bro.« Er hält Junya seine Hand hin.

Noch nie hat Junya jemandem die Hand gegeben. Aber er hat Videos davon gesehen. Er hat allerdings keine Videos davon gesehen, was passiert, wenn man jemandem ein Händeschütteln verweigert.

Als sich ihre Hände treffen, packt der blonde Gaikokujin zu und ruckt Junya kräftig zu sich. Dann landet dessen Faust in seiner Magenkuhle. Er schnappt nach der Luft, die aus seinen Lungen gepresst wurde. Langsam sinkt er auf die Knie. Anstatt seiner Beine spürt er nur noch taube Stelzen unter seinem Torso. Dann wird er gegen einen heruntergelassenen Rollladen geschubst.

Das Letzte, was er wahrnimmt, sind das Scheppern der Lamellen und die leuchtend orangen Sneaker, die auf ihn eintreten.

Als sich Junyas Augen öffnen und die Fluchtlinien wahrnehmen, die auf einen Streifen Himmel zustreben, durchfährt ihn ein gewalttätiges Rucken, weil sein Unterbewusstsein für eine Sekunde fürchtet, er würde durch einen Schacht in den Himmel fallen. Er befindet sich in einem schulterbreiten Spalt zwischen zwei Gebäuden, durch den ein schwaches Rinnsal verläuft, überall liegt Müll.

Eine Weile bleibt er so liegen und lässt den Schock und den Druck in seinen Ohren verklingen. Über ihm hängen Klimaanlagen wie Zecken an den grauen Gebäudewänden. Einzelne Tropfen fallen von ihnen zu Boden und platschen in die Gasse. Ein Flugzeug taucht am Himmelausschnitt zwischen den Gebäuden auf und ist sofort wieder verschwunden. Junya hat den metallischen Geschmack von Blut auf der Zunge. Er schluckt und löst damit eine Welle von Übelkeit aus, die Antwort seines seit Tagen unterversorgten Magens.

Er will kapitulieren. Wünscht sich, es gäbe irgendeine Instanz, an die er sich jetzt wenden könnte. Jemanden, dem er sagen könnte, dass er aufgeben will. Und dass er jetzt bitte wieder nach Hause möchte. Zurück in sein Zimmer. Dann fällt ihm das Bild des Krankenwagens vor seinem Elternhaus wieder ein. Der Klang der nachgebenden Haustür, als Sanitäter und Nachbarn sie aufbrechen, um zu seiner Mutter vorzudringen, mit der etwas geschehen ist, das sich seiner Kenntnis entzieht. Er fängt an zu weinen. Still und heimlich, wie zu Jugendzeiten, während auf beiden Seiten der schmalen Gasse Menschen vorbeihasten.

Junya kann die Stimme seiner Mutter hören. Ihren Befehlston. Die zackigen Abschlussvokale. Ihr entblättertes Schreien. Das mädchenhafte Lachen, wenn sein Vater einen Kollegen vom Bau nachäffte oder, später, einen Kunden vom Parkplatz. Oder wenn ihr heißgeliebter Chiyonofuji einen Kampf gewann. Er kann hören, wie sie ihn anblafft. Ihn anherrscht. »Hakkeyoi!« Er solle gefälligst all seinen Mut zusammennehmen. »Nokotta!« Er sei noch nicht ausgezählt, könne noch immer kämpfen.

Er stemmt sich gegen die glitschige Wand. Sein Magen

verkrampft sofort. Er würgt vornübergebeugt, mit trocke-
nem Hecheln. Nur etwas Blut von seiner Lippe und ein
Faden Spucke landen im Rinnsal. Träge fließt seine DNA
durch ein Abflussgitter davon. Wo er hingehört. Auf wack-
ligen Beinen verlässt er die Gasse.

Gegen Morgen führt ihn sein Weg durch eine weitere
Gasse. Geschlossene Izakayas und abgestellte Motorroller.
Der Geruch von schalen Flüssigkeiten und Motoröl.

Er bleibt vor dem roten Schild eines Internet-Cafés stehen, das wie von Geisterhand betrieben rotiert. Darauf
steht, dass sich das Internet-Café im ersten Stock befindet.
Ohne weiter darüber nachzudenken, schleppt er sich die
Treppen rauf.

Die Luft ist dick und riecht süßlich und abgestanden.
Hinter dem von der anderen Seite beleuchteten Empfangs-
tresen sitzt ein junger Mann mit modisch-struppiger Frisur
und einer Weste, die im selben Weinrot gehalten ist wie die
Inneneinrichtung. Er legt sein Smartphone weg, als er Junya
bemerkt und steht auf.

»Geld?«, sagt er und kommt hinter dem Tresen hervor.

Junya schüttelt erschöpft den Kopf. Leise Entschuldi-
gungen tropfen über seine geplatzte Unterlippe.

Der Internet-Café-Angestellte deutet auf die Tür, durch
die Junya gerade gekommen ist, und sagt: »Raus, los, wir
sind keine Obdachlosenunterkunft!«

»Einen Moment. Bitte«, sagt Junya und kramt die GoPro
aus seinem Rucksack hervor, nimmt den IR-Beleuchter ab,
entfernt die SD-Karte aus dem Speicherkarten-Slot und
hält dem jungen Mann die Kamera wie eine Opfergabe hin.
Dieser rupft sie Junya aus der Hand und begutachtet sie
von allen Seiten.

»Zwölf Stunden.«

Dann zeigt er mit einem Rucken seines Kopfes an, dass Junya ihm folgen soll.

Hinter dem Eingang öffnet sich das Internet-Café in einen großen quadratischen Raum, in dessen Mitte mehrere Reihen von dachlosen Kabinen stehen. Die Zugänge sind jeweils mit dickem Stoff verhangen. Als der Angestellte Junya seine Kabine zeigt, bemerkt er die länglichen Wellen unter dem Teppichboden, in denen wahrscheinlich die Kabel verlaufen. Vor einigen der Kabinen stehen zusammengestellte Schuhpaare. Es herrscht anonyme Stille im Raum, die nur vereinzelt von einem Mausklicken, einem Räuspern oder dem spielerischen Geklimper auf einer Tastatur belebt wird.

An einer Wand des Raums steht eine lange Theke mit drei Pyramiden der gleichen Sorte Instant-Ramen-Nudel-Cups. Daneben drei Wasserkocher, deren Sockel an die Platte der Theke geschraubt wurden. Junya werden im Tausch für seine Kamera zwei Nudelsuppen innerhalb der zwölf Stunden erlaubt. Der Mann sagt ihm, dass das Wasser kostenlos sei, und zeigt auf zwei quadratische Kühlschränke mit Glastüren, die am Ende der Theke stehen und mit kleinen Plastikflaschen von Tokyo Water gefüllt sind. Alles Weitere gibt es in den Automaten, die neben der Theke stehen. Jeweils einer für Süßigkeiten, Softdrinks und frische Unterwäsche. Junya hat für nichts dieser Dinge Geld.

Zum Schluss gibt ihm der Angestellte ein Handtuch und zeigt ihm den Weg zu den Männerduschkabinen, wobei er das Wort Männer deutlich betont und ihm einen drohenden Blick schenkt. Bevor Junya sich bedanken kann, ist der Mann schon wieder auf dem Weg zu seinem Tresen am Eingang.

Junya stellt seinen Rucksack in die Kabine und lässt sich

rückwärts durch den Vorhang hineinsinken. Direkt hinter dem Vorhang liegt ein kurzer Futon mit einem flachen Kissen am Ende, das ungefähr so bequem aussieht wie eine platt gedrückte Küchenrolle. Auf einem fußknöchelhohen Tischchen daneben stehen ein Monitor und ein waagerechter PC-Tower. Tastatur- und Mausfach lassen sich herausziehen.

Während er sich mühsam die Zehenschuhe von den pochenden Füßen streift, schaut er sich staunend auf den zwei Quadratmetern um, die für die nächsten zwölf Stunden sein Rückzugsort sein werden. Er musste zwar seine Kamera dafür eintauschen, doch in diesem Moment ist er so erleichtert, von der Straße runter zu sein, dass es wie eine akzeptable Replika dessen ist, was er stets fühlt, wenn er nach einer seiner nächtlichen Touren in sein Zimmer zurückkehrt.

Nachdem er den Großteil seiner zwölf Stunden in komatösem Schlaf verbracht und anschließend beide Ramen-Nudelsuppen hintereinander verschlungen hat, sitzt er vor dem betriebsbereiten PC und betrachtet die SD-Karte in seiner Hand. So als bräuchte er nicht einmal einen Computer, um die darauf befindlichen Daten zu lesen. Als wäre er in der Lage, sie auf dem Weg vom Auge in sein Gehirn in ein Videosignal umzuwandeln. Er hat bereits die Installationssperre des Computers umgangen und den Tor-Browser heruntergeladen. Die komplizierte Onion-Adresse des Forums kennt Junya auswendig. Doch er bringt es nicht über sich, ins Forum zu gehen.

Als er seinen Blick noch einmal über den kargen Desktop schweifen lässt, wird es ihm klar. Das Logo des Internet-Cafés im Hintergrund, die Symbole der vorinstallierten Programme, Verknüpfungen zu Video-on-Demand-Services

101

im Clearnet. All diese Störelemente. Das ist nicht sein Desktop. Nicht sein Computer. Er ist nicht in seinem Zimmer. In seinem Reich. Es käme ihm wie ein Sakrileg vor. Er fährt den Computer wieder herunter.

Auf der Schwelle von der Nacht in den Morgen geht er duschen. In seinem bisherigen Leben war Körperhygiene eine sporadische, doch gleichwohl lästige Pflicht gewesen. Doch als er nach fast einer halben Stunde endlich herausfindet, wie die Duscharmatur funktioniert, und das lauwarme Wasser über seine ausgedörrte Körperwüste flutet, ist es, als würde er von einem zellfressenden perkutanen Virus befreit werden.

Während er die Reihen der Kabinen entlanggeht und sich die Haare trockenrubbelt, denkt er darüber nach, Instant-Ramen-Cups zu stehlen, sobald der Angestellte am Eingang abgelenkt scheint. Als Überlebensproviant, wenn er wieder dort hinaus muss.

Er bleibt abrupt stehen. Seine Zehenschuhe liegen umgekippt vor der Kabine. Im großen Raum ist nichts weiter zu hören als träge Mausklicks, Schnarchen und säuselnde Rockmusik aus Kopfhörern. Wahrscheinlich hat irgendein achtloser Tölpel sie versehentlich umgestoßen. Das Licht im Raum ist für die Dauer der Nacht automatisch gedämpft. Da mag so etwas schon einmal passieren.

Er schiebt den Vorhang zur Seite. Dahinter kniet ein Mann auf Junyas Futon. Er hat hervorquellende Krötenaugen und einen Mund wie eine Schnabeltasse. Seine Hose ist bis auf die Oberschenkel heruntergelassen. In der einen Hand hält er Junyas Perücke und streichelt mit dem Daumen über das lange weiße Haar. Aus seiner anderen Hand hängt sein nacktes Geschlecht wie eine Molluske aus einer Korallenspalte. In Schmierbewegungen entblößt er seine gedärmfarbene Eichel unter der Vorhaut. Zwar ist sein Mund geschlossen, doch trotzdem dringt ein kehliges Stöhnen hervor. So als besäße er ein zusätzliches Loch oberhalb des Kehlkopfes, das nur zum Stöhnen gedacht ist. Der Mann schaut Junya mit seinen bleichen Traubenaugen an, als er ihn bemerkt. Doch er hört nicht auf, zeigt keine Scham, keine Reue. Mit einer Miene, die Junya anzuflehen scheint, ihn von seinem Leid zu erlösen, onaniert er einfach weiter.

Um Junya herum stürzt die Stadt in sich zusammen. Wolkenkratzer kollabieren über ihm. Magma strömt aus Erdspalten, verzehrt ganze Landstriche und verbrennt Häuser und Bewohner zu verkohltem Schlamm. Ganz Japan wird zwischen tektonischen Platten zerquetscht und versinkt in der Asthenosphäre.

Als Junya an dem Mann vorbei nach seinem Rucksack greift, entfährt dessen Hals ein heiseres Glucksen. Weißliche Kleistermasse glibbert ihm über die Finger und sickert viskos auf das Futon, auf dem Junya zuvor noch geschlafen hatte. Junya schnappt sich seine Schuhe und seinen Rucksack und rennt die Treppen hinunter. Auf die Straße hinaus. Er läuft ganze Straßenblocks in Socken, beißt die Zähne zusammen. Die Augen starr geradeaus in ein fernes Nichts gerichtet, rennt er ohne Unterlass und ignoriert seine schon paralysierten Muskeln. Rennt, bis seine Lungenflügel brennen, an seinen Füßen Blutblasen sprießen, seine jungfräulichen Bänder zu zerreißen drohen. Und dann rennt er trotzdem weiter. Nur weg. Weg von allem. Doch ganz besonders von den Menschen.

103

FANNI

GermanVermin hat auch den neuesten Data Dump gekauft. Die XMR sind bereits in Fannis Wallet transferiert worden.

Gerade will sie sich aus dem MonstroMart loggen, da sieht sie im Vendor-Dashboard die rot unterlegte kleine 1 über dem Icon für Direct Messages.

Sie ist von GermanVermin:

-----BEGIN PGP MESSAGE-----

wUwDPglyJu9LOnkBAf49EXLTatBQNqxGAQA0Aos-
Wl2JiX28k0XVb6qRu5Ak0
+ggBcmaS4z9pTzCr2aHeZqNIXwJOglJpYbNNGo-
Lnsh4e0sAyAb94SvtVhUTl
XoTZqiqXiAE9cclYq0QyxNnTQFnWtBwU9S5dfk-
UolOcceaolsjSaMKVOTBye
Slx3UBmerQH162hNTZTRjlChwtHRe014ooE/
fi6/1hrGeW78jQg09nNTF1Y+
zNgiy6/fGz6g35QeAM7+ODeJLxuR8edjmbCEd-
EbspaDVKfLZ30G6aOJghadQ
917KlykylsbF+PhmqGmv5MrswlpWV1Fl8PNRjQ-
AdCVaq29NmX3zD/VXHVmuU
nJw9bJW0dGENeRY6vFC0K-
PHMZrPfKpwBPXjNaRmjKfNhn15KokwwjyZmKv8 A
c3N8rmh3vTw =
= Nkul

-----END PGP MESSAGE-----

Fanni decryptet die Nachricht. GermanVermin erkundigt sich nach der Möglichkeit, einen Dump zu kaufen, der ausschließlich Credentials lokaler Kund_innen enthält.

Herauszufinden, dass jemand, mit dem man über das Netz zu tun hat, aus derselben Stadt kommt wie man selbst, fühlt sich weird an. Auch wenn sie sich bewusst ist, dass das selbstverständlich kein Ding der Unmöglichkeit ist.

Fanni mutmaßt, dass es sich bei GermanVermin um eine_n Einbrecher_in handelt, der_die davon ausgeht, dass Leute, die ihr Haus mit Home Security ausstatten, auch etwas von Wert besitzen, das den Aufwand rechtfertigt. Eigentlich hatte sie gedacht, dass GermanVermin wahrscheinlich ein_e Freizeithacker_in sei und die Credentials für Fingerübungen nutzen wolle. Oder einfach jemand, der fremde Leute in ihrem Zuhause beobachten möchte.

Es ist Fanni egal, was andere mit den Credentials machen. Solange keine Aufnahmen der Naumanns darunter sind. Doch durch gezielte Selektion von Kund_innenadressen – noch dazu in ihrer eigenen Stadt – Rückschlüsse auf die Quelle der geleakten Daten zu erlauben: das Risiko wird sie definitiv nicht eingehen. Die Klage allein wäre ihr egal, aber sie wird nicht ihren Job bei BELL dafür gefährden.

Sie tippt eine Antwort:

nicht möglich. auch keine samples oder refunds. gekauft wie gesehen

Dann encryptet sie die Nachricht und drückt auf Send.

Sie schickt die Monero von ihrem eigenen Wallet aus weiter in das der Supportgruppe für philippinische Social Media Content Moderators. Das Geld sollte für eine groß angelegte Flyer-Aktion in Quezon City ausreichen, wo der_die Gründer_in der Gruppe lebt. Oder um die Kosten für ein paar Therapiestunden für einige Moderator_innen zu decken, die das Angebot der Gruppe bereits wahrnehmen.

Entwickelt hatte sich diese aus einer Diskussion in einem Anonymous-nahen Forum im Dark Web, das einige Monate darauf der Attacke einer russischen Black Hat-Hacker_innengruppierung zum Opfer fiel.

Fanni war zwar an der Gründung der Gruppe beteiligt gewesen, zog sich aber sofort von der aktiven Teilnahme zurück, als per Abstimmung beschlossen wurde, dass man sich zukünftig über Real-Time-Kommunikations- und Kooperationswege wie z. B. Etherpad verständigen wolle. Mit 14 anderen Individuen in Echtzeit zu chatten und parallel zusammen an einem Dokument zu arbeiten, in dem Ziele, Strategien und ein gemeinsamer Code of Conduct festgehalten werden soll, klingt für sie wie ein 500 000-Volt-Taser in der Achselhöhle.

Seitdem unterstützt sie die Gruppe auf ihre Weise. Indem sie in kleinen sicheren Häppchen Credentials verkauft. Was den netten Nebeneffekt hat, ihr Gewissen ein wenig zu erleichtern, weil sie für eine Datenkrake wie BELL und in zweiter Instanz für einen multinationalen Konzern wie Zenith Inc., arbeitet. Also genau jene Art von Unternehmen, für die die Social Media Content Moderators auf den Philippinen und in anderen vornehmlich fernöstlichen Ländern, wo sie oftmals keine Aussicht auf einen anderen Beruf haben, unter sklavischen Arbeitsbedingungen und ohne die geringste Form von psychologischer Vorbereitung oder Betreuung die Social Media-Plattformen clean halten müssen.

Und alles, damit die Karens und Max Mustermanns der westlichen Industriestaaten nicht auf ihre iPhones kotzen, wenn in ihrer Timeline – zwischen dem letzten Jimmy

Fallon-Sketch und einem in Szene gesetzten Ziegenkäse-
salat von irgendwelchen Influencer_innen – per Autoplay
plötzlich das hochaufgelöste Video irgendeines kranken
Schweins startet, das sich den eigenen abgehackten Mittelfinger unter Stöhnen in die Rosette rammt oder Kriegs-
gefangene in einem weniger luxuriösen Teil der Welt vor
laufender Kamera und im Beisein ihrer weinenden und
schreienden Angehörigen von der Kette eines Panzers zerquetscht werden.

JUNYA

Nachdem Junyas Vater wegen seines kaputten Rückens nicht mehr auf dem Bau hatte arbeiten können, nahm er einen Job als Parkplatzwächter in Akishima, einem Nachbarbezirk Fussas, an. Junyas Mutter murrte allmonatlich über den mageren Gehaltsscheck, den ihr Mann mit nach Hause brachte, weil er nur gerade so zum Leben ausreiche, woraufhin er stets scherzhaft antwortete, dass sich das ja hervorragend treffe, denn leben, das tue er in der Regel doch sehr gern.

Vor acht Jahren dann, als er von seiner Arbeit auf dem Parkplatz nach Hause gekommen war und zu Abend gegessen hatte, war von einer Sekunde auf die nächste sein Herz für immer stehen geblieben.

Junyas Vater hatte seine Arbeit auf dem Bau geliebt, war Zimmermann mit Leib und Seele gewesen. Als Kind war ihm Junya oftmals bei Arbeiten am Haus zur Hand gegangen. Sein Vater erzählte ihm dann von den verschiedenen Holzsorten und ihren Eigenheiten. Das Holz des Hinoki war seine Lieblingssorte, wegen seiner gleichmäßigen Maserung und dem Duft von Zitrusfrüchten. Und deshalb liebte er auch ihr Haus. Es bestand vollständig aus Holz und war schon seit Urzeiten in Familienbesitz, so dass es für einen Zimmermann immer etwas zu tun gab.

Doch auch seinen späteren Job auf dem Parkplatz schätzte er. Für ihn lag keine Eintönigkeit darin, den ganzen Tag lang nichts anderes zu tun, als einen unbedeutenden kleinen Parkplatz in einer beliebigen Nebenstraße zu bewachen, den Leuten beim Ein- und Ausparken zu helfen und ihre Parkmarken abzureißen.

Junyas Mutter verzog den Mund und war sich sicher, dass er seinen Job mit Sicherheit bald an einen Automaten verlieren würde, doch sein Vater fragte sie nur, ob denn so ein Roboter ebenso charmant lächeln könnte, wenn er einem den Markenabriss zurückgab, und schenkte ihr ein breites Grinsen, bei dem die Lücke seines fehlenden Schneidezahns zutage trat. Junyas Mutter lachte und gab ihm einen Kuss auf sein schütteres Haar. Mit seinem Tod war auch ihr Lachen gestorben.

Der Hauptgrund jedoch, weswegen Junyas Vater seinen Parkplatzwächterjob so mochte, war, dass er mit seinem klapprigen Fahrrad zur Arbeit fahren konnte und sich nicht mehr mit den anzugtragenden Erbsenzählern in den Zug quetschen musste. Ob es ein neuer Rekordsommer war oder in Strömen regnete, wenn Junya zur rechten Zeit aus seinem Kinderzimmerfenster sah, konnte er zwei Dinge hören, noch bevor er seinen Vater die sachte Steigung heraufradeln sah: das Klappern der Bleche und Speichen, und das zufriedene Pfeifen, das seinem Vater so mühelos über die Lippen glitt und jeden Tag als eine andere Melodie daherkam.

Es ist bereits mitten am Tag und der Parkplatzbelag knistert in der Sonne. Jemand stößt ihn mit dem Fuß an.

»Hey, hey du! Wach auf, du Kalkleiste.«

Junya kneift die Augen zusammen und schirmt sie vor der Sonne ab. Über ihm hat sich eine Gestalt im Gegenlicht aufgebaut.

»Mach, dass du da wegkommst.« Junya bekommt einen weiteren Tritt verpasst. »Deinen Rausch kannst du woanders ausschlafen, Baka!«

Der Mann setzt erneut zu einem Tritt an, hält allerdings

inne, als Junya versucht, auf dem Gesäß von ihm wegzu-
rutschen. Mit dem Hinterkopf prallt er gegen einen Widerstand, der blechern antwortet.

Der Mann reißt die Hände hoch und schreit ihn an, ob
er noch ganz richtig im Kopf sei, packt ihn über den Schultern am Mantel und schleift ihn über den Boden davon.

»Meine Karre, Mensch! Du bist wohl lebensmüde.«

Er wendet sich von Junya ab und geht an der Beifahrerseite eines meerblauen Sportwagens in die Hocke. Er prüft
den Lack der Tür aus mehreren Blickwinkeln. Sein Fuchs-
gesicht ist dabei zutiefst konzentriert.

»Dein Glück, dass du keine Delle in mei'm Schmuck-
stück hinterlassen hast. Würd dich windelweich prügeln.«

Er steht auf und dreht sich zu Junya um. Zwischen seinen Beinen hindurch kann Junya einen Schriftzug in
Rōmaji-Lettern an der Autotür lesen. IROC-Z steht dort.
Der Besitzer des Sportwagens hat die Hände in der Tasche
seiner luftigen Momohiki-Hose und schaut Junya mit zu-
sammengekniffenem Auge an. Seine Haare sind blond ge-
färbt und zu einer Igelfrisur hochgegelt. Die Seiten kurz
rasiert. Er trägt ein offenes kurzärmliges Hemd. Darunter
verschwindet sein flacher Bauch in einem Sarashi.

»Sollst'n du überhaupt darstellen?«

»Was?«

Er beugt sich vor, ohne die Hände aus den Taschen zu
nehmen und spricht so laut und artikuliert, als würde er
mit einem schwerhörigen Greis reden: »Was du für einer
sein sollst!« Er wendet sich von Junya ab, spuckt aus und
schaut sich um. »Ich fass es nicht.« Dann beugt er sich erneut runter zu Junya. »Kannst du dir echt Ärger einhan-
deln, weißt du das? An anderer Leute Geschoss einzu-
pennen.«

Er holt eine Schachtel Zigaretten aus der Hosentasche, hält sie vor seinen Mund und schnippt sich geübt eine Zigarette zwischen die Lippen. Dann hält er Junya die Schachtel hin. Junya schüttelt den Kopf, muss aber augenblicklich aufhören, weil ihm flau wird. Der Mann zuckt mit den Schultern, zündet seine Zigarette an und nimmt einen tiefen Zug. Er sieht sich weiter um, als müsse er kontrollieren, dass alles seinen geregelten Gang geht. Er schnaubt den Rauch durch die Nasenlöchern aus.

»Redest nicht viel, was?«

»Nein.«

Er gluckst und sagt: »Du siehst echt beschissen aus. Hat dir das schon mal jemand gesagt?«

»Ja.«

Wieder gluckst er. Dabei wölbt sich eine Rauchwolke aus seinem Mund.

»Tja, dann waren das wohl verdammt schlaue Leute, was?«

»Nein.«

»Was pennst du überhaupt hier auf diesem popeligen Parkplatz, hä, Baka?«

»Ich warte auf meinen Vater«, antwortet Junya.

Der Mann schaut ihn irritiert an und sagt: »Bist du einer von diesen Zurückgebliebenen, oder wie?«

»Von welchen denn?«

»Was?«

»Welche Zurückgebliebenen meinst du?«

Der Mann schüttelt den Kopf und nickt in Junyas Richtung.

»Hast'n da drin?«

Junya greift hinter sich und berührt den Rucksack.

»Meinen Hammer und meine Maske.«

111

»Hammer und –? Sag mal, willst du mich verarschen, oder was?«

Er macht einen Schritt auf Junya zu und holt mit der Rückhand aus, schlägt aber nicht zu.

Sein Handy klingelt und er geht ran: »Ja. Alles klar. Nein, ich bin schon beim IROC. Kann sofort losfahren. Hier ist so'n komischer Vogel. Vergiss es, schon gut. Bis gleich dann.«

Als er auf der Beifahrerseite einsteigt, begreift Junya erst, dass sich das Lenkrad auf der falschen Seite befindet und es sich um ein ausländisches Auto handelt.

»Ich muss jetzt los. Und du ziehst besser auch Leine. Wenn du da auf deinem Arsch hocken bleibst, roll ich über dich drüber. Mach dich platt wie 'ne Scheißflunder. Kannst du drauf wetten, Baka.«

Er knallt die Tür zu. Junyas geschundener Körper wehrt sich gegen seinen Versuch aufzustehen. Der Sportwagen gleitet aus seiner Parkmarkierung und wartet hinter ihm. Junya hat Mühe, sich hochzustemmen. Es ist, als trete er auf seinen eigenen nackten Nervenenden herum. Der Sportwagen lässt den Motor aufheulen und die Reifen quietschen. Erschrocken hechtet Junya zur Seite, als der Wagen an ihm vorbeisetzt. Weißer Rauch wirbelt über den Parkplatz und es stinkt nach verbranntem Gummi. Unmittelbar vor der Schranke quietschen die Reifen erneut, als der Wagen abrupt zum Stehen kommt. Ein Messer blitzt im Sonnenlicht auf und der Mann stochert damit im Kartenschlitz des Kastens neben der Schranke herum, bis diese hochfährt. Das Motorengeräusch schwillt so heftig an, dass Junya glaubt, die Motorhaube des Autos fliege jeden Moment in die Luft.

Der Mann beugt sich aus dem Fenster und ruft ihm über

112

das Dröhnen des Motors zu: »Hab dir doch gesagt, ich fahr dir den Arsch ab, Baka!«

Mit Vollgas prescht er vom Parkplatz und lässt in einem scharfen Abbiegemanöver die Reifen abermals quietschen.

Während das Knurren des Motors allmählich zwischen den Häusern verrauscht, kann Junya seine Augen nicht von dem Kasten abwenden, der seinen Vater ersetzt hatte. Ein paar Minuten lang sitzt er so da und stellt sich vor, wie sein Vater Parkmarken aus Autofenstern entgegennimmt, sie abreißt und mit einem Zahnlückenlächeln zurückreicht und die Schranke manuell öffnet. Mehrere Male pro Tag. Und wie, wenige Kilometer von hier, seine Mutter in der Küche steht und verquirltes Ei in die Pfanne gießt; über Hühnerfleisch und Zwiebeln.

Die Sonne verschwindet hinter einem Hochhaus und ein scharf geschnittener Schatten legt sich über den Platz. Junya steht ächzend auf und schleppt sich vom Parkplatz, am Nachfolger seines Vaters vorbei. Auf dem Gehweg sieht er sich nach links und rechts um. Dann humpelt er los.

FANNI

Zwanzig Minuten sitzt Fanni schon an der Instance. Es ist die Aufzeichnung einer Outdoor-Cam, die in den Garten eines Offenbacher Eigenheims schaut. Zwischen Swimmingpool und Zen-Garten sind ein langes Buffet und Stehtische aufgestellt. Die Objektliste reicht bis Person-27 – neuer Rekord. Alle schwarz gekleidet. Der Algorithmus funktioniert so lange ordnungsgemäß, bis eine Frau, die sich zwischendurch immer wieder ein Taschentuch unter die Augen hält und ihren Mund dabei weit öffnet, ihre Rede vor dem Halbkreis aus Menschen beendet. Das anschließende Bewegungsdurcheinander ans Buffet und zu den Tischen zwingt den OR-Algorithmus innerhalb von Sekunden in die Knie. Bounding Boxes verheddern sich ineinander, als bestünden sie aus echtem Draht oder als hätte jemand insgeheim eine Kollisionsabfrage in den Algorithmus geschrieben.

Fanni schnaubt, drückt auf Stop und lehnt sich in ihrem ergonomischen Bürostuhl zurück. Kurzwellige UV-Strahlen treffen auf ihr Gesicht und reizen es mit Wärme. Sie kneift die Augen zu Schlitzen zusammen.

Die Sonne ist fast vollständig um das A-Building herumgekrochen. Nur noch zirka ein Achtel wird von der Gebäudeecke verdeckt. Occluded or obstructed, denkt Fanni und schließt kurz die Augen. Vor ihrem geschlossenen Augenlid fluoresziert das Bild auf ihrer Netzhaut. Sie öffnet die Augen wieder und versucht, der Sonne entgegenzuschauen. Mit dem verdeckten Achtel sieht sie aus wie ein gigantischer Pac-Man, der sich aus dem All kommend der

Erde nähert, um sie zu verschlingen. Dann verringern die thermotropen Fensterscheiben ihre Lichtdurchlässigkeit und der grell leuchtende Pac-Man verstumpft zu einem bräunlichen Scheibendiagramm.

Im Office Space ist es verdächtig ruhig. Das ASMR-Rain-on-rooftop-Getrippel der Maus- und Tastaturtasten hat nachgelassen. Meist bedeutet dies, dass irgendwas im Gruppenchat los ist. Fanni holt ihr Bittium aus der Schublade. Das LED-Licht blinkt grün.

Sie muss im Chatverlauf viermal hochswipen, um das Video zu finden, um das es im Gespräch geht. Arne hat es gepostet. Mit dem Smartphone vom Monitor abgefilmt. Sein VAT ist geöffnet. Die Handykamera auf das Videowiedergabefeld fokussiert. Es ist das Recording einer wahrscheinlich oberhalb einer Garage angebrachten Outdoor-Kamera, die auf eine lange geschwungene Auffahrt hinunterfilmt.

Ein schwarzer Range Rover mit goldenem Dach und Motorhaube fährt bis unter die Kamera. Zwei Menschen steigen aus. Werden zu Person-1 und Person-2, als jeweils eine Bounding Box um sie herum aufploppt. Sie steigen bereits schreiend aus dem Auto und fahren fort, sich über die goldene Motorhaube hinweg anzuschreien.

Fannis Smartphone ist gemutet. Arne wird das Video so oder so ohne Ton aufgenommen haben, um nicht zu riskieren, dass Steve in seinem Glaspuff etwas mitkriegt. Wenn er von der Gruppe im Element-Messenger wüsste, würde mit Sicherheit die ganze Belegschaft des Research & Development gefeuert.

Person-2 bricht den Pakt der entmilitarisierten Motorhaube und sticht mit ausgestrecktem Zeigefinger in den Bereich darüber. In Richtung von Person-1, die die Arme

115

hochwirft. Ihre stumm schreienden Gesichter wirken lebendig und wie kurz vor dem Bersten. Als seien sie für jede Emotion, die extremer als Überraschung oder Verwunderung ist, nicht gemacht.

Person-1 geht um das Auto herum und wird von Person-2 aufgehalten – an den Handgelenken festgehalten. Eine Handtasche rutscht aus den Fingern. Fällt aus dem unteren Bildrand. Person-1 versucht sich ruckend und mit fliegendem langblondem Haar zu befreien. Ihr Mund schnappt auf und zu. So sehen Vorwürfe aus. Dann folgt der Schlag. Von oben nach unten, von rechts nach links zieht Person-2 die Hand durch. Person-1 droht, nach unten aus dem Kameraframe zu sacken, aber Person-2 fängt sie auf. Der Kopf von Person-1 rollt im Nacken hin und her. Wären ihre Augen geöffnet, sie würde direkt in die Kamera starren. Person-2 rüttelt an Person-1. Die Augen gehen wieder auf. Dann schleift Person-2 Person-1 nach rechts aus dem Bild.

Fanni überfliegt die Nachrichten der anderen. Sie tragen bereits Informationen über den BELL-Kunden zusammen, um diese zu veröffentlichen.

Mit dem White Knighting hatte Friedemann vor anderthalb Jahren angefangen, als zum ersten Mal jemand aus der Abteilung einen Fall von Domestic Violence über einen Kamerafeed mitbekommen hatte. Der Rest sprang nach und nach auf – entweder aktiv mit Credential Reuse Attacks oder anderen konkreten Maßnahmen, um den Täter_innen zu schaden, oder einfach in Form passiver Zustimmung.

Seitdem kam es vielleicht fünfmal dazu. Für gewöhnlich veröffentlichen sie die gesammelten Daten der Täter_innen auf PasteMaker, einer Dark Web-Pastebin-Seite, die fast ausschließlich zum Doxing genutzt wird.

Normalerweise wird der Gruppenchat außer zum Verabreden zu sozialen Aktivitäten vor allem dazu genutzt, andere Arten von Found Footage aus den Kamerafeeds der Kund_innen untereinander zu teilen. Kund_innen, die sich vor dem Flurspiegel einen Pickel ausdrücken und das Herausgespritzte probieren. Kund_innen, die in den eigenen vier Wänden ihren etwas abseitigeren Kink ausleben. Kund_innen, die den Küchenmixerdeckel nicht richtig aufgesetzt haben, bevor sie das Gerät auf höchster Stufe anschalten. Masturbierende Kund_innen, fremdgehende Kund_innen, generell Sex habende Kund_innen.

Für Fanni macht das alles keinen Sinn. Es liegt kein Mehrwert darin, die Kund_innenfeeds genauso zu benutzen wie die vielen, im Internet bereits vorhandenen Plattformen, auf denen man tausende Stunden exakt dieser Arten von Material finden kann. Für Fanni haben die Feeds der BELL-Kund_innen nichts mit diesen Plattformen gemein. Also benutzt Fanni sie auch nicht auf dieselbe Weise.

JUNYA

In einem Wohngebiet wird Junya von einem Rollkoffer angefahren, der die steile Auffahrt eines Einfamilienhauses
herunterrollt. Vater und Sohn kommen hinterhergelaufen.
Der Vater hilft Junya auf die Beine, während der Sohn den
umgestürzten Rollkoffer aufstellt.

»Haben Sie sich etwas getan? Es tut mir ja so leid.«

Junya schüttelt den Kopf und bemüht sich, aufrecht stehen zu bleiben, damit die Hand des Mannes schnell wieder
von ihm ablässt. Der Mann duftet wie frisch gewaschene
und gelüftete Wäsche.

»Entschuldige dich bei dem Herrn, Ryōta.«

Der Sohn, der wie sein Vater einen Haarwirbel zentral
auf dem Kopf hat, nimmt eine straffe Haltung an und verbeugt sich im Neunziggradwinkel vor Junya.

»Entschuldigen Sie vielmals. Wir hätten besser achtgeben
müssen. Da haben wir vor lauter Vorfreude auf den Urlaub
wohl vergessen, wie tückisch die Einfahrt doch sein kann.
Verzeihen Sie bitte den schweren Koffer. Es wäre wahrscheinlich weniger schmerzhaft gewesen, würden wir nur
einen Wochenendtrip unternehmen.«

Der Vater lacht nervös. Der Sohn schaut zu ihm auf.

»Wir besuchen meine Schwester in Niigata. Übermor-
gen geht es dann mit der Autofähre für zwei Wochen rüber nach Sado. Unsere Kleine ist dreieinhalb und unser
Großer hier, Ryōta, ist vorige Woche Sieben geworden.
Stimmt doch, oder, Ryōta?« Er legt dem Sohn eine Hand
auf die Schulter und der Sohn nickt eifrig. »Die Kinder
waren noch nie am Meer. Meine Frau und ich, wissen Sie,

118

wir arbeiten leider so viel und können den Kindern keine guten Eltern sein.«

Der Mann scheint irritiert, weil Junya nicht auf das Gesagte eingeht.

Der Vater hält den Koffer fest und beide verbeugen sich gleichzeitig vor Junya, als hätten sie es vorher genau so einstudiert.

»Entschuldigen Sie nochmals. Und haben Sie vielen Dank für Ihre Dienste.«

Junya schaut ihnen nach, wie sie den Koffer gemeinsam zum Auto bringen. Der Vater zieht am Griff und der Junge schiebt von hinten mit seinem Körpergewicht den Koffer an. Dann begreift Junya, dass es seine Kleidung ist. Die Zehenschuhe, an deren Seiten man die orange Gummisohle erahnen kann, die Tabi-Hose und der Werkzeuggürtel. Er schaut der Familie dabei zu, wie sie weiter den Kofferraum des Autos beladen, und versucht zu ergründen, warum der Irrtum des Mannes eine merkwürdige Art von Stolz in ihm auslöst.

Gemeinsam kontrollieren Vater und Sohn das Gepäck im Kofferraum. Der Sohn ahmt das Ausklopfen der Hände seines Vaters nach. Eine Frau kommt aus der Haustür, an der rechten Hand ein kleines Mädchen mit einem pinken Hanakappa-T-Shirt, in der rechten eines dieser Bretter aus Hartplastik, die Junya noch aus dem Schwimmunterricht kennt. Sie gibt es ihrem Mann, der es in eine freie Lücke im Kofferraum schiebt und diesen mittels irgendeines Sensors schließt. Das Mädchen springt auf den Vater zu und gibt ihm eine Plastikbox. Sie erzählt ihm aufgeregt etwas und zeigt erst auf die Mutter und dann auf sich selbst. Er öffnet die Box, entnimmt ihr ein Onigiri und probiert einen Bissen.

119

Sie wirken so sorglos. Als ob es nichts auf der Welt gäbe, das ihren Urlaub gefährden könnte. Als wären ein unerwartetes Tiefdruckgebiet, ein geplatzter Autoreifen auf einer schmalen Küstenstraße oder eine leckschlagende Fähre keine realen Gefahren.

Nachdem das Familienauto rückwärts aus der Einfahrt gefahren ist, dreht sich der Sohn am Fenster zu Junya um. Ausdruckslos winkt er ihm zu. Junya winkt mit schlaffer Hand zurück, bis das Auto um die nächste Kurve und außer Sicht ist. Dann geht er die Einfahrt hinauf und zur Haustür. Daneben ist ein Tastenfeld am Rahmen angebracht. Die Tür selbst hat kein Schloss. Er umrundet das Haus. Sämtliche Fenster sind geschlossen und verhangen. Im kleinen Garten, in dem ein abgedecktes Planschbecken und ein Kinderspielhaus stehen, versucht er, durch zwei schmalere Milchglasfenster ins Haus zu spähen, doch er kann im abgedunkelten Inneren nichts erkennen. Er geht zur Terrassentür. Auch hier kein Schloss. Stattdessen befindet sich dort eine kleine runde Erhebung in Hüfthöhe, die, so schätzt er, zum Öffnen der Tür mittels eines RFID-Transponders dient.

Für einen Moment denkt er darüber nach, mit dem Sanmoku-Hammer kurzerhand eines der Milchglasfenster einzuschlagen. Er wirft seinen Rucksack von sich und lässt sich auf der Terrasse auf den Hintern fallen. Die hinter der Smogschicht verwaschene Sonne ist gnadenlos. Seine Lider sind schwer und fühlen sich dick an. Er ist erschöpft. Allein das prickelnde Brennen seiner Füße hindert ihn daran, an Ort und Stelle einzunicken.

Junya kommt eine Idee und mit einem Mal ist er so elektrisiert, dass es ihm gelingt, seine Schmerzen für einen Moment zu ignorieren. Er springt auf und geht zurück zur Vorderseite des Hauses.

»Tochter dreieinhalb. Sohn sieben«, sagt er sich, rechnet zurück und gibt die Geburtsjahre auf dem Tastenfeld ein.

Die halbdurchsichtigen gummierten Tasten leuchten in schneller Abfolge zweimal rot auf. Er überlegt, ob er sich verrechnet haben könnte, doch das hat er nicht. Also wechselt er die Jahreszahlen und gibt sie noch einmal ein. Erst das Geburtsjahr des Sohnes, dann das des Mädchens. Die Tasten leuchten einmal grün auf und ein befriedigendes Klacken dringt aus dem Türrahmen, als das Schloss entriegelt. Er lehnt die Tür an, läuft ums Haus und holt seinen Rucksack. Dann kehrt er nach vorne zurück, schaut sich kurz um und geht hinein.

FANNI

Mit einem randvollen Glas knisternder Sprite wanderte Fanni im Haus der Lauterbachs herum.

Sie hatte genug davon gehabt, auf Lillys Bett zu liegen und so zu tun, als wartete sie nicht nur darauf, dass Lilly mit dem Lückentext fertig wurde und ihr das Etudes Françaises-Heft zum Abschreiben gab.

»Bin ich noch nicht«, hatte sie mehrmals antworten müssen, wenn Lilly fragte, was sie in diese oder jene Lücke eingetragen hatte. Dabei wusste Lilly genauso gut wie Fanni, was Sache war. Diese suggestiven Fragen und Spitzen waren so eine neue Angewohnheit Lillys, die Fanni mächtig auf die Nerven ging. So wie ihr damals irgendwie alles auf die Nerven zu gehen schien. Ihre Eltern, die Schule, die Lehrer_innen, ihre Mitschüler_innen. Das ganze Zooviertel, das sich mit jedem Schuljahr enger anfühlte. Und eben auch Lilly. Ihre beste, ihre einzige Freundin.

Nach den Hausaufgaben wollten sie am Familiencomputer der Lauterbachs Die Sims weiterspielen. Fanni wollte unbedingt ausprobieren, ihren Sim zu ertränken, indem sie ihn in den Swimmingpool lockte und dann die Poolleiter entfernte. Das hatte sie in der kurzen Pause zwischen Geografie und Mathe bei zwei Klassenkameraden mitangehört. Sie wusste ganz genau, dass Lilly das nicht wollen würde. Dass sie lieber ein Studierzimmer in ihrem Sim-Haus einrichten würde. Doch anstatt es direkt anzusprechen, würde sie wieder dieses leise gequälte Geräusch im Hals fabrizieren, das kein richtiges Räuspern war. Eher ein Geräusch, das noch vor dem Räuspern kommt. Wenn jemand merkt, dass er oder sie etwas im Hals hat.

Fanni zog Schubladen auf, schloss sie wieder. Setzte sich auf jeden Sessel, jeden einzelnen Platz der Sofas im Wohnzimmer, jeden Küchenstuhl. Sie blätterte Gala und Focus durch – zu lustlos, um auch nur Überschriften zu lesen. Dann ging sie zu der Nische zwischen Küche und Hausflur, in dem sich der Familiencomputer befand. Auf einem dieser wackeligen grauen Computertische mit ausziehbarem, sich jedes Mal verhakendem Tastaturfeld. Sie tippte alle Schimpfwörter, die ihr gerade einfielen, in die Tastatur und dachte darüber nach, den PC einfach einzuschalten und alleine Sims zu spielen. Vielleicht konnte sie sogar das DSL-Passwort erraten, das Lillys Eltern jedes Mal, wenn sie ins Internet wollten oder wegen der Schule mussten, für sie eingaben.

Sie hörte, wie die Haustür geschlossen wurde. Vor Schreck schüttete sie sich Sprite über den Handrücken und machte zwei Schritte zum Küchentisch, damit es nicht so schien, als lungere sie am PC herum. Es war warm, und die Sprite trocknete sofort. Spannte klebrig die Haut. Dann polterte jemand mit schnellen Schritten die Treppe ins Obergeschoss rauf. Fanni hatte erwartet, dass Lillys Mutter oder Vater jeden Moment in die Küche kam oder sich rufend bemerkbar machte, aber kein Erwachsener, den sie kannte, lief so trampelnd eine Treppe rauf.

Sie spülte sich die Sprite am Waschbecken von der Hand. Merkwürdig, wie etwas, das so kristallklar ist, gleichzeitig so klebrig sein kann.

Sie drehte den Wasserhahn zu. Aus dem Obergeschoss kamen Schüsse. Explosionen. Andere Geräusche, die sie nicht zuordnen konnte.

Es war keine bewusste Entscheidung, aber irgendwas war da, dass sie nach oben gehen und vor dem Zimmer von Tobi, Lillys großem Bruder, haltmachen ließ. Die Tür, an der eine große Version des schwarz-weißen Parental-Advisory-Stickers klebte, die Fanni von Eminem-CDs kannte, stand so weit offen, dass sie seitlich durch den Spalt gepasst hätte. Explosionen knallten, Maschinengewehrfeuer ratterte, mechanische Stimmen sagten andauernd Sachen wie, »For Mother Russia!«, »Annihilating!«, oder, »It will soon be a wasteland!«. Doch trotz der Lautstärke konnte Fanni das Tackertack von Maus und Tastatur hören, das darunterlag. Es klang fast noch aggressiver als der Kriegssound.

Bis zu diesem Tag hatte sie Tobi – wenn sie ihn überhaupt wirklich registrierte – nur als Ärgernis in schwarzen Kapuzenpullis wahrgenommen. Bis knapp zwei Jahre zuvor hatte er noch keinen eigenen PC gehabt und ständig den Familiencomputer in der Nische besetzt. Und wenn Fanni Lilly davon überzeugen konnte, ihren Bruder zu fragen, wann sie auch mal an den Rechner durften, schrie oder spuckte er sie an, schubste Lilly und schlug nach ihr. An einem Tag, als ihre Eltern nicht zu Hause waren, würgte er sie sogar. Richtig. Fanni hatte es genau gesehen. Das war kein einfaches Umgreifen des Halses gewesen. Sie hatte genau sehen können, wie er zudrückte.

Er und Fanni hatten noch nie ein direktes Wort miteinander gewechselt. Wozu auch?

Trotzdem schob sie die Tür zu seinem Zimmer auf. Es war, als hätte sich mitten im Zooviertel – mit seinen Stadtvillen, gepflegten Platanenalleen und seiner gediegenen Eintönigkeit – ein Portal in eine bis dahin hermetisch abgeschlossene, stickige, von unbekannten Zeichen und Symbolen überfrachtete Pocket Dimension geöffnet.

Tobi bemerkte sie nicht, saß mit dem Rücken zu ihr am PC. Scharf ausgeschnitten vom Licht des CRT-Monitors.

CD-Hüllen und -Rohlinge, Klamotten, Zeitschriften, Taschentuchknäuel lagen verstreut herum, quollen aus Regalen hervor. Die Fenster neben dem Monitor und über Tobis Bett waren abgedunkelt. Hielten den imperativen Badetag draußen. Das ganze Zimmer – Wandschrank, Bettpfosten, Nachtschrank, Schubladen, die Wände und sogar die Decke – war mit Stickern, ausgeschnittenen Magazinseiten und Postern zugekleistert. Man hätte meinen können, sein Zimmer würde nicht von Wänden und Balken gestützt, sondern einzig und allein von bedrucktem Papier, Tesafilm, Reißzwecken und unerschütterlichem Fandom in Position gehalten.

Sticker mit Bandlogos, ausgestreckten Mittelfingern, der 666, Pentagrammen, jamaikanischen Flaggen mit Hanf-Blättern in der Mitte, dem Konterfei Che Guevaras, dem Wacken-Logo und dem Anarcho-A.

Poster mit feuerspeienden Drachen und schwert- oder streitaxtschwingenden Muskelmännern in Lendenschurz, die ähnlich leicht bekleidete anthropomorphe Leopardenfrauen vor noch mehr feuerspeienden Drachen beschützen. Aber vor allem Bandposter. Lauter schwarz gekleidete Männer mit grimmigen Ausdrücken zwischen Vorhängen langer glatter Haare und Ziegen- oder Vollbärten. Fanni kannte kaum eine der Bands. Ihre Namen konnte sie nicht entziffern, weil die Logos für sie wie ein Haufen übereinandergeworfener Zweige aussahen. Die einzigen, die ihr etwas sagten, waren Metallica, Slipknot, Papa Roach und Marilyn Manson.

Tobi hackte auf eine Taste ein. Lauter als vorher. Die Spielsounds verstummten abrupt und er drehte sich um.

125

»Was willst du denn?«, sagte er und sah aus, als würde er unfreiwillig und direkt in die Sonne blicken. Bevor Fanni ihm – oder sich selbst – eine Antwort geben konnte, legte er schon nach. »Wenn Lilly will, dass ich leiser mache, soll se gefälligst selber kommen. Nur weil Mama und Papa nich' da sind, schickt se jetzt dich vor, oder was?«

»Nee. Ist in ihrem Zimmer. Macht Hausaufgaben.«

»Willst'n dann?«, blaffte er.

Fanni nippte an ihrer Sprite. Die Kohlensäurebläschen kitzelten unter ihren Nasenlöchern. Weil ihr noch immer nichts einfiel, zuckte sie mit den Schultern und versuchte beiläufig, gelangweilt zu wirken. »Keine Ahnung. Nur mal gucken halt.«

Er sah gleichzeitig angeekelt und verwirrt aus. Als hätte er auf der Straße den Kadaver eines überfahrenen exotischen Tiers gefunden – ein Känguru, ein Tiefsee-Anglerfisch, ein Zebra. Obwohl das so wahnsinnig abwegig gar nicht war, schließlich grenzte ja der Zoo direkt an das Viertel. Doch während ihrer ganzen Kindheit und Jugend waren höchstens mal ein paar Papageien aus dem Zoo entkommen.

Sie sah sich weiter in Tobis Zimmer um. Sie rechnete damit, dass er sie jeden Moment hochkant rausschmiss, also befriedigte sie lieber noch schnell ihre Neugier.

Sie scannte den Boden ab. Etliche EMP-Kataloge, Ausgaben der Metal Hammer und der PC Joker. Auf einem CD-Rohling in einer kaputten Hülle stand CKY2K. Eine andere, die lose auf einem Klamottenberg lag, war mit Morrowind + NoCD beschriftet.

»Willst'n Foto machen?«

»Spielst du denn da?«, sagte Fanni und bereute sofort, nicht Zocken gesagt zu haben. Sie nickte zu Tobi, zum

Computermonitor, der von Red Bull-Dosen und klobigen Pfanner Eistee-Tetra Paks – Grüner Tee-Geschmack – flankiert wurde.

Er ging zurück ins Spiel und sofort knallte und wummste es wieder. Irgendwo zwischen den Eisteetüten drehte er leiser.

Fanni nutzte die Chance und trat weiter ins Zimmer hinein.

»Command & Conquer: Alarmstufe Rot 2«, sagte er, ohne aufzuschauen. »Die Mission-CD, Yuris Rache. Zock gerade die Kampagne. Hab natürlich die Sowjets genommen.«

»Klar«, sagte sie, auch wenn nur jedes zweite Wort für sie Sinn ergab.

In den darauffolgenden Monaten, während sie hauptsächlich zuschaute, nur manchmal selbst spielte, würde sie lernen, dass Tobi seine Basis immer vollkommen ineffizient schützte. Anstatt ein paar seiner Apokalypse-Panzer in der Nähe seiner Teslaspulen patrouillieren zu lassen, falls feindliche Einheiten diesen zu nahe kämen, ließ er die Einheiten immer ausnahmslos ausrücken. Außerdem verstand er die Vorzüge von Psycho-Sensoren nicht. Solche Dinge würde sie aber zumeist für sich behalten.

Sie schaute ihm eine Weile beim Spielen zu. Seine Erklärungen gingen in ein Ohr rein, zum anderen direkt wieder hinaus.

Ihr fiel auf, dass sie ihn noch nie richtig angesehen hatte. Nicht, dass dies großen Spaß machte. Sein pickeliges Kinn erinnerte Fanni irgendwie an eine bestimmte Korallenart, deren Namen sie aber nicht kannte. Dunkle Tränensäcke unter grubenartigen Augenhöhlen. Brauen, wie wild mit Fineliner darüberschraffiert.

Sie war sich nicht sicher, ob er es war, der diesen säuerlichen Geruch verströmte, oder ob der Geruch aus irgendeiner Ecke des Zimmers kam.

»Was ist denn das da?«, sagte Fanni.

»Terror-Drohnen. Hab ich doch gerade gesagt.«

»Nee. Das da.« Sie streckte sich an ihm vorbei und zog eine DVD-Hülle mit selbst ausgedrucktem magentastichigem Cover zwischen zwei kleinen Türmen ineinander gestapelter Cupnoodles hervor.

»Bumfights – Cause for Concern«, las sie laut.

Auf dem Cover ein schreiender Mann – knubbelige Nase, das Wort BUMFIGHT quer über die Finger tätowiert.

Tobi, der sich zu der Zeit schon selbst Nazgul nannte, was er Fanni aber erst Wochen später erzählte, riss ihr die Hülle aus der Hand.

»Nichts. Das is' zu krass für dich. Extremer Shit.«

»Voll nicht! Jetzt sag halt.«

Er pausierte das Spiel wieder, kreiste mit dem Mauszeiger ein paar Mal über dem Button Spiel beenden. Dann drückte er drauf und legte die gebrannte DVD ein. Der RealPlayer öffnete sich automatisch und spielte die DVD ab. Fanni hatte kurz seinen Desktop-Hintergrund gesehen – irgendeine x-beliebige Waifu, die von Tentakeln penetriert wurde.

Das DVD-Menü öffnete sich. Punkmusik. Wieder ließ Tobi den Mauszeiger tanzen. Über Play.

»Biste sicher?« Er grinste sie herausfordernd an. Einer seiner Eckzähne sah aus wie ein verbranntes Maiskorn, das in der Mikrowelle nicht aufgepoppt war.

»Mach schon.«

Gemeinsam schauten sie die DVD. Leute, die sich in öffentlichen Toiletten prügelten. Ein Obdachloser, dem von hinten das Haar mit einem Feuerzeug angezündet wurde, aus dem Off ein keuchendes Lachen. Obdachlose, die für ein paar Dollar kopfvoran in Müllcontainer rannten, sich gegenseitig schlugen, sich BUMFIGHT auch auf die Stirn tätowieren ließen. Obdachlose, die von einem Studentenverbindungstypen aus dem Schlaf gerissen und mit Klebeband geknebelt wurden. Obdachlose, die von ein paar Brodudes entwürdigt und gedemütigt wurden.

Bei einigen Szenen keckerte Tobi mit bebenden Schultern, so dass sein Schreibtischstuhl quietschend mitlachte. Fanni lachte kein einziges Mal. Sie verstand nicht, wo in der Herabsetzung der Obdachlosen irgendeine Form von Humor liegen sollte. Am ehesten fand sie das alles einfach nur befremdlich. Und ganz und gar anders als alles, was sie bis dahin gekannt hatte.

»Was machst du denn da?«, sagte Lilly mit einer Stimme, brüchig wie altes Esspapier.

Tobi haute auf die Leertaste und pausierte eine mit Stoner Rock hinterlegte Schlägerei.

Fanni wusste nicht, was sie sagen sollte. Sie fürchtete, Lilly würde etwas tun oder sagen, das ihr diese neu geöffnete Tür wieder zuschlagen würde, wo sie doch gerade erst ihre Nasenspitze in den Raum hineingehalten hatte. Und weil sie sich erwischt fühlte. Beim Betrug einer Freundschaft, die jahrelang für beide Vertragsseiten relativ gewinnbringend funktioniert hatte.

»Ich bin mit den Hausaufgaben fertig.« Lilly knibbelte mit einer Hand an der anderen rum. »Ich dachte, wir wollten noch Sims spielen.« Sie sah zu Boden und dann doch wieder auf. »Dachte, du bist nach Hause gegangen.« Sie schwankte auf ihren Zehenspitzen. Versuchte wahrscheinlich, an Tobi vorbei auf den Bildschirm zu schauen. »Was seht ihr euch da an?«

Tobi antwortete, bevor Fanni es konnte. Sie hätte auch nicht gewusst, was sie sagen sollte. »Verzieh dich, Kackstreberin.« Plötzlich hatte er einen seiner CD-Rohlinge zwischen den Fingern und flickte ihn seiner Schwester wie eine silberne Frisbee entgegen. Die Scheibe verfehlte sie und flog ins Treppenhaus davon. Lilly zuckte zusammen und gab so etwas wie ein Fiepen von sich. Sie stieß sich aus dem Türrahmen ab. Eine Tür knallte zu.

Tobi hackte wieder auf die Leertaste ein. Als wäre nichts passiert, schauten sie die DVD zu Ende. Zwei Stunden später ging Fanni nach Hause. Lilly hatte ihren Rucksack gepackt vor die Zimmertür gestellt.

Gleich am nächsten Tag – einem Samstag – sagte sie ihrer Mutter wie üblich, dass sie zu Lilly ginge. Sie und Lilly sahen sich kurz, als Lilly aus ihrem Zimmer kam und Fanni gerade mit Tobi in seins ging. Lillys Zimmer würde sie nie wieder betreten.

Ein paar Wochen später zeigte Tobi ihr zum ersten Mal Rotten.com, goatse.cx und Ogrish.com. Fanni ging nach jeder dieser Sessions aus klaffenden Torsen, abgetrennten Füßen und verschüttetem Gedärm mit einem Gefühl im Bauch nach Hause, als hätte ihr Magen sich einmal komplett umgestülpt und dabei die Magensäure in die Zwischenräume ihrer inneren Organe ausgegossen. Über die nächsten Jahre des exzessiven Shock-Site-Konsums ging dieses Gefühl dann unwiederbringlich verloren.

Mit einer Weiterentwicklung des Blicks, mit dem Lilly vor 17 Jahren in der Tür ihres großen Bruders gestanden hatte, sieht sie von der anderen Straßenseite zu Fanni rüber. Verletzung hat sich zu mitleidigem Ekel entwickelt. Ihr Unglaube ist geblieben, nur ist er zusammen mit ihr erwachsen geworden – hat seine Naivität eingebüßt.

Fanni bleibt so unvermittelt stehen, als wäre sie gegen eine unsichtbare Begrenzung im Level-Design der Realität gelaufen.

Lilly und ihre Mutter lösen sich aus ihrer Umarmung. Sie stehen vor der geöffneten hinteren Tür eines Wagens von ORBiT. Der Fahrer lädt zwei Rollkoffer ins Heck des Autos. Lillys Mutter, einen Kopf kleiner, spiegelt den Gesichtsausdruck ihrer Tochter – minus des Unglaubens. Ihr Vater steht am Grundstückstor und scheint Fanni nicht wiederzuerkennen.

Die Haustür der Lauterbachs steht offen. Im Halbschatten zeichnet sich eine Figur ab. Als hätte das IRL ihre Textur noch nicht geladen.

Die Straße runter kann Fanni ihr Elternhaus sehen. Sie schaut zurück zu Lilly, die die Hand ihrer Mutter hält. In ihrem Gesicht vermischen sich Erwartung und Abscheu. Der Hauseingang ist leer. Der Schemen verschwunden.

Mechanisch und steif wie ein Roboter aus einem retrofuturistischem Schwarz-weiß-Film setzt Fanni einen Fuß vor den anderen. In Richtung des Hauses am Ende der Straße.

Vor dem Haus stehen drei weiße Lieferwagen mit dem Logo einer Eventfirma am Straßenrand geparkt.

Fanni geht die Steinstiegen zum Eingang empor und klingelt. Durch das Glas der Haustür kann sie Bewegungen ausmachen. Jedoch keine, die auf die Tür zukommt.

Ihre Eltern sieht Fanni einmal pro Jahr. Zum Geburtstag ihrer Mutter. Es sei denn, sie sind verreist. Meran, Bozen, Venedig, Nizza. Irgendeine Luxuskreuzfahrt, sollten Nachbar_innen ihnen davon vorgeschwärmt haben.

Dann schreibt sie eine SMS. Die Antwort ihrer Mutter enthält stets die Frage, wann Fanni sich denn endlich mal WhatsApp zulege. Sie schreibt nie zurück.

Fannis Vater feiert seine Geburtstage nicht. Hat er noch nie. Er sieht keinen Sinn darin, etwas zu feiern – oder sich dafür feiern zu lassen –, das nicht mit eigener Leistung verbunden ist. Atmen und schreien, nachdem man auf die Welt rutscht, fällt nicht unter Leistung. Wahrscheinlich das Einzige, worin er und Fanni einer Meinung sind.

Gerade hat sie sich fürs Gehen und gegen ein erneutes Klingeln entschieden, da wird eine der durchsichtigen Lilienverzierungen in der Glasscheibe vom üblichen Polohemdrosa ihrer Mutter ausgefüllt. Durch die Tür ist zu hören, wie sie in ihr Handy spricht. Sie reißt die Tür auf, so dass Fanni fast ins Haus gesogen wird.

»Einen Moment. Es ist jemand an der Tür.« Ihre Augen scannen Fanni kurz ab. »Nein, es sind nicht Ihre Leute. Gott, Fanni, trägst du noch immer nichts anderes als Sportkleidung?«

»Das aus deinem Mund. Herzlichen Glückwunsch zu deinem sechzigsten Geburtstag, Mutter.«

Ihre Mutter hat sich bereits abgewendet, um zurück ins Foyer zu gehen. Fanni schließt die Tür hinter sich und folgt ihr.

Sie dreht Fanni ihr Gesicht zu und sagt: »Ich war ja schließlich Profisportlerin. Und selbst dann habe ich die Sachen nur zum Training oder bei Wettkämpfen angezogen. Den Rest der Zeit habe ich mich wie ein normaler Mensch gekleidet.« Und ins Handy: »Nein, ich rede nicht mit Ihnen. Bleiben Sie dran.« Wieder zu Fanni: »Und ich wäre dir verbunden, wenn du mein Alter nicht so betonen würdest. Hättest du nicht vorher anrufen können?«

Sie will sagen, dass sie sowieso nur gratulieren und nicht lange bleiben wollte, aber ihre Mutter hebt den Zeigefinger. »Ich habe um Punkt einen Termin bei meinem Haarstylisten, und den werde ich ganz sicher nicht nach hinten verschieben, nur weil sich Ihre Leute nicht an vereinbarte Uhrzeiten halten können. Nein –«

Im Foyer sind mehrere Angestellte in weißen Hemden damit beschäftigt, pralle bogenförmige Rispen violetter, goldener und weißer Ballons über den diversen Durchgängen anzubringen, farblich passende Blumenbouquets auf den antiken Beistelltischen, Kommoden und Vitrinen zu positionieren und Girlanden und Lichterketten von hohen Stehleitern aus in den majestätischen Raum zu hängen. Von irgendwoher ist das Saugen mehrerer Staubsauger zu hören. Aus der Küche das Geklimper von Geschirr.

Fannis Schock verebbt langsam, als ihr klar wird, dass keiner der Angestellten der Eventfirma sie auch nur im Mindesten beachtet.

Ihre Mutter droht dem Catering-Menschen am anderen Ende der Leitung damit, sämtliche Angestellten wieder wegzuschicken, sollte das Essen nicht rechtzeitig da sein. »Dann kriegen meine Gäste eben Pizza von irgendeinem Lieferdienst. Und wenn sie fragen warum, werde ich auf Ihren sogenannten Service verweisen. Ja. Das will ich auch hoffen. Wiederhören.«

»Du scheinst ziemlich beschäftigt. Ich geh dann wieder.«

»Fanni, jetzt mach dich nicht lächerlich. Wo du schon mal hier bist, setzen wir uns kurz. Ich kann eh noch nicht weg.«

Sie gehen nach nebenan in die Küche. Zwei Frauen stehen an der Kücheninsel und polieren Silberbesteck, das auf langen Bahnen dicken weinroten Tuchs vor ihnen ausge-

breitet ist. Tiefe und flache Teller türmen sich vor ihnen
auf.

Fanni wird von ihrer Mutter auf einen Stuhl am Küchentisch verwiesen. Die holzeingefasste Tischplatte ist aus
blauen und weißen Kacheln zusammengesetzt, so klein wie
CPU-Kerne.

»Was trinkst du?«

»Leitungswasser.«

»Trink doch mal einen schönen Pastis mit mir. Zu meinem Geburtstag. Leb doch mal ein bisschen.« Sie holt eine
Flasche ihres Go-To-Getränks Henri Bardouin aus dem
Küchenschrank. Die zwei Frauen machen ihr Platz, obwohl
ihre Mutter ihnen in die Quere kommt und nicht umge-
kehrt.

»Nur Leitungswasser«, sagt Fanni.

»Wir haben gerade nur Perrier da, fürchte ich.«

»Leitungswasser. Bitte.«

Ihre Mutter atmet entnervt aus. »Wie du meinst.«

Sie stellt das Wasserglas vor Fanni und den Pastis sowie
eine winzige Glaskaraffe Wasser für sich auf den Tisch –
alles auf Coaster aus Kork.

»Warte, ich hole mal eben deinen Vater runter. Dass ihr
euch auch mal wieder seht.«

Unbewusst erhebt sich Fanni von ihrem Stuhl. »Nicht
nötig. Ich muss auch gleich wieder.«

Aber ihre Mutter hat bereits den Hörer des Wandtelefons
in der Hand und drückt die Kurzwahl.

Normalerweise ist es im Haus so ruhig, dass man das
Telefon im Arbeitszimmer ihres Vaters von überall im Haus
hören kann. Dadurch, dass die Umgebungsgeräusche das
Klingeln überdecken, wirkt er sogar noch weiter weg als
früher.

»Roger, ich bin's. Komm doch mal runter und sag Hallo.
Deine Tochter ist da. Was?« Sie dreht sich mit dem Rücken
zum Rest der Küche und spricht etwas leiser. »Woher soll
ich das wissen? Da wird schon alles in Ordnung sein. Nein,
sie ist hier, um mir zum Geburtstag zu gratulieren.« Und
noch leiser: »Du wirst doch wohl eine Minute erübrigen
können. Was? Nein, das war ja Fabienne, die geklingelt hat.
Die sollten schon längst da sein, ja. Ja, ich habe bereits angerufen. Der sagt, seine Leute befinden sich auf dem Weg.
Nein, Roger, ich warte so lange. Keine Sorge. Jetzt schäl
dich aus deinem Bürosessel und komm runter. Ja, wiederhören.« Sie legt auf und dreht sich mit gezerrtem Lächeln
um. »Er kommt gleich.«

Sie sitzen im rechten Winkel zueinander am Tisch. Ihre
Mutter nippt unablässig an ihrem Pastis. Schmeckt ihn mit
gespitzten Lippen ab und hält sich mit dem weiteren Zu-
fügen von Wasser aus der Karaffe beschäftigt.

Fanni ist sich sicher, dass die Frauen an der Kücheninsel
ihre Ohren gespitzt haben. Dabei ist das von längeren Pausen unterbrochene Gespräch zwischen ihrer Mutter und ihr
vollkommen austauschbar. Wie es so gehe. Gut und selbst.
Dito. Ob sie noch bei Wie-heißt-die-Firma-noch-mal arbeite. BELL und ja, tue sie. Dass das gut sei. Ja, dass sei gut.
Ihre Mutter schaut unablässig auf ihre funkelnde Cartier/
Rolex/AP/Whatever.

»Ach, die Bredthauers – die kennst du vielleicht noch –
haben sich jetzt so eine Türklingel mit Kamera zugelegt.
Die Frau Bredthauer hat mir das kürzlich mal vorgeführt.
Ist ja schon toll, was heutzutage alles möglich ist. Habe
erzählt, dass du die mitentwickelt hast.«

»Mutter.«

»Ja?«

»Das stimmt nicht. Ich bin zwar offiziell im Research & Development, aber alles, was ich mache, ist Aufnahmen zu annotieren, um den Lernprozess des BELL-Algorithmus zu unterstützen.«

»Ach, Fanni«, sie winkt ab, »das versteht aber doch kein normaler Mensch. Na, jedenfalls hat die Frau Bredthauer gefragt, warum wir dann noch keine solche Türklingel haben. Ich versuche gerade, deinen Vater davon zu überzeugen, aber du weißt ja, wie der zu dieser neumodischen Technologie steht. Was der Bauer nicht kennt, das«, ihr leicht angewiderter Gesichtsausdruck, weil sie so ein ordinäres Wort nur sehr ungerne benutzt, »frisst er nicht. Aber das Security-Unternehmen, das sich jetzt um unser Viertel kümmert, empfiehlt in seiner Broschüre auch ausdrücklich diese BELL-Produkte.«

»Security-Unternehmen?«

»Ja. Die Wohnsiedlungsgemeinschaft hat vorletzten Monat den Vertrag unterschrieben. Seitdem die Firma – mir fällt der Name nicht ein – hier mehrmals am Tag patrouilliert, ist noch nichts passiert.«

»Ist denn vorher was passiert?«

»Ach, Fanni. Darum geht es doch nicht. Man liest und hört es doch überall. Militante und Extremisten, die marodierend durch die Straßen ziehen und Autos anzünden. Einbrecherbanden, die nachts die Leute in ihren Betten attackieren.« Sie erschaudert und es sieht nicht einmal gespielt aus. »Diese ganzen Geschichten von Familienclans. Drogen- und Menschenhandel. Geldwäsche. Schießereien und Messerstechereien. Überfälle.«

Mit einem Mal hat Fanni das Gefühl, als hätte ihre Großhirnrinde einen eigenen Hinterkopf und als jucke etwas an diesem imaginären Hinterkopf, versuche, sich Gehör zu verschaffen. Doch es ist zu ungreifbar, zu verschwommen. Sie schüttelt es ab.

»Ich glaube, die Chance, dass euer Vorgarten zum Drogenumschlagplatz verkommt, ist doch relativ gering.«

»Mach dich nur lustig.«

Fanni fragt sich, ob ihre Mutter schon immer so empfänglich für solche Angstschürerei war, ob es eventuell auch am Alter liegen kann – das ihr, jetzt mit 60, schließlich doch noch die Haut um Mund- und Augenwinkel zerknittert –, oder ob es die Jahrzehnte des relativ abgeschotteten Wohnens im Zooviertel sind, die diese Auswirkung haben.

Ihre Mutter war Olympionikin. Nahm also dementsprechend an internationalen Wettkämpfen teil. Sie hat andere Länder, andere Kulturen erlebt. Muss die unterschiedlichsten Menschen getroffen haben. Auch wenn ihre Sportlerinnenkarriere schon lange zurückliegt, Fanni bekommt so einen Background nicht mit der jetzigen, angstbestimmten Denkweise zusammen. Doch wie gut, fragt sie sich, kennt sie ihre Mutter denn schon. Ihre Gedanken driften ab. Nur um ein paar Grad. Hin zu dem Anteil, den sie selbst mit ihrem Job an dieser Panikmache und der Etablierung von Misstrauen in der Gesellschaft hat.

»Und heute Abend?«, sagt sie, um ihrem Hirn etwas zu tun zu geben.

»Ja«, sagt ihre Mutter und zieht den Vokal lang, »große Fete. Sechzig Gäste. Alle kommen, die von Bedeutung sind.« Fanni kann nicht sagen, welche Art von Bedeutung gemeint ist, die persönliche oder die gesellschaftliche – wahrscheinlich ein Verhältnis von eins zu zwei. »Ich habe meine Harfenlehrerin dazu bringen können, dass sie spielt. Fehlt nur noch das Essen.«

Fanni entschließt sich, den Gedanken zu übergehen, der sich gegen ihren Willen in ihr ausfaltet. »Harfenlehrerin?«

Ihre Mutter setzt bereits an, den Faden aufzunehmen, verliert ihn aber sofort, als der hustende Posaunenchor vom Foyer aus die Ankunft des Hauspatriarchen ankündigt.

Dann steht Fannis Vater in der Küchentür. Weißes Ralph Lauren-Hemd. Weite graue Anzughose, die, wie Fanni zum ersten Mal auffällt, genauso gut auch als lumpige Jogging-hose durchgehen könnte. Wenn der Gürtel nicht wäre, der sie am Bund grob wie einen Mehlsack zusammenschürt. Seine Marionettenfalten scheinen noch mal tiefer geworden zu sein im Vergleich zum letzten Jahr. Er hat denselben missmutigen Blick drauf, den er immer aufsetzt, wenn er die Küche betritt. Er nickt Fanni kurz zu. Dann wandert sein Blick auch schon weiter.

Seit ihrem Rauswurf aus dem Internat damals kann er sie nicht länger als eine Sekunde lang ansehen. Zum ersten Mal fiel Fanni das so richtig auf, als sie zur Feier ihres Abi-turs essen gingen. Natürlich ließ er es sich trotz der holp-rigen Vorgeschichte nicht nehmen, eine kleine Tischrede zu halten. Er sagte zwar, wie stolz er sei, sein Blick schweifte dabei aber über den Tisch, an dem sie saßen, und über Fannis Kopf hinweg.

»Bequemst du dich auch mal aus deinem Kabuff, ja?«, sagt Fannis Mutter.

Ihr Vater raunzt und tritt hinter einen der freien Küchen-stühle. Er setzt sich nicht. Spielt nur mit einem der zwei Holzknäufe auf der Lehne. »Die Wohnung?«, sagt er und schaut seinem Zeigefinger dabei zu, wie dieser den Knauf sexuell belästigt.

»Alles paletti«, sagt Fanni. Sie benutzt das Wort ganz bewusst, weil sie weiß, dass ihm das missfällt.

138

»Denkst hoffentlich —«

Es klingelt. Fannis Vater schreckt regelrecht auf und zieht ein Gesicht, als sei er wütend auf die Person, die vor der Tür steht und die Dreistigkeit besitzt, ihn zu unterbrechen.

Ihre Mutter springt auf und kippt den Rest Pastis runter. »Na endlich. Roger, ich schick die Leute gleich ins Esszimmer und fahre dann zu Urs.«

»Urs?«, sagt er kehlig, und es klingt wie ein Laut aus der Steinzeit.

»Mein Haarstylist Urs. Du hast ihn sogar mal getroffen, als er auf Hausbesuch herkam.« Ihre Mutter wendet sich Fanni zu und sagt: »Schön, dass du da warst, Fanni. Gut siehst du aus. Richtig fit. Mach's gut.« Dann rauscht sie aus der Küche, und keine Minute später läuft eine Parade frischhaltefolienbedeckter Tabletts, silberner Wärmebehälter und Champuskisten an der Küchentür vorbei.

Zu Fannis Überraschung setzt ihr Vater unbeeindruckt da wieder ein, wo er frecherweise unterbrochen worden war. »Du denkst dran, mehrmals am Tag zu stoßlüften?«

Sie nickt. Dann fällt ihr ein, dass er sie wahrscheinlich nicht anguckt und bejaht.

»Gut. Wenn sich einmal Schimmel in der Wohnung festgesetzt hat, dann hat man den Salat. Das kostet ein halbes Vermögen, den zu beseitigen. Man muss schon stoßlüften. Ankippen bringt da rein gar nichts. Weiß nicht, wozu die Funktion überhaupt verbaut —.«

»Mache ich. Habe extra meinen Job gekündigt, damit ich mich voll und ganz dem Lüften widmen kann.«

»Schlaumeier.«

Sie schauen den Frauen eine Weile beim Polieren zu und Fanni fragt sich, welche masochistische Ader in ihr sie nicht aufstehen und gehen lässt.

»Hast du mit den Nachbarn zu tun? Vogler? Kannst denen von mir aus ausrichten, dass sie mir nicht ständig diese E-Mails schicken sollen. Wozu gibt es denn den Hausverwalter?«

»Nee, kenn ich nicht.«

Er nickt. Keine Ahnung, ob er ihr das glaubt.

»Arbeit?«

»Hab ich.«

»Na dann.« Er sieht sich nach hinten um. Fanni findet die Vorstellung fast amüsant, dass sie beide, sollten sie vor der Situation flüchten, sich auf dem Weg aus der Küche gegenseitig über den Haufen rennen würden.

Er tippt mit seinem schlierigen Altmännerfingernagel ein paarmal auf den Knauf. »Du kennst dich doch mit diesem ganzen Mumpitz aus.«

Fanni nickt nur, weil sie nur ahnt, aber nicht sicher weiß, welcher Mumpitz dezidiert gemeint ist.

»Kannst du auch eine Tintenpatrone wechseln? Bei meinem Drucker? Das Mistding sagt mir ständig, dass die schwarze Tinte leer ist. Dabei wurde die doch erst getauscht. Vor – was weiß ich wann.«

»Druckerpatrone wechseln ist jetzt nicht direkt Quantenphysik.«

»Heißt das ja auf Schlaumeierisch?«

Ein klein wenig verspürt sie das Bedürfnis, eines der sauteuren Küchenmesser aus dem Block zu ziehen, sich die Pulsadern aufzuknipsen, ihn von oben bis unten mit Blut zu besprenkeln und zu schreien, ob ihm das an Tinte genüge.

»Ja«, sagt sie.

»Gut. Dann muss ich deswegen nicht extra meinen Computerfritzen anrufen. Der verlangt 40 Euro die Stunde, wenn er hier rauskommt.«

Seinen sogenannten Computerfritzen hat ihr Vater schon, seit er damals widerwillig seinen ersten Computer anschaffen musste – auf Druck seiner Klient_innen hin. Er heißt Holger und ist ein alter Freund ihres Vaters aus dem Jurastudium. Trotzdem nennt er ihn immerzu nur »seinen Computerfritzen«.

»Na dann«, sagt er und dreht sich um.

Fanni trinkt ihr Wasser aus und folgt ihm. Eine Angestellte der Eventfirma trägt ein Schild auf einer Staffelei zur Haustür. In gedruckter Schreibschrift steht dort ein ganzer Absatz, den man auch auf das einzelne Wort Willkommen hätte komprimieren können.

Ihr Vater und Fanni reden kein Wort miteinander, während sie die Druckerpatrone wechselt. Er steht nur da und beobachtet sie wie eine Mischung aus einem Fahrkartenkontrolleur, der von einem besoffenen Fahrgast angekotzt wurde, und einem staunenden Zeitreisenden aus dem Mittelalter.

Wenn sie schon mal dabei ist, updatet sie gleich die Druckersoftware. Ohne zu fragen, lässt sie sich in den kleinwagengroßen Bürosessel fallen. Er atmet unter ihrem Gewicht aus. Sie kann förmlich spüren, wie ihr Vater sich beherrschen muss, nicht zu revoltieren, weil sie sich ohne Aufforderung oder Erlaubnis auf seinen ledernen Thron gesetzt hat.

Bis sie wegen des Internats endlich einen eigenen Laptop bekam, hatte sie nichts mehr gewollt, als diesen Raum zu betreten. Als Kind wahrscheinlich nur aus dem Grund, weil die Tür immer zu war, selbst wenn ihr Vater keine Klienten zu Gast hatte. Weil sie neugierig darauf war, was sich hinter der geschlossenen Tür abspielte. Was so wichtig war, dass man sogar im Rest des Hauses still zu sein hatte. Dabei gibt es hier nicht mehr als den Geruch verstümmelter Zigarrenleichen, Wandregale voller Gesetzesbücher und extensiver Brockhaus-Editionen, in denen die DR Kongo noch Zaire und Myanmar noch Burma heißt, und all-around Holzvertäfelungen, die dem Arbeitszimmer etwas Sarkophaghaftes verleihen. Später war es der Computer, den ihr Vater sich besorgte, damit ihm die Klient_innen nicht wegliefen, sobald sie merkten, dass er im Grunde noch mit Rechenschieber und Sextant arbeitete.

»Computer sind kein Spielzeug«, sagte er immer, wenn Fanni wieder mal zur Sprache brachte, dass die Lauterbachs auch einen Familiencomputer hätten – dass jeder außer ihnen einen Computer besitze, »und damit hat sich's«, und dann landete die Faust auf dem Esstisch, so dass Messer und Gabel vom Teller klapperten.

Sie kann sich noch an die erste Nacht erinnern, in der sie sich endlich traute, sich in das Büro und an den Computer zu schleichen. Es muss im fünften oder sechsten Schuljahr gewesen sein. Zuerst tat sie nichts weiter, als die Desktopsymbole anzuklicken. Einmal und es passierte nichts, außer dass sie markiert wurden. Doppelklick. Der Arbeitsplatz öffnete sich. Der Papierkorb. Rechtsklick. Kontextmenü. Natürlich kannte sie all das und etwas mehr schon aus dem EDV-Unterricht, dessen Doppelstunde sie jede Woche entgegenfieberte. Aber das war was anderes. Das war Schule. Das hier war ihr persönlicher digitaler Raum. Wenn auch nur für eine Stunde in der Nacht. Nachdem sie minutenlang nichts anderes getan hatte, als die Desktopsymbole blau zu markieren, indem sie Boxen um sie zog, traute sie sich und startete die Encarta-Enzyklopädie. Alles, die ganze Welt, schien ihr zu Füßen zu liegen. Sie musste sich nur ein Wort ausdenken und oben in die Suchmaske eingeben. Mit jedem Wort, das ihr Encarta erfolgreich präsentierte, wuchs ihre Welt ein bisschen. Jedes Wort, das kein Ergebnis brachte, war nicht Teil dieser Welt.

Als sie sich dann mit Tobi angefreundet hatte, wurde sie risikofreudiger. Schlich sich irgendwann jede Nacht ins Büro ihres Vaters. Sie hatte das Passwort für den Internetzugang gefunden. Streifte über Beepworld, Myspace, die GeoCities-gehosteten Homepages wildfremder Leute, Rotten.com. Und sie installierte heimlich Spiele auf dem Rechner, die sie sich von Tobi auslieh. C&C, Soldier of Fortune, Kingpin, Morrowind, Neverwinter Nights. Installierte sie versteckt in Unterunterordnern und löschte die Desktopsymbole und Startmenüeinträge, um auf Nummer sicher zu gehen, dass ihr Vater ihr nicht auf die Schliche kam.

Und jetzt sitzt sie genau dort, vor den Augen ihres Vaters, auf seinem Chefsessel. Und während das Druckerupdate installiert wird, klickt sie sich mit für ihn gefühlter Lichtgeschwindigkeit durch Menüs und Fenster und deaktiviert unnütze, performanceziehende und invasive Windows-Funktionen in den Systemeinstellungen.

Das Update ist abgeschlossen. Sie druckt eine Testseite. Die Hände ihres Vaters zucken vom Drucker zurück, als dieser die Seite aushustet.

»Und?«, sagt sie.

»Was?«

»Haben die Linien Lücken oder sind sie durchgehend?«

Er nimmt die Testseite und hält sie überraschend nah vors Gesicht. »Ja. Ja, doch. Die sind wohl durchgehend«, sagt er.

»Dann war's das.« Sie fährt den PC runter. Ihr würden noch zig Dinge einfallen, die man tweaken könnte.

»Fein«, sagt er und besetzt das Wort mit einer vollkommen unkompatiblen Härte. Sein Blick streift ihre Wange wie eine Pistolenkugel. Er knüllt das Blatt zusammen und wirft es in den Papierkorb. Dann kommt er um den Schreibtisch herum und stellt sich neben sie, neben den Bürosessel. Seine Hand auf der Lehne. Das Leder knarzt.

Sie hat nicht den geringsten Schimmer, was jetzt kommt. Eine überraschende Umarmung, eine schallende Ohrfeige, ein Klaps auf die Schulter, ein Griff an ihren Kragen, woraufhin er sie vom Sessel zieht.

»So. Ich muss hier jetzt mal weitermachen.«

Sie fühlt das aufgeraute Leder der Armlehnen. Dann steht sie auf und geht um den Schreibtisch. In der Zwischenzeit schlüpft er auf seinen Sessel. Sie blickt noch mal zurück. Sein Blick nicht mal ein Streifschuss. Eher ein Blindgänger. Sie verlässt das Arbeitszimmer.

JUNYA

Die Murayamas lächeln Junya von Familienfotos zu, als würden sie ihn willkommen heißen wollen und ihm sagen, er solle sich wie zu Hause fühlen.

Er schließt die Tür ab und versucht, sich die Jika-tabi auszuziehen. Es tut so weh, dass er aufschreien muss. Ein süßlich-chemischer Geruch kommt ihm entgegen. Seine Socken sind von Wundflüssigkeit und Blut verfärbt. Mit angezogenen Zehen stakst er auf den Hacken in das geräumige Wohn- und Esszimmer der Familie. Er schaltet das Licht an, lässt sich auf die dunkelgrün schimmernde Couch fallen und schaltet den 65 Zoll großen Flachbildfernseher ein, der an der Wand hängt. Er zappt durch die Kanäle und bleibt bei einem alten Gangsterfilm mit Riki Takeuchi hängen. Sofort schläft er ein.

Später am Abend durchwühlt er die Küche und findet im Gefrierschrank, der allein so groß ist wie der Kühlschrank in Junyas Elternhaus, ein ganzes Fach tiefgefrorene Nattōs. Er nimmt mehrere der kleinen Styroporcontainer und legt sie in das Spülbecken, hält seinen Mund unter den Wasserhahn und trinkt. Dann sucht er das Ofuro.

Nackt sitzt er auf einem kleinen Holzschemel und spült sich ab, benutzt Schwämme, Bürsten und Lappen, um den Schmutz der Außenwelt von sich zu waschen. Als er sauber ist, steigt er in die Wanne.

Er bleibt eine ganze Weile darin liegen, bis das Wasser bereits erkaltet und bräunlich trüb ist und er seine aufgeweichte Haut wie noch nicht ganz getrocknetes Kerzenwachs mit den Fingern verschieben kann. Dann steigt er vorsichtig hinaus, tupft sich mit einem Handtuch trocken und plündert die Hausapotheke über der Waschmaschine. Er verarztet seine Füße mit Pflastern, Verbänden und Salben, ohne genau zu wissen, was er tut.

Als er fertig ist und seine Füße aussehen wie ganzkörperbandagierte Verbrennungsopfer, humpelt er zurück in die Küche. Das Nattō ist noch steinhart. Er schleppt sich die Treppe ins Obergeschoss hinauf, schaut in alle drei Zimmer und legt sich in das des Sohnes, unter dessen Bettdecke, auf der Anpanman und die anderen Charaktere der gleichnamigen Kinderserie auf den Betrachter zufliegen.

Junya schläft bis zum nächsten Mittag durch. Als er erwacht und die Decke zurückschlägt, sieht er, dass die Verbände an seinen Füßen sich gelöst haben. Bettlaken und -decke sind dort, wo seine Füße lagen, rötlichgelb befleckt.

Er isst zwei Schalen Nattō zum Frühstück und legt sich im Halbdunkel auf die Couch. Über Stunden sieht er benommen den Lichtpunkten der sich durch die Rollläden quetschenden Sonne dabei zu, wie sie über die Wohnzimmerwände, den Fernseher und den Chabudai vor der Couch wandern.

Am Abend steht er auf, kocht sich Reis, isst eine Schale pur, die andere in viel Shōyu ertränkt. Er findet den Familiencomputer in der Ecke des Washitsu, der vom Wohnzimmer durch zwei Fusuma getrennt und ein wenig größer ist als Junyas Zimmer zu Hause. Außer dem Computer steht lediglich ein Kotatsu-Tisch in der Raummitte. Darauf liegt ein Stapel Golf-Magazine.

Er fährt den Computer hoch, lädt den Tor-Browser herunter, installiert ihn, gibt die Onion-Adresse des Forums ein und loggt sich ein. Sämtliche Bedenken, die er im In-

146

ternet-Café noch gehabt haben mag, sind von einem rasenden Sturm weggeweht worden.

Im für alle Mitglieder zugänglichen Teil des Forums klickt er sich durch Threads, die in der Zwischenzeit eröffnet wurden, und versucht, die neuen Beiträge innerhalb der Diskussionen nachzuholen, an denen er selbst teilgenommen hatte, bevor er dort draußen gestrandet war. In einem der Threads erklärt der User The_Real_Randall_Boggs, wie man anhand der Audioaufnahme eines klickenden Türschlosses und mithilfe der richtigen Software einen passenden Schlüssel für dieses Schloss rückentwickeln kann. Junya muss jeden Beitrag mindestens zweimal lesen, um sich den Sinn der Worte annähernd erschließen zu können. Sein Hirn scheint wie in eine dichte Flaumschicht gehüllt zu sein, durch die kaum noch eine Information, ein Impuls hindurchzudringen vermag.

Er gibt das Passwort zur Creator's Corner ein. GermanVermin hat sein erstes Video hochgeladen. Der rauschige Clip im nachtsichttypischen Grün und Schwarz zeigt, aus ähnlicher Egoperspektive wie Junyas eigene Videos, wie GermanVermin einen Mann aus dem Schlaf reißt und so lange auf ihn einschlägt, bis sein Gesicht zugeschwollen ist und er bewusstlos und blutend auf seinem Kissen liegt. Danach öffnet Junya seinen eigenen Thread und liest sich das begeisterte Feedback der anderen User durch, das er in der Zwischenzeit erhalten hat.

Er steht auf und holt die SD-Karte aus seinem Rucksack. Dann lädt er ein gecracktes Videoschnitt-Programm herunter und macht sich daran, das Video von der Speicherkarte zu schneiden. Er lädt es hoch, stellt es kommentarlos in seinen Thread und fährt den Computer herunter.

Lange sitzt Junya da und starrt auf den ausgeschalteten

Monitor. Ein Schatten blickt ihm gesichtslos entgegen. Neigt Junya den Kopf, tut der Schatten dasselbe. Als es Nacht wird, löst sich der Schatten auf. Nur der vage Rahmen des Monitors ist in der Dunkelheit noch auszumachen. Wie ein Fenster zwischen zwei Tunneln. Irgendwo dort drinnen hat sich etwas zurückgezogen und sich im Dunkeln verkrochen. Eingeschüchtert und verletzt.

Am nächsten Morgen wird er vom Klappern des Postkastens geweckt und wartet einige Minuten. Dann steht er auf und holt die Zeitung aus dem Kasten, der im Innern des Hauses, in Kniehöhe neben der Tür an der Wand hängt.

Er setzt sich an den Tisch vor der frei stehenden Küchenzeile und isst. Währenddessen beginnt er, die Zeitung von der Titelseite bis zum Ende durchzulesen. Jeden Artikel, jede Reportage, jedes Sportergebnis, selbst jeden einzelnen Eintrag im Nikkei der Tokioter Börse liest er.

Im Lokalteil der Zeitung stößt Junya auf einen Artikel, der von einem nächtlichen Angriff auf einen achtundzwanzigjährigen Grundschullehrer in Fussa-shi, im Westen der Präfektur Tokio, berichtet. Der Bericht besagt, dass in die Wohnung des Mannes eingebrochen wurde, während er in seinem Bett lag und schlief. Der Einbrecher schlug anschließend mehrfach mit einem stumpfen Gegenstand auf den schlafenden Bewohner ein. Dieser erlitt schwere äußerliche Kopfverletzungen sowie ein Schädel-Hirn-Trauma, war allerdings nach einer Phase der Bewusstlosigkeit in der Lage, die Einsatzkräfte zu verständigen. Allerdings konnte er bislang noch keine Täterbeschreibung abgeben, da er aufgrund der Schläge auf den Kopf eine Gedächtnislücke habe. Weiter steht dort, dass die Tokioter Polizeibehörde auf Anfrage der Redaktion zu diesem Zeitpunkt keine weiteren Informationen herausgeben könne, da die Untersuchungen noch andauern. Nachbarn und Nachbarinnen als auch die Schulleitung der Grundschule, an der der Lehrer unterrichtet, zeigten sich zutiefst schockiert.

Junya lehnt sich auf dem Stuhl zurück. Seine Hände liegen flach auf dem Tisch, berühren die Zeitung nicht. Seine Gliedmaßen sind so angespannt, dass man ein Bleirohr an seinem Arm biegen könnte. Irgendwo in ihm, am Ende knochengewandeter Schächte und skleröser Gruben flackert etwas in der Finsternis auf.

Junya steht auf und beginnt augenblicklich damit, Haus- und Terrassentür zu verbarrikadieren. Mit der Couch, dem Chabudai, Töpfen und Geschirr, der Kleidung und Bettwäsche aus den Schlafzimmern, den Matratzen der drei Betten, dem Esstisch. Er schiebt die Kinderbetten aus ihren Zimmern und manövriert sie polternd die Treppe herunter, demoliert dabei Türen und reißt Löcher in Wände. Dann stemmt er die Bettgestelle gegen die Haustür. Anschließend macht er sich daran, die Fensterrahmen mit Klebeband zu sichern.

Triefend vor Schweiß zieht Junya sich am Abend aus, nimmt die Verbände von den Füßen, lässt sich ein Bad ein und beginnt, sich zu waschen. Er schaltet die Brause aus und steht auf. Während er die Familienfotos der Murayamas von den Wänden entfernt, verfolgen ihn feuchte Fußabdrücke durch das Haus. Er nimmt die Fotos mit ins Ofuro, stapelt sie zu einem Haufen und zündet sie an. Dann löscht er den Haufen mit der Brause, fährt damit fort, sich zu waschen, und steigt anschließend in die dampfende Wanne.

FANNI

Es gibt Kimchijeon zum Abendessen. Fanni hatte es googeln müssen und erfahren, dass es sich dabei um eine Art Pfannkuchen mit Kimchi handelt.

Vor drei Monaten hatten Uta und Georg zwei Fermentiertöpfe aus Ton angeschafft. Unter Anweisung von Min, einer Freundin Utas, war der Esstisch in eine Kimchi-Manufaktur verwandelt worden. Gemeinsam mit ihr rührten Moira, Uta und Georg Chilimarinade an und rieben mehrere Chinakohle, die sie zuvor eine Zeit lang gesalzen trocknen gelassen hatten, mit der tiefroten Paste ein. Sie trugen Einweghandschuhe. Moira hatten sie ein transparentes Regencape übergestülpt, damit sie sich nicht zu sehr einsaute. Alle paar Minuten erinnerten die Erwachsenen sie daran, sich nicht die Augen zu reiben. Am Ende war Moira über und über mit Chilipaste bedeckt. Sie hatte ausgesehen wie die jüngste Chirurgin der Welt nach einer hochkomplizierten Notoperation.

Heute haben sie den fermentierten Chinakohl aus den Töpfen geholt und Georg hat ihn mit Teig verrührt und angebraten.

Fanni und die Naumanns haben, seit sie den Chinakohl in die Tontöpfe gestopft haben, auf diesen Tag hin gefiebert. Ihr erstes selbst fermentiertes Kimchi.

Genau aus diesem Grund hatte Fanni sich anschließend bemüht, die südkoreanischen RoK-Rationen im Internet zu bekommen. Es ist das erste Mal, dass sie Kimchi isst. Es schmeckt säuerlich, aber auf eine gute Weise. Dazu ist es scharf – ein seltener Flavor in MRE-Menüs. Doch das

Highlight ist der Flameless Ration Heater der südkoreanischen Militärration, der ohne die Zugabe von Wasser aktiviert wird. State of the Art, was FRH-Technologie angeht, und in den einschlägigen Meal, Ready to Eat-Foren weithin gelobt.

Moira ist während des Essens kaum zu halten. Nicht wegen des Kimchijeons – auch wenn sie mit lauten Schmatzern deutlich macht, dass es ihr ebenso schmeckt wie Fanni. Die Nachricht, dass ihre Großeltern aus Schweden zu Besuch kommen, hat sie aufgewühlt. Zu Beginn des Abendessens hatte Georg sogar ein bisschen laut werden müssen, weil Moira Runden um den Esstisch lief und ihre Eltern mit Fragen löcherte, wie viele Male sie noch schlafen müsse, bis ihre Oma und ihr Opa kämen, wie lange sie bleiben und wo sie schlafen würden, ob sie alle zusammen in den Tierpark gehen würden und ob sie dann mit ihren Großeltern zurück nach Schweden fahren würden.

Halb über ihrem Teller mit dem Kimchijeon hat sie ein Buch über die Tierwelt Schwedens aufgeklappt. Auf der anderen Tellerseite steht ihre Okapifigur. Sie kaut mit rotierendem Kinn und schaukelt von links nach rechts. Dann nimmt sie ihr Okapi in die Hand und hält es vor das Bild eines Elchs. Sie fragt, ob sie in Schweden Elche sehen würde und ob ihre Eltern der Meinung seien, dass sich das Okapi mit den Elchen verstehen würde. Schließlich sähe es ja fast genauso aus wie die weiblichen Elche – nur mit Streifen an den Beinen.

»Du hast doch beim letzten Mal schon Elche gesehen, weißt du nicht mehr?«, sagt Uta.

Moira schüttelt heftig den Kopf, wobei die Pixel ihres Gesichts ein wenig verwischen.

»Jetzt leg aber mal das Buch zur Seite und iss in Ruhe«, sagt Georg, der seinerseits den Laptop aufgeklappt vor sich stehen hat.

Fanni kann keine Details erkennen, geschweige denn etwas von der Website lesen, die er geöffnet hat. Er klickt sich durch mehrere Fotos eines dunkelbraunen Hauses, das von Waldgrün umgeben ist. Unter den Bildern ein Textfeld, das nach einer Tabelle aussieht. Wahrscheinlich das Profil eines Ferienhauses, das sie diesen Spätsommer bewohnen werden, wenn sie ihrerseits Georgs Eltern besuchen fahren.

»Aber dann musst du auch das Läppi weglegen«, sagt Moira, macht den Rücken gerade und zeigt auf den Laptop.

Seit Uta – offensichtlich im Scherz – das Wort Läppi benutzt hat, verwendet es Moira nur noch. Wenn es nach Fanni geht, ist Moira der einzige Mensch auf der Welt, der das Wort benutzen kann.

»Aber das ist wichtig. Papa will noch mal nachprüfen –«

»Nein, das kann ich auch später noch. Moira hat vollkommen recht.« Georg klappt den Laptop zu. »Jetzt wird geschmaust.«

»Geschmaust!«, ruft Moira, klappt ihr Tierbuch zu und streckt jubelnd die Arme in die Luft.

Fanni zieht sich die rechteckige Pappschale heran, die im MRE enthalten ist, so dass man nicht direkt aus den Rationsbeuteln essen muss, aber auch kein externes Geschirr benötigt.

»Jetzt«, Fanni steht auf und schaut über die Cubicles, um zu prüfen, ob die Luft rein ist, und setzt sich wieder, »wird geschmaust«, flüstert sie.

JUNYA

Junya sitzt auf dem Boden des Wohnzimmers und isst die letzte Packung Nattō, als jemand versucht, die Haustür aufzudrücken, so dass der Chabudai von den Kinderbetten herunterkracht. Die Stäbchen, an denen Bohnenschleimfäden kleben, fallen zu Boden. Junya ist sofort auf den Beinen.

»Scheiße, was war das denn?«, sagt jemand an der Haustür.

»Woher soll ich das denn wissen? Jetzt mach schon. Je länger wir hier rumstehen, umso verdächtiger sieht das doch aus.«

Junya schleicht zum Windfang. Die gegen die Haustür gelehnten Kinderbetten bewegen sich.

»Ich versuch's ja, aber da scheint irgendwas vor der Tür zu stehen.«

Eine dritte Stimme schaltet sich ein: »Sind wir auch ganz sicher, dass die im Urlaub sind?«

»Wenn nicht, kriegt Mitsunaga was von mir zu hören.«

»Das will ich sehen, wie du den alten Kusotare zusammenfaltest.«

»Jetzt halt schon die Klappe, Yūichi. Drück lieber. Los, alle zugleich.«

Sein Körper zerreißt fast bei dem Versuch, in mehrere Richtungen gleichzeitig zu fliehen. Die Bettgestelle poltern durch die Tür vom Windfang zum Wohnzimmer. Junya rennt hinüber in den Tatami-Raum und schließt die Fusuma hinter sich. Dann zieht er die Decke des Kotatsu unter der Tischplatte vor und schlüpft in sein Kindheitsversteck. Mit der Schulter stößt er von unten gegen die Tischplatte, mit den Knien gegen eines der Tischbeine. Er zieht seine Gliedmaßen so nah es geht an seinen Körper und versucht, ruhig zu bleiben. Er hört, wie die Männer, Junya kann vier verschiedene Stimmen unterscheiden, über seine notdürftigen Barrikaden ins Wohnzimmer steigen.

»Was zum Teufel ist denn hier passiert?«

»Waren wir schon hier und haben's nur vergessen?«

Einer von ihnen zischt die anderen an.

»Vielleicht hat der Typ ja noch mit anderen Leuten als nur Mitsunaga Stress.«

»Scheiße, und ich hatte mich schon drauf gefreut, die Bude auseinanderzunehmen.«

»Haltet mal die Klappe! Alle«, blafft einer von ihnen. »Schaut euch doch mal genau um. Das Zeug vor der Terrassentür. Die Zeitung da. Das Essen.«

Junya hält seinen Atem an.

»Meinst du, hier ist jemand?«

»Verdammt, schaut mal. Die Scheiben sind zugetapet.«

»Goro, du und Setsuo, ihr bleibt hier unten. Yūichi und ich suchen oben. Lasst uns eine Ratte fangen.«

Ein Reißverschluss wird aufgezogen. Dann folgt ein Geräusch, das so klingt wie die Hyōshigi-Klanghölzer, die während Sumō-Turnieren geschlagen werden. Oder, als Junya noch ein Kind war, an manchen Winterabenden von den Shōbōdan; alte Männer, die bei Einbruch der Nacht durch die Straßen Fussas zogen und die Leute in ihren Häusern dazu anhielten, auf ihre Feuer achtzugeben.

Lautstark durchforsten die Männer das Haus. Sie reißen Wandschränke auf und klopfen mit etwas, das wie Holzplanken klingt, gegen Wände und Türen. Als ob Junya tat-

154

sächlich eine Ratte wäre, die sie aus ihrem Versteck zu treiben versuchen.

»Im Ofuro ist niemand.«

»Hast du unter dem Klodeckel nachgesehen?«

»Bist ein Spaßvogel, Goro!«

Mit Schwung werden die Fusuma aufgerissen. Junya erwartet, jeden Moment Schuhe zu hören, die das kleine Zimmer abschreiten. Er traut sich nicht, die Kotatsu-Decke zu lüften und einen Blick zu riskieren.

Einige Augenblicke vergehen, in denen nur das Gepolter aus dem Obergeschoss zu hören ist. Und, Junya meint sich verhört zu haben, ein leises Kichern. Seine Pupillen springen umher. Er wartet darauf, dass die Fusuma wieder zugezogen werden.

Plötzlich spürt er, wie sich eine Hand um seinen Fußknöchel schließt. Er schreit auf wie ein Opfer in einem schlechten Horrorfilm und strampelt mit den Beinen.

»Hilf mir mal!«

Finger streifen Junyas anderen Fuß.

»Der tritt aus wie 'n Gaul. Warte.«

Mit einem Mal wird es hell, als der Kotatsu über Junyas Kopf wegfliegt und gegen den Computermonitor prallt. Er liegt ungeschützt da, die Arme angewinkelt wie eine Gottesanbeterin. Die Männer schleifen ihn gemeinsam hinter sich her. Er schrabbt über die Tatami und prallt zuerst mit dem Gesäß, dann mit dem Hinterkopf gegen die Schwelle zwischen Wohnzimmer und Washitsu. Sie lassen ihn los, und er bleibt wie ein Käfer auf dem Rücken liegen, die Beine noch immer in der Luft. Er hält seine Augen verschlossen, als könne er so die Realität ausblenden. Von dem Schlag gegen den Hinterkopf graben sich krallenfingrige Schmerzen durch seinen Schädel. Er spürt, wie etwas gegen seine Nase drückt. Es riecht nach Holz. Seine Nasenspitze wird grob nach oben gebogen.

»Mach die Augen auf, Ratte.«

Junya tut, wie ihm befohlen. Unmittelbar vor seiner Nase schwebt das runde Ende eines Baseballschlägers. Dahinter stehen zwei Männer in beigen Overalls. Vom anderen Ende des Schlägers grinst ihn ein Gesicht unter raspelkurzem Haar an, das so hart wirkt, als bestünde es aus nichts als den Knöcheln einer Faust. Er ist schlaksig, aber auf eine kraftvolle Art. Nicht auf die Art, wie etwa Junya oder graue humanoide Aliens schlaksig sind. Der andere ist der Sportwagenbesitzer vom Parkplatz. Junya erkennt ihn sofort anhand der blond gefärbten Haare und seiner Augen, die zugleich etwas Kindlich-Verspieltes und Gemeines an sich haben. Junya wendet sein Gesicht ab.

»Du rückst jetzt besser mit der Sprache raus, was du hier treibst«, sagt der Große, legt das dicke Ende des Baseballschlägers unter Junyas Kinn und zwingt ihn, aufzuschauen.

»Warte mal«, sagt der Blonde, »dich kenn ich doch.« Er kommt auf Junya zu. »Du bist doch die Kalkleiste vom Parkplatz!«

»Du kennst den?«

Der Blonde packt seinen Baseballschläger mit beiden Händen und holt aus.

»Folgst du mir etwa?!« Seine Stimme überschlägt sich. »Sag schon! Ich hätt' dir doch den Arsch abfahren sollen, Baka!« Der Schläger wedelt hinter seiner Schulter und Junya erwartet, dass ihm jeden Moment die Lichter ausgeknipst werden.

»Was ist das denn?«

Die anderen beiden Männer kommen die Treppe herunter.

Der Blonde lässt den Schläger sinken, dreht sich um und sagt: »Das ist der Typ vom Parkplatz von vor ein paar Tagen.«

»Was quatschst du da?«, sagt einer der beiden, die die Treppe runtergekommen sind, und dreht sich zu dem Blonden um. Aus seinem Hinterkopf sprießt ein Haarknoten, der aussieht wie ein wildes Steppengewächs.

»An dem Tag, als wir uns mit Mitsunaga getroffen haben, wegen der Sache hier. Auf irgend so einem Parkplatz in Akishima. Der lag vor meinem IROC am Abschnarchen. Hatte ich dir doch am Telefon erzählt.«

Der Mann mit dem Zopf baut sich unmittelbar vor Junya auf. Die Hände in den Taschen des Overalls, schaut er auf ihn herab. Sein Gesicht scheint aus kantigen geometrischen Formen konstruiert zu sein. In seiner Miene liegt die Abgeklärtheit von jemandem, der in seinem Leben mehr gesehen hat, als ihm lieb ist.

»Der Vollidiot hatte sich unter dem Kotatsu verkrochen«, sagt einer der anderen.

»Hättet ihr sehen sollen. Wie seine Kackstelzen unter der Decke rausgeguckt haben.«

Junya schlägt die Augen nieder. Menschen im Schlaf überraschen, ja, das kann er, aber bei wacher Gegenwehr schrumpft er sofort auf die Größe der Made zurück, die er ist. Nicht einmal dem urteilenden Blick des Mannes hält er stand. Er hat das plötzliche Bedürfnis, ihnen zu sagen, dass sie ihn einfach totknüppeln sollen. Warum sich mit jemandem auseinandersetzen, der nicht einmal in der Lage ist, sich richtig zu verstecken?

»Was soll das hier? Wer bist du?«

Der Blick des Mannes ist wie ein konzentrierter Laserstrahl.

»Antworte gefälligst«, bellt der andere und stößt Junya mit dem flachen Ende des Schlägers gegen die Wange.

»Ratte. Zu wem gehörst du?«

Er wartet auf eine Antwort, und als er keine bekommt, tritt er Junya mit dem Innenrist gegen den Oberschenkel.

Er blitzt den Mann an.

»Ich war zuerst hier! Sucht euch ein anderes Haus«, sagt er, und benetzt die Knie des Mannes mit sprühendem Speichel.

Ihre Gesichter lachen bereits, bevor die Laute überhaupt ihre Münder verlassen. Sie krümmen sich vor Lachen, schütteln die Köpfe. In zwanzig Jahren hat sich nichts geändert. Junya ist noch immer dieselbe Lachnummer wie damals zu Schulzeiten. Nur der Mann über ihm scheint ihn nicht sonderlich witzig zu finden. Seine dichten Augenbrauen sind zusammengezogen. Er mustert Junya noch immer.

»Du machst besser, dass du wegkommst. Die Familie wird bald zurück sein. Außerdem sind wir nicht zum Spaß hier«, er schaut sich demonstrativ um, »auch wenn du uns den Großteil der Arbeit bereits abgenommen hast, wie ich sehe.«

Junya rührt sich nicht.

»Meinst du wirklich, wir können den einfach so gehen lassen?«, wendet der andere Mann ein, der zuvor das Obergeschoss durchsucht hat. Er hat sich seinen Baseballschläger auf die Schulter gelegt und fährt sich durch sein zurückgelegtes Haar, das wie der Nachthimmel in einer Pfütze glänzt. Die Bewegung wirkt so verinnerlicht wie eine Verbeugung. »Schließlich kennt er unsere Gesichter.«

»Und?«

»Wenn der uns bei den Bullen anschwärzt. Die suchen doch nur nach einem Vorwand, dich einzubuchten, Masa.«

»Nein«, sagt der Mann mit Zopf und fokussiert Junya mit zusammengekniffenen Augen. »Nein, der geht nicht zu den Bullen.«

»Ich war zuerst hier«, flüstert Junya, ohne aufzuschauen.

»Wie war das?«

»Ich war zuerst hier«, schreit er, springt auf und setzt an dem Mann vorbei. Sein Hammer liegt noch im Ofuro.

Der Schlacks bekommt das Hemd zu greifen, das Junya sich am Morgen aus dem Kleiderschrank Murayamas genommen hat, und zerrt daran. Die Knöpfe reißen auf und mit einer unfreiwilligen Drehung ist Junya oberkörperfrei. Der Schlacks landet, das Hemd in den Händen, auf dem Hosenboden. Bevor die anderen reagieren können, ist Junya bereits an der Küchenzeile vorbei und auf dem Weg ins Ofuro. Sie stellen ihm nach. Er schlägt die Badezimmertür hinter sich zu und schließt ab. Dann schnappt er sich seinen Hammer und weicht an die Wanne zurück. Sie treten gegen die Tür. Das Schloss scheppert, aber hält stand.

»Warte, lass mich mal«, sagt einer von ihnen und poltert mit einem Baseballschläger gegen die Tür. Das Holz rings um das Türschloss birst. Ein weiterer Schlag und es fliegt Junya entgegen. Die Tür schlägt vor Junya zu Boden. Er zuckt zusammen, obwohl er es hat kommen sehen. Er schafft es nicht einmal, mit dem Hammer auszuholen. Der Mann mit dem zurückgeglitschten Haar schlägt ihm den Hammer aus der Hand, der hinter die Wanne rutscht. Junya schreit auf und reißt seine pochende Hand hoch, als könnte er sie wegwerfen und auf diese Weise den Schmerz loswerden. Dann stößt ihm einer der drei Männer das flache Ende seines Schlägers in die Bauchgegend und zwingt ihn damit auf die Knie.

159

Sie verdrehen ihm die Arme auf dem Rücken. Er kann sie praktisch schon knacken und brechen hören. Unsanft stoßen sie ihn vor sich her. Er hängt schlaff im Polizeigriff. Noch mehr als der bloße Schmerz ist es die Vertrautheit dieses Griffes, die ihn mürbe macht und ihn sich seinem Schicksal ergeben lässt.

Der Mann mit dem Zopf sitzt im Tatami-Raum und durchsucht die Schränke. Er schaut hinter der Schiebetür hervor, als sie Junya in Richtung Haustür schubsen. Ihre Blicke treffen sich, und Junya meint für eine Sekunde einen Ausdruck der Verwunderung im pharaonischen Gesicht des Mannes gesehen zu haben.

»Wartet mal«, ruft er ihnen hinterher.

Sie schwenken Junya zurück. Die Sehnen in seinem Arm stehen kurz vor dem Zerreißen. Ein plötzlicher Schmerz in der Kniekehle und Junya sinkt zu Boden. Der Mann mit dem Zopf baut sich vor ihm auf. Lähmende Schmerzen in den Oberarmen und Schultern treiben Junya Tränen in die Augen. Trotzdem entgeht ihm die Veränderung seines Gegenübers nicht. Die aufgesperrten Augen. Das Schmunzeln.

Er geht vor Junya in die Hocke, spießt seinen Blick regelrecht auf und sagt: »Irgendwie kamst du mir bekannt vor. Aber ohne die Arme auf dem Rücken hätte ich dich wohl nicht erkannt.« Seine Augen sind wie Filmprojektoren, die Junyas bleiches Gesicht wie eine Leinwand bestrahlen. »Ist lange her, Junya Yamamura.«

FANNI

Irgendwo im Netz hat sie mal gelesen, dass man das Vergehen der Zeit als schneller wahrnehme, wenn die eigene Körpertemperatur verhältnismäßig niedrig ist. Nun aber ist Sommer, und die Hitzeglocke der Stadt drückt auf das Dach über Fannis Wohnung. Weil sie am Samstag und Sonntag eh zweimal pro Tag laufen geht – denn auch bei körperlicher Ertüchtigung soll die Zeit schneller vergehen –, bis sich ihr Rachen wie brandgerodet und ihre Waden wie aufgeschlitzt anfühlen, bedeutet das schon viermal Duschen. Plus einmal nach dem Aufstehen und einmal vor dem Zubettgehen. Macht insgesamt achtmal Duschen. Eiskalt. Trotzdem ist es, als würde sie die Minuten mit einer Nagelfeile vom granitblockhaften Wochenende reiben. Immer noch besser, als still zu sitzen und abzuwarten, bis es endlich wieder Montag und sie wieder in ihrem Cubicle im R&D ist.

Sie wünscht sich einen Kippschalter. Knapp hinter dem Ohr. Mit dem sie sich für 48 Stunden in den Stand-by-Modus versetzen könnte. Bewusstlos würde das Wochenende vergehen. Und dann würde ein interner Mechanismus den Kippschalter am Montagmorgen in seine Ausgangsposition zurückschnappen lassen. Ein Wochenende wie mit einem Blinzeln hinter sich gebracht.

Weil das rückständige menschliche Meat Prison keine solchen Quality-of-Life-Features bietet und die Devs – wer immer sie auch sind – ätzend lange brauchen, um neue Patches zu veröffentlichen, muss Fanni die Wochenenden anders rumbringen.

Früher – ab der Zeit auf dem Internat – konnte sie ihren Laptop am späten Freitagnachmittag aufklappen und das Wochenende flog mit mehreren Megabit pro Sekunde an ihr vorüber. Sie rieb sich die Augen, ließ ihren Nacken knacken, und schon war Montag. Nur wünschte sie sich damals noch, dass der Montag, und damit der Unterrichtsbeginn, niemals kommen würde.

Wenn Fanni heute ihr Thinkpad – das sie für das Surfen im Clearnet nutzt – aufklappt und den Brave-Browser startet, ist es, als würde sie ihre Kreise über ausgetrampelten Pfaden ziehen; auskartografiertes Gebiet, bis zur Unkenntlichkeit domestiziert. Und überall nur tosende Highways, die von einer grell leuchtenden, mit Ads und hohlem Geschrei überladenen Enklave zur nächsten führen. Sämtliche Ausfahrten verstopft, ehemalige freie Kommunen unter Beton begraben. Die meisten Communitys von früher – die Boards und Foren – sind stillgelegt und verwaist. Eigentlich sollte sie das traurig stimmen. Aber irgendwie ist es auch egal. Sie hat das Interesse verloren. Ihren Enthusiasmus und ihren Entdeckergeist. Weil es einfach nichts mehr zu entdecken gibt. Über Jahre hat sie das Internet ausgepresst. Bis auf den letzten Tropfen.

Trotzdem findet sie sich jedes Wochenende dort wieder. Skimmt über ihre RSS Feeds von Seiten wie ProPublica, TechCrunch, Slashdot und DZone und speichert die weniger uninteressanten Artikel für ein Später ab, von dem sie weiß, dass es nie kommen wird.

Sie geht auf Twitch. Schaut Speedruns. Von abstrusen Oldschool-Indie-Games aus den 80ern und 90ern. Von Dark Souls. Von Bloodborne. Sie schließt den Stream sofort wieder, als einer der Botmenschen im Chat schreibt, dass der cthuloide Bossgegner Ebrietas aussehe wie ein Uterus.

Fanni will schreien, aber auch dafür fehlt ihr der Enthusiasmus.

Die Not Safe for Work- und die – inoffiziell betitelten – Not-Safe-for-Life-Subs auf Reddit sprechen sowohl Fannis Erschöpftheit als auch ihre alte Dopamin- und Adrenalinsucht an. Sie könnte sich jetzt in das blut- und gedärmverschmierte Rabbit Hole abseilen. Doch das würde lediglich bedeuten, dass sie danach den Montag, die BELL-Kund_innenfeeds und Moira umso flehentlicher herbeisehnt.

Sie schließt den Browser, aktiviert ihr Gamepad und schmeißt den Beamer an. Dann startet sie Dark Souls, die Remastered Edition und lädt das einzige Savegame, das sie noch benutzt – ein Artorias Knight Build, mit einem Claymore als präferierte Waffe, auf New Game+6.

Sie hat das Beamerbild so groß eingestellt wie nur möglich, so dass ihr Wohnzimmer zum geheimen Areal des Ash Lakes wird. Der Männerchor des Themes dröhnt aus den Lautsprechern ihres Thinkpads. Das Laminat ihres Wohnzimmers wird zu körnigem Sand- bzw. Ascheuntergrund. Die gegenüberliegende Raufasertapete verliert sich in der türkisen Weite und der tiefblauen, stillen Fläche des endlosen Sees. In der Ferne ragen die Archtrees, mammuthafte Bäume, aus dem Ash Lake in die sanfte Wolkendecke.

Über Stunden legt Fanni das Gamepad aus der Hand. Ihre Spielfigur steht am Ufer des Ash Lake. Idle und kontemplativ. Gemeinsam blicken sie in die Ferne.

Sie wünschte, es gäbe irgendwo im Internet, tief unten, einen Ort wie diesen. Einen liminal space. Von jeglichen Lebenszeichen befreit. Ein dunkeltürkises Vakuum, weit weg von den elektrisch knisternden Knotenpunkten und Datenhighways, von den verzweifelten Signalen, die sich die User_innen, großgeschrieben und mit Anführungszeichen verstärkt, zuschreien.

Sie entschließt sich dazu, am Ash Lake zu bleiben, bis es Zeit ist, ins Bett zu gehen. Sie wird nicht müde sein, das weiß Fanni schon jetzt. Es ist jedes Wochenende dasselbe. Sie hat noch Stilnox in der Schublade. Vor jeder Tablette hofft sie, dass es noch nicht so weit ist, dass ihr Körper eine Toleranz entwickelt hat. Sie vermisst Moira und ihre Eltern. Vermisst ihr Video Annotation Tool und die Leben der Menschen in 2D.

Auf der Arbeit hat sie sich einen neuen Batch randomisierter Kund_innen-Credentials aus der Datenbank gezogen. Heute hat sie es ausgereizt und ist so lange an ihrem Platz geblieben, bis zwei Reinigungskräfte in den Office Space kamen, um zu wischen und durchzusaugen. Eine von ihnen, eine ältere rundliche Frau, erschreckte sich so sehr, als Fanni aus ihrem Cubicle schlüpfte, dass sie Schnappatmung bekam. Fanni entschuldigte sich mehrmals und schlich hinaus.

Bevor sie die Kund_innendaten als Dump auf den MonstroMart stellt, schaut sie die Liste durch, um zu kontrollieren, ob die Naumanns zufällig darunter sind. Sind sie nicht. Andere lokale Adressen sind in der Liste enthalten. Falls GermanVermin auch diesen Dump kauft, wird es keine Klagen geben.

Danach legt Fanni sich hin. Sie fühlt sich leichter. Es ist Montagabend. Das nächste Wochenende noch weit weg. Sie versucht, wie Moira zu denken: Nur einmal Schlafen. Nur einmal Schlafen, und dann ist sie wieder in ihrem Cubicle.

Wann immer Fanni das Wort funky liest, muss sie an den Song Funkytown von Lipps Inc. denken. Daran, wie es im Hintergrund des legendärsten aller Kartell-Exekutionsvideos läuft, während ein unter Ohnmacht verhindernde Drogen gesetzter, mexikanischer Narco von den Sicarios eines verfeindeten Kartells bei lebendigem Leib gehäutet und enthauptet wird.

Wann immer sie im Dezember joggen geht und an einem Laden vorbeiläuft, aus dem Weihnachtsmusik plärrt, muss sie an Happy Xmas (War is Over) von John Lennon denken. Und dann muss sie an Luka Magnotta denken. Wie er zwei Katzenbabys mit einer Plastiktüte erstickt.

Wann immer sie an das Zooviertel denkt, muss sie an den angrenzenden Zoo denken. Und dass es dort Schlangen gibt. Und dann muss sie an Pythons denken und wie Luka Magnotta ein weiteres Katzenbaby an einen Python verfüttert hat.

Wann immer es so kalt ist, dass Eiszapfen von den Dächern hängen, muss sie an den Eispick in *1 Lunatic 1 Icepick* denken und wie Magnotta auf den Körper Jun Lins einsticht.

Wann immer sie an einer Baustelle vorbeijoggt und es hämmern hört, muss sie an *3 Guys 1 Hammer* denken, und wie die Dnepropetrovsk Maniacs auf den Kopf des am Waldboden liegenden Sergei Yatzenko einschlagen und mit einem Schraubendreher einstechen.

Wann immer Fanni auf den stummen Monitoren in der U-Bahn einen Bericht aus dem nahen Osten sieht, muss sie an die aufwendig produzierten, in 4k gefilmten ISIS-Exekutionen denken. Daran, wie Gefangene mit Antipanzerraketen in die Luft gesprengt werden, enthauptet werden, von Panzern überrollt werden.

Wann immer Fanni eine Frau in High Heels sieht, muss sie an Crush-Fetish-Videos denken und wie Katzenbabys und andere kleine Tiere von Frauenfüßen in hochhackigen Schuhen zerquetscht werden.

Wann immer Fanni einen nachlässig beladenen Lastwagen sieht, muss sie an das Woman killed by brick through windshield-Dashcam-Video aus Russland denken. Und an die apokalyptischen Verzweiflungsschreie ihres Mannes aus dem Off, der direkt neben der Getöteten sitzt.

Wann immer auf einer Website das Video einer Nachrichtensendung per Autoplay startet, muss sie an den Selbstmord Christine Chubbucks im Live-TV denken. Und dann kann sie nicht anders, als sich zu fragen, wie der Augenblick des Schusses wohl ausgesehen haben muss, den der technische Leiter des TV-Senders geistesgegenwärtig ausgeblendet hat.

Wann immer sie die Facecam eines_einer Twitch-Streamers oder Streamer_in sieht, muss sie an die vielen gestreamten Suizide denken. An Shuaiby, rorochan_1999, 1444 und Gleb Korablyov, Marcus Jannes, Erdogan Ceren und all die anderen.

Wann immer sie das Geschrei aus dem Affengehege hört, wenn sie im Zooviertel ist, muss sie an den ehemaligen Filmschimpansen Travis denken. Und an den Mitschnitt des panischen Notrufs seiner Besitzerin, die der Person am anderen Ende der Leitung klarzumachen versucht, dass ihr Affe gerade das Gesicht einer ihrer Freundinnen frisst.

Wann immer Fanni einen Bahnübergang sieht, muss sie an Fotos von abgetrennten Gliedmaßen und gestauchten Autos denken.

Wann immer sie ein aufgemotztes Auto sieht, das schneller als erlaubt durch die Straßenschluchten rast, muss sie an blutüberströmte, glasgespickte Gesichter denken.

Wann immer sie in einem Bauloch offen liegende Leitungen sieht, muss sie an verkohlte Leichen denken.

Immer sind ihre Gedanken im Internet. Sind auf Rotten. com, Ogrish, Liveleak, topgore, Hoodpage und chaotix. com. Auf den Subreddits: WatchPeopleDie, HearPeople-Die, gore, holdmycatheter, NailInMyCoffin, NSFL, Meat-Edding, deadorvegetable, SickeningReality. Es sind die Orte, an denen sie einen Großteil ihrer Jugend verbracht hat. Wann immer sie IRL Menschen sieht, muss sie an mit Macheten abgehackte Köpfe, schrundige Schrotpatronenwunden, gepfählte Torsi, an herausgeplatzte Augäpfel, an Blut, offene Wunden, aus Körpern hängende Eingeweide, an den Klang erstickenden Gurgelns, Röchelns, an Schreie und Stoßgebete denken. An die pergamentene Schwelle zwischen lebendig und tot sein. Und an den großen dummen Scherz, der menschliche Würde genannt wird und der nichts als eine Illusion ist.

JUNYA

Auf der Fahrt nach Ikebukuro fragt Yūichi, was er denn nun wirklich auf dem Parkplatz in Akishima gemacht habe. Seine Stimme holpert dabei über jede Unebenheit der Straße.

»Geschlafen«, sagt Junya nur und muss sich gegen die Fliehkraft der Kurve stemmen, die Goro am Steuer des Wagens zu scharf nimmt.

Zwischen Motorengeräuschen und dem Poltern der Straße hört er Yūichi durch das Dunkel des fensterlosen Laderaums glucksen.

»Du bist echt ein komischer Vogel. Nichts für ungut, Mann.«

Als sie ankommen und die Türen aufgerissen werden, explodiert das Tageslicht ins Innere. Junya kann sich einen Aufschrei nicht verkneifen und reißt einen Arm hoch, um seine Augen gegen die hyperreale Helligkeit abzuschirmen.

In der Zeit, in der Junya auf dem Boden des Laderaums kauert, bringen die anderen ihr Diebesgut nach oben.

»Kannst du dich jetzt mal rausbequemen? Ich muss den Wagen hier wegbringen«, sagt Setsuo und grinst wie ein Reptil.

Lichtringe tanzen vor Junyas Augen, als er aus dem Laderaum rutscht. Masataka greift nach seinem Rucksack, aber Junya ist schneller, zieht ihn zu sich und setzt ihn auf.

Er hält seine Hand über die Augen und schaut zum Gebäude auf, das wie die rostige Klinge eines Bowie-Messers aussieht. Dicke Stromkabel sind über die Gasse gespannt wie tote Aale, die zum Trocknen aufgehängt wurden.

»Komm. Zweiter Stock«, sagt Masataka zu ihm und geht voraus.

Er grüßt zwei Frauen mit gegerbter Haut und Zigaretten zwischen den Lippen, die vor einer offenen Tür sitzen, aus der es zischt und nach Fett riecht. Sie nehmen in Wettkampfgeschwindigkeit Garnelen aus und verteilen Körper, Schalen und Darmfäden treffsicher auf zwei Eimer.

Auf dem Weg nach oben erklärt Masataka ihm, dass seine Wohnung gleichzeitig als Geschäftsstelle für die Agentur dient, die er gemeinsam mit den anderen betreibt, und bei der sich Kunden stundenweise eine feste Freundin für nicht sexuelle Leistungen mieten können.

»Keine Joshi kōsei-Geschäfte. Alles ziemlich legal und ein Haufen Papierkram.«

Sie haben die komplette zweite Etage des Gebäudes.

»Drunter ist ein chinesisches Restaurant. Oben drüber eine Privatdetektei.«

Neben der Tür im engen Treppenhaus ist eine kleine Glasplatte angebracht, hinter der ein Schild steckt, auf dem KanoRent STARLIGHT in verspielten Rōmaji steht, unterstrichen von einem gelben Stern samt Schweif.

Masataka drückt die Tür zu einem großen Raum auf, der Junya das Gefühl gibt, er betrete das Innere eines riesigen Kaijū-Monsters. Alles in dem Raum ist rot. Vom Teppichboden, der wie eine dicke blutdurchtränkte Schneedecke aussieht, über das mehrere Meter lange Wildledersofa, das der ovalen Form des Raumes angepasst ist, und der Bar auf der gegenüberliegenden Seite, bis hin zur Decke, über die sich nach außen hin größer werdende Spiegelovale ziehen. Junya zögert kurz.

Goro liegt auf dem Sofa, als hätte man ihn daraufgespuckt. Er kramt in einer der Sporttaschen, die mit Habseligkeiten der Murayamas gefüllt sind. Neben ihm auf dem Sofa liegen weitere Taschen, ein paar Gemälde und eine stahlblaue Geldkassette. Er zieht die Hand aus der Tasche, und als wäre es ein Zaubertrick, hängen auf einmal mehrere Gold- und Perlenketten an seiner Hand. Auf einer Gruppe kleiner, runder Tische mit hohen Rändern stehen dicht gedrängt Gläser, Bierdosen und Aschenbecher.

Yūichi steht hinter der Bar. Deren rote Marmorierung sieht aus, als würde man von oben in einen Vulkan, auf die Lava hinab schauen. Sowohl an der Bar als auch in den Winkeln zwischen Wänden und Boden verlaufen Lichtschläuche. Yūichi holt ein paar Dosen Asahi-Bier aus einem Kühlschrank mit Griffen wie Fahrradbremsen und wirft Goro eine davon zu. Masataka sagt: »Später. Ich führ Junya erst mal rum.«

Junya schüttelt schnell den Kopf, bevor Yūichi ihm eine Dose zuwerfen kann.

»Deinen Rucksack kannst du hierlassen.«

Er zeigt auf das Ende des Sofas.

Junya hält die Schultergurte seines Rucksacks fest.

Masataka lächelt und sagt: »Ist dein Rücken. Also. Wenn du Durst hast, bedien dich einfach.« Er weist zur Bar hinüber, hinter der Yūichis Adamsapfel hervorsticht, als er zum Trinken den Kopf in den Nacken wirft. »Bier, Sake, Whisky, Awamori, Tequila. Was du willst. Falls irgendwas aus ist oder du Lust auf etwas hast, was wir nicht da haben, schreib es einfach auf den Block am Kühlschrank. Wenn du Lust auf Karaoke hast, kannst du gerne die Maschine benutzen.« Beiläufig zeigt er hinüber auf ein eckiges Konstrukt aus Verstärkern, CD-Wechslern und einschüchternden Lautsprechern. »Komm, ich zeig dir, wo du schlafen kannst.«

Durch die einzige andere Tür des Raumes betreten sie

einen langen Flur, der sich um den ovalen Raum zu schmiegen scheint. Surrende türkise Leuchtröhren tauchen den Flur in flüssiges Licht. Es ist, als würde man durch ein leckgeschlagenes U-Boot am Meeresgrund gehen.

»Ofuro und Toilette sind da hinten. Kannst du alles benutzen. Haben eigentlich immer frische Zahnbürsten da. Nimm dir einfach eine. Hier«, Masataka öffnet eine Tür und macht Platz, damit er hineinschauen kann, »ist das Studio. Wenn die Mädels neue Profilfotos brauchen. LINE- und Instagram-Stories. TikToks. Risa macht auch Only-Fans.«

Diese Dinge seien heutzutage wichtig, erklärt Masataka ihm. Bei den meisten sitze die Kohle nicht mehr so locker wie früher und potenzielle Kunden erwarteten heutzutage ein wenig mehr als eine Handvoll Profilfotos auf der Agentur-Website. Da müsse man schon mit der Zeit gehen. Aber das sei ja das Gute daran, sagt er, dass sie alles in Eigenregie betrieben und jeder eigene Ideen einbringen könne.

Über der Hälfte des Studios ist ein Greenscreen ausgelegt. Davor steht allerlei Beleuchtungstechnik. Zwei Regale verschwinden fast unter Unmengen von Frauenkleidung, Badeanzügen, Sailor fukus, Dienstmädchenkostümen, Hello Kitty- und Pokémon-Plüschtieren und Körben voller giftig bunter Accessoires; wahre Kawaii-Schrapnellbomben. Daneben steht ein offener Spind, in dem mehrere Fotoapparate, Objektive und Stative untergebracht sind, bei deren Anblick sich Junyas Nasenflügel weiten.

»Das ist mein Schlafzimmer. Nichts Spektakuläres.«

Der Raum ist kleiner als der vorherige. Den meisten Platz nehmen ein akkurat glatt gestrichenes Doppelbett und eine Hantelbank ein. Die Wand hinter der Tür wurde zu einem einzigen Regal umgebaut. Die Fächer sind mit fein säuberlich gefalteten Hemden und Stoffhosen gefüllt. Eine Reihe Anzugjacken hängt an einer Kleiderstange.

»Das hier sind die Webcam-Räume«, Masataka reißt die Tür zu einem Zimmer auf, in dem eine junge Frau vor einem Computer sitzt. Der fransige Pony ihres rötlichen Haares schreckt auf, als er hereinplatzt.

»Na, alles geschmeidig hier, Natsumi?«, sagt Masataka und beugt sich zwischen sie und den Bildschirm, auf dem eine Webcam angebracht ist. »Behält der auch die Hosen an?«

Er zeigt auf den Monitor. Dann bildet er mit Mittel- und Zeigefinger das Victory-Zeichen in die Kamera.

Sie versucht, hinter Masatakas Schulter hervorzuschauen. Ihre Hand fischt nach der Maus.

»Ich zeig nur Junya hier die Bude«, sagt er und deutet mit dem Daumen auf Junya. »Wie läuft's?«

»Ach, na toll, danke, Masa!« Sie klickt auf Escape. »Schlecht. Du hast den Kunden so erschreckt, dass er offline gegangen ist. Dabei wollte er mir doch gerade von seiner Geschäftsreise nach San Francisco erzählen.«

»Uff, keine Ursache«, sagt er und verzieht das Gesicht. »Mach dir mal keinen Kopf. Der kommt bestimmt wieder. Braucht doch seine Portion Natsumi. Kannst ihm ja sagen, wir sind deine großen Brüder. Ach, übrigens, Natsumi Junya, Junya Natsumi.«

Sie setzt ein Lächeln auf. Ihre Augen sind wie zwei perfekte Tropfen Gelatine.

»Freut mich, Junya.« Junyas Mund probiert auf der Suche nach einem Lächeln in Windeseile verschiedene Einstellungen durch, findet aber keine. Stattdessen nickt er und macht dann einen Schritt zurück in den Flur.

»Schüchtern, ja?«, sagt sie zu Masataka mit der perfekten Stimme, um einen Samstagmorgen-Animé im Fernsehen anzusagen. Er blickt sich zu Junya um. »Früher war er's zumindest. Sind zusammen zur Schule gegangen.«

Junyas Augen haften an Masatakas Hinterkopf.

Masataka fragt sie, ob sie heute noch Pläne habe, was sie verneint.

»Kannst du Risa und Haruko schreiben? Ich geh später runter und hole was zu essen. Heute wird gefeiert.«

Sie klatscht aufgeregt.

Masataka führt ihn in das Zimmer nebenan. Es ist fast identisch mit dem, in dem Natsumi sitzt. Die gleiche Bettwäsche, die gleichen Magazine auf der gleichen weißen Kommode, neben der gleichen kleinen Plastikblume, das gleiche Lesezeichen an der gleichen Stelle des gleichen Buches. Die Räume sind dermaßen überzeugende Kopien voneinander, dass man sie als reale Fehlersuchbilder benutzen könnte.

»Kannst dir aussuchen, wo du schläfst. Nur achte bitte drauf, dass du rechtzeitig das Zimmer räumst, wenn eines der Mädels eine Online-Session hat, und dass du es so hinterlässt, wie du das Zimmer vorgefunden hast. Die aktuellen Zeitpläne stehen auf den Zetteln neben den Türen.« Masataka kratzt sich hinter dem Ohr. »Schätze, du willst erstmal in Ruhe ankommen. Dich bisschen ausruhen. Das Zimmer hier ist heute nicht mehr belegt. Mach's dir also bequem. Für später wollte ich verschiedene Dim Sum von unten hochholen. Bist du damit okay?«

Junya blickt Masataka mit leerem Gesicht an.

»Ist so was wie Gyōza oder Nikuman zum Beispiel. Schmeckt dir bestimmt«, sagt Masataka und klopft ihm auf die Schulter.

173

Junya zuckt zusammen und er zieht seine Hand wieder zurück, dreht sich zögernd um und geht den Flur hinab.

»Was feiert ihr denn?«, ruft Junya hinter ihm her. Masataka bleibt an seiner Schlafzimmertür stehen. Er scheint nach etwas auf dem Boden zu suchen.

Dann hebt er zügig den Kopf, lächelt und sagt: »Ach, ich weiß nicht. Dass der Job über die Bühne ging, ohne dass wir erwischt wurden. Dass wir bisschen was eingesackt haben. Dass du da bist? Wenn man will, gibt es immer einen Grund.«

»Ich verstehe«, sagt Junya und geht ohne ein weiteres Wort ins Zimmer.

Es ist stockdunkel. Die Tageslichtglühbirne, die ein fehlendes Fenster ersetzen soll, ist ausgeschaltet. Das Bett duftet frisch und artifiziell. Nicht wie ein Bett. Ein Bett riecht nach nächtlichen Ausdünstungen und getrocknetem Speichel. Dies ist lediglich die Simulation eines Betts. Als trage Junya einen VR-Anzug mit haptischem Feedback, der seinem Rücken vortäuscht, auf einem Bett zu liegen.

Masataka hatte sich bereits von ihm verabschiedet. Der Motor des Transporters lief schon, das konnte Junya vom Wohnzimmer der Murayamas aus hören. Masataka kam zurück ins Haus und sagte ihm, er solle seine Sachen packen, falls er welche hätte.

Als er keine Anstalten machte, aufzustehen, sagte Masataka: »Pass auf, wir sollten jetzt verschwinden. Je länger ich die Jungs draußen im Auto sitzen lasse, umso wahrscheinlicher ist es, dass doch noch irgendjemand die Bullen ruft. Ich geh hier gerade echt ein Risiko ein, und Risiken versuche ich normalerweise so gut es geht zu vermeiden. Die bringen einen nämlich in den Knast, und da hab ich keinen

Bock mehr drauf. Also«, Masatakas Kiefer flackerte, »hilf mir hier bitte mal ein bisschen.«

Irgendetwas brachte Junya dazu, aufzustehen, seine Sachen zu packen und Masataka zu begleiten. Ausgerechnet Masataka.

Gerade als Junyas Hand unter das Kissen schlüpft, um den Hammer zu erfühlen, den er daruntergeschoben hat, klopft es an der Tür. Nach einer kurzen Pause klopft es noch einmal.

»Junya?« Die Tür geht auf. Eine Welle türkises Licht fließt herein. »Bist du hier drin? Sag schon was.«

»Das Bett ist zu kurz.«

Er gluckst und sagt: »Na ja, als wir die besorgt haben, dachten wir nicht daran, dass die wirklich einmal benutzt werden.« Stille. »Ich hab Essen geholt. Es sind alle da. Ayame, meine Freundin, ist auch schon von ihrem Kundentermin zurück. Komm doch dazu. Du hast bestimmt Hunger.« Masataka zieht die Tür langsam zu. »Also. Bis gleich dann.«

Junya lässt den Hammer los und knetet seine schmerzende Handfläche mit der anderen.

Sein durchhängender Magen treibt Junya in den zentralen Raum des Stockwerks. Sie sitzen alle zusammen auf und vor dem Sofa. Im Hintergrund läuft Punkmusik. Als sie Junya bemerken, johlen sie ein lang gezogenes, »Hey!« wie aus einer Kehle und reißen die Arme hoch, als hätten sie dies vorher so abgesprochen.

»Komm, komm«, ruft Natsumi und klopft neben sich auf die Sitzfläche des Sofas, »es ist noch genug da.«

Junya nähert sich der Gruppe und bleibt stehen, als unter seinem Fuß etwas nachgibt und knirscht. Überall zwischen den langen Fasern des Teppichbodens verteilt, liegen Pingpong-Bälle. Der Raum ist wie ein interaktives Schaubild des menschlichen Bluts, in dem die Bälle die Leukozyten repräsentieren.

»Jetzt setz dich schon hin, Mann. Du machst mich nervös, wenn du so hinter meinem Rücken stehst«, sagt Setsuo, der auf dem Boden sitzt und zu Junya aufschaut, wobei seine Lederjacke, die er trotz der Wärme im Raum anbehalten hat, knarzt.

Er setzt sich auf den Rand des Sofas, ein Stück weit von der Gruppe weg. Die anderen stecken die Köpfe zusammen. Junya beobachtet sie verstohlen. Jeden Moment erwartet er, dass sie sich auf ihn stürzen und ihn zusammenschlagen. Oder ihn fesseln und das Treppenhaus hinunterwerfen. Irgendetwas, das ihm aufzeigt, wie naiv er doch war, mit Masataka mitzugehen.

»Davon muss er auch probieren.«

»Die sind megalecker, gib ihm davon welche.«

»Mach mal noch bisschen mehr, der Hungerhaken kann's vertragen.«

»Yūichi!«

»Was denn, stimmt doch!«

Der Boden der Pappschachtel, die sie Junya zusammen mit zwei unbenutzten Hashi reichen, beult sich unter dem Gewicht des Haufens an Essen. Er nimmt sie mit beiden Händen entgegen und nickt knapp. Erst als sie wieder ins Gespräch vertieft sind, zieht er die Essstäbchen aus der Papierhülle und isst.

Sie unterhalten sich untereinander. Durcheinander. Selbst wenn er seine Nervosität ausblenden würde, und somit in der Lage wäre, sich hundertprozentig zu konzentrieren, Junya könnte der Unterhaltung der Gruppe nicht folgen. Aus unerfindlichen Gründen stoßen sie wiederholt mit Bierdosen und Gläsern an, in denen Eiswürfel gegen das Glas klongen. Sie lassen sich gegenseitig das Essen von ihren Hashi kosten, reichen Schachteln herum, »Probier das mal«, »was, die hattest du noch nicht? Hier«, und, »gibst du mir mal?« Köpfe sind nach oben, nach unten und zur Seite gewandt. Jeder redet mit jedem. Sie lachen. Miteinander. Nicht übereinander. Soweit er es mitbekommt, lachen sie entgegen seiner Erwartung nicht einmal über ihn. Teilweise genügt schon ein einziges Wort, mag es noch so unscheinbar sein, und die ganze Gruppe bricht in offenmundiges, halsdurchstreckendes Gelächter aus.

Während des Essens stellt Masataka ihm Risa, Haruko und Ayame, seine Freundin, vor. Sie alle arbeiten als Miet-Kanojos in der Agentur, so wie Natsumi.

Der Abend schreitet voran und Junya kaut bedächtig auf kalten Teigtaschen mit Garnelen- und Schweinefleischfüllung herum, bis er nur noch Matsch im Mund hat. Er ist bereits satt, doch so hat er etwas, an dem er sich festhalten kann.

Dabei beobachtet er Masataka. Er hat den Overall gegen einen weiten Anzug eingetauscht, dessen kräftiges Blau Junya an das Becken im Schwimmunterricht zu Schulzeiten erinnert. Auch seinen Zopf ist er los. Sein voluminöses Haar, das ihm bis auf den Rücken reicht, gleitet bei jeder Bewegung seines Kopfes über seine Schultern, als wäre es ein exotisches Haustier, das sich zutraulich um seinen Hals windet. Wenn sie sich unterhalten, streifen Ayames Finger durch sein Haar. Zwischendurch bettet er sein Gesicht in ihre Halsbeuge. Sie küsst seine Stirn und er lächelt. Er lächelt fast durchgehend. Junya irritiert dies. So sehr er auch versucht, die zwei Gesichter in seinem Kopf ineinanderzupressen, es gelingt ihm nicht, diesen Mann Masataka mit dem Jungen von damals zu vereinen. Der Mann, der darauf besteht, Junya eine temporäre Bleibe zu geben, und der Junge, der ihm nach der Schule mit Koji und den anderen aufgelauert und ihm von hinten den Arm um seinen knorpeligen Hals gelegt und ihn gewürgt hat, bis Junyas Arme anfingen zu kribbeln und ihm schwarz vor Augen wurde. Der Junge, der unter dem Jubel der anderen, Junyas Randoseru in den offenen Laderaum eines vorbeifahrenden Transporters geworfen hat. Der Junge, der sich mit Koji und Hiroyasu während des Putzdienstes an Junya heranschlich, wenn dieser die Tafel wischte, und ihm mit einem lauten, »Kanchō!«, die Hände in Pistolenform zusammengelegt zwischen die Pobacken stach. Der Junge, der genauso weitermachte, als sie auf der Mittelschule wieder in die gleiche Klasse kamen. Bis er sich in der neunten Klasse auf einmal in Luft auflöste.

Junyas Schatzkiste an demütigenden Erinnerungen mit Masataka ist reich gefüllt. Seine aggressiv hochgezogene Oberlippe. Das herausfordernd vorgestreckte Kinn. Daran erinnert sich Junya. Doch dieses Lächeln, das bereits den ganzen Abend über auf seinem Gesicht liegt, das ist ihm fremd. Das passt nicht zu seinen Erinnerungen an den Masataka, den er kennt.

Während er ihn im Auge behält, trifft sein Blick den Ayames, die neben Masataka sitzt. Junyas Kopf springt in seine Ausgangsstellung, so dass er geradeaus starrt. Ganz am Rande seines Sichtfeldes registriert er, wie Ayame ihren Mund an Masatakas Ohr legt, das von seinen obsidianschwarzen Haaren verdeckt wird, und ihm etwas zuflüstert.

Nach dem Essen hat sich die Gemeinschaft über den Raum verstreut. Niemand hat mehr mit Junya gesprochen, als ihn zu fragen, ob er auch etwas zu trinken aus dem

Kühlschrank wolle. Masataka und Ayame sitzen noch immer ans Sofa gelehnt und unterhalten sich. Er hat seinen Arm um ihre Schulter gelegt. Sein Hinterkopf liegt auf der Sitzfläche und er spricht zur Decke. Setsuo und Natsumi stehen an der Bar und zeigen auf Flaschen, deren Inhalt von Haruko in ein silbernes Fläschchen gefüllt und anschließend durchgeschüttelt wird. Risa grölt zu einem Black-Metal-Song gutturale Laute in das Funkmikrofon der Karaokemaschine, wobei ihr kompliziertes Frisurgeflecht auf dem Kopf wankt.

Goro sitzt auf dem Boden vor dem Sofa und versucht, die Geldkassette, die er zwischen seinen Beinen eingekreist hat, mit einem Schraubenzieher aufzustemmen. Yūichi hockt hinter ihm und gibt ihm Ratschläge, die dieser jedoch immer wieder energisch abwehrt, als umschwirre eine Fliege sein Ohr.

Junya hält es nicht mehr länger aus und sagt: »Du machst das nicht richtig.«

»Hä?«, sagt Goro und saugt an einer Wunde, die er sich soeben selbst zugefügt hat, als er mit dem Schraubenzieher abgerutscht ist.

»Du machst das nicht richtig.«

»Und du bist der große Experte, was?«

Junya steht auf und holt sein Lockpickset aus dem Rucksack. Er nimmt sich die Kassette und stellt sie auf das Sofa. Dann kniet er sich davor und nimmt Spanner und Hook zur Hand. Stift für Stift arbeitet er sich vor, erfühlt die Widerstände und versucht, durch die Punkmusik hindurch etwas zu hören. Goro und Setsuo schauen ihm über die Schulter. Es dauert keine fünf Minuten und dort, wo soeben noch ein Widerstand war, klickt es nun verheißungsvoll, der Spanner lässt sich drehen und die Kassette ist geöffnet. Sorgfältig verstaut er das Werkzeug wieder im Etui. Er dreht sich um, um Goro die Geldkassette wiederzugeben. Goros Mund steht offen. Setsuos ebenso. Alle im Raum schauen ihn erstaunt an. Masataka lächelt erneut, doch diesmal ist es eine andere Art von Lächeln.

In der Nacht sitzt Junya lange im Dunkeln neben Masatakas Bett und hört dem in Einklang atmenden Paar beim Schlafen zu. Junya hatte nicht schlafen können und musste einfach herkommen. Zuerst war er im Studio nebenan gewesen, um sich die hochwertigen Spiegelreflexkameras anzuschauen. Er dachte darüber nach, sie in seinen Rucksack zu packen und zu verschwinden. Doch er tat es nicht. Genauso, wie er nun darüber nachdenkt, den Hammer seines Vaters unter dem Kissen hervorzuholen, ins Schlafzimmer zurückzukehren und Masataka vor Ayames Augen den Schädel einzuschlagen – und es nicht tut.

»Wozu die Pingpong-Bälle«, sagt Junya.

Ayame schreit vor ihm in der Dunkelheit auf. Er hört, wie Stoff übereinander reibt.

»Das Licht! Das Licht!«, kreischt Ayame.

»Was?«, fragt Masataka. Ihm ist die Schlaftrunkenheit deutlich anzuhören.

»Mach das Licht an, schnell!«

Sobald sie Junya vor dem Bett sitzen sieht, die Knie angezogen, die Arme um die Beine geschlungen, kreischt sie erneut auf. Zornig.

»Was ist denn los?«, sagt Masataka unter autonomen Haarsträhnen.

»Was macht der hier drin? Du, was willst du hier? Wie lange sitzt du da schon und beobachtest uns? Sag schon!«

»Ich habe euch nicht beobachtet.«

»Natürlich hast du das, du Kakerlake!«

»Es war dunkel. Ich konnte euch gar nicht sehen. Wie soll ich euch da beobachten?«

»Der Punkt geht an ihn, würd ich sagen«, sagt Masataka, gähnt und reibt sich das Auge.

Für einen Moment ist Ayame sprachlos. Dann wird ihr Gesicht zu einem Kriegsschauplatz voller Schützengräben, aus denen das Feuer auf Junya eröffnet wird.

»Ich hab dir doch gesagt, dass dieser – dieses Insekt«, sie spuckt das Wort aus, als wäre ihr beim Sprechen ein Käfer in den Mund geflogen, »irgendwie gruselig ist. Da hast du's! Da hast du den Beweis, Masa. Schmeiß ihn sofort raus!«

Masataka setzt sich auf. Die Decke rutscht von seiner Brust. Er sieht aus wie Ōma Tokita, die Hauptfigur aus Kengan Ashura.

»Jetzt bleiben wir alle mal ganz ruhig, okay?«

»Du bist doch schon ruhig! Was ich überhaupt nicht verstehen kann, wenn diese Kakerlake hier rumkriecht.«

»Dafür gibt's bestimmt eine Erklärung. Warum er hier ist, meine ich.«

»Da bin ich gespannt.«

Ayame rutscht tiefer ins Bett und verschwindet bis zu den Augen unter der Decke. Ihre Finger krallen sich in den Stoff vor ihrem Gesicht.

Masataka seufzt und fährt mit Daumen und Zeigefinger über seine Unterlippe. Sie treffen sich in der Mitte.

»Also. Was gibt's, Junya? Brauchst du irgendwas?«

»Die Pingpong-Bälle.«

»Die Pingpong-Bälle?«

»Wozu sind die?«

Es dauert einige Sekunden, dann zwingt sein herausplatzendes Gelächter Masataka zurück auf sein Kissen. Er hält sich die Stirn, als habe er ein anormales Stechen im Kopf, das irrtümlicherweise den Bereich seines Hirns beeinflusst, der für Humor zuständig ist. Sein Lachen klingt überlaut in dem kleinen Zimmer. Ayame zieht sich die Decke über den Kopf.

Allmählich beruhigt Masataka sich wieder und sagt: »Komm, wir reden morgen, wenn ich von Mitsunaga zurück bin.«

»Wer ist dieser Mitsunaga eigentlich?«

»Der?«, er macht eine Denkpause und sagt: »Wer weiß. Wenn du noch eine Weile bleibst, lernst du den Alten womöglich selber noch kennen.«

»Gut«, sagt Junya, steht auf, dreht sich um und geht.

»Willst du mich verarschen?«, hört er Ayame aus dem Zimmer Masataka anbrüllen, »wenn der eine Weile bleibt?! Du hast sie doch nicht mehr alle, Masa!«

FANNI

Auf ihrem Weg zur Arbeit oder nach Hause muss Fanni an der S+U-Bahn-Haltestelle Vier-Eichen-Allee umsteigen. Die Station ist einer dieser Umschlagplätze für Menschen, Drogen und Geld. Pendler_innen wechseln hier ihre Züge. Studierende und US-amerikanische Party-Tourists strömen in den angrenzenden Kiez, um feiern zu gehen, und kippen am nächsten Morgen zurück in die Bahnen.

Wenn sie die durchgeschwitzten weißen T-Shirts und die verlaufene Schminke sieht, muss Fanni immer an das The Station Nightclub Fire-Video denken. Wie Flammen und tumorschwarze Rauchwolken aus den mit kreischenden Menschen verstopften Zugängen des Clubs in Rhode Island dringen.

Unter den Treppen stehen die Dealer Spalier. Oben auf dem Bahnsteig tingeln Bettler_innen von Person zu Person. Deshalb geht Fanni jeden Morgen sicher, dass die Reißverschlusstasche ihrer Laufhose voller Kleingeld ist. Sobald sie jemanden mit einer einlaminierten, mitleiderregenden Botschaft auf sich zukommen sieht, schlüpft ihre Hand in die Hosentasche und lässt Münzgeld in den Pappbecher klimpern.

Die Vorstellung, dass die Bettelmafia einen Typen beschäftigt, der tagtäglich in irgendeinem Hinterzimmer hockt und Bettelzettel laminiert, amüsiert sie ebenso, wie sie es eigentlich auch traurig findet.

Es ist viel los auf dem Bahnsteig. Die Leute haben sich gleichmäßig am Gleis verteilt, so dass Fanni die ganze Länge rauf und wieder runter abgehen muss, um einen Platz zum Warten zu finden, in den ihr Personal Space passt.

Im Winter ist es leichter. Wenn sich die meisten Wartenden um die zwei Backhäuschen auf dem Bahnsteig scharen, um im Einflussbereich der abstrahlenden Gebäckwärme stehen zu können.

Eine Bahn fährt mit kreischenden Bremsen ein. Es riecht nach verbranntem Gummi. Fanni nutzt die Chance und übernimmt den Platz, den ein Rollstuhlfahrer hinterlässt, der sich schwungvoll über die Lücke zwischen Bahnsteig und Zug rollt. Hinter ihr eine dieser analogen Reklametafeln, die zwei verschiedene Plakate im Loop abrollt. Auf dem einen wird ein Cyberthriller-Roman mit generischem Cover und dem unglücklichen Titel Blutiger Code beworben. Das andere ist ein Anwerbeversuch der Bundeswehr, der sich überraschend offenkundig an die minderjährige Zielgruppe von bunten, cartoonigen Online-Arenashootern richtet.

Der Zug fährt ab. Fanni lehnt sich vor, um die Anzeigetafel sehen zu können. Eigentlich säße sie bereits in ihrer Bahn nach Hause, doch obwohl diese angezeigt wird, kommt sie einfach nicht.

Jemand stößt ihr in den Rücken, so dass sie einen Ausfallschritt machen muss. Die Frau, die mit ihr zusammengestoßen ist, schaut sich kurz mit erschrockenem Gesichtsausdruck um. Sie hat ein weibliches Kind an der Hand. Keine Entschuldigung, kein Wort – nicht, dass Fanni darauf Wert legen würde –, und sie zerrt das Kind weiter, das Schwierigkeiten hat, Schritt zu halten.

Jetzt, wo der Lärm des abgefahrenen Zugs verklungen ist, tritt Gebrüll in den Vordergrund. Ein paar Meter den Bahnsteig runter gibt es ein Handgemenge. Vor einer dieser grünen Sitzbänke in Rasterstruktur ringen zwei Typen miteinander und nehmen sich abwechselnd in den Schwitzkasten. Dabei schwankt das Pärchen gefährlich zwischen Bank und Gleis hin und her, während beide versuchen, die Oberhand zu behalten oder sich mit Ellbogenstößen aus der Umklammerung zu befreien. Sie stoßen Bierdosen um, die klappernd über die Steine davonrollen. Der eine ist ein kurzer drahtiger Glatzkopf ohne Shirt, mit Haut wie eine topografische Landkarte. Der andere wirkt durch seinen glitschig glänzenden Mittelscheitel und sein silbernes ärmelloses Shirt irgendwie amphibisch. Sie grunzen und stöhnen, schreien sich an.

Um sie herum hat sich ein Halbkreis gebildet. Einzelne Wartende sind plötzlich zu einer Masse zusammengewachsen. Niemand schreitet ein. Niemand hilft. Leute schieben sich an Fanni vorbei. Stellen sich dazu. Wollen sehen, was da vor sich geht.

Der Glatzkopf richtet sich auf, seinen Arm noch um den Hals des Amphibien-Dudes. Es sieht aus, als würde er ihm den Kopf abreißen wollen. Er gibt Geräusche von sich, die auch von einem brunftigen Waldtier stammen könnten. Der andere knickt ein, so dass er fast im Gopnik-Squat dahockt. Versucht, seinen Kopf aus der Schlinge zu ziehen. Wahrscheinlich begreift er, dass der Griff des Glatzkopfs zu fest ist, also rammt er ihn den Rücken voran auf die Bank.

Eigentlich will Fanni nicht hinsehen. Sich nicht dafür interessieren, was um sie herum passiert. Normalerweise versucht sie, während sie auf ihre Bahn wartet, so unbeteiligt wie möglich zu erscheinen. Als existiere sie in einer Paralleldimension und ihr immaterielles Abbild erscheine nur durch ein Malheur des Raumzeitkontinuums in dieser Realität. Doch die Magie des Bystander-effects hat sie genauso wie die anderen Gaffer_innen am Gleis in seinen Bann gezogen. Immer mehr Leute nähern sich vorsichtig und bleiben auf Sicherheitsabstand zu dem Glatzkopf und dem Amphibienmenschen stehen. Und dann steigen nacheinander die Devices auf. Am Ende von hochgestreckten Armen blitzen Handy- und Tabletdisplays auf. Finger wischen von links nach rechts – von Foto auf Video. Tippen auf record.

Während die beiden Typen weiter vor Anstrengung und Wut stöhnen und grunzen, schießen Fanni Titel durch den Kopf: German Methhead Brawl, Drunk Germans fight at train station, German bums wrestling.

Dann passiert etwas, das die fiktiven Videotitel verändert. Der Glatzkopf schreit auf. Lässt von dem anderen ab. IRL stehen Fanni zu viele Leute im Weg, so dass sie keine freie Sicht auf das Geschehen mehr hat. Sie sieht es zehn-, zwanzigfach über die Displays multipliziert, die wie ein panzerglasfolienbeklebter Sternenhimmel vor ihr, über den Hinterköpfen, schweben. Der flache Bauch des Glatzkopfs hat Leck geschlagen. Hyperreales Rot sabbert aus einer obszön klaffenden Wunde. Verfärbt seine graue Straßenkampf-Camouflage-Cargoshorts. Läuft ihm über die Hände, die er gegen seinen Bauch presst, als ob er das Blut darin auffangen wollte. Der andere hat das Messer noch in der Hand. Die kurze Klinge reflektiert das Licht der tief stehenden Abendsonne. Der Glatzkopf schreit erneut auf. Diesmal nicht vor Schmerz. Mehr in einer Art Kriegsschrei. Er will sich auf den bewaffneten Amphibienmann stürzen, aber der fuchtelt mit dem Messer und hält ihn so auf Abstand.

Fanni denkt: Train station fight goes bloody, German methhead gutted, Drunk brings knife to a fist fight, Knifing at train station in Germany.

Sie hat schon einige Schlägereien auf offener Straße mitbekommen. In der Tram. Mehrere an dieser Haltestelle. Tausende von Streetfight-Videos gesehen – Parking Lot Brawls, Wedding Clashes, Road Rage Compilations, Hood Fights, Schoolyard Skirmishes. Genauso wie Clips von Messerstechereien. Eine Million schlimmerer Dinge. Aber das ist das erste Knifing, das sie je IRL gesehen hat. Und irgendwie fühlt es sich zutiefst falsch an. Sie kann ihren Finger nicht genau drauflegen. Da ist nur dieses Gefühl, dass das nicht hierher, ins echte Leben, gehört.

Sie steigt in den nächsten Zug, der auf dem anderen Gleis einfährt und mehr Schaulustige ausspuckt. Es ist nicht ihre S-Bahn. Der Zug fährt irgendwohin, wo sie nicht hinmuss. Fanni setzt sich und schaut aus dem Fenster. Der Strom an immer neuen Videotiteln versiegt langsam, als die Sonne fast untergegangen ist, draußen die Straßenlaternen aufflackern und die automatische Ansage in der Bahn die Endhaltestelle ankündigt.

Sicherheitshalber hat Fanni Bounding Boxes um die Naumanns gezogen. Das sollte einem flüchtigen Blick standhalten, falls jemand an ihrem Cubicle vorbeikommt oder falls Ugur, der im Cubicle hinter ihr sitzt, aufsteht. Schaut man genauer hin, kann man jedoch erkennen, dass Fanni keine normale Instance bearbeitet, sondern den Livefeed einer manuell aus der Datenbank aufgerufenen Kamera geöffnet hat. Sie ist bereit, das Risiko einzugehen, weil Moiras Großeltern zu Besuch sind.

Sie sitzen am Esstisch, trinken Kaffee und Utas selbst angesetzten Kombucha – Moira trinkt O-Saft – und spielen Mensch ärgere dich nicht. Es gefällt Fanni irgendwie, dass sie kein modernes, aufwendig konzipiertes Spiel spielen.

Fanni hat ihre Bluetooth-Headphones mit dem Rechner connected, aber nur einen Stöpsel im Ohr, so dass sie mitbekommt, falls etwas hinter ihr im Office Space passiert.

Georgs Vater ist ein hochgewachsener ergrauter Mann, der komischerweise gerade durch seine Körpergröße kindlich wirkt. Wann immer er aufsteht, bewegt er sich so scheinbar unbeholfen, als hätte er gerade erst einen um knapp 60 Jahre verspäteten Wachstumsschub bekommen. Fanni schätzt, dass Georg sein wie mit Bleiche behandeltes blondes Haar von ihm hat. Seine Mutter wirkt wie das Negativ ihres Mannes. Kompakt, dunklerer Teint und Haare so schwarz, dass ihr Hex-Farbcode nur aus Nullen besteht. Trotz ihrer dickrandigen Brille ist allerdings sofort erkennbar, dass Georgs Gesicht nach ihrem kommt. Die nach außen angekippten, etwas näher zusammenstehenden Augen, die kurze Nase und vollen Lippen.

Am Tisch wird so viel gelacht, dass Fanni immer wieder den Ohrstöpsel herausnimmt, um nachzuprüfen, ob sie die Lautstärke weiter reduzieren muss, damit niemand im Büro das Gelächter hören kann. Genau genommen lohnt es sich für Fanni ohnehin nicht, das Tischgespräch der Naumanns zu belauschen. Die Erwachsenen unterhalten sich fast ausschließlich auf Schwedisch. Nur, wenn Moira etwas fragt oder wenn es um das Spiel geht, wechseln sie ins Deutsche zurück. Zwischendurch korrigiert Georgs Mutter ihn und Uta auch auf Deutsch.

Zwar sieht Fanni die beiden ein-, zweimal die Woche mit Schwedisch-Übungsheften am Tisch sitzen und für ihren Besuch bei den Großeltern am Ende jedes Sommers pauken, allerdings war ihr nicht bewusst gewesen, dass sie inzwischen weit genug sind, um längere Konversationen zu führen.

Das einzige Wort, das Fanni aus der Unterhaltung extrahieren kann ist Tyskland. Sie kann sich nicht erinnern, wo sie das aufgeschnappt hat, doch sie weiß, dass es Deutschland bedeutet. Das Wort fällt bemerkenswert häufig.

»Und«, Moiras Opa wendet sich an sie, »was sagst du, wenn jemand dich fragt: ›Varifrån kommer du?‹«

Moira erstarrt in ihrem Zappeln auf dem Stuhl. Sie spitzt die Lippen, als hätte sie etwas sehr Saures gegessen. Dann platzt es aus ihr heraus: »Jag kommer från Tyskland.«

Ihre Eltern und Großeltern applaudieren ihr. Moira grinst. Ihre kindlichen Hamsterbacken wölben sich etwas vor ihre Augen. Die Lippen sind weiter gespitzt.

»Ich weiß noch was«, sagt sie, steigt vom Stuhl und holt ihr Okapi vom Teppich vor den Fenstern. Sie hält es hoch, sagt, »det här är min Okapi«, und als ihre Großeltern erneut Beifall klatschen, schüttelt es sie selbst vor Lachen, und Fanni lächelt.

»Verdammte Scheiße! Der Boogeyman ist real!«, schreibt Arne in den Gruppenchat.

»Bin ich blöd oder ist die Maske mit Vantablack besprüht?«, schreibt Jan-Hendrik, der am anderen Ende von Fannis Reihe sitzt.

»Falls ja, kann sich der Typ auf 'ne saftige Klage von Anish Kapoor einstellen. Schätze eher Black 3.0«, antwortet Ariel darauf.

Seit einer geschlagenen halben Stunde läuft der Gruppenchat auf Hochtouren. Fanni kann ihre Neugierde nicht mehr bändigen und öffnet den Clip, den Friedemann geteilt hat. Er hat dazu geschrieben, dass ihm dieser von einem Kumpel im Customer Service geschickt wurde. Der Kunde, zu dessen Account die Aufnahme gehört, hat die Polizei eingeschaltet.

Wie immer bei den geteilten Videos ist auch dieses vom Monitor abgefilmt. Das Interface der geöffneten Software unterscheidet sich von der des Video Annotation Tools, das das Research & Development benutzt.

Es handelt sich um eine Indoor-Cam, die in einem cleanen, minimalistisch eingerichteten Eingangsbereich mit verglaster Galerie angebracht ist. Sieht nach Architekt_innenhaus aus – nirgendwo eine Rundung, Ecken und Kanten galore. Ein paar gedimmte Wandspots bieten gerade so viel Beleuchtung, dass die Indoor-Cam nicht in den Nachtsichtmodus wechselt. Unter dem Videowiedergabefenster befindet sich der Uhrzeitstempel – 00:33 Uhr.

Ein paar Sekunden lang rührt sich nichts. Dann schält sich aus dem Hausflur unterhalb der Galerie eine anthropomorphe Gestalt. Sie ist komplett in Schwarz gekleidet. Kein Fitzelchen Haut schaut irgendwo hervor, nicht einmal am Hals oder zwischen Handschuhen und Ärmeln. Die Gestalt bewegt sich langsam und bedächtig vorwärts, bis sie neben der ersten Treppenstufe stehen bleibt. Es ist eine dieser schwebenden Treppen ohne Geländer, die Stufen sind einzeln an der Wand verankert. Die schwarze Gestalt schaut zur Kamera herauf, schaut direkt hinein. Das ist auch schon alles, was sich irgendwie festhalten lässt. Die Person trägt eine Maske, die nicht mehr entblößt als die Augen. Keine Öffnungen für Mund und Nase, so als ob darunter dann doch kein Mensch, keine Person, steckt, die atmen muss.

Fanni pausiert das Video, schiebt den Cursor der Timeline vor und zurück. Es scheint, als trage die Person unter der Maske noch eine Sturmhaube. Weder Haare noch Nacken sind zu sehen. Stattdessen lediglich eine schwarze Kurvung des Hinterkopfs. Die Maske darüber scheint nicht aus Stoff zu sein. Vielmehr wirkt sie wie eine ballistische

Militärmaske. Noch bemerkenswerter ist die tiefschwarze Farbe. Nein, weniger als das. Es wirkt eher so, als sei das ganze Gesicht der Gestalt aus dem Video entfernt und nur die Augen sind übrig gelassen worden. Ein Gesicht wie ein Loch ohne Boden. Ein Schwarz, das nicht als Gegenteil von Weiß beschrieben werden könnte. Die Maske ist so schwarz, dass sie – wenn überhaupt irgendwas – das Gegenteil von Licht ist.

Ariel hat recht. Die Maske muss mit so etwas wie Black 3.0 oder Vantablack beschichtet worden sein. Irgendein Material, das ca. 99 % des sichtbaren Lichts schluckt.

Umso weißer wirken die Augen, die durch die schmalen Öffnungen sekundenlang in die Kamera stieren. Dann wendet die Person sich ab und steigt die Treppe hinauf ins Obergeschoss. Fanni fällt auf, dass der_die Einbrecher_in sich dabei so nah es nur geht an der Wand hält, ohne mit der Hüfte oder dem Bein daran entlangzuscheuern.

Das ist eine der Lektionen aus Fannis Kindheit. Aus ihrem Elternhaus, in dem selbst ein Niesen als Störung angesehen wurde. Je näher man sich beim Treppensteigen am Rand hält, umso geringer das Risiko, dass die Stufen knarzen oder quietschen.

Die Gestalt verschwindet ohne Umschweife um die Ecke. Dann springt der Clip in der Zeit vor.

Laut dem Stempel ist es jetzt 0:42 Uhr. Der Eindringling joggt die Treppe wieder herunter. Er hat nichts in den Händen. Keine mit Diebesgut prall gefüllte Sporttasche auf dem Rücken. Nichts. Er läuft locker und geschmeidig zurück ins Erdgeschoss und verschwindet auf demselben Weg, den er gekommen ist. Ein kurzer Blick zur Kamera hoch. Mehr nicht. Dann ein erneuter Zeitsprung.

Es ist 0:55 Uhr. Die Wandspots leuchten auf, so dass der

gesamte Kameraframe taghell ausgeleuchtet ist. Zwei Personen schieben sich um die Ecke am oberen Ende der Treppe. Eine Frau, ein Mann. Sie trägt einen schimmernden Bademantel oder Kimono. Ihre langen hellbraunen Haare stehen wild von ihrem Kopf ab. Sie stützt den Mann bei jedem Schritt. Er geht gebückt. Sein weißes T-Shirt ist am Kragen deutlich eingerissen. Schultern und Brustbereich sind blutbespritzt. Sein Gesicht ist nur noch durch dessen anatomische Position als solches auszumachen. Platzwunden, Blut, dunkelviolett verfärbte Schwellungen haben es zu einem abstrakten Porträt transformiert. Die beiden Hausbewohner_innen quälen sich Stufe für Stufe die Treppe herab. Der Mann droht bei jeder zweiten zusammenzubrechen, aber die Frau fängt ihn ein ums andere Mal ab, bis sie ihn auf einem quadratischen Hocker an der Wand abladen kann. Während er sich mit dem Rücken gegen die Wand lehnt, den Kopf zurücklegt, rennt sie aus dem Frame und kommt einige Sekunden später zurück, Handy am Ohr. Selbst über die Kamera kann Fanni das Zittern des Devices an ihrer Kopfseite ausmachen. Dann ist das Video zu Ende.

Fanni legt ihr Smartphone weg, ohne den Chatverlauf weiterzulesen. Sie schaut auf ihren Monitor. Auf die Instance, die sie gerade bearbeitet. Ein Türklingelvideo aus Saarbrücken. Autos fahren vorbei. Die Müllabfuhr hält und leert die Papiertonne der BELL-Kund_innen. Ein Mann geht mit zwei schwarzen Labradoren durch das Bild. Grüner, gemähter Rasen. Blumenbeete. Gepflegter, unkrautloser Bürgersteig. Ordnung. Sicherheit. Berechenbarkeit.

JUNYA

Sie stehen am Rande des Dachs. Hinter ihnen röhrt die Lüftungsanlage und saugt feuchte, von Smog beschwerte Luft, um sie ins Gebäude zu atmen.

»Wusstest du, dass das Sunshine 60 lange Zeit das höchste Gebäude in ganz Japan war?«

Junya hält sich am Geländer fest und versucht, nicht wieder hinabzusehen. Ihm war nicht bewusst gewesen, dass er Höhenangst hat.

»Nein.«

»Ich habe auch mal gehört, dass es den weltschnellsten Fahrstuhl hatte. Bis der Landmark Tower unten in Yokohama gebaut wurde.«

Zwischen den Häusern hindurch schaut Junya zum Sunshine 60 hoch, das sich nicht weit hinter dem Hauptbahnhof Ikebukuros wie ein gigantischer CPU-Kühlblock in den kranken Himmel erstreckt.

In der Ferne droht das Zentrum Tokios. Von hoch oben muss die Stadt wie eine Leiterplatine aussehen. Doch zoomt man rein, immer weiter rein, erkennt man bald, wie es in Wirklichkeit ist. Dass das, was von hoch oben so funktional und gleichgeschaltet wirkt, in Wahrheit befallen ist von Menschen, die die Simplizität verbiegen. Sie dehnen, beschmutzen und pervertieren.

Ein Hupen vor dem Gebäude zieht seinen Blick wieder nach unten. Ein Lieferwagen mit angeschaltetem Warnblinker hält vor dem chinesischen Restaurant. Ihm wird sofort flau im Magen und er schaut zur Seite. Masataka stützt die Unterarme auf das Geländer und blinzelt gegen eine plötzliche Böe und die Strähnen seines eigenen Haars an. Die Jacke seines locker sitzenden Nadelstreifenanzugs bläht sich im fahlen Wind, der durch die Straßenschluchten irrt. Er klemmt sich die Haare hinter die Ohren.

Fällt man aus dieser Höhe, wird alles zu einer tödlichen Waffe. Ein Autodach, der Gehweg, ein Kinderwagen, abgestellte Fahrräder.

Masataka scheint seinen Blick zu bemerken und sagt: »Hast du das gewusst?«

»Was gewusst?«

»Das mit dem Fahrstuhl.«

»Nein. Das interessiert mich nicht.«

»Was interessiert dich dann?«

Er denkt darüber nach und sagt: »Warum warst du mit einem Mal verschwunden? In der neunten Klasse. Keiner wusste, wo du warst. Nicht einmal die Lehrer.«

Masataka lacht in sich hinein und sagt: »Das klingt ja fast, als hättest du mich vermisst.« Hinter vorgehaltener Hand zündet er sich eine Zigarette an. »Hatte Besseres zu tun.«

»Was denn?«

Masataka winkt ab. Asche fällt von der Zigarettenspitze und wird weggeweht. »Arbeiten. Kohle verdienen.«

»Mit vierzehn?«

»Ja, mit vierzehn«, stößt er hervor. Er drückt die Arme durch, hält sich fest und lässt den Kopf sinken. Rauch steigt unter seinen Haaren auf, als wären seine Augäpfel durch glühende Kohlebriketts ersetzt worden. »Mein Vater verlor seinen Job hier auf dem Markt in Toshima. Hatte sich mit seinem Boss angelegt. Als es zum Streit kam, hat mein Vater ihm eine verpasst. Wurde natürlich gefeuert und dieser Onore von Boss sorgte dafür, dass mein Vater nirgendwo

mehr Anstellung fand. Muss sich ein halbes Bein dabei aus-
gerissen haben überall zu verbreiten, was mein Vater war.
Um uns was zu essen auf den Tisch stellen zu können,
musste er sich Geld leihen. Ich kam gerade von der Schule,
als zwei Männer von Mitsunaga da waren, um die erste Rate
einzutreiben. Konnte gerade noch verhindern, dass sie ihn
grün und blau schlagen. Also bin ich arbeiten gegangen,
um die Schulden abzustottern. Für Mitsunaga. Wo auch
immer ich ein bisschen was verdienen konnte. Selbst wenn
ich gewollt hätte, aber für Schule war da keine Zeit mehr.
Hat mir damals nichts ausgemacht. War eh nie was für
mich. Vielleicht erinnerst du dich noch daran, was für ein
miserabler Schüler ich war.« Er grinst. Sein Blick verläuft
sich zwischen den Dächern und Fassaden in Erinnerungen.
»Was hätt's also genützt. Ich hätte es eh nie auf eine gute
Oberschule geschafft. Von der Universität ganz zu schweigen. Selbst mit einem Abschluss wäre es für mich schwer
geworden.«

Junya muss an die Ablehnungsschreiben der Geidai im
Wandschrank in seinem Zimmer denken, aber schüttelt
den Gedanken eilig wieder ab.

»Mit der Zeit hab ich immer mehr für Mitsunaga gearbeitet. Manchmal hatte ich sogar Spaß dabei. Und wenn
man gut aufpasste und kein vollkommener Baka war, waren
ein paar Yen extra drin. Hab aber auch immer mein eigenes
Ding gemacht. Mich nie ganz von Mitsunaga und den anderen Oldtimern einspannen lassen. Mehr als ein Bein, das
ich nicht mehr aus der Tür gezogen bekomme, reicht mir.
Diese ganzen Strukturen und Hierarchien. Rituale. So was
liegt mir einfach nicht. Blindlings Scheiße fressen für irgendwelche Leute, die dir vorgaukeln, ihnen läge was an
dir. Das brauch ich nicht. Auch wenn's für Leute wie mich

195

durchaus seine Vorteile haben konnte. Zumindest früher, bevor 2011 die Verordnungen erlassen wurden. Seitdem gibt es fast keine Argumente mehr, sich in diese Strukturen zu begeben. Ich bleibe lieber Hangure und mein eigener Boss.«

»Und der Boss der anderen.«

Masataka schaut ihn irritiert an und sagt: »Ach so, nein. So kann man das nicht nennen. Nicht direkt. Klar sag ich öfter mal, wo's langgeht, aber so strikt ist das nicht. Wir passen alle gegenseitig aufeinander auf. Goro hab ich im Knast kennengelernt. Setsuo kenn ich noch von früher, von der Straße, aus meiner Nachbarschaft. Ist nie richtig zur Schule gegangen. Und Yūichi, den hab ich vor einigen Jahren getroffen. Und zwar genau hier hin«, er zeigt auf seine Nasenwurzel und grinst, »da war der noch Bōsōzoku. Ich hatte Stress mit seiner Bande. Das gab 'ne Riesenschlägerei, unten in Itabashi. Kam sogar in den Nachrichten.«

»Ich verfolge keine Nachrichten.«

»Na ja, wie dem auch sei. Sind in der gleichen Nacht noch zusammen um die Häuser gezogen.«

»Und das Gefängnis?«, sagt Junya und vermeidet, ihn dabei anzusehen.

»Ach, das war eine ganz blöde Sache. War in meiner alten Gegend. Hab meine Eltern besucht. Und meine kleine Schwester. War ihr Geburtstag. Als ich dann aus dem Haus kam, hab ich so ein paar Kisama erwischt, wie sie Graffiti an die Hauswände und auf den Rollladen vom Schuhmacher gesprüht haben. Lauter Beleidigungen. Richtig mieses Zeug. Eta-Schweine und so. Du weißt schon.«

»Nein.«

»Hab einen von denen in die Finger bekommen und ihm eine anständige Abreibung verpasst. Ihm seine eigene Sprühfarbe zu fressen gegeben. Das hättest du sehen müssen. Sein Gebiss sah aus wie eine Bärenfalle.«

Augenblicklich schmeckt Junya den Sand der Sprunggrube, in die Masataka und Atsuto ihn während des Sportunterrichts mit dem Gesicht voran gedrückt haben, als ihr Lehrer das Maßband aus dem Geräteraum holen ging.

»Was ich natürlich nicht wissen konnte, der ist der Sohn von irgend so einer Politikertype aus der Jimintō. Mein übliches Glück. Sein alter Herr hat seine Verbindungen spielen lassen und so bin ich dann eingebuchtet worden. Gleich bei meiner ersten Auffälligkeit.« Er schnaubt. »Danach hab ich mir geschworen, dass es von nun anders laufen würde. Am besten legal. Bald ist das auch geschafft.« Als würde er nichts verschwenden wollen, saugt Masataka fest an der Zigarette. »Haben die Agentur aufgemacht. Ayame war die allererste, die durch die Tür kam. Ich war sofort verschossen. Aber Ayame, die ist knallhart. Die wollte einen Job, mit dem sie sich über Wasser halten konnte, bis sie weiß, was sie mit ihrem Leben anstellen soll, und keinen Ex-Knasti, der sie andauernd zum Essen einlädt. Na ja, bekommen hat sie dann beides. Hat erst geklappt mit uns, als ich nicht mehr so verbissen war. Hat mich einiges gelehrt. Ayame, meine ich.« Er dreht die Zigarette, die bis auf den Filter heruntergebrannt ist, und betrachtet die Glut. Dann schnippst er sie weg. »Und irgendwann, irgendwann sind auch die Schulden bei Mitsunaga abgeleistet, die ich für den Aufbau der Agentur aufnehmen musste. Dann wird alles noch besser sein. Und straight«, er ahmt einen Handkantenschlag nach, »legal. Aber genug von mir«, sagt er und wendet sich Junya zu, »sag doch mal. Wie bist du eigentlich in dem Haus gelandet, wo wir dich aufgegabelt haben?«

Junyas Zähne sind mit einem Mal zusammengekleistert. Ein Sprung über das Geländer erscheint ihm plötzlich keine so schlechte Idee zu sein.

»Brauchte einen Platz zum Schlafen.«

Masataka fragt ihn mit erstaunter Miene, ob er obdachlos sei.

»Also nicht, dass das etwas Verwerfliches wäre oder so. Ich meine nur.«

»Ich konnte nicht mehr nach Hause zurück.«

»Wie meinst du das? Wo hast du denn gewohnt?«

»Zu Hause«, sagt Junya mit Nachdruck durch die geschlossenen Zähne.

»Und wieso konntest du nicht zurück?«

Die Worte schwelen bereits seit geraumer Zeit in Junyas Eingeweiden, doch nun spricht er sie zum ersten Mal aus: »Meine Mutter ist tot.«

»Verdammt. Tut mir leid. Wie ist sie denn gestorben?«

»Ich weiß nicht. Weiß nicht, ob sie tot ist oder lebendig.«

»Entschuldige, aber das versteh ich nicht ganz.«

Eine Schar Krähen lässt sich auf den Antennen des gegenüberliegenden Gebäudes nieder.

»Kann ich dich was fragen?«

»Schieß los.«

Er fragt Masataka, ob er jemals von Schrödingers Katze gehört hat.

»Nein, was ist das?«

»Es ist ein Gedankenexperiment. Eine hypothetische Katze wird für eine Stunde zusammen mit einem Detektor, einem Hammer und einem Gefäß mit Blausäure in eine Kiste gesperrt. Dazu eine radioaktive Substanz. Die Menge ist so gewählt, dass es ebenso wahrscheinlich wie unwahrscheinlich ist, dass eines der radioaktiven Atome innerhalb dieser Stunde zerfällt. Wenn es zerfällt, registriert dies der Detektor, der den Hammer auslöst, der wiederum das Gefäß mit Blausäure zerschlägt. Die Katze stirbt. Von außen sieht die Kiste unverändert aus. Man muss sie öffnen und hineinschauen, um herauszufinden, was mit der Katze passiert ist. Solange man dies nicht tut, ist die Katze zugleich lebendig als auch tot.«

Masatakas Antwort auf seine Ausführung sind undefinierte Laute und das Wischen seiner Hand über den eigenen Kopf hinweg.

»Wo hast du das denn aufgeschnappt?«

»Im Internet«, sagt Junya und beobachtet die blinkenden Lichter eines Flugzeugs, das sich entweder auf dem Landeanflug auf Narita befindet oder aber gerade von dort gestartet ist. Er schaut herunter. Die Krähen sind weg. »Warum bin ich hier?«

»Du meinst –«, Masataka zögert, »auf der Welt?«

»Hier. Bei euch.«

»Du sahst aus, als würdest du Hilfe brauchen. Als hätte dich die Welt ziemlich hart von den Beinen geholt.« Er wendet seinen Kopf von Junya ab. »Du erwartest wahrscheinlich eine Entschuldigung für den ganzen Scheiß, den ich und die anderen dir damals angetan haben. Und dazu hast du jedes Recht.« Er zündet sich eine weitere Zigarette an. Sechsmal ratscht es hinter seiner Hand, bis sie angezündet ist. »Hör mal, ich will gar nicht so tun, als täte es mir nicht leid, denn das tut's. Aber ich habe mir irgendwann geschworen, mich nie für etwas zu entschuldigen. Und heute bin ich ein anderer, als ich es damals war. Allein schon deswegen wäre jede Entschuldigung oder Bitte um Verzeihen, die ich dir heute anbieten könnte, reine Heuchelei.« Masataka sieht ihn mit unerträglicher Klarheit an. »Ich lebe mit den Gemeinheiten, die ich dir angetan habe, genauso wie ich mit dem ganzen anderen Zeug, das ich in meinem Leben verbockt habe, lebe. Und dem, was ich noch verbocken werde. Weil alles auf Entscheidungen beruht, die ich irgendwann getroffen habe. Selbst wenn ich sie innerhalb von Sekundenbruchteilen gefällt habe. Und damals hab ich mich dazu entschieden, kein Außenseiter mehr sein zu wollen. Das klingt vielleicht bescheuert, aber ich hatte genug davon, gemieden zu werden. Solche Entscheidungen sollten Kinder nicht treffen müssen.«

»Das verstehe ich nicht.«

Masataka fragt, was er meint.

»Du hast immer dazugehört.«

»Dann lass mich dir mal eine Frage stellen. Vor der dritten Klasse. Erinnerst du dich da an mich?«

»Ich – ich weiß nicht. Bestimmt.«

Das Rattern eines Zuges hallt durch die Hochhäuser und verebbt gleich darauf wieder.

Masataka hebt seine Stimme und sagt: »Junya, vor der dritten Klasse habe ich kein einziges Wort mit dir gesprochen, ganz zu schweigen davon, dass ich dir auch nur ein Haar gekrümmt hätte.«

Für einen Moment umfasst er das Geländer fester. Er hat das Gefühl, das Gebäude wanke.

»Das kann nicht sein. Du irrst dich«, sagt er.

Masataka belegt ihn mit einem abschätzigen Blick. Jedoch keiner von der Art, die er so gewohnt ist. Etwas anderes liegt darin verborgen.

»Aber wieso?«, sagt er.

»Ich bin Buraku, Junya. Meine Eltern waren Buraku. Meine Vorfahren waren Buraku. Du hast es vielleicht nicht mitbekommen, weil du immer in deiner eigenen Welt gesteckt hast, aber du bist nicht der Einzige, der anders war. Der allein war. Ich hab damals keinen anderen Weg gesehen. Gebracht hat es mir im Nachhinein allerdings auch nichts.« Er löst sich vom Rand des Gebäudes und geht im Kreis, während er weiterspricht. »Alle meine sogenannten Freunde wussten ja, wo ich wohnte. Nachdem ich von der Schule weg war, meinst du, es kam auch nur einer zu mir nach Hause, in unser Viertel, unser dreckiges Burakumin-Viertel, um zu fragen, wo ich stecke oder ob es mir gutgeht? Scheiße!«

Er tritt eine Delle in das Gehäuse der Belüftungsanlage, die unbeeindruckt weiterröhrt.

Junya zuckt unter dem plötzlichen Ausbruch zusammen. Es ist in sein Körpergedächtnis eingemeißelt.

Minutenlang schweigen sie in den Abgrund der Häuserschluchten hinein.

»Warum ich?«

Masataka seufzt und sagt: »Ich will ganz ehrlich sein. Du warst ein leichtes Ziel. Hast dich nie gewehrt. Immer nur eingesteckt und noch mehr eingesteckt. Wie ein Boxsack, an dem man seinen Frust auslassen konnte, so viel und so sehr man wollte. Teilweise hat mich das nur noch wütender gemacht. Dass du dich nicht gewehrt hast, meine ich. Ich schätze, das hätt aber auch keinen Unterschied gemacht. Ich kann mich erinnern, dass ich manchmal mit Koji und Hiroyasu zusammensaß und wir uns gefragt haben, wie viel du eigentlich noch ertragen kannst.«

Junya lehnt sich auf das Geländer. Er sieht den Bürgersteig und die Straße heranrasen. Stellt sich vor, wie die Menschen reagieren würden, wenn sein Körper unmittelbar vor ihnen beim Aufprall zerplatzt.

»Du hast nichts falsch gemacht. Du warst einfach nur du. Manchmal hab ich dich vielleicht sogar dafür bewundert.

Dafür, dass du bei dir selbst geblieben bist, was ich damals nicht konnte. Nicht wollte. Aber wenn nicht du, dann wäre es eben jemand anderes gewesen. Rein zufällig warst aber du nun mal der Merkwürdigste in der Klasse. In jeder Klassenstufe. Du warst der, der am weitesten von allen anderen entfernt war. Vielleicht sogar so weit, dass wir dich nicht mal mehr als Mitschüler, oder auch nur als Menschen, wahrgenommen haben. Ist nicht dein Fehler. So läuft das leider.«

Durch seine Halsschlagader scheint kochendes Blut zu pumpen, so deutlich kann er sie spüren.

»Das alles ist schon so lange her«, sagt Masataka und lehnt sich mit dem Kreuz ans Geländer, »als ich dich erkannt habe – ich weiß nicht –, ich schätze, ich wollte versuchen, ein paar Karmapunkte zurückzugewinnen. Ganz schön selbstsüchtig, oder?«

Ohne Masataka anzuschauen und ohne, dass er es vorhatte, beginnt Junya zu reden: »Erinnerst du dich an Dohisensei?«

»Dohi? War das nicht unser Moralkundelehrer? Den die Mädchen alle so angehimmelt haben?«

»Und Kunst. Anfang der sechsten Klasse. Der erste Tag nach den Sommerferien. Über die Ferien hatte er uns auf freiwilliger Basis aufgegeben, ein künstlerisches Projekt zu verfolgen. Meines war ein Film, den ich insgeheim mit dem Camcorder meiner Eltern drehte, immer wenn meine Mutter für Besorgungen das Haus verließ. Der Held meines Films war eine Figur namens Junta. Der Film handelte davon, wie er seinen Sensei Dohi aus den Fängen einer Kijo und ihrer Sumōringerschergen befreit, um zusammen die Welt zu retten. Ich spielte alle Rollen mit verstellter Stimme, choreografierte die Kampfszenen alleine auf unserem Engawa, in der Küche, im Wohnzimmer. Alles in dem

Film war ich. Jede Minute der fünf Wochen Ferien dachte ich über den Film nach. Darüber, was Dohi-sensei wohl gefallen würde. Die Kassette habe ich eine Woche lang vor meiner Mutter, unter meinem Bett, versteckt. Ich war nervös, als Dohi-sensei sie einlegte. Der Film dauerte vier Minuten und zweiunddreißig Sekunden. Ihr habt sofort angefangen zu lachen und für vier Minuten und zweiunddreißig Sekunden nicht mehr damit aufgehört. Ich hatte damit gerechnet. Als der Film zu Ende war, habt ihr weitergelacht. Habt gerufen, ich sei verliebt. Habt euch darüber lustig gemacht, wie ich von einer Stelle zur anderen sprang, um die verschiedenen Figuren darzustellen. Habt die Soundeffekte nachgeahmt, die ich mit dem Mund gemacht hatte. Hat mir alles nichts ausgemacht. Bis ich es gesehen habe. Dieses Schmunzeln. Wie er versucht hat, es zu unterdrücken, als er euch aufforderte, euch zu beruhigen. Es war nur ein kurzer Moment. Dann hatte er sich wieder im Griff. Aber in seinen Augen habe ich es ganz genau sehen können.

Für mich gibt es hier draußen nichts. Das habe ich in dem Augenblick endlich verstanden. Das war der Augenblick, in dem ich schließlich aufgegeben habe. In dem ich wusste, dass es töricht wäre, zu hoffen, irgendwann würde es besser, oder dass es hier draußen Menschen gäbe, die genauso fair und verständnisvoll wie Dohi-sensei sind. In dem Moment habe ich endlich begriffen, dass es niemand wie ihn gibt. Denn nicht mal er selbst war das, wofür ich ihn gehalten hatte. Denn diese Sorte Mensch existiert nicht. Das war nur eine Wunschvorstellung, die ich mir in meinem Kopf zusammengebastelt hatte. Er war einer von euch. Noch mehr sogar. Er war schlimmer als du, als Koji und Hiroyasu und all die anderen. Als die anderen Lehrer, als meine Mutter. Er war der Schlimmste von euch allen.«

FANNI

Fannis Mutter hatte angerufen. Fanni wusste nicht, wann das zuletzt vorgekommen war. Ihre Eltern hatten sich nun auch BELL-Produkte zugelegt und fanden, Fanni könne ihnen die Kameras doch installieren. Sicher hatte Fannis Vater ihre Mutter damit beauftragt, sie anzurufen. Warum auch einen kostenpflichtigen Installationsservice buchen, wenn die eigene Tochter bei BELL arbeitet – auch wenn diese keine Kund_innendiensttechnikerin ist.

Fanni hatte Ja gesagt. Sie wusste einfach nicht, wie sie ihrer Mutter die Bitte hätte abschlagen können. Ihre Eltern hatten sie schließlich noch nie um etwas gebeten.

Sie steigt mit Tourist_innen aus der Tram, die in den Zoo wollen. Dass sie nicht aus der Stadt sind – und wahrscheinlich auf dem Land leben –, erkennt man daran, dass sie sich vom Haltestellennamen Zooviertel so sehr verunsichern lassen, dass sie eine Station zu früh aussteigen. Und das, obwohl die folgende Station einfach nur Zoo heißt.

Bevor sie nach dem Weg gefragt werden kann, trabt Fanni über die rote Ampel und betritt das Zooviertel. Ihre Mutter hat ihr erzählt, dass die Nachbarschaft seit Neuestem eine Security-Firma beauftragt, um durch die von schrägen Kopfsteinpflasterbodenwellen durchzogenen Straßen des Viertels zu patrouillieren. Fanni geht davon aus, dass es nicht mehr lange dauern wird, bis es auch Schranken und Wachhäuschen an den Zugangsstraßen geben wird. Das ganze Viertel ist von, wenn auch meist nur hüfthohen, Mauern umgeben. Dahinter fast ausnahmslos Ahorn und Buche als Sichtschutz. Auch die Gehwege führen nicht einfach, der Straße folgend, ins Viertel hinein, sondern sind an den Zugängen durch die Mauern wie abgeschnitten. Direkt dahinter fängt der Gehweg wieder an.

Fanni geht eine andere Strecke als letztes Mal. Ihr ist nicht danach, wieder so einen Todesblick von Frau Lauterbach zu empfangen, wenn sie am Haus von Lillys und Tobis Eltern vorbeigeht. Durch das Rascheln der Platanenkronen tritt immer wieder das altvertraute Gekreische aus den Affengehegen in den Vordergrund.

Bevor Fanni weg ist, aufs Internat, kam es zu einem kleinen Skandal. Ein Pavianmännchen war von einem aus dem Park hinübergeschmissenen Stein getroffen worden. Die Schuldigen hat man nie ausfindig machen können. Um größere schlechte Publicity zu vermeiden, bezahlten die Anwohner_innen einen unbekannten Betrag an den Zoo. Fannis Vater sperrte sich dagegen, bis ihre Mutter, die Schiss vor dem Gerede der Nachbar_innen hatte, ihn zusammenfaltete. Das war alle paar Jahre mal vorgekommen. Wenn die Engstirnigkeit von Fannis Vater mal wieder so ein Ausmaß annahm, dass er irgendetwas eigentlich sehr Simples untolerierbar verkomplizierte. Mit dem Geld wurden eine Art Schutznetz angeschafft und Mauer und Zaun erhöht.

Die Mauern innerhalb des Viertels sind ebenfalls höher geworden. Früher konnte man die meisten Grundstücke noch vom Gehweg aus einsehen. Jetzt ist das nur noch möglich, wenn man durch die Gittertore schaut.

Fanni bleibt vor ein paar Häusern stehen. An den Haustüren: Schwarz-weiße BELL-Videotürklingelgehäuse. Von der Straße aus kann sie die LED-Ringe in Pale Robin Egg Blue um die Klingelknöpfe sehen.

Auch sonst fallen ihr ein paar subtile Veränderungen auf, die sich in den letzten Jahren eingeschlichen haben. An den

205

Mauern haben sich neben den aus Gusseisen und poliertem Kupfer gefertigten Schildern privater Schönheitschirurg_innen, Finanzberater_innen und Anwaltskanzleien die verglasten Plaketten von Lifecoaches, Mental Trainer_innen und Ayurveda- und Reinkarnationstherapie-Praxen ihren Platz erobert. Zwischen den grauen Limousinen deutscher Hersteller – Humblebrags auf vier Rädern – stehen nun SUVs, die noch nie auch nur ein Körnchen Erde oder einen Spritzer Matsch gesehen haben, dazu Teslas. Als könnten die Leute sich nicht zwischen zur Schau gestelltem Klimaschutz und dem Gegenteil davon entscheiden. Da alle, die im Viertel wohnen, mindestens als gehobener Mittelstand bezeichnet werden können, müssen sie das auch nicht. Wahrscheinlich kommt es ganz auf den Anlass an, mit welchem Auto sie vorfahren.

Ein navyblauer Kleintransporter mit dem Schriftzug ›SecuriFlot – Wir werfen mehr als ein Auge drauf‹ tuckert bereits seit der letzten Biegung hinter ihr her. Jetzt schließt der Wagen zu ihr auf, nachdem sie sich ein Schild für Farbpunktur-Behandlung angesehen hat, das an der Mauer eines Anwesens mit eigenem Wohnturm angebracht ist. Der Fahrer lässt die Reifen quietschen. Dabei muss das Auto nicht einmal 20 Meter bis zu ihr zurücklegen.

Die Scheibe des Beifahrersitzes wird heruntergelassen. Zwei Typen mit rasierten Kopfseiten und Nackenmuskulatur und Oberarmen, so aufgeplustert, als hätte man den Regler im Character-Creation-Screen bis zum Anschlag nach rechts gezogen, blicken Fanni einzellig an.

»Kann man Ihnen helfen?«

»Nein«, sagt Fanni.

»Suchen Sie vielleicht etwas?«

»Affen.«

Die beiden Security-Mitarbeiter zockeln in ihren Sitzen, so dass der Wagen ein wenig wackelt. »Wie war das?«

»Das Affengehege. Im Zoo«, sagt Fanni, »vergessen Sie's. Ich bin auf dem Weg zu meinen Eltern.«

»Und die wohnen hier? In dieser Nachbarschaft?«, sagt der Fahrer.

Die Augen des Beifahrers scannen Fanni ab. Sie nickt. Der Fahrer zückt ein Tablet, zieht einen Eingabestift aus dem Rahmen und tippt auf das Display.

»Name?«

Sie kann sich ein leises Aufstöhnen nicht verkneifen. »Behrends.«

Die Spitze des Eingabestifts schrabbt über das Tablet.

»Vorname?«

»Meiner oder die meiner Eltern?«

Sie erhält keine Antwort.

»Anita und Roger Behrends«, sagt Fanni – betont wie eine Frage.

»Ah ja. Hier haben wir's. Anita Behrends. Vor Kurzem erst Geburtstag gehabt«, sagt er zu sich selbst, oder zu seinem stummen Partner.

»Geburtstagsbesuch, ja?«, sagt er und zieht eine Augenbraue hoch. Sie ist zweigeteilt, doch Fanni kann keine vernarbt glänzende Haut in der Lücke erkennen. Wahrscheinlich hat er das nicht einmal bedacht, als er sie sich reinrasiert hat, um gefährlicher zu wirken.

Fanni hat das dringende Bedürfnis, den Security-Leuten zu sagen, dass sie sich verpissen sollen, und ihnen mit körperlicher Gewalt zu drohen. Aber die Pointe, dass sie die Drohung natürlich nie im Leben einlösen könnte und wahrscheinlich mit ausgekugelter Schulter im Rinnstein und Knie im Kreuz enden würde, ist es ihr dann irgendwie doch nicht wert.

»Einfach Besuch.«

»Nun«, sagt er und füllt die offensichtlich bewusst gesetzte Pause mit einem Schnauben, »ich kann weder bei Frau Anita Behrends noch bei Herrn Roger Behrends einen Eintrag über Verwandte finden.« Das lässt er so stehen.

»Aha.«

»Sehen Sie?« Er hält Fanni das Tablet hin und zeigt mit dem Eingabestift auf einen grau hinterlegten Reiter mit dem Titel ›Besucherliste/Personenverbindungen‹. Sein Beifahrer muss den Hinterkopf in das Polster der Kopfstütze drücken.

»Bedeutet wohl, ich bin eine Waise. Muss ich immerhin keine Kameras installieren.«

»Wie meinen?«

»Schon gut.«

»Das haben wir gleich. Ist nur eine Straße weiter. Wir begleiten Sie und prüfen das nach.«

»Ich steige nicht ein.«

Der Fahrer wirkt irritiert. Dann sagt er: »Sollen Sie auch nicht. Gehen Sie nur. Wir fahren hinterher.«

Dann fährt die Scheibe wieder hoch und stoppt eine Handkantenbreite unter dem Rahmen.

Fanni starrt ins Fahrerhaus. Der Beifahrer drängt sie mit einer Handbewegung zum Losgehen. Sie hätte ihnen doch drohen sollen. Dann wäre ihr zumindest das hier erspart geblieben.

Sie setzt sich in Bewegung. Das Auto rollt mit schnurrendem Motor neben ihr her. Sie spürt die wachsamen Blicke auf sich. Erst muss sie an das Video eines auf LiveLeak geposteten Drive-by-Shootings aus Johannesburg denken – an das Geklapper der Uzi-Schüsse, die aus den Fenstern sprühenden Patronenhülsen und die in vollem Lauf zusammenklappenden Fußgänger, die irgendeiner Gang angehörten. Dann stellt sie sich vor, den Autospiegel vom Wagen zu treten und durch die Gärten der Häuser vor den zwei Fleischbergen zu türmen. Dann biegt sie ab und sieht den lichtgrauen, breitmäuligen Benz ihres Vaters am Straßenrand vor dem Haus stehen.

Irgendwas ist Fannis Mutter sichtlich peinlich. Ob es nun die Belehrung des Stiernackens im SecuriFlot-Poloshirt ist, der ihr sagt, dass es der schnellen Zuordnung von unangemeldeten Gästen dienlich ist, wenn alle Anwohner der Nachbarschaft die Personalien ihrer Verwandten und Bekannten angeben, oder weil sie schlicht vergessen hat, Fanni als ihre Tochter anzugeben.

»Was ist denn hier los?« Fannis Vater arbeitet sich hustend die Treppe hinab.

»Alles in Ordnung, Roger. Nur ein kleines Missverständnis. Du kannst wieder in dein Arbeitszimmer gehen.« Sie wendet sich an die SecuriFlot-Dudes. »Dann wollen wir Sie nicht länger von Ihrer Arbeit abhalten.«

Sie nicken und schieben sich seitlich durch die Haustür.

»Danke für Ihre Dienste«, sagt Fannis Vater, als wären die Typen bei der Army und er ein US-amerikanischer Patriot.

Sie ziehen die Tür von außen zu. Sofort dreht sich Fannis Mutter zu ihr um. »Warum rufst du eigentlich nie an, bevor du kommst?«

»Macht es dir Spaß, uns andauernd in solche peinlichen Situationen zu bringen?«, setzt ihr Vater nach.

Fanni erinnert sich an keine ›Situation‹ in den vergangenen 13 Jahren.

»Roger, lass gut sein«, sagt ihre Mutter.

»Soll ich wieder gehen?«, sagt Fanni. Sie ist nicht wütend. Sagt dies in ruhigem Ton. Wieso sollte sie auch wütend sein? Vielleicht kann sie gleich wieder gehen.

»Fanni, du bleibst«, ihre Mutter scheint den scharfen Ton selbst bemerkt zu haben und sagt, »bitte«.

Der faltige Hals ihres Vaters macht ein Geräusch wie eine ausgluckernde Motorsäge.

»Also, wo sind die Kameras und wo soll ich sie anbringen?«

»Ich habe die Pakete hier drüben hingelegt.«

»Pakete?«

Sie gehen ins Zigarrenzimmer, dessen Tür unterhalb der Treppe liegt. Fanni fand die Bezeichnung schon immer quatschig. Der kleine Raum ist die Miniaturversion des Arbeitszimmers ihres Vaters – minus des riesigen Schreibtischs. Klobige Bücherregale an allen Wänden, Ledersessel, ein Bleikristallaschenbecher, mit dem man jemandem den Kopf zertrümmern kann, antike Holzkommoden voller Stuff, der sonst nirgendwo hingehört. Ihr Vater war früher nie im Zigarrenzimmer, weil er schon immer in seinem Büro geschmaucht hat.

In der Mitte des Zimmers liegt ein Haufen Pakete.

»Die alle?«

»Ja. Warum? Stimmt was nicht damit? Hätten wir mehr bestellen sollen?«

»Das sieht nach genug Kameras für jedes Zimmer aus.«

»Nun, wir waren uns nicht sicher, wie viele ratsam sind. Was, wenn nun die Einbrecher durch ein Zimmer einsteigen, in dem sich keine Kamera befindet.«

»Die Einbrecher? Das klingt, als erwartet ihr schon jemand Bestimmtes.«

»Nun mach dich mal nicht lächerlich, Fabienne. Besser

du fängst gleich damit an. Brauchst du irgendwas? Werkzeug? Eine Leiter? Müsste alles hinten im Schuppen des Gärtners sein. Ich bin in meinem Büro.«

Fanni geht auf die Knie, beginnt damit, die Kartons aufzureißen, und fragt nach einem Wasser.

Ihre Mutter steckt den Kopf von draußen in die Tür. Anscheinend hatte sie das Zimmer mit Fannis Vater zusammen verlassen. »Hast du was gesagt?«

»Ein Wasser?«

»Oh, aber klar doch. Ich sage Mariana Bescheid. Die wischt gerade eh die Küche.« Kopf verschwindet. Kopf taucht wieder auf. »Du brauchst mich doch nicht dazu, oder? Meine Harfenlehrerin kommt in zwei Stunden und ich muss noch ein wenig üben. Hab es etwas schleifen lassen seit letzter Woche.«

»Spielst jetzt Harfe?«

Ihre Mutter lächelt, und jetzt taucht auch der Rest ihres Körpers wieder auf. »Ja, seit ein paar Wochen. Nein, Monate sind es bereits. Es ist wirklich entspannend. Egal, was dein Vater sagt, wie es klingt. Schließlich bin ich noch im Training.«

»Macht's dir Spaß, ja?«

»Spaß? Ach«, sie winkt ab, »aber es hält einen beschäftigt. Willst du meine Harfe mal sehen? Von einem Harfenbauer aus Hamburg angefertigt. Extra für mich. Sie steht in deinem alten Zimmer.«

Fannis altes Kinderzimmer hatte schon für vieles herhalten müssen. Als Meditationsraum während der Breatharian-Zeit – sie hatte extra ein größeres Fenster einbauen lassen, um so mehr Sonnenlicht bzw. ›Prana‹ aufsaugen zu können. Als Atelier. Holzschnitzwerkstatt. Study für Altgriechisch. Dunkelkammer. Schreibzimmer zum Verfassen ihrer Memoiren. Näh-, Ikebana-, Go-, Yogazimmer. Das Hobby, das am längsten das Zimmer okkupiert hatte – so wurde Fanni irgendwann klar –, war Fanni. Obwohl das auch nur cirka ihre halbe Kindheit angehalten hatte.

»Nein, danke. Mach mir nichts aus –«, sie stockt. »Harfen. Schätze mal, ich zeige dir dann, wie die App funktioniert, bevor deine Lehrerin kommt?«

»Die App?«

Ihre Eltern scheinen wirklich davon ausgegangen zu sein, dass so ein Home-Security-System von Geisterhand eingestellt und gesteuert wird. Irgendwie findet Fanni das aber nicht so putzig wie Moira, die denkt, dass ein Geist in der Kamera wohnt. »Die BELL-App. Zur Steuerung und Kontrolle der Kameras?«

»Oh, ja. Natürlich. Wird das denn lange dauern?«

Fanni wünscht sich, ihre Mutter auf einer zweidimensionalen Fläche – einem Monitor – sehen zu können. In einem Fenster. Einem Fenster mit einem X rechts oben in der Ecke. Ein Fenster, das sich mit dem Klick einer Maustaste oder einer Tastenkombination ganz einfach schließen lässt, wenn man keine Lust mehr darauf hat.

»Nein«, sagt sie.

Da ihre Eltern keinerlei Interesse daran haben, wo genau die Cams angebracht werden, hat Fanni sämtliche Entscheidungen dieser Art ad hoc getroffen. Sie ist soweit fertig. Falls es die Sendung noch gäbe, denkt Fanni, könnte Big Brother auch hier gedreht werden. Man müsste kaum zusätzliche Technik installieren.

Sie hat die Leiter wieder in den Garten zurückgebracht und trifft ihre Mutter in der Küche. Statt Harfensaiten hat sie ein Glas Pastis in der Hand.

»Wie läuft's mit dem Üben?«

Die Pupillen ihrer Mutter suchen plötzlich etwas in der trüben alkoholischen Flüssigkeit. »Und, bist du fertig?«

»Ja. Bis auf —«

»Warte«, unterbricht ihre Mutter sie und nimmt den Hörer vom Wandtelefon, »Roger? Komm runter. Deine Tochter ist fertig.«

»Ja schon, aber —«

»Aber was?«

Fanni nimmt das Paket der Videotürklingel vom Tisch und hält es ihrer Mutter hin. »Das ist das akkulose Modell. Das muss an die Klingelanlage angeschlossen werden. Da —«

Ihre Mutter hebt den Zeigefinger und sagt: »Kannst du nicht einfach für einen Moment herunterkommen? Ja, okay, warte, ich stelle auf Lautsprecher.«

»Was ist los?«, krisselt es übersteuert aus dem Telefon.

Fanni schreit das erste Wort ungewollt und reguliert ihre Stimme schnell herunter: »Die Videotürklingel. Das Modell muss vom Techniker installiert werden. Der muss das an die Klingelanlage anschließen.«

»Und das kannst du nicht, weil?«

Sie hat nicht die geringste Ahnung, wie man auf so eine Frage antworten soll. »Weil. Ich keine Technikerin bin.« Jetzt, wo sie es sagt, klingt es ebenfalls wie eine Frage.

Der Lautsprecher grummelt. Nach einer Pause kommt: »Ich ruf meinen Computerfritzen an.«

»Ihr müsst doch einfach nur auf die Seite von BELL gehen und —«

»Ich rufe meinen Computerfritzen an. Wiederhören.«

Es tutet. Fannis Mutter legt auf. Sie schauen sich an.

»Soll ich dir dann jetzt zeigen, wie die App funktioniert?«

Blick zur Wanduhr. Ihre Mutter nimmt noch einen gro-

213

ßen Schluck Pastis. »Du, Fanni, das passt mir gerade nicht. Meine Lehrerin kommt gleich.« Ihre Mutter verlässt die Küche. Wahrscheinlich in der Annahme, dass Fanni ihr folgt. Also folgt Fanni ihr. »Vielen Dank für das Anbringen. Meld dich, ja? Wir finden schon einen Termin, dass du mir das da«, sie macht eine unbestimmte Kreisbewegung mit dem Zeigefinger – irgendwo in Richtung von Fannis Bauch oder ihren hängenden Armen, »mal zeigst.«

Hinter den Thujen, die den Vorgarten ihres Elternhauses säumen, hockt Tobi. Fanni sieht den schwarzen Kapuzenpulli und einen mit Patches verunstalteten Rucksack, und irgendwie weiß sie sofort, dass er es ist. Die Kapuzenöffnung dreht sich zu ihr. Trotzdem tritt er erst zwischen den Thujen hervor, als sie schon daran vorbei, fast am Tor, ist.

Er zischt sie von hinten an. »Hey!«, sagt er so laut, dass man es gerade noch als Flüstern bezeichnen kann. »Hey, Fanni. Bleib doch mal stehen.«

Sie dreht sich am Tor um.

Die Kapuze beschattet sein Gesicht. Strähnen schwarzbraunen Haars kleben an seinem Kopf. Es sieht aus, als liefen ihm Rinnsale von Schweröl die Stirn herab. Seine Augen liegen so tief, als würden auch sie Kapuzen tragen – aus Knochen und Haut. Er trägt eine schlabberige, graue Jogginghose, in deren Beine jeweils noch ein Bein passen würde.

»Hatte eigentlich vor, dich zu erschrecken«, sagt er und sieht zu Boden.

»Warum?«

»Keine Ahnung. Macht man halt so, wenn man jemandem auflauert.«

»Warum?«

»Warum? Du meinst, warum ich dir auflauere?« Er zuckt

mit den Schultern. »Hab dich gesehen. Wie die Security dich zum Haus begleitet hat. Musste gestern auch voll sneaky vor denen in Deckung gehen und bin voll Solid-Snake-mäßig unter so 'nen Cayenne gecrawlt. Hab dich auch letztens gesehen. Kurz bevor Lilly zum Flughafen los ist.«

»Keine Antwort auf die Frage.«

»Muss doch nich' immer alles 'nen Grund haben, oder?«

»Doch. Eigentlich schon. Egal.« Sie klinkt das Tor auf und will gehen.

»Ich bin tot, weißt du?« Seine Stimme bleibt nicht wie erhofft im Vorgarten ihrer Eltern zurück, sondern folgt ihr den Bürgersteig runter.

»Aha.«

»Befind mich gerad im Prozess, meinen Tod vorzutäuschen. Hab sogar 'ne Suicide Note hinterlassen. Auch wenn meine Eltern die wahrscheinlich erst in 'n paar Tagen finden.«

»Aha.«

»Schlafe hinten im Stadtteilpark. In der alten zugewachsenen Laube. Weißte? Die gleich hinterm Zaun zum Schulhof. Echt schwer, ein Auge zuzukriegen mit dem Affengeschrei. Müsste man mal wieder 'nen Stein rüberschmeißen, dass da Ruhe ist. Immerhin gehen die einem nicht andauernd damit auf den Sack, dass man sich langsam mal Gedanken machen soll, wie's weitergeht und was man mit seinem Leben anfangen will. Wohnst hier in der Stadt?«

Fanni versucht, ihn zu ignorieren und beschleunigt ihren Schritt.

»Hä, sag doch mal. Hey! Heißt das ja? Machst du'n noch so? Heute, mein ich. Jetzt.«

Sie bleibt abrupt stehen, so dass er fast auf sie aufläuft.

»Nein«, sagt Fanni.

»Was nein?«

»Zu allem. Zu allem, was du mir sagen willst. Mich fragen willst. Nein.«

Er verzieht das Gesicht. Seine Augenbrauen und der Versuch eines Goatee um seinen Mund sehen aus wie mit schwarzem Fineliner hingekrakelt.

»Wir quatschen doch nur. Weiß nicht, was dein Problem ist. Immerhin waren wir mal Freunde. Kann man sich nich' mal mit 'nem alten Freund unterhalten?«

»Du quatschst«, Fanni erschrickt vor sich selbst, »ich gehe. Du bleibst hier. In der Laube oder sonst wo. Genieß das Jenseits. Nazgul.« Sie spuckt ihm seinen alten lächerlichen Spitznamen entgegen, den er sich damals selbst ausgesucht hatte. Dann dreht sie sich um. Die kurze Erleichterung, keine Schritte mehr hinter sich zu hören, ist nach zwei Sekunden wieder dahin. Er schließt zu ihr auf.

»Hältst dich wohl auch für was Besseres, ja? Wie meine verfickte Schwester und meine Erzeuger. Und wie die Arschlöcher aufm Discord.« Fanni beginnt zu traben. Kurz darauf hört sie hinter sich das Klappern von Rucksackschnallen. »Hast bestimmt auch irgend 'nen tollen Job, auf den du dir was einbildest. Haus und Garten. 'nen Hubby und paar Kinder.« Sie schwingt die Arme durch. Geht vom Traben ins Joggen – ins Laufen – über. »Lebt eure angepassten Scheißleben und bildet euch noch was drauf ein.« Keuchen in ihrem Rücken. Immer weiter zurückliegend. »Seid alles Spießer. Alle miteinander!« Nur noch ihre eigenen Schritte sind zu hören. Grundstück für Grundstück wird in ihre Peripherie geladen. »Ja, lauf doch! Wirst schon noch sehen. Sterben tun wir alle auf die gleiche Art! Da bringt

216

dir auch 'n erfülltes Leben nichts.« Seine Stimme weit hinter Fanni. »Hey, Fanni, hey!« Das Rauschen der Platanenblätter überdeckt Tobis Stimme jetzt. Fanni lässt sie und das Zooviertel hinter sich. »War nicht so gemeint. Hey!«

JUNYA

In der folgenden Zeit tut Junya, worauf Masataka ihn hingewiesen hatte. Immer, wenn eine der Frauen einen Onlinetermin mit einem Kunden hat, löscht er die Erinnerung an seine Gegenwart aus dem Zimmer. Er macht das Bett, rückt Dekogegenstände zurecht und schließt die Webcam wieder an den Computer an. Denn jedes Mal, wenn er eines der beiden Zimmer betritt, ist das Erste, was er tut, die Webcam abzuziehen. Selbst dann, wenn er nicht vorhat, den Computer zu benutzen.

Doch er ist wieder häufig im Internet. Nach zwei Tagen hat er auf beiden Rechnern den Tor-Browser installiert und ein VPN eingerichtet, für den Fall, dass Junya ins Clearnet gehen will, um nachzusehen, ob es Neuigkeiten zu seinem Fall gibt.

Auf der Website einer Tageszeitung stößt er auf einen Bericht, der besagt, dass die Polizeibehörde Tokio inzwischen davon ausgehe, dass es sich bei dem Täter im Falle des achtundzwanzigjährigen Lehrers aus Fussa-shi, der des Nachts in seinem eigenen Bett Opfer eines Gewaltverbrechens wurde und noch immer in stationärer Behandlung sei, mit hoher Wahrscheinlichkeit um einen oder mehrere gemeinsam agierende Serientäter handele, da das Tatmuster große Ähnlichkeiten mit anderen Fällen aufweise, die in der jüngeren bis mittleren Vergangenheit im Westen der Präfektur Tokio aufgetreten seien. Ein Polizeisprecher sagt, dass davon ausgegangen werde, die Dunkelziffer dieser Fälle liege noch höher, da sich viele Opfer aus Scham nicht bei der Polizei melden würden und in der Notaufnahme Haushaltsunfälle oder Ähnliches vorschöben.

Die Tür geht auf. Der Mauszeiger schießt auf das X zum Schließen des Browserfensters. Ayame steckt ihren Kopf durch die Tür.

»Oh, entschuldige. Ich brauche den Raum gleich. Einer meiner Kunden liegt krank zu Hause, besteht aber darauf, dass wir den Termin ins Internet verlegen, und nebenan ist Haruko noch eine Weile beschäftigt.«

»Ich verstehe«, sagt Junya und stottert dabei mehrere kleine Verbeugungen, »ich werde sofort aufräumen.«

»Warte, ich helfe dir«, sagt Ayame und bückt sich nach seinem Rucksack, der hinter dem Bett steht.

»Nein.« Er schnellt vom Stuhl und reißt ihr den Rucksack unter den Fingern weg. »Ich – ich mach das.«

Im ersten Augenblick scheint es, als würde sie Junya zusammenstauchen wollen, doch dann löst sich die Spannung in Stirn und Oberlippe sofort wieder. Sie setzt sich ans Fußende des Betts, als Junya das Kissen aufschüttelt und umdreht.

»Riecht wahrscheinlich unangenehm hier drin.«

»Habe schon Schlimmeres gerochen. Ich hatte Kunden, bei denen haben mir die Augen getränt, wenn ich im Starbucks neben denen saß.« Sie nestelt an ihren weiß lackierten Fingernägeln. »Goro hat mir erzählt, du bringst ihm und Setsuo bei, wie man Schlösser knackt. Sie sind ganz begeistert.«

»Ja. Sie sind sehr ungeschickt.«

Die Idee eines Lachens streift die Luft zwischen ihnen.

»Das kann ich mir vorstellen. Sie sagen aber, du bist ein sehr geduldiger Lehrer.«

Junya stößt sich den Kopf unter dem Schreibtisch, als er

das USB-Kabel der Webcam in den Computertower stecken will.

»Das ist ziemlich nett von dir. Auch wenn ich das mit dem Schlösserknacken persönlich nicht gut finde.«

Junya kommt unter dem Tisch hervor und sucht nach der Fernbedienung für die Air-Con.

»Entschuldige, dass ich so ablehnend dir gegenüber war. Ich schätze, ich bin noch immer nicht sehr gut darin, neuen Menschen zu vertrauen«, sie streckt den Rücken durch, »was aber nicht heißt, dass ich dir die Nummer verzeihe, die du in deiner ersten Nacht hier gebracht hast. So was macht man einfach nicht. Verstehst du das?«

Junya nickt, während er die Schubladen des Tisches durchsucht.

In die anschließende Stille hinein sagt sie: »Masa hat mir erzählt, dass deine Mutter gestorben ist? Oder, dass du glaubst, sie sei gestorben? Er war sich nicht ganz sicher, wie du das gemeint hast.«

»Bis ich nachschaue, ist sie gleichzeitig tot und nicht tot«, sagt Junya und sieht die Fernbedienung unter Ayames moosgrüner Jeans-Hotpants hervorschauen. Er zeigt darauf. »Könntest du weggehen?«

Sie springt auf und sagt: »Was läuft eigentlich falsch mit dir? Ich wollte dir nur mein Beileid aussprechen und du verhältst dich wie – ach vergiss es!«

Sie reißt die Tür auf.

»Ich erzähle dir etwas.«

Sie scheint nachzudenken. Ihre Pupillen kullern hinter den hohen Wangenknochen umher, und mit einem Murren schließt sie die Tür wieder.

»Als ich sechs war, kauften sich meine Eltern ihre erste Kompaktkamera. Eine Yashica T2. Hatten lange darauf gespart. Zu dieser Zeit ging meine Mutter, wann immer sie konnte, zum öffentlichen Keiko der Sumōtori. Die Eintrittspreise zu den Bashos konnte sie sich nicht leisten. Wenn mein Vater arbeiten war, nahm sie mich mit. Sie beugte sich dann zu mir herunter und sagte mir, wenn ich mich anstrenge, könne ich auch mal so groß und stark werden wie die Männer im Dohyō. Als meine Eltern dann die Yashica kauften, verschwanden ihre Augen hinter der Kamera. Ständig waren sie am Knipsen. Ich durfte nie ein Foto damit machen. So ein technisches Gerät sei nichts für ungeschickte Kinderhände. Also schlich ich mich, wenn meine Mutter die Wäsche hinter dem Haus aufhängte oder ein Bad nahm, zum Oshiire, in dem sie die Kamera aufbewahrte. Ich fotografierte nicht damit, weil ich Angst hatte, Ärger zu bekommen. Ich tat nur so, als ob. Spielte Filmemacher. Eines Morgens steckte ich die Kamera in meinen Randoseru und nahm sie mit zur Schule. Ich weiß nicht mehr, warum ich das getan habe. Vielleicht wollte ich etwas, um das mich die anderen Schüler beneideten. Ich holte sie im Unterricht raus und tat so, als würde ich einen Film über die Schule drehen. Rokuda-sensei, unsere Japanischlehrerin, nahm mir die Kamera weg. Sie schnauzte mich an, dass ich aufpassen solle, und fragte mich, wo ich die Kamera geklaut habe. Ich sagte, dass ich sie von zu Hause mitgebracht hatte. Dass sie meinen Eltern gehöre. Sie glaubte mir nicht und verstaute sie in ihrer Tasche. Nach dem Unterricht ging ich nach vorne, um mir die Kamera wiedergeben zu lassen. Sie schaute mich an. Sie hatte dicke Tränensäcke. Wie Gyōza. Sie fragte, wovon ich spreche, räumte ihre Sachen in ihre Tasche und ging. Ich blieb bis in den Abend hinein draußen. Ich hatte Angst davor, nach Hause zu gehen. Aber als es dann dunkel wurde und ich dringend auf die Toilette musste, ging ich doch. Meine Mutter hatte bereits gemerkt, dass die Kamera nicht da war. Ich beichtete alles. Sie glaubte mir nicht. Behauptete, ich hätte sie kaputt gemacht oder gegen Gashapon eingetauscht. Sie zog sich einen ihrer Zōri vom Fuß und verpasste mir eine Tracht Prügel. Mit einer Sandale am Fuß und einer in der Hand, humpelte und schrie sie mir hinterher, bis sie aus der Puste war und ihre Stimme versagte. Von den Schlägen fühlten sich meine Wangen an, als würden sie platzen, wenn man sie mit einer Nadel piksen würde. Als mein Vater von der Arbeit nach Hause kam und von ihr gehört hatte, was passiert war, kam er zu mir. In mein Zimmer. Er gab mir ein kühles Tuch, das er nass gemacht hatte. Er sagte, dass sie es nicht so meine. Ich wusste es damals schon besser. Wusste, was für eine Enttäuschung ich für sie war. Nachdem er mich zu trösten versucht hatte, ging er zu meiner Mutter und tröstete sie. Ich schlich ihm nach. Hab alles mitangehört. Sie nannte mich einen herausstehenden Nagel, und dass man mich einschlagen müsse, damit ich passe. Sie weinte um ihre Kamera und um die Fotos auf dem Film. Tagelang sprach sie kein einziges Wort mehr mit mir.«

Ayame setzt sich zurück auf das Bett. Es sieht aus, als würde ihre eine Hand die andere beruhigen wollen.

»Ich hoffe sehr, dass deine Mutter noch am Leben ist. Wenn nicht, ist das, was ich jetzt sage, höchst unangebracht, aber«, sie schenkt ihm ein flackerndes Lächeln, »sie klingt nicht nach einer sehr netten Frau, deine Mutter.«

»Nein, das ist sie nicht. War sie nicht«, sagt er und klickt auf den Tasten der Tastatur herum, weil seine Finger eine Beschäftigung brauchen.

»Ich hatte immer ein gutes Verhältnis zu meinen Eltern«, sagt sie, zieht ein Bein an und winkelt es unter dem Knie des anderen an. »Nachdem ich aus meinem Heimatort Kawajima für mein erstes Studium nach Tokio gezogen war, Psychologie war das, telefonierten wir jeden Tag miteinander. Sie fragten viel nach, interessierten sich dafür, was ich lernte, wie es lief, ob es mir gefiel. Anfangs tat es das. Gegen Ende des ersten Semesters dann weniger. Ich wechselte. Kunstgeschichte. Auch daran verlor ich irgendwann das Interesse. Es war das Gleiche bei fünf anderen Studiengängen. Sie hielten es mir nie vor. Unterstützten mich weiter. Zwischendurch ging ich arbeiten. Alles Mögliche«, sie beginnt an ihren Fingern abzuzählen, »ich machte Promotion in Shibuya, jobbte als Kellnerin in einem Meido kissa in Akihabara, eine Zeit lang war ich bei einer Cosplay-Agentur unter Vertrag und arbeitete außerdem als Hostess in Kabukichō. Wenn sie fragten, ob ich Geld brauche, verneinte ich jedes Mal und log, dass ich einen guten Nebenjob in einem Reisebüro hätte. Mit der Zeit wurden die Telefonate seltener. Erst sprachen wir alle paar Tage, dann nur noch wöchentlich und zum Schluss ein-, zweimal pro Monat. Ich dachte mir nicht viel dabei, außer, dass sie vielleicht endlich genug davon hatten, immer wieder aufs Neue von mir enttäuscht zu werden. Ich machte mir Vorwürfe, weil ich ihnen bestimmt große Sorgen bereitete. Vor fast zwei Jahren dann kam ein ehemaliger Kommilitone auf mich zu. Ich erinnerte mich nicht wirklich an ihn, aber er sagte, dafür wisse er ziemlich viel über mich. Und genau da liege auch das Problem. Er beichtete mir, dass er mich ausspioniert hatte. Nicht nur während der Uni. Er folgte mir auch privat. Schnüffelte mir bei meiner Arbeit, in meiner Freizeit nach. Entweder war er ziemlich gut darin, oder ich war einfach nur blauäugig. Meine Eltern hatten es irgendwie geschafft, an eine Liste von Mitstudierenden zu kommen, die sie abarbeiteten, bis sich jemand fand, der dringend

Geld brauchte und bereit war, mir dafür hinterherzuspionieren. Er sagte mir, dass es zu Beginn nur die Vorlesungen und Seminare an der Uni waren, doch weil er sich in eine Mietfreundin verliebt hatte, bei der er Kunde war, brauchte er mehr Geld, um sie regelmäßig buchen zu können. Meine Eltern seien nur allzu bereit dazu gewesen, ihn dafür zu bezahlen, dass er mir auch nach der Universität folgte und ihnen berichtete, was ich so trieb. Er bereute es inzwischen und fand, dass es falsch war, dass ich davon nichts wusste. Nachdem wir uns verabschiedet hatten, habe ich sofort ihre Nummern in meinem Handy geblockt. Bis heute habe ich sie nicht wieder freigeschaltet.«

Junya war entgangen, dass sie ihr Smartphone aus der Hosentasche gezogen hatte. Sie dreht es in der Hand. Zum ersten Mal, seit er sie getroffen hat, wirkt ihr Gesicht nicht wie in Vorbereitung darauf, jeden Moment wütend zu entgleisen.

»Schätze, du musst gleich online gehen«, sagt er.

Die Intensität, mit der sie plötzlich zu ihm aufschaut, überrumpelt ihn.

»Ich denke, du solltest wissen, was mit deiner Mutter ist.«

»Nein, das –«, stammelt er und sinkt in den Stuhl ein, »nein.«

»Erst wenn du es weißt, kannst du weitermachen. Nach vorne schauen.«

Sie öffnet die Tür und sagt: »Komm schon. Ich begleite dich.«

»Dein Termin?«

»Vergiss doch den blöden Termin. Komm schon!«

»Ich kann nicht.«

Sie macht einen Schritt auf ihn zu und sagt: »Warum nicht? Komm schon.«

»Nein!« Beide zucken sie vor seiner knallenden Antwort zurück. »Ich kann da nicht raus.«

»Wo raus? Wieso denn nicht?«

»Nach da draußen.«

In ihr arbeitet es sichtbar.

Dann sagt sie: »Seit du hier bist, hast du noch kein einziges Mal das Stockwerk verlassen, kann das sein?«

Kleinlaut gibt Junya zu, dass er nur manchmal mit Masataka auf dem Dach ist.

»Auf der Straße, meine ich. Ich habe doch recht, oder?«

Als ob etwas in seinem Nacken ausgerastet wäre, sinkt sein Kopf mit jedem Nicken weiter herab.

»Ich verstehe.« Ayame lässt sich zurück auf das Bett fallen. Sie kaut auf der Unterlippe. Ihre Pupillen springen umher, als würde sie unter Zeitdruck etwas lesen müssen. Als sie damit fertig zu sein scheint, streckt sie Junya ihr Smartphone entgegen. »Los, gib die Adresse ein.«

Ayame hat Masataka eingeweiht und ihm über die LINE-App ihre GPS-Koordinaten gesendet, so dass Junya live verfolgen kann, wie sie den Zug zum Bahnhof Shinjuku nimmt und dort in die Chūō-Linie umsteigt, die in gerader Linie den Westen Tokios zerteilt. Ab dem Bahnhof in Kokubunji entwickeln seine Beine ein Eigenleben und wippen im Halbsekundentakt auf und ab. Als sie am Bahnhof Tachikawa auf die Ōme-Linie wechselt, will er Masataka das Smartphone am liebsten aus der Hand reißen. Dessen Zureden, Junya solle ganz ruhig bleiben, helfen ihm nicht im Geringsten. Als sie sich von der Bahnstation Fussas zu Fuß aufmacht, hofft er, dass irgendetwas dazwischenkommen wird. Dass sie das Haus nicht findet, oder dass sie angefahren und ins Krankenhaus gebracht wird, oder dass sein Elternhaus ganz einfach nicht existiert. Dass im Haus jemand vollkommen anderes wohnt und das schon seit vielen Jahren. Dort nie eine Familie Yamamura wohnhaft gewesen ist. Dass Junya sich sein ganzes elendes Leben nur vorgestellt hat. Wie ein jahrzehntelanger Traum.

Sie findet das Haus. Ihr Koordinatenpunkt bleibt genau an jener Kreuzung stehen, auf der sich Junya dazu entschieden hatte, umzudrehen und davonzulaufen.

»Gleich weißt du, ob das Gefäß zerbrochen ist oder nicht.«

Er braucht Masataka nicht einmal anzuschauen, damit dieser sich entschuldigt.

Ayames Punkt nähert sich dem Haus und bleibt erneut stehen. Nichts passiert.

»Ist das Netz weg?«, sagt Junya.

Dann wird das Kartenfenster im Chatverlauf von zwei Fotos nach oben geschoben. Auf dem ersten ist nicht viel mehr zu sehen als der Kofferraum eines grauen Autos, das in der Einfahrt steht. Auf dem zweiten dasselbe Auto, nachdem es anscheinend auf die Straße zurückgesetzt hat und in Ayames Richtung davonfährt. Ein Mann steht vor der Einfahrt, den Arm zum Abschied erhoben. Zwar ist das Foto verschwommen, doch Junya erkennt den ergrauten quadratischen Kopf und die breite Stirn Maedas sofort.

»Kennst du die?«, fragt Masataka und zoomt mit zwei Fingern an die Windschutzscheibe heran. Vier Personen sind im Auto auszumachen, wenn auch undeutlich. Junya berührt mit der Nase fast das Handydisplay. Er starrt die verwaschenen Köpfe hinter der Autoscheibe an. Er versucht, aus den matschigen Gesichterflecken Informationen zu extrahieren. Dann wird ihm klar, wer dort auf dem Beifahrersitz sitzt. Zwar sind sie lediglich eine Andeutung, doch er erkennt die beiden Halbmonde im Gesicht. Sie gleichen den Augen seiner Mutter. Obwohl ihre Schwester mehrere Jahre jünger ist, sahen sie schon immer fast wie Zwillinge aus.

»Meine Tante. Ihr Mann. Meine Cousins«, sagt er tonlos.

Ein drittes Foto poppt auf. Es ist ein körniger Zoom auf eine Lichtquelle. Die Konturen der Realität ringsherum sind unartikuliert. Das Objekt in der Mitte gleicht einem leuchtenden, dicken Insektenei. Ayame hat ein trauriges Emoji unter dem Foto mitgesendet. Es ist eine weiße Papierlaterne. Das Atom ist zerfallen. Das Gefäß zerbrochen. Die Katze ist tot.

Am gleichen Abend sitzt Junya alleine im Webcam-Zimmer. Zuvor war er im Forum gewesen, um sich abzulenken. Doch nicht einmal das Feedback auf sein letztes Video, das ihm vorkommt, als hätte er es vor Jahrzehnten aufgenommen, regt irgendetwas in ihm an. Er fühlt sich ausgezehrt und löchrig. Er machte den Computer wieder aus. Stunden müssen seitdem vergangen sein. In völliger Dunkelheit ist es schwer, ein Gefühl für Zeit aufrechtzuerhalten.

Im Flur vor der Tür hustet jemand. Das plötzliche Déjà-vu gleitet über ihn wie ein kalter Schauer. Dann hört er leise Stimmen vor der Tür. Er rutscht vom Bett und kniet vor dem Schlüsselloch nieder. An der gegenüberliegenden Flurwand sitzen Masataka, Ayame und Risa nebeneinander. Yūichi liegt vor ihnen, längs in der Mitte des Flurs, die Arme unter dem Kopf verschränkt. Natsumi tritt in den Schlüssellochausschnitt. Sie hält ihnen eine Plastikbentō hin. Jeder nimmt sich ein Onigiri heraus. Sie nicken und formen mit den Lippen ein stummes Danke. Natsumi setzt sich im Schneidersitz dazu. Niemand sagt etwas. Sie sitzen nur dort und warten im Tiefseeschein der Leuchtröhren.

FANNI

Die Türklingel reißt Fanni aus ihren Gedanken. Ihr Körper versteift sich. Sie spürt ihre Ohren zucken wie die eines Beutetiers auf freiem Feld. Sachte legt sie das Gamepad auf dem Sofa ab. Dann streckt sie die Hand nach dem Thinkpad aus und mutet den Sound, die Hintergrundmusik des Ash Lakes. Das VivoBook steht daneben. Sie loggt sich aus dem MonstroMart aus. Der Username GermanVermin ist das Letzte, was sie auf der Seite ihrer Transaktionshistorie sieht. Sie fährt das VivoBook herunter, zieht den Stick mit TAILS ab und schließt den Laptop langsam und lautlos.

Einige Minuten der Anspannung und des flachen Atmens vergehen, bis sie sich aus ihrer Starre löst. Dann fühlt sie sich safe genug, den Spielsound wieder zu aktivieren – wenn auch etwas leiser als zuvor. Sie geht mit ihrem Artorias Knight Build am Ufer des Ash Lake auf und ab. Versucht, gedanklich die Ränder des Beamerbilds entzweizureißen, so dass die Immersion ihre komplette Dachgeschosswohnung mit Asche und dunklem Wasser auffüllt – die Stadt außerhalb der Wohnung in die Tiefen des Ash Lake sinkt.

Ihr Smartphone liegt am anderen Ende des Couchtisches. Wie ein schwarzer Kubus in ihrer Peripherie. Ihre Pupillen wandern immer wieder hinüber. Machen die Immersion zunichte. Sie könnte jetzt sofort die BELL-App für Kund_innen runterladen und sich in die Cams ihres Elternhauses einklinken. Schließlich hat sie den Account erstellt. Hat sich das 24-stellige Passwort aus Groß- und Kleinbuchstaben, Zahlen und Sonderzeichen für ihre Eltern ausgedacht.

Sie steht auf, packt das Bittium, steckt es in den Rucksack

im Windfang, zieht den Reißverschluss zu und setzt sich wieder vor Dark Souls. Sie besucht den Stone Dragon am Ende der Area, im letzten für Spieler_innen erreichbaren Archtree. Sein Schwanz ist nachgewachsen, seitdem sie ihn abgeschlagen hat, um das Dragon Greatsword zu erhalten. Es liegt in ihrem Inventar. Sie präferiert das Claymore aufgrund seiner Vielseitigkeit, seiner Angriffsgeschwindigkeit und den hervorragenden Stun-Lock-Werten.

Fanni weiß ganz genau, dass sie sich, sobald sie wieder bei der Arbeit ist, in die Kameras ihrer Eltern loggen wird. Dass das zu einer ähnlichen Routine wird wie die Beobachtung der Naumanns.

Sie versucht, ihre Atmung mit der des Stone Dragons in Einklang zu bringen. Sie schwenkt die Kamera hoch zu seinem länglichen Kopf, der eher an den eines Vogels erinnert. Im Gegensatz zum Rest des massiven vierflügeligen Körpers ist er nicht mit dichtem schwarzem Fell besetzt. Er sieht aus wie skelettiert. Rot leuchtende Orbs in den schwarzen Augenhöhlen.

Plötzlich ist da die Erinnerung an das Geräusch von Schubladen, die aufgezogen werden. An Atemzüge, die zwar ruhig und regelmäßig gehen, in ihrem nächtlichen Elternhaus jedoch trotzdem hervortreten – nicht wie das Brummen des Kühlschranks oder des Winds, der durch Fensterritzen schnauft. Schwarzer Stoff, der einen Mund, zwei Augen umgibt. Schwebend wie ein Mobile im Dunkeln.

Fanni legt das Gamepad zur Seite und holt ihr Bittium aus dem Rucksack. In Element schreibt sie eine DM an Friedemann, von dem das Video des Einbrechers kam, der den BELL-Kunden so zugerichtet hat. Sie fragt, ob er zufällig weiß, wo der Kunde wohnt.

Es klingelt erneut. Fannis Nackenmuskeln zerren an

ihrem Kopf. Sie beugt sich über ihr Smartphone. Friedemann schreibt bereits. Er fragt seinen Kumpel im Customer Service, der ihm das Video geschickt hat.

Während sie wartet, beobachtet sie den Durchgang zur Wohnungstür. Als erwarte sie, dass jeden Augenblick hinter der Ecke hervorkommt, wer auch immer geklingelt hat. Sie stellt sich vor, wie die Gestalt in der lichtschluckenden Maske durch das Foyer ihres Elternhauses geht, zur Kamera aufschaut, die Fanni angebracht hat, und anschließend die Treppe nach oben geht. In eines der Schlafzimmer ihrer Eltern. Oder in beide.

Friedemann schreibt. Sein Kumpel weiß den Namen des Kunden nicht mehr. Es war einer dieser Müllers, Meiers, Schmidts, Kuntzes, Neumanns. Doch er ist sich zu 99 Prozent sicher, dass der Kunde hier in der Stadt wohnt.

Sie bedankt sich. Es klingelt wieder. Zweimal direkt hintereinander. Dann noch mal. Dann wird gedrückt gehalten. Das durchgehende Surren überlagert sogar die chorale Musik des Ash Lake.

Fanni geht zur Tür und nimmt den Hörer von der Gegensprechanlage. Sie hält den Atem an, aber hört nichts. Dann hämmert es direkt neben ihr gegen die Wohnungstür. Sie verschluckt sich vor Schreck, hustet. Erst jetzt fällt ihr auf, dass das Klingeln gerade einen anderen Ton hatte. Den, der zu der Klingel an ihrer Wohnungstür gehört. Sie hat ihn ewig nicht mehr gehört.

»Fanni? Hallo?«, kommt es von draußen, aber doch nicht mehr als einen Meter von ihr entfernt. »Hey, Fanni. Ich weiß, dass du da bist. Hab dich husten gehört.«

Wegschleichen kann sie sich jetzt nicht mehr, sie wagt es kaum, zu atmen. Sie muss an die zahllosen Compilation-Videos von geswatteten Twitch-Streamer_innen denken,

230

die von bewaffneten Spezialeinheiten vor laufenden Kameras zu Boden gezwungen werden.

»Wer ist da?«

»Hä? Tobi! Hier is' Tobi.«

Jetzt wünscht sie sich wirklich, da stehe ein SWAT-Team vor ihrer Tür. Ihretwegen könnten sie auch eine Schrotladung durch das Türblatt ballern, die sie niederstreckt.

»Bist du mir gefolgt?«

»Na ja, ja. Schließlich steh ich ja vor deiner Tür. Lässt du mich rein?«

Irgendwie beruhigend, dass nicht sie es ist, die die dümmste Frage in dieser Situation stellt. Nichtsdestotrotz muss sie darauf antworten.

»Verzieh dich.«

»Wollt sorry sagen. Wegen vorhin.«

»Hast du ja jetzt.«

Sie hört, wie Tobi sich hinter der Tür bewegt und verflucht innerlich ihren Vater dafür, dass er die Wohnungen nicht mit Türspionen hat ausstatten lassen.

»Kann ich nich' mal eben reinkommen? Nur für 'nen Moment? Ich muss aufs Klo.«

»Du bist mir nach Hause gefolgt, um bei mir auf Toilette zu gehen?«

Stille. Dann sagt er: »Ich weiß nich' wohin. Ich – ich kenn außer dir niemanden. Im echten Leben.«

»Geh nach Hause, Tobi.«

»Ich kann da nich' wieder hin. Meine Eltern nehmen mich doch nie wieder für voll.«

»Hättest du dir vorher überlegen sollen.« Sie kann selbst nicht glauben, dass sie dieses Gespräch führt.

»Geh zurück in deinen Park. Hier kannst du nicht bleiben. Ich muss morgen früh raus. Lass mich in Ruhe.«

»Bitte, Fanni. Nur kurz. Ich geh auf Klo und dann bist du mich los.«

Irgendwie glaubt sie nicht, dass es so simpel sein wird, aber sie will nicht Gefahr laufen, dass sich jemand im Haus wegen des Lärms im Treppenhaus beschwert und sie sich auch noch damit auseinandersetzen muss. Ihre Anwesenheit im Mietshaus ihres Vaters hat jahrelang so wunderbar reibungslos und unauffällig geklappt. Sie kann jetzt nicht zulassen, dass dieser Zustand von Tobi gefährdet wird.

Sie schließt auf, drückt die Klinke runter und zieht sich in den Durchgang zum Wohnzimmer zurück. »Badezimmer ist da«, sagt sie und weist auf die Tür zu ihrer Linken.

Tobi lächelt wie Fallobst. Die Haut um seine Augen ist bräunlich gelb wie die eines verfaulenden Apfels.

Er lässt den Rucksack schwer zu Boden plumpsen und bedankt sich. Dann geht er ins Bad. Die Ecken eines übergroßen Laptops ragen aus dem Rucksack hervor. Einer dieser behämmerten Gaming-Laptops, die so unhandlich und teuer sind, dass man sich genauso gut auch gleich einen PC hätte kaufen können.

Minuten vergehen. Fanni dreht leere Runden im Wohnzimmer. Dann steht Tobi auf einmal im Durchgang. »Kann ich vielleicht was trinken?«

»Ist das dein Ernst?«, sagt sie.

»Komm, bitte, ich bin total dehydriert.«

Sie stampft in die Küche rüber, entreißt dem Küchenschrank ein Glas, hält es unter den Hahn und gibt es Tobi, der sich zu ihrem Unmut im Wohnzimmer umsieht. Er schaut das Glas Wasser an, als hätte er gesehen, dass sie eine Zyankalipille darin aufgelöst hat.

»Hast du nichts anderes? Bier? Oder Cola?«

»Nur Leitungswasser.«

Sie beobachtet ihn. Versucht, ihn mit nicht vorhandenen Jedisuggestionskräften zum schnelleren Trinken zu animieren. Er schlürft das Wasser in kleinen Schlucken, als wäre es heiße Brühe. Seine Augen springen umher.

»Bist du gerade erst hier eingezogen?«

»Nein.«

Er nickt. »Magst es eher minimalistisch, was?« Als sie nichts darauf antwortet, fragt er weiter. Ob sie alleine hier wohnt. Sie fühlt sich wie im Verhör.

»Das geht dich nichts an.«

»Okay, okay. Ich frag ja nur«, und schlürft noch einen Zentimeter Wasser weg. Sein Blick fällt auf Fannis Laptops auf dem Couchtisch und wandert weiter. Fanni hat keine Ahnung, was es bei ihr großartig zu sehen gibt.

»Haste vielleicht was zu essen da?«

»Ich hab nur MREs«, sagt sie und verschränkt die Arme.

»Was für'n Ding?«

»Meal, Ready to Eat. Soldatenrationen.«

»Wie, und davon ernährst du dich?«

»Ja.«

Er nickt und dreht sich langsam um die eigene Achse. »Es ist perfekt«, sagt er leise.

»Was?«

»Ach nichts.«

Jetzt, wo er eine Weile dort steht, legt sich sein Geruch nieder. Er riecht nach altem Schweiß und morschem Holz. Fanni kommt ihre Wohnung kontaminiert vor und sie überlegt kurz, was er alles berührt hat.

»Und«, sagt er und lässt eine Pause folgen, »was machst du so?«

»Nein.«

»Du immer mit deinem Nein. Was soll das überhaupt heißen?«

»Nein heißt«, Fanni versucht, den Frust, der sich über die letzten Minuten wie ein Kugelblitz in ihr aufgestaut hat, in Worte zu bündeln. Einmal das herauszukriegen, was sie denkt, »dass das hier nicht so eine Unterhaltung ist. Ist gar keine Unterhaltung. Schon gar nicht so ein Alter-Buddies-Small-Talk. Du warst auf der Toilette und hast was getrunken. Und jetzt wolltest du gehen. Ich arbeite bei BELL. Den ganzen Tag. Ich komm hier nur zum Schlafen her. Mehr gibt's nicht zu sagen.«

Jahrelang hat sie versucht, Situationen zu entgehen, die solche unsinnigen Interaktionen beinhalten. Erfolgreich. Tobi macht mit seinen bescheuerten Fragen alles zunichte.

»Okay, verstehe. Willst auch nichts mit mir zu tun haben. I get it.«

Sie reißt ihm das Glas aus der Hand. Wasser spritzt aufs Laminat. Er sieht sie an. Sie geht in den Windfang und öffnet die Wohnungstür.

»Alles klar«, sagt er und schultert seinen Rucksack.

Vor der Tür bleibt er noch mal stehen. Ist im Begriff, sich umzudrehen. Fanni knallt die Tür zu und schließt doppelt ab.

Sie sitzt am Ufer des Ash Lake, aber die Immersion will sich nicht wieder einstellen. In den Momenten, in denen der Loop der Hintergrundmusik von neuem beginnt und es kurz still ist, hört sie Geräusche aus dem Treppenhaus. Sie steht an der Durchreiche und stochert mit dem Plastiklöffel im Huhn-Gemüse-Eintopf aus einer 24 Hour Individual Ration der portugiesischen Marine. Ein kurzes Stöhnen von der anderen Seite der Wohnungstür. Sie geht ins Badezimmer. Der Sound von Stoff an einer Oberfläche, Wand oder Boden. Sie putzt sich die Zähne. Die Badezimmertür steht offen. Jemand schnaubt. Der Hall im Treppenhaus macht es für Fanni hörbar. Sie geht ins Bett. Liegt da, wendet und dreht sich. Ephemeral Rift flüstert aus dem Tablet, auf dessen Display die Schemen zweier schlafender BELL-Kund_innen flimmern. Sonst hört sie nichts. Ist auch nicht nötig. Sie ist hellwach. Die Stilnox in der Schublade locken. Sie schmeißt sich auf der Matratze herum. Jedes Mal mit mehr Nachdruck. Wütender. Sie presst die Augen zusammen und sie springen wieder auf.

Tobi liegt in Fötusstellung vor ihrer Wohnung, zwischen Treppengeländer und Wand gezwängt. Sein Kopf liegt auf dem Rucksack.

»Komm schon rein«, sagt Fanni.

Er lächelt und springt auf. »Hey Mann, danke, Fanni. Dachte schon, du lässt mich hier die ganze Nacht liegen.«

Sie stellt sich ihm in den Weg. »Du schläfst auf dem Sofa. Bewegst dich nur zur Toilette und zurück. Alles andere ist tabu.«

Er nickt und sie lässt ihn passieren. Er schmeißt sich sofort auf ihr Sofa. Irgendetwas knackt darin.

»Ich stehe um 5:30 Uhr auf. Du bist noch vorher weg. Stell dir einen Wecker.«

»Was?! 5:30 Uhr?«, sagt er mit Pitch in der Stimme. Fanni blitzt ihn an. »Okay, ist ja gut.«

»Stell dir einen Wecker.«

»Ja, mach ich.«

»Jetzt«, fährt sie ihn an.

Er seufzt und zieht sein Handy aus der Bauchtasche seines Hoodies und wischt darauf herum.

»Zeig.«

»Du bist ja schlimmer als meine Eltern. Hier.« Er hält ihr sein iPhone hin. Die Alarmfunktion ist auf 5 Uhr morgens gestellt.

Fanni dreht sich um und geht.

»Hey, warte ma'. Wie is'n dein WLAN-Passwort?«

Sie zieht die Schlafzimmertür hinter sich zu. Dann steht sie eine Sekunde da. Warum sie es tut, sie weiß es selber nicht, aber sie holt Stift und Zettel aus dem Nachtschrank und schreibt ihm Name und Schlüssel des Wifis ihres Nachbarn von unten auf. Dann geht sie noch einmal raus, knallt den Zettel auf den Couchtisch und zieht sich ins Schlafzimmer zurück.

Das Sofa ist verwaist, als Fanni am Morgen aus dem Schlafzimmer kommt. Allein der verschobene Couchtisch, das leere Glas darauf und die Geruchsspuren von fremden Körperausdünstungen geben noch einen Hinweis auf Tobis zwischenzeitliche Anwesenheit. Fanni beseitigt die Spuren. Öffnet sogar die Balkontür und das Küchenfenster, um den Tobi-Mief aus der Wohnung zu kriegen. Der Smog und die anonymen Straßengerüche lassen sich leichter ignorieren. Sind eine bessere Grundlage, um sie anschließend wieder mit Vertrautheit zu bedecken – den alten Status quo wiederherzustellen. Sie packt ihren Rucksack für den Tag. Nimmt auch ihren Stick mit, auf dem sich die Dumps befinden, die sie auf dem MonstroMart verkauft hat.

Sie drückt die Klinke des Badezimmers runter und zieht. Widerstand. Der Riegel bollert im Schloss. Sie zieht noch mal, aber das Ergebnis bleibt dasselbe. Erst jetzt registriert sie, dass ihr Zahnputzbecher samt Tube und Bürste zwischen der Badezimmertür und ihren Schuhen steht.

»Tobi?« Sie hämmert mit der Faust gegen das Türblatt. Destruktive Energie strömt plasmatisch ihre Adern den Arm rauf. »Was soll der Scheiß? Sag was!«

»Sorry, Fanni, aber ich bleib hier drin. Ich geh da nich' mehr raus. Das war's für mich.«

»Was? Jetzt mach schon die Tür auf. Du solltest gar nicht mehr hier sein.«

»Nein«, kommt es von hinter der Tür – ruhig und klar. Es steckt eine Endgültigkeit in dem Wort, die ihr die Sprache verschlägt. Es ist kein Nein, das mit Intensität aufgeladen ist, weil es Widerrede erwartet. Es ist ein fundamentales Nein, an dem nicht zu rütteln ist.

Es fühlt sich an wie früher. Tobi, der wieder mal die Macht hat, ihr den Zugang zu etwas zu verwehren. Nur sind es diesmal nicht das World Wide Web und die schier endlose Flut an Informationen, Bildern und Videos, die damals alles um Fanni herum wegzuspülen vermochte, solange nur der Browser geöffnet war. Diesmal ist es etwas weniger Elementares. Ihr direkter Zugang zu Körperinstandhaltungsequipment.

Und als könne er durch die Tür ihre Gedanken lesen, sagt Tobi: »Du hast gesagt, du kommst hier eh nur zum Schlafen her. Kannst doch bei der Arbeit aufs Klo gehen.«

»Und wo soll ich deiner Meinung nach duschen?« Sie wartet auf eine Antwort. »Sag schon!« Wieder schlägt sie gegen die Tür.

»Fanni. Wenn ich wüsste, dass du mich nicht rausschmeißt, würde ich rauskommen. Könnte im Wohnzimmer bleiben. Aber ich gehe nicht wieder vor die Tür. Ins echte Leben. Ich hab die Schnauze voll.«

»Ich könnte auch die Bullen rufen«, sagt sie, ihr Gesicht nur wenige Zentimeter vor dem Türblatt, »oder das WLAN abknipsen. Die Tür auftreten und dich da rauszerren.«

»Gibst du mir deine Bankdaten?«

»Spinnst du? Was soll das?«

»Ich überweis' dir alles Geld, was ich noch habe. Für Miete, Essen, Internet. Brauch's nicht mehr. Ist mir alles egal. Aber bitte, lass mich einfach hierbleiben. Ich will nicht mehr da raus. Hab genug davon, es zu versuchen. Gewöhnst dich schon daran. Tu einfach so, als wär ich nicht da.«

Sie reißt an der Türklinke und schreit ihn an, wie das gehen soll, wenn sie nicht mal auf Toilette gehen kann, ohne dass sie eine Antwort erhält. Dann löst sich die Klinke und Fanni kracht – ohne den plötzlichen Widerstand – rückwärts in ihr Flurregal. Nur ihr Gegengewicht hindert es am Umstürzen. Sie stützt sich ab und schmeißt die Klinke zu Boden.

»Mach doch, was du willst«, schreit sie.

Dann geht sie ins Schlafzimmer und zieht sich an. Anschließend schnappt sie sich ihren Rucksack. Im Badezimmer bedankt sich jemand auf Englisch für neue Subscriptions. Schüsse sind zu hören. Treibende Musik im Hintergrund. Tobi schaut irgendeinen Stream. Fanni verlässt die Wohnung. Sie muss laufen, um ihre reguläre S-Bahn noch zu kriegen. Will das Frühstück mit den Naumanns nicht versäumen.

Fannis Freundschaft mit Tobi folgte einer klaren Hierarchie: Er machte die Ansagen. Er bestimmte, welche Musik und Videos sie sich runterluden, anhörten und anschauten, welche Websites sie besuchten, welche Videospiele gezockt wurden und welchen Hot Pockets- und Pfanner Eistee-Flavor sie aßen und tranken. Es war sein abgedunkeltes und vom Rest des Zooviertels abgeschottetes Zimmer, wo sie fast zwei Jahre so miteinander verbrachten. Es war sein Computer, durch den die Freundschaft gespeist wurde. Fanni konnte Vorschläge machen, aber es war Tobi, der das finale Say-so besaß. Fanni nahm das hin. Der Nutzen ihrer Beziehung zueinander überstieg die Kosten. Und solange sie keinen eigenen PC oder Laptop besaß – sie sparte ohne das Wissen ihrer Eltern darauf –, wäre sie auch weiterhin okay damit gewesen. Mit seinem Gatekeeping und seinen Launen, die sie schon nach den ersten Wochen als gekünstelt durchschaut hatte. Sogar mit seinen plumpen – deshalb allerdings nicht weniger ekligen und entnervenden – Versuchen, durch Hardcore-Pornoclips, die er über eMule downloadete, eine gewisse sexuelle Ebene in die Freundschaft einzubringen, wäre Fanni irgendwie klargekommen. Meistens zog sie sich dann vom Monitor zurück und blätterte so lange in einem Metal Hammer oder einer Gamestar, bis Tobi das Signal verstand, einlenkte und das Video beendete. Oder – das kam auf ihre eigene Tagesform an – sie hielt es nicht aus, das Gestöhne in Flüsterlautstärke mitanzuhören und drohte Tobi offen damit, zu gehen. In 50 Prozent der Fälle löste sie damit so was wie eine temporäre Self-Awareness in ihm aus. Sein eigenes Verhalten war ihm dann so peinlich, dass er Fanni entscheiden ließ, was sie stattdessen machen würden – lange hielt diese Selbstbewusstheit allerdings nie an. In den anderen Fällen schmiss er Fanni irgendwelche beliebigen Beleidigungen an den Kopf, nannte sie prüde, boring as fuck oder sagte, sie habe einen Stock im Arsch. Dann ging sie. Am nächsten Tag schrieb er ihr dann meist eine SMS und fragte, ob sie vorbeikommen wolle – Manhunt zocken, Ogrishs Foren nach neuen Enthauptungen durchforsten oder mal wieder einen Guinea-Pig-Filmmarathon machen.

Was Fanni aber mit Abstand am meisten nervte, was sie regelmäßig zur Weißglut brachte, das waren einerseits seine völlige Selbstüberschätzung, Arroganz und sein rational nicht widerlegbares Klugscheißen. Und andererseits, dass er ihr im Gegenzug jegliches Wissen und Können absprach, das sie sich in den Nächten am PC ihres Vaters aneignete, während denen sie quälend langsam Wort für Wort auf Tastatur und Maus tippte, um den Geräuschpegel so gering wie möglich zu halten.

»Jetzt komm«, sagte Fanni, »mach wenigstens 25 Euro. Du trägst es doch gar nicht mehr. Und außerdem ist es nicht mal gewaschen. Müffelt.« Sie hielt das Cradle of Filth-T-Shirt an den Schultern hoch und untersuchte es nach Brandlöchern oder Flecken, mit denen sie den Preis eventuell noch drücken konnte.

Tobi fuhr seinen Schreibtischstuhl hoch und runter, der dabei zischende Geräusche von sich gab. »Dann müsst ich dir eigentlich das Doppelte abknöpfen, weil's 'n Sammlerstück ist.«

»Wen interessiert bitte dein oller Schweißgeruch? Mach wenigstens 28.«

»30«, sagte er und grinste, weil er wusste, dass Fanni das Shirt unbedingt haben wollte.

Sie konnte sich keins bestellen, ohne dass ihre Mutter davon Wind bekam. Dabei mochte sie die Band nicht mal. Sie fand die Kostümierung, das Make-up und das Gekreische höchst cringy. Aus ästhetischer Sicht mochte sie nicht mal das T-Shirt-Motiv selbst: Das schwarz-weiße Bild einer Nonne, die bis auf ihre Haube splitternackt war und sich fingerte. Fanni hatte ganz einfach das Gefühl, dass so ein Motiv der maximale Fickfinger an ihre Lebenswelt darstellte. Ein größtmögliches Anti. Zumal auf dem Rücken

›Jesus is a cunt‹ stand, und das fand sie schon auch ganz lustig. Dabei wusste sie nicht mal, wann sie das T-Shirt anziehen sollte. Sie würde es nicht mal offen rumliegen lassen können. Wenn ihre Mutter das T-Shirt sehen würde, würde sie es postwendend einkassieren. Es war ebenfalls keine Alternative, es zur Schule an- und anschließend wieder auszuziehen, bevor sie nach Hause ging. Jede Lehrkraft würde sie augenblicklich zum Schulleiter zerren. Trotz allem musste sie es haben. Und Tobi war inzwischen etwas zu dick für das Shirt geworden, so dass es sich um seine Speckfalten schmiegte. Er versuchte es zwar so beiläufig zu halten wie ein Nasekratzen, aber Fanni war ganz genau aufgefallen, dass er sich, wann immer er sich hinsetzte, im Bauchbereich an seinem Shirt oder Hoodie zupfte. Anfangs hatte Fanni das noch für einen Tick gehalten, aber je mehr es ihr auffiel, umso klarer wurde ihr, dass er es aus Eitelkeit tat. Um den Stoff des jeweiligen Oberteils aus seinen Bauchfalten zu ziehen, so dass diese nicht so sehr auffielen. Das machte seine zur Schau getragene Scheißegal-Attitüde natürlich nur umso lächerlicher.

Fanni zog drei Zehner aus ihrer Hosentasche und haute sie Tobi in die offene Handfläche. Sie setzte sich auf den Fußboden, ignorierte den Mief und streifte sich das Shirt über ihres. Dann würde sie es eben in Tobis Zimmer tragen. Zwar sah es dann niemand, doch sie verbrachte eh den Großteil ihrer Zeit hier. Das musste also erst mal genügen.

Während Tobi in Winamp nach einem Lied suchte, das er abspielen wollte, fiel ihr ein dünnes Buch auf, das in das Fach seines Nachtschranks gezwängt war. Es war ein simples schwarzes Paperback. Es war keinerlei Titel oder Beschriftung zu erkennen. Also zog sie es raus. Mittig auf dem Cover stand in Schreibmaschinenschrift ›Hacker's‹ und darunter in einem Comic Sans-ähnlichen Font ›Black Book‹. Im Inhaltsverzeichnis waren Kapitel aufgelistet, die teilweise nur ein oder zwei Seiten umfassten. Es ging um Passwortschutzsysteme in JavaScript oder HTACCESS und wie man sie umgehen oder direkt hacken konnte, ums Phreaken – dem Hacken von Telefonverbindungen –, Trojaner und anonymes Surfen, um die Aufhebung der Zeitbegrenzung in Demosoftware und wie man kostenlos Pay TV schauen kann.

Allein das Wort Hacken reichte damals aus, um Fannis Interesse zu gewinnen. Zu der Zeit war ihr noch nicht bewusst, dass genau dies das eigentliche Ziel des Buchs war, und nicht etwa eine tiefergehende und praktische Wissensvermittlung der lediglich angeschnittenen Themengebiete. Sie blätterte darin herum. Körnige Screenshots und Rechtschreibfehler. Aber Fanni sprang auf die Schlagwörter an. Hacken, Passwörter, Tools, DoS-Attacken, Abhören, Anonym, Kostenlos, Betrug etc. pp.

Hammer Smashed Face von Cannibal Corpse schepperte aus den Boxen.

»Hach ja, die Klassiker«, sagte er. Fanni wusste, dass das Lied die erste Single der US-amerikanischen Band und aus dem Jahr 1993 war – Tobi also gerade mal fünf Jahre alt gewesen war, als sie herauskam. Trotzdem redete er ständig so, als wäre er dabei gewesen, als Tom Araya das erste Mal eine Bassseite angeschlagen, Steve Wozniak das erste Mal auf Return gedrückt und Richard Garriott die erste Zeile von Akalabeth programmiert hatte.

»Was hast du da?«, sagte er. Der Schreibtischstuhl klapperte, als Tobi sich vorbeugte und ihr das Black Book aus den Händen riss. »Wer hat dir erlaubt, einfach so in meinen Sachen zu wühlen!«

»Ich les' das gerade«, protestierte sie und streckte ihre Hand aus.

»Das is' nichts für Noobs. Dürfest du nich' mal sehen. So was ist verdammt illegal.«

»Ach, erzähl keinen Scheiß. Jetzt gib halt mal her.«

Er hielt das Buch mit beiden Händen fest, so als befürchtete er, Fanni würde es ihm ihrerseits entreißen wollen. »Das is' 'n paar Level zu hoch für dich. Das raffst du eh nich', worum's da geht.«

Fanni spürte, wie ihr Kopf heiß wurde. Ihre Finger krallten sich in ihre Knie. Ihre Zähne pressten sich aufeinander, so dass sie spürte, wie ihre Wangen sich über den Backenzähnen nach außen wölbten. Er quasselte weiter. Dass es verboten sei, so ein Buch überhaupt zu besitzen – was, wie sie später recherchierte, natürlich vollkommener Bullshit war. Das so was nur etwas für Leute sei, die sich mit Programmieren auskannten – und dann auch nur für diejenigen, die »so richtig Eier inner Hose haben«. Fanni hatte sich über Wochen und Monate nachts autodidaktisch erst HTML und CSS beigebracht und beherrschte bereits mehr als nur die Basics von Java. Alles, was Tobi konnte, war, sich per Beepworld eine hakelige und stümperhafte Homepage zusammenzuklicken.

In diesem Moment kulminierte der ganze Frust über Tobis hohle Arroganz, über all die Spitzen, die sie sich hatte anhören müssen, sein ständiges Anteasern der krassesten Videos und Pics, die er auf Tauschbörsen oder in Foren gefunden hatte, seine Erwartung an Fanni, sie solle am liebsten vor ihm auf die Knie gehen und darum betteln, den Stuff mit ihm anschauen zu dürfen. All das, was Fanni der Einfachheit halber Freundschaft nannte, brach in sich zusammen und entblößte hohle Knochen. Fanni stürzte sich auf ihn und beide gingen samt des Schreibtischstuhls, der durch die Wucht unter ihnen wegrutschte, zu Boden. Tobi knallte mit dem Kopf auf Tastatur und Schreibtischkante. Schrie auf. Fanni nahm es nur unterbewusst wahr. Wie das entfernte Zuschlagen einer Autotür. In ihrer Anstrengung, an das Buch zu kommen, war sie zu sehr damit beschäftigt, durch ihre noch immer aufeinandergepressten Zähne zu knurren. Tobi wehrte sich passiv, war aber vollkommen überfordert. Er versuchte gleichzeitig, das Buch aus ihrer Reichweite zu halten, sich an den Kopf zu greifen und das Gesicht mit den Unterarmen zu schützen. Fanni bekam ein paar Seiten des Buches zu packen und riss sie aus der Klebung. Auch wenn es gar nicht ihr Buch war, es machte sie nur noch wütender. Sie schlug auf Tobi ein. Saß auf ihm, ein Knie in seinen Solarplexus gedrückt. Ihr Angriff hatte nichts Zielgerichtetes. Nichts Durchdachtes. Sie wollte einfach nur austeilen. Schlug mit der Faust, klatschte ihm Ohrfeigen ins Gesicht, griff sich seinen Schädel und drückte zu, obwohl sie sofort den Widerstand seiner Schädelplatten fühlte. Irgendwie gelang es ihm, sie von sich abzuwerfen.

Fanni ging sofort auf die Beine, weil sie erwartete, dass er nun sie angehen würde. Aber er lag nur da, krümmte sich und hielt sich die Stirn. Sein Körper, der so wirkte, als wolle er sich einrollen, um sich vor weiteren Angriffen zu schützen, bebte unter herausgepressten Schluchzern. Er drehte ihr das Gesicht zu. Vor Tränen sah es ganz glitschig aus. Wie die Haut einer Amphibie.

Fanni war selbst überrascht. Sie war noch nie in einer solchen Situation gewesen. Hatte auch noch nie so eine Wut durch ihren Körper strömen gespürt. Unterbewusst erwartete sie, dass sie irgendeine Form von Mitleid spüren und danach agieren würde. Zumindest Sorry sagen würde. Aber die Abscheu und die Wut fadeten nicht aus. Wummerten nur weiter in ihr und brachten ihren gesamten Körper zum Vibrieren.

»Du bist so eine lächerliche Scheißlusche«, sagte sie, so wie sie einen beim Radfahren versehentlich verschluckten Käfer ausspucken würde.

»Und du bist echt 'n verdammter Freak, Fanni«, presste Tobi mitsamt einem Spuckebläschen zwischen seinen Lippen hervor.

Sie machte einen ansatzlosen langen Schritt über ihn weg. Dann riss sie den Monitor vom Schreibtisch. Augenblicklich war das Zimmer in die punktuell zerfaserte Halbdunkelheit der verhangenen Fenster getaucht. Tobi schrie kurz auf, als der Monitor neben ihm auf dem Teppich aufkam. Etwas knackte laut hörbar im Gehäuse. Fanni griff nach der Tastatur und zog am Kabel. Es schnappte hinten aus dem PC-Tower. Sie schmiss die Tastatur quer durchs Zimmer. Sie zerschellte an der Tür. Tasten spritzten auf den Teppich. Sie trat gegen den Schreibtisch, brachte ihn damit allerdings nur zum Wackeln. Tobi schrie sie an. Sie hörte nicht hin. Dann zog sie ihre Zehen an, Richtung Schienbein, und trat noch mal zu. Mit dem Ballen. Gegen die Seite des Computers. Das Gehäuse gab ein Stück weit nach und als Fanni ihren schmerzenden Fuß zurückzog, konnte sie die verbogene Delle in der Wand des Towers sehen. Sie sah runter auf Tobi. In seinen Augen meinte sie, Wut zu erkennen, die sich hinter der Furcht vor Fanni verschanzte und nur kurz dahinter hervorlugte.

Fanni lief nach Hause. Sie erinnerte sich erst daran, dass sie das Cradle-of-Filth-T-Shirt trug, als ihre Mutter sie vor ihrem Zimmer aufhielt und sofort Fannis Vater aus seinem

Büro herbeirief. Fanni bekam auf der Stelle einen Riesenanschiss. Gegen den Ärger, der noch auf sie zukam, war der einmonatige Hausarrest wegen des Bandshirts nicht mehr als ein einzelner Blutstropfen bei einem Kreissägenunfall.

JUNYA

»Nun mach schon. In diesen Nachbarschaften für Geldsäcke patrouillieren die Bullen doch alle Naselang«, sagt Setsuo und tritt auf der Stelle, als müsste er dringend auf die Toilette.

»Jetzt hetz ihn nicht. Davon hat er das Schloss auch nicht schneller geknackt.«

Als sie den Transporter die mit Häusern bestreuten Hügel von Futako-Tamagawa heraufscheuchten und zum ersten Mal an dem Haus vorbeifuhren, entschieden sie sich, den Wagen direkt vor dem Eingangstor zum Grundstück abzustellen, so dass die Sicht darauf vom Nachbarhaus gegenüber verdeckt würde.

Junya war der Angstschweiß sofort ausgebrochen, als er Masatakas Wohnung verlassen hatte. Auf der Fahrt durch die Stadt wurde es nicht besser, und er musste sich anstrengen, seine Hyperventilation vor den anderen zu verbergen. Einerseits war er froh, Masataka und die anderen um sich zu haben. Andererseits vermutete eine kleine gemeine Stimme in ihm noch immer, dass das alles nur eine Scharade war, um ihn in Sicherheit zu wiegen. Sie könnten ihn jeden Moment mitten auf der belebtesten Kreuzung aus dem Wagen werfen und wegfahren.

Sie tragen die beigen Overalls, die sie bereits im Haus der Murayamas anhatten und die sie zumindest auf den ersten Blick so aussehen lassen wie eine nicht genauer definierte Art von Elektriker oder Installateur. Junya hätte in seinen Anzug noch ein zweites Mal hineingepasst und kommt sich vor, als würde er ein Zweimannzelt anhaben.

Er schiebt den letzten Stift in die richtige Position. Es klackt leise. Dann dreht er den Spanner, und die Gittertür zum Grundstück schwingt nach innen. Die anderen jubeln im Flüsterton und rütteln ihm an der Schulter, während sie an ihm vorbei das Hanggrundstück betreten. Er verstaut Spanner und Hook in seiner Tasche. Ein knappes Lächeln zwingt sich ihm auf. Er zieht das Tor hinter sich zu und folgt den anderen die Treppe hinauf zum Haus.

Hinter der Ecke, von der aus einige weitere Stufen zur Haustür führen, schließt er zu den anderen auf.

»Scheiße, schubs mich nicht.«

»Was ist?«

»Die haben so eine neumodische Videoklingel. Nur gut, dass Yūichi die sofort erkannt hat«, sagt Masataka.

»Hab die erst gestern in der Werbung gesehen.«

Junya drückt sich an den Vieren vorbei und lugt über die Wand der Betonstiege. Sofort zieht er den Kopf zurück, als er die smartphonegroße Blende mit dem Kameraauge darin sieht.

»Warum hat uns Mitsunaga das nicht gesagt?«

»Wusste der wahrscheinlich selbst nicht. Der Kusojiji hat doch von so Technikkram keinen Schimmer.«

»Aber mindestens sein Informant hätte das ja wissen müssen. Dem dreh ich seinen Scheißhals um«, sagt Goro.

»Lässt sich jetzt nicht ändern«, sagt Masataka. »Denk lieber mal über eine Lösung nach.«

Der kleine Bereich über der Stiege ist bewachsen und würde eventuell Deckung bieten, doch bevor sie überhaupt in den Büschen verschwunden wären, wären sie bereits in den Weitwinkel der Videotürklingel geraten. Junya hat im Forum mal einen Thread überflogen, in dem die anderen

248

Mitglieder Informationen zu dieser neuen Art Produkt im Bereich der Haussicherheit austauschten.

Er schaut zum Haus hinauf. Es hat die dreiteilige Stufenform eines Siegerpodests und ist mit hellen, schmalen Riegeln angemörtelt. In der Mitte, wo das Gebäude drei Stöcke hat, gibt es ein Flachdach. Auf den zwei niedrigeren Außenseiten jeweils einen Balkon. Unmittelbar hinter dem Haus steigt der Hügel weiter an und ist dicht bewuchert.

»Ich hab eine Idee«, sagt er, dreht sich um und geht die Stufen hinab zum Wagen.

Elastische Zweige und dornenbewehrtes Gestrüpp schlägt ihnen entgegen, als sie sich durch das dichte Buschwerk den Hügel hinunterkämpfen. Dann stehen sie am Abhang über dem Haus. Eine steile Lücke fällt zwischen Hügel und Dach ab. Man kann weit sehen von dort oben. Tokio liegt unter ihnen, gebettet in einen Dunst, der die Stadt wie eine Fata Morgana erscheinen lässt.

»Kommt, das packen wir doch locker«, sagt Yūichi und reibt sich die Hände.

»Wenn du so scharf darauf bist, lassen wir dir gerne den Vortritt«, sagt Goro.

Yūichi macht ein paar Schritte zurück, den Hang rauf. Dann pustet er durch und geht ein wenig in die Hocke, als würde er an der Startlinie eines Marathonlaufs stehen. Er stolpert mehr, als dass er vorwärtsläuft. Kurz vor dem Abhang springt er ab. Junya erwartet, dass es wie in einem Actionfilm abläuft und er Yūichi in Zeitlupe dabei beobachten kann, wie er mit den Armen rudernd durch die Luft gleitet, doch er landet prompt und hart auf dem Dach und rollt sich ab. Kieselsteine fliegen auf. Er lächelt ihnen zu und winkt sie herüber.

249

Junya ist der Letzte, der noch auf dem Hügel steht.

»Komm schon! Du bist leicht wie 'ne Feder. Das schaffst du doch wohl!«

Er versucht, seine holpernde Atmung zu regulieren, schwingt die Arme durch und springt ab. Die warnenden Zurufe der anderen rauschen zusammen mit dem Hausdach an ihm vorbei, als er fällt. Bevor er überhaupt bereuen kann, keinen Anlauf genommen zu haben, so wie die anderen, landet er erst auf der Überdachung des Balkons, rollt davon herunter und kracht schließlich auf eine Liege auf dem Balkon, die unter der Wucht seines Falls zusammenbricht.

Er öffnet die Augen. Sofort schießt es ihm wie ein Stahlbolzen quer durch den Schädel. Masatakas Kopf schaut über den Rand des Dachs und auf ihn hinab.

»Alles klar bei dir? Kannst du dich bewegen?«

Setsuos Kopf erscheint.

»Wieso nimmst du denn keinen Anlauf?«, ruft er herunter und wird von Masataka angezischt.

»Hier ist eine Dachluke. Wir versuchen, die aufzustemmen und zu dir runterzukommen. Bleib einfach da liegen. Wir holen dich!«

Für eine Sekunde überlagert sich Masatakas besorgte Miene mit seinem schadenfrohen Grinsen vor etlichen Jahren, als Junyas Schulbank unter ihm kollabiert war. Warum ist er überhaupt hier? Was verspricht sich Masataka davon, ihn mitzunehmen? Junya mag zwar Schlösser knacken können, doch ist er in jeder anderen Hinsicht eine Bürde auf zwei Beinen. Wahrscheinlich hat er mit seinem Sturz die Nachbarn hellhörig werden lassen, und nun ist es seiner Unfähigkeit zu verdanken, dass sich genau in diesem Moment ein Streifenwagen auf dem Weg zu ihnen befindet.

250

Junya hofft nur, dass die Polizisten es schaffen, die anderen rechtzeitig in Handschellen zu legen, bevor sie ihn für sein Unvermögen in die Mangel nehmen können. Nicht, dass er es nicht verdient hätte. Er wird einfach dort liegen bleiben und innerlich verbluten. So kann er zumindest nicht noch weiteren Schaden anrichten.

Sein Kopf rollt so locker zur Seite, dass er meint, er würde ihm jeden Moment von den Schultern kullern. Ihm fällt das Schloss der Balkontür auf. Der blitzförmige Schlüsselschlitz eines einfachen Profilzylinderschlosses. Junya kann nicht einmal erahnen, wie viele Stunden er mit Übungsschlössern dieser Art in seinem Zimmer zugebracht hat. Langsam zieht er sich hoch, greift in die Overalltasche nach seinem Lederetui mit den Picks. Während er das Türschloss knackt, versucht er, die Schmerzen in seinem Kreuz und das Rauschen in seinen Ohren zu ignorieren, von dem er sich unsicher ist, ob es von einer zugezogenen Hirnblutung oder den Zikadenschwärmen herrührt, die die bebaumten Hügel ringsum bevölkern.

Im obersten Stock des Hauses öffnet Junya die Dachluke. Die anderen werfen ihm die Sporttasche mit den Baseballschlägern entgegen. Dann steigen sie die Faltleiter herunter und Goro boxt ihm grinsend gegen die Brust, und sie nennen ihn einen Teufelskerl. Vorhänge surren zu und der Reißverschluss der Tasche auf, und die anderen machen sich daran, die Einrichtung des Hauses kurz und klein zu schlagen. Setsuo hat zwar für Junya ebenfalls einen Schläger eingepackt, doch der lehnt ab und sagt, dass er etwas fernsehen wird, solange sie beschäftigt sind.

»Dein Pech. Ist 'ne gute Therapie. Hilft einem, Aggressionen abzubauen«, sagt Setsuo, zuckt die Schultern und steckt den Schläger wieder ein.

Vitrinen mit Bleikristallgläsern und -vasen explodieren zu glitzerndem Scherbenregen, Küchengeräte hauchen in Funken ihren Lebenshauch aus, und antik aussehende Stühle und Tische werden mit kräftigen Schwüngen von den Beinen geholt. Sie lachen und johlen dabei. Und das, obwohl jeden Moment die Haustür im Erdgeschoss von der Keishicho Tokushu Butai-Spezialenheit aufgerammt werden und sie alle im Patronenhagel von Howa-Sturmgewehren zerfetzt werden könnten.

Junya zappt durch die Kanäle. Er kommt zum Nachrichtensender NHK. Die Fernbedienung in seiner Hand wird von Sekunde zu Sekunde schwerer. Der Bericht, in den er reingeschaltet hat, beschäftigt sich mit dem Fall des sogenannten *Albtraums von Tama*, wie er genannt wird. Es wird der Ausschnitt einer Pressekonferenz gezeigt, auf der ein uniformierter Sprecher der Polizei um die Mithilfe der Bevölkerung bittet, sollte diese etwaige Hinweise haben, die der Polizei bei ihren Ermittlungen helfen könnten. Speziell wendet er sich an potenzielle weitere Opfer des *Albtraums von Tama* und bittet diese, sich bei den Behörden zu melden und auszusagen. So wie es inzwischen immer mehr Opfer getan haben, nachdem über den Fall des achtundzwanzigjährigen Lehrers aus Fussa berichtet worden war, der noch immer im Krankenhaus liegt. Die Ermittler seien sich nun sicher, dass es sich um einen einzelnen Serientäter handle, dessen Opferprofil ausschließlich Lehrerinnen und Lehrer seien; im Dienst aktive sowie verrentete. Der Pressesprecher versichert den Opfern, die sich womöglich bislang nicht getraut haben, zur Polizei zu gehen, dass die Informationen absolut vertraulich behandelt würden, so dass sie keine Angst davor haben müssten, ihre Identität gelange an die Öffentlichkeit. Zum Schluss des Ausschnitts zählt der Polizist auf, was bislang über den Täter bekannt ist. Das Videobild der Pressekonferenz weicht einer schriftlichen Aufstellung, sowie einer Telefonnummer und einer E-Mail-Adresse. Im Off ist weiterhin die Stimme des Polizeisprechers zu hören. Junyas Augen fliegen über die Liste. Die Tatwaffe sei mit hoher Wahrscheinlichkeit ein Hammer oder hammerähnlicher, stumpfer Gegenstand, mit welchem der Täter ausschließlich nachts auf seine Opfer einschlage, nachdem er in die Wohnungen eingebrochen sei. Er sei ein geübter Einbrecher, der sich mit hoher Wahrscheinlichkeit mithilfe von Dietrichen Zutritt zu den Wohnungen verschaffe. Nur wenige Opfer konnten bislang eine vage Täterbeschreibung abgeben. So sei der Gesuchte vermutlich überdurchschnittlich groß und trage bevorzugt dunkle Kleidung. Außerdem sagten einige der Opfer aus, dass der Mann ebenfalls eine dunkle bis schwarze Maske trage, zum Beispiel eine von der Art, wie sie im Nō-Theater Verwendung finde, sowie, dass er langes, helles bis weißes Haar habe oder aber eine solche Perücke trage. Es wird übergeblendet zu einem Reporter, der Anwohnern und Anwohnerinnen – alle mindestens 40 Jahre alt – auf den Straßen Fussas ein Mikrofon vor die Nase hält. Sie sprechen den Opfern des Albtraums von Tama ihr Mitgefühl aus. Einige machen ihrem Unverständnis Luft und halten kurze Brandreden auf die Wichtigkeit der Lehrerprofession. Andere wünschen der Tokioter Polizei viel Erfolg bei ihren Ermittlungen. Der Bericht schließt mit einer Bitte um Wachsamkeit, die sich besonders an Lehrerinnen und Lehrer im Westen der Präfektur wendet. Man solle zu den Abendstunden sichergehen, dass alle Fenster und Türen fest verschlossen seien, und den Kauf eines zusätzlichen Vorhängeschlosses in Erwägung ziehen, solange der Täter nicht gefasst ist.

»Bist du fertig damit?«, sagt Yūichi, der zuvor noch in Junyas Rücken den Raum nach Wertsachen durchstöbert hatte und plötzlich neben ihm steht und auf den Fernseher zeigt.

Junya nickt abwesend. Der Baseballschläger verwandelt das Display des Fernsehers in ein schwarzes Wundenfeld, aus dessen Rissen heraus es übernatürlich strahlt.

Es sieht aus wie die Wunde an seinem Knie, die er sich im Sportunterricht in der vierten Klasse zugezogen hatte. Masataka und Koji hatten ihm beim Minutenlauf auf der Tartanbahn ein Bein gestellt. Nach einer gewissen Zeit war die Wunde schwarz verkrustet gewesen. Als er daran herumgepult hatte, waren im Schorf Risse aufgetreten, in denen man das jungfräuliche Rot der Hautschicht darunter hatte sehen können.

Masatakas Stimme schallt aus dem Erdgeschoss.

»Alles klar«, ruft Yūichi zurück und zu Junya, »kommst du?«

Mit leer gefegtem Blick starrt Junya vor sich hin. Als sein Vater noch als Zimmermann auf Baustellen gearbeitet hatte, kam er stets besonders zufrieden und mit einer guten Laune heim, wenn er auf dem Weg eines der Gebäude gesehen hatte, an dessen Bau er beteiligt gewesen war.

»Es gibt kaum etwas Schöneres«, sagte er zu Junya, und seine Kniegelenke knackten, wenn er seine kurzen Beine ausstreckte, »als die Früchte der eigenen Arbeit zu sehen.«

»Junya«, sagt Yūichi laut und stupst ihm mit dem Baseballschlägerende gegen die Schulter.

Die Schmerzen, die der Sturz auf den Balkon hinterlassen hat, reißen ihn aus seiner Trance.

Yūichi hält ihm den Schläger hin, damit er sich daran hochziehen kann, und sagt: »Komm in die Gänge. Wir sind hier fertig.«

FANNI

Es ist das Bild der Indoor-Cam, die Fanni im Foyer angebracht hat. Der Raum ist fast komplett abgedeckt. Von der teppichbespannten Treppe am linken Bildrand bis zu den Durchgängen zu Küche und Wohnbereich in der gegenüberliegenden Wand. In der Höhe der gesamte einsehbare Bereich der Galerie, wenn auch teils verdeckt durch den goldenen Kronleuchter, der wie der Anker eines von einem Tornado auf dem Dach abgesetzten Schiffs in den Raum hängt. Fanni hat die Kamera so perfekt und zentral gesetzt, dass der Frame auch ein Diorama sein könnte.

Ihre Mutter gleitet zügig die Treppe herunter. Ihr seitlich gedrehter Körper zieht eine wehende Bahn seidigen Stoffs hinter sich her. Als wäre sie durch sehr robuste Spinnweben gelaufen.

Fanni schickt ihr eine WhatsApp-Message. Teilt ihr mit, dass sie die App jetzt einfach selbst für sie eingerichtet hat.

Ihre Mutter kramt ihr Smartphone aus der dunkelbraunen Designer-Handtasche, die über ihrem Handgelenk hängt. Ein kurzer Blick hoch zur Kamera. Dann steckt sie es wieder weg, ohne zu antworten.

»Roger«, ruft sie laut, während sie in offene Schuhe schlüpft, »ich muss jetzt los. Bin spät dran.«

»Was?«

Sie wirft die Arme hoch und stöhnt genervt. Dann trippelt sie zur Küchentür. Geht wahrscheinlich ans Telefon. Sie ist noch halb im Frame zu sehen.

»Ich habe gesagt«, spricht sie leiser, aber dennoch hörbar

für Fanni in der Kamera, »dass ich spät dran bin. Du brauchst wirklich ein Hörgerät, Roger. Zu dem Interview. Habe ich dir doch erzählt. Für die SportExtra. Eines dieser ›Was macht eigentlich …‹-Interviews. Essen steht im Kühlschrank. In der rechten Hälfte. Mit Alufolie. Nein, weil ich mich danach noch mit Gabriele zum Brunch treffe. Hast du das etwa auch schon wieder vergessen? Also bis nachher dann.«

Kurz vor dem Windfang und dem unteren Bildrand dreht sie noch einmal ab. »Wo sind die Autoschlüssel?« Sie klingt fast quengelig, so hoch ist ihre Stimme dabei.

Sie läuft die Treppe nach oben, kramt in ihrer Handtasche und findet die Schlüssel, als sie fast auf der Galerie ist. Dann dreht sie sich um, ihre Füße verhaken sich. Sie ist im Begriff zu fallen, kann sich aber am glänzend polierten Treppengeländer abfangen. Die weiteren Schritte sind vorsichtiger. Dann ist sie verschwunden.

Fanni muss acht oder neun Jahre gewesen sein. Aus der klösterlichen Ruhe, die in ihrem Elternhaus per patriarchalen Dekrets zu herrschen hatte, machte sie irgendwann ihre eigene Tugend. Band sie in die Spiele ein, die sie sich ausdachte. Eines davon war, ihrer damaligen Haushälterin Vilma bei ihrer Arbeit zu folgen, ohne von ihr bemerkt zu werden.

Fanni hatte Vilma beim Staubwischen durch das gesamte Obergeschoss verfolgt, sich hinter Sofas und Schrankecken versteckt und versucht, ihr Kichern zu unterdrücken. Dann war Vilma in die Küche gegangen, füllte einen Eimer mit Wasser und Putzmittel, klemmte sich einen Wischer unter die Achsel und kam zurück ins Foyer. Sie putzte immer zuerst die Fenster des Obergeschosses. Fanni, die ihr durch das Foyer gefolgt war und an der Küchentür gelauert hatte, lief zurück. Sie verschanzte sich auf der Galerie, steckte ihr Gesicht zwischen die aufwendig gedrechselten, vertikalen Streben und wartete. Vilma, die damals bereits weit über 60 gewesen sein muss, schleppte sich die Treppe rauf, den Kopf gesenkt. Sie atmete schwer und rasselnd. Dann hob sie den Kopf. Ihr Blick traf den Fannis. Sie hatte wohl nicht erwartet, plötzlich ein Gesicht zwischen den Streben zu sehen, und erschrak so sehr, dass ihr der Wischer wegrutschte und das Gewicht des vollen Wassereimers sie aus der Balance brachte. Sie fiel schreiend rückwärts die Treppe runter. Knallte auf die Stufen und gegen das Geländer und landete am Boden des Foyers, im Wischwasser. Fannis Mutter kam aus dem Wohnzimmer gerannt.

»Oh Gott, oh Gott, oh Gott. Was ist denn passiert?«, rief sie und versuchte, Vilma aufzuhelfen.

Die Haushälterin stöhnte mit schmerzverzerrtem Gesicht und zeigte herauf. Zu dem Gesicht zwischen den Streben der Galerie.

Sie hatte einen Oberschenkelhalsbruch erlitten. Danach kam sie nicht wieder. Und Fannis Eltern mussten – nachdem Fanni mit Zimmerarrest bestraft wurde – einen Ersatz für Vilma finden, die Jahrzehnte für sie gearbeitet hatte.

Damals, ohne Handy, Fernseher oder Computer, war Arrest noch eine richtige Strafe.

»Vilma hätte sich dabei den Hals brechen können. Sie hätte sterben können«, sagte ihre Mutter, als sie und Fannis Vater Fanni in die Mangel nahmen und die Strafe ausgesprochen wurde.

Fanni hatte die ersten Tage des Arrests damit verbracht, sich vorzustellen, wie es ausgesehen hätte, wäre Vilma dabei wirklich gestorben. Nicht, dass sie das gewollt hätte. Tot sein war schlicht ein Konzept, dass ihr damals noch völlig schleierhaft war. Unmöglich, es sich zu imaginieren – ohne Beispielbilder.

Sobald Steve rennradklappernd den Office Space verlassen hat, öffnet Fanni ihr VAT doppelt auf Primär- und Sekundärmonitor. Die Esstischansicht der Naumanns läuft auf dem zweiten. Georgs Eltern sind noch immer da, und auch Min und ein paar andere Freunde, die Fanni flüchtig kennt, sind zu Gast. Alle decken gemeinsam den Tisch ein. Moira spielt auf der Terrasse mit ihrem Okapi und ein paar anderen Tierfiguren. Es scheint etwas zu feiern zu geben.

Fanni hat ihren USB-Stick, auf dem die verschlüsselten Textdateien mit den von ihr verkauften Data Dumps enthalten sind, in den Rechner gesteckt und gleicht die lokalen Adressen aus den Listen mit der Datenbank ab. Durch die Metadaten der Files kann sie das zeitliche Spektrum, in dem sie suchen muss, halbwegs eingrenzen. So muss sie sich nicht durch Wochen und Monate von archivierten Recordings der Kund_innen wühlen.

Sie geht sämtliche Credentials aus der Stadt durch, die sie an GermanVermin verkauft hat. Schon die erste Adresse – ein saniertes Fachwerkhaus mit dunklen Balken – ist ein Volltreffer. Die schwarze Montur, die nicht ein Fleckchen Haut des Menschen darin zeigt. Die lichtschluckende Maske mit den Augenschlitzen. Fanni muss an den noch immer nicht gefassten Church Creeper denken, der im Jahr 2016 Missy Bevers ermordet hat. Im TrueCrime-Subreddit wurde viel über den auffälligen Gang des in SWAT-Ausrüstung gekleideten Creepers theoretisiert. Manche User_innen gingen in der Annahme, dass die Art des Creepers, sich zu bewegen, auch zu einer weiblichen Person passen würde. Viele andere plädierten für die nähere Befragung des Vaters der Ermordeten und zogen Vergleiche zwischen den CCTV-Recordings aus dem Kirchengebäude, in dem der Mord stattgefunden hatte, und Nachrichten-Beiträgen, die den Vater beim Gehen zeigten.

Fanni überprüft die weiteren Adressen. Bei jeder bewegt sich der Maskierte mit einer Selbstverständlichkeit und einer fokussierten Selbstsicherheit durch die Häuser, die eigentlich den Anwohner_innen vorbehalten sein sollte. Sein Ziel ist immer dasselbe: das Schlafzimmer.

Fanni hat die PC-Boxen so leise gestellt, dass sie die Gespräche im Haus der Naumanns gerade so hören kann. Als würde sich jemand am Eingang des R&D-Büros in gedämpfter Lautstärke unterhalten.

»Ich hole Moira«, sagt Georgs Vater, als alle am mit Schüsseln und länglichen Tellern beladenen Esstisch Platz genommen haben.

Mit einem Auge sieht sie ihm dabei zu. Er nimmt Moira auf der Terrasse Huckepack. Sie drehen ein paar Runden durch den Garten. Manchmal verschwinden sie ganz aus dem Kameraframe. Manchmal kann Fanni nur seine Beine und seinen halben Torso sehen. Und Moiras nackte Füße, wie sie sich um seinen Bauch klammern. Mit dem anderen Auge sieht sie den maskierten Eindringling eine Treppe aus dem Obergeschoss herunterkommen. Zügiger als auf dem Hinweg, aber weder flüchtend noch hastig. Wie ein menschenförmiger Bildfehler bewegt er sich durch das Sichtfeld der Indoor-Cam. Kurz darauf läuft eine Frau im Nachthemd – Fanni schätzt ihr Alter auf das ihrer eigenen Mutter – die Treppe runter, auf die Ladestation eines kabellosen Festnetztelefons zu. Es fällt ihr aus der zitternden Hand und zerbirst auf dem Fliesenboden. Fanni sieht, wie sie erschrickt. Sie verlässt das Kamerabild und kommt mit einem Handy am Ohr zurück. Währenddessen schleppt sich ihr Mann die Treppe runter. Lässt sich auf der untersten Stufe nieder und stützt die Ellbogen auf die Knie, den Kopf gesenkt. Blut tropft unter ihm auf die Fliesen und fließt die Fugen entlang.

»Ich werde euch so vermissen«, sagt Min am Esstisch und zieht das Wort Vermissen in gespielter Quengeligkeit in die Länge.

Uta macht ein Geräusch, als wäre etwas verdammt süß, und umarmt ihre Freundin im Sitzen. Fannis Ohren zucken. Ihre Augen sind auf den Mann auf dem Primärmonitor gerichtet. Er legt den Kopf in den Nacken. Sein Gesicht ist ein beuliges, aufgeplatztes Trümmerfeld. Sein Blick ist entrückt und scheint von tief unter seiner verletzten Haut, seinen wahrscheinlich gebrochenen Gesichtsknochen, zu kommen. Augen wie Ferngläser, die verloren in eine neue Realität – sämtlichen Illusionen von Sicherheit und Ordnung beraubt – blicken. In jene Realität, die Fanni keine fünf Minuten zuvor in der gleichen Kameraaufnahme gesehen hat. In den weißen Augen zwischen den Maskenschlitzen gespiegelt, als GermanVermin – der Maskierte ist Fannis Käufer vom MonstroMart, da braucht sie sich nichts vormachen – zur Kamera heraufgeschaut hat.

»Wir fahren mit einer Fähre. Mit all unseren Sachen«, meldet sich Moira und zieht damit Fannis Aufmerksamkeit zum Sekundärmonitor.

»Wann kommt der Container?«, fragt einer der Gäste. Fanni kann sich nicht an seinen genauen Namen erinnern – Jörn oder Jörg oder Björn oder Bjarne.

»Montag«, sagt Georg und lädt sich Kimchi von einem Teller in der Tischmitte auf seinen.

»Ich kann's noch gar nicht fassen, dass ihr dann weg seid«, sagt jemand anderes.

Uta sagt, dass es ihr genauso gehe, aber dass sie sich unheimlich auf die Wälder und Seen in Schweden freue.

»Opa hat gesagt, nachts kommen manchmal die Elche ans Haus«, sagt Moira.

Im Video auf dem Primärmonitor sind inzwischen die Polizei und Sanitäter_innen erschienen. Der Hausbewohner wird verarztet und aus dem Kamerabild begleitet. Eine Polizistin und ein Polizist nehmen die Aussage der Frau auf, während ein Sanitäter ihren Puls misst.

»Zeigt uns doch noch mal euer neues Haus dort«, fordert Jörg/Jörn/Björn/Bjarne Georg und Uta auf.

Georg holt seinen Laptop, dreht ihn herum und reicht ihn in die Reihe der Sitzenden, die darüber diskutieren, wer die Naumanns zuerst in Schweden besuchen darf.

»Wird schon komisch sein, vor die Haustür zu treten und nicht mehr als Erstes das Geratter der Tram zu hören«, sagt Georg. »Komisch, aber gut.«

Fanni öffnet den nächsten Feed im VAT auf dem Primärmonitor und scrollt sich durch leere Nächte, bis GermanVermin auf der Bildfläche erscheint. Das Tischgespräch dreht sich um Moiras Weg zum Kindergarten und, später dann, zur nächstgelegenen Schule, der nur noch mit dem Auto zu bewältigen sein wird, weil sich das Haus mitten in der Natur befindet.

»Wir wohnen in der Nähe. Ich bring dich dann morgens hin, oder, Moira?«, sagt ihre Oma und Moira nickt, erzählt mit einem Lachen, dass sie schon ganz viel Schwedisch kann und gibt eine Kostprobe.

Auf der Nachtsichtaufnahme der Schlafzimmer-Indoor-Cam auf dem Primärmonitor setzt GermanVermin einen Fuß auf die Matratze des vor ihm schlafenden Paars, dann steigt er mit dem anderen nach – darauf achtend, dem

Mann, der jetzt zwischen seinen Füßen liegt, nicht auf die Beine zu treten. Er sieht auf sie herab. Fast eine ganze Minute lang. Dann lässt er sich auf die Knie fallen, so dass das Bett bebt. Rechts davon werden Georg, Uta und Moira mit Abschiedsgeschenken überrascht. GermanVermin drischt losgelöst auf den verwirrten Mann unter sich ein, dessen Frau neben ihnen zappelt wie ein Fisch. Ihre verzweifelten Versuche den Eindringling von ihrem Mann herunterzukriegen, gleiten an GermanVermin ab, als wäre er mit Teflon beschichtet. Tränen fließen über Utas Gesicht. Ihr Kinn liegt auf Mins Schulter auf. Sie lächelt und schluchzt. Fanni hält es nicht mehr aus und mutet das VAT mit den Naumanns, regelt die Lautstärke des anderen hoch. Hilfloses Kreischen. Inbrünstiges Stöhnen, das stoßweise die wild gewordenen Schläge GermanVermins untermalt. Dumpfe, antiklimaktisch klingende Fausttreffer auf Augen, Nase, Stirn, Wangen, Mund. Erstickte Gluckser. Dem Mann, der eben noch friedlich in seinem Bett geschlafen hat – unter dem vermeintlich schützenden Auge von BELLs Indoor-Kamera – wird the ever living shit aus dem Leib geprügelt. GermanVermin hämmert mit den behandschuhten Fäusten auf ihn ein. Befreit den Hauseigentümer und sich selbst von jeglicher menschlichen Würde. Zertrümmert alle Illusionen, die ein Leben lang eingespeist wurden. Die Naumanns, ihre Freund_innen und Moiras Großeltern liegen sich in den Armen. Georg bringt zwei Flaschen Sekt und Sektgläser ins Bild. Schenkt ein. Sie stoßen an. Auf ihr neues Leben in Schweden. GermanVermin lässt von dem Mann ab und gleitet vom Bett, öffnet die Tür und verschwindet. Hinterlässt die Trümmer des bequemen spätkapitalistischen Lebensentwurfs. Die Naumanns und ihre Gäste gehen in den Garten. Stellen Stühle um eine Feuerschale auf, die Uta entzündet. Moira läuft zurück ins Haus. Holt ihr Okapi vom Tisch, das sie dort hat stehen lassen. Schaut auf zur Kamera. Macht ein Gesicht, als würde sie etwas sagen wollen. Dem Geist. Fanni. Ihre Oma ruft sie durch die Terrassentür zu sich. Dass sie jetzt Stockbrot machen wollen. Moira läuft raus. Schließt die Terrassentür hinter sich. Lässt Fanni zurück. Allein in ihrem Cubicle. Sie sieht, wie Moira mithilfe ihrer Oma klebrigen Teig um einen Stock wickelt. Zwischen ihnen das Glas des Monitors. Das Glas in der Linse der BELL-Kamera. Das Glas der Terrassentür. Fanni drückt dreimal hintereinander Alt + F4. Return. Der Computer fährt herunter.

JUNYA

Früher schichtete Junya einmal im Monat sämtliche Kleidung, die er besaß, vor seiner Zimmertür auf, um sie in den darauffolgenden Tagen stapelweise gewaschen und zusammengelegt an der gleichen Stelle wieder vorzufinden.

Zweimal am Tag stand Essen vor seiner Tür. Unsichtbare Beine gingen an einen magischen Ort und kauften mit unsichtbarem Geld Lebensmittel ein, die später von gleichermaßen unsichtbaren Händen zubereitet werden sollten.

Heute steht Junya neben Haruko oder Goro, die Hände vor dem Schoß gefaltet, sieht ihnen dabei zu, wie sie die Waschmaschine befüllen, und lernt selbst Sentaku zu machen.

»Spiel gar nicht erst mit dem Knopf hier herum. Damit regulierst du die Wassermenge. Mit diesem hier auch nicht. Es bringt ja nichts, die Wäsche zu trocknen, bevor sie überhaupt gewaschen ist. Einfach nur anschalten, hier, und dann diesen Knopf drücken. Zack! Einfach, was?«

Junya nickt.

Heute geht Junya Tag für Tag zu einem Getränkeautomaten die Straße runter; flankiert von Ayame und Natsumi, die ihm gut zureden und plötzlich vorbeifahrende Fahrradfahrer, unerwartet um die Ecke hetzende Passanten und die Wiedergabe des alten Kinderliedes Tōryanse, das aus einer Ampelanlage quäkt, für ihn kommentieren.

Als sie vor ihm standen und sagten, es sei an der Zeit, dass er die Wohnung verlasse, hatte sein Nicken, so zaghaft es auch war, ihn selbst überrascht.

Zur Belohnung erhält er jeden Tag ein Getränk aus dem erreichten Automaten. Hatte er früher ausschließlich Leitungswasser und Ramune der Marke Sangaria getrunken, so probiert Junya heute alles aus und holt nach, was ihm in den Jahren der Abgeschiedenheit entgangen ist. Pocari Sweat, Minute Maid Traube, Aquarius, Ooi Ocha, Fanta White Banana, Gogo no Kocha. Sein neuer Favorit ist Lemon Water, und am liebsten würde er nie wieder etwas anderes trinken.

An einem Tag fühlt sich Junya ganz besonders mutig und probiert zum ersten Mal Kaffee. Der Automat bimmelt, als er die Taste drückt. Die Dose Georgia-Premium-Eiskaffee knallt in das Ausgabefach.

»Schüttel sie vorher«, sagt Ayame.

Natsumi und sie schauen ihn erwartungsvoll an. Er nimmt einen großen Schluck. Seine Geschmacksknospen wehren sich umgehend, so dass die braune Flüssigkeit zwischen seinen dünnen Lippen hervorsprüht. Die beiden können nicht an sich halten und fangen an zu lachen. Sein Mund schmeckt so moosig, als hätte er an einer unzureichend gelüfteten Tatami geleckt. Er wischt sich einen Rest Kaffee von der Lippe. Und dann stecken sie ihn an. Junya lacht. Lacht so heftig, dass er Seitenstechen bekommt und trotzdem nicht mehr aufhören kann und noch lacht, als sie sich schon nicht mehr die Zeigefinger unter die Augen halten, damit ihre Schminke nicht verläuft.

Einige Tage später gelangen sie an der nächsten Straßenecke an und stehen im klinischen Licht einer Lawson-Filiale. Sie beglückwünschen Junya und eröffnen ihm, dass der nächste Schritt am folgenden Tag sein wird, in den Konbini zu gehen, um einzukaufen.

»Gibt es da Lemon Water?«, fragt Junya.

Sie tauschen einen Blick aus.

Kurze Zeit später schieben sich hinter ihnen die Glastüren des Lawsons zu. Es macht ping-pong. Die drei sind mit Plastiktüten voller Essen beladen. Junya hat sich mit Lemon Water eingedeckt und die neueste Ausgabe der Gekkan Supirittsu gekauft. Seine Atmung geht schnell, seine Nasenflügel flattern, seine Ohren glühen. Ayame und Natsumi stellen ihre Tüten ab und klatschen in die Hände. Sein Kehlkopf hüpft unter dem Kinn auf und ab. Junya nickt. Lächelt.

»Jetzt stell dich doch nicht so an«, sagt Ayame und richtet die Softboxen so aus, dass möglichst kein Schatten auf Risa liegt, die gerade versucht, ihren Haarkorpus in zwei Zöpfe zusammenzufassen, die zu dem Kogyaru-Outfit aus Cardigan, Faltenrock und lockeren Kniestrümpfen passen sollen, das Ayame für die erste Fotostrecke ausgewählt hat.

»Ich stell mich gar nicht an! Das sind halt meine Haare! Die Jahre als Gyaru mit Tonnen von Haarspray bekommt man da eben nicht so leicht wieder heraus.«

»Und zieh die Kniestrümpfe höher. Dein Zettai ryōiki ist mir noch zu freizügig. Das sollen schließlich respektable Fotos werden.«

Junya mischt sich nicht ein. Er ist vollkommen selig, einen der teuren Nikon-Fotoapparate in den Händen halten zu dürfen.

Gleich nachdem Ayame ihn gefragt hatte, ob er ihr dabei helfen wolle, neue Profilfotos von Risa für die Agentur-Website zu schießen, war er ins Studio gegangen, um sich mit den Spiegelreflexkameras vertraut zu machen. Oft hatte er davon geträumt, einmal selbst solch eine Kamera zu besitzen, doch befanden diese sich in

Preissphären, die jenseits von Junyas zehn Quadratmeter
großer Dimension lagen.

Ayame hat genug und versucht, Risa dabei zu helfen, ihre
filzigen Haardisteln durch die Spiralzopfgummis zu zwängen. Als würde sie das Wasser aus einem vollgesogenen
Handtuch der Länge nach auspressen wollen, drückt sie an
Risas Haaren herum.

Die Tür fliegt auf und Yūichi kommt hereingestürmt. Er
trägt Junyas Holzmaske. Die Kulleraugenlöcher, das spitz
zulaufende Maul, ausgezehrte Wangen. Junya lässt die Kamera fallen und sie zerschellt am Boden. Plastiksplitter
platzen vom Gehäuse und fliegen wie aufpoppender Mais
durch die Gegend.

Yūichis Stimme klingt hohl: »Du bist es, oder? Stimmt
doch.«

»Was soll das, Yūichi? Wir arbeiten hier. Was ist das für
ein scheußliches Ding?«, sagt Ayame.

Yūichi zieht die Maske vom Kopf. Ein roter Striemen hat
sich auf seiner Stirn gebildet.

Erst jetzt fällt Junya auf, dass Yūichi auch seinen Hammer in der Hand hält.

»Du bist der Typ, oder? Den sie suchen?«, sagt er und
klingt, als sei er außer Atem. Seine Unterlippe hat die Form
einer Pfeilspitze angenommen.

Junyas Ohrläppchen berühren seine Schultern.

Er will es eigentlich schreien, doch es dringt nur als Flüstern aus seinem Mund; zu leise, als dass jemand der anderen
es hört: »Gib mir den Hammer.«

»Was quatschst du da?«, sagt Risa und schiebt ihr Kinn
vor.

»Hier«, Yūichi hält den Sanmoku-Hammer hoch. Er
riecht sogar daran, »riecht nach Blut. Der lag unter dem

Kissen im Webcam-Zimmer, als ich das Bett zum Waschen abziehen wollte. Ich hab doch recht, oder? Du bist das? Der Albtraum von Tama?«

»Gib mir den Hammer.«

Wieder ist es nicht mehr als ein durch die Zähne gepresstes Zischeln.

»Was soll das bedeuten, der Albtraum von Tama?«, fragt Ayame.

»Na, dieser Serieneinbrecher, der nachts Lehrer in ihren eigenen Betten angreift.«

Masataka steht in der Tür.

»Was soll denn der Krach? Ich versuche, da drüben zu telefonieren.«

»Frag ihn das«, sagt Yūichi und zeigt mit dem Hammerkopf auf Junya.

Es hatte keinen Sinn. Junya sah keinen anderen Ausweg, als zuzugeben, dass er derjenige ist, der von der Polizei gesucht wird, also erzählte er den anderen davon.

Er rechnete felsenfest damit, sie alle mit dieser Information zu schockieren, doch Setsuo und Yūichi schockten ihrerseits Junya, als sie ihm aufgeregt erzählten, dass die sozialen Medien voll mit ihm waren. Vom Albtraum von Tama. Nachdem die Polizei das Opferprofil öffentlich gemacht hatte, hatte sich in wenigen Tagen eine Art Kult um den Albtraum von Tama gebildet. Nicht nur Schüler und Schülerinnen, wenn auch vor allem diese, diskutierten und teilten in ihren LINE-OpenChats und -Timelines jeden noch so kleinen Artikel, den sie auftun konnten. Fanarts überfluteten Twitter, die Leute begannen, sich in Fangruppen zu organisieren, und besonders mutige, oder kurzsichtige, Schüler schlugen dem Albtraum öffentlich ungeliebte

Lehrer und Lehrerinnen als nächste Opfer vor, oder baten ihn darum, sich um jemanden zu kümmern, da ein schwieriger Test anstand.

Junyas Ohren glühen noch immer von diesen neuen Informationen. Er fühlt sich dermaßen überreizt, dass er kaum das Sofa unter sich spürt, auf dem er am äußeren Rande sitzt. Maske und Hammer liegen in seinem Schoß. Seine kribbelnden Hände schützend darauf. Ayame tigert durch den Raum.

»Das ist – wie konntest du das tun? Über Jahre?«, sie speit ihre Worte aus. »Widerlich! Abartig! Was – was bist du nur für ein Mensch?!«

Ihr Gesicht ist eine abstrakte Malerei all der Abscheu, die Junya in den ersten siebzehn Jahren seines Lebens entgegen geschlagen war.

Masataka löst sich von der Bar, an der er die ganze Zeit, in der Junya versucht hatte, sich zu erklären, und Ayame wie ein Taifun über ihn hereinbrach, stumm gelehnt hat.

»Wir haben alle schon Mist gebaut in unserem Leben«, er hebt seinen Zeigefinger in Richtung Ayames, da er ihren Einwand vorauszusehen scheint, »vielleicht nichts, was an das herankommt, was Junya getan hat. Aber trotzdem. Niemand von uns kann nachfühlen, was in ihm vorgegangen sein muss, dass es ihn so weit getrieben hat. Und ich kann nicht anders, als mir eine Mitschuld an dem zu geben, was aus Junya geworden ist.«

»Wie meinst du das?«, fragt Ayame ihn.

Junya hatte ihnen von den ständigen Demütigungen seiner Schulzeit erzählt, jedoch nie Namen dabei genannt.

»Ich war es«, er schaut zu Junya rüber, der schwach nickt, »der ihn zu dem gemacht hat, der er heute ist. Ich und ein paar meiner sogenannten Freunde damals. Und die Lehrer und Lehrerinnen. Die haben es toleriert. Haben uns machen lassen.«

Ayame verharrt für einen Moment. Scheint darüber nachzudenken.

Dann wirft sie die Arme hoch und sagt: »Aber das ist alles keine Rechtfertigung für – für das!«

Als würde sie mit dem Wort ›das‹ Junya selbst und nicht seine Taten meinen, zeigt sie auf ihn. Er schrumpft in sich zusammen.

»Ist es das nicht?«, brüllt Masataka und scheint selbst überrascht von seinem Ausbruch. Er holt tief Luft und glättet seinen Anzug. In gemäßigterer Stimmlage fährt er fort. »Sein Leben lang hat er nichts anderes als Ablehnung und Erniedrigung erfahren. Eine Ohrfeige nach der anderen einstecken müssen. Ihm wurden so viele Knüppel zwischen die Beine geworfen – auch von mir –, dass er nicht mal mehr die Chance hatte, aufzustehen.« Nun ist es Masataka, der durch den Raum marschiert. »Und als er am Boden lag, haben wir noch draufgetreten. Anstatt sich sein Leben lang in seinem Kinderzimmer einzuigeln und langsam zu verrotten, bis zum Kodokushi, hat er gehandelt. Hat sich gewehrt. Auf die einzige Art und Weise, die er kennt. Er – nein, wir alle hier«, Masataka lässt seinen Zeigefinger über alle Anwesenden fliegen, »sind nicht so verschieden von Junya. Genauso wie er sind wir Produkte der Gesellschaft, die uns ausgeschlossen hat, die uns keine Chance gegeben hat. Und alles nur, weil wir entweder nicht den strammen Vorgaben entsprachen, wie oder wer man zu sein hat. Oder weil wir es nicht wollen. Weil wir uns nicht in dieses erstickende Korsett zwängen wollen. Wir alle hier, jeder einzelne von uns, wir sind herausstehende Nägel und wir lassen uns nicht einschlagen. Nicht von denen und ihrer straffen angepassten Leistungskultur.«

»Aber von uns hat keiner Unschuldigen den Schädel eingeschlagen«, schreit Ayame ihn an und macht zwei Schritte auf ihn zu.

»Wer ist schon unschuldig«, sagt Masataka und verzieht das Gesicht. »Sag's mir! Wer? So was wie Unschuld existiert doch gar nicht.«

»Ich – ich will, dass er geht.«

Junya steht auf.

»Setz dich wieder hin«, sagt Masataka.

Junya setzt sich. Proteinpralle, glitschige Madenkörper wälzen sich unter seiner Haut. Fühler und Greifwerkzeuge kitzeln seine Nerven. Tausende von winzigen Beinchen krabbeln tief aus seinem Inneren herauf.

»Wenn er jetzt geht, war's das für ihn. Wenn er jetzt geht, wenn wir ihn jetzt aufgeben, dann –«

»Dann was?«, sagt Ayame, geht kurz auf die Zehenspitzen und fällt zurück auf die Hacken.

Masataka sieht ihn an. Er kann sich nicht verteidigen. Schafft es nicht. Er hat Angst, dass, wenn er seinen Mund öffnet, all das Getier hervorkrabbelt und auch Masataka klar wird, was Junya in Wahrheit ist.

»Ich werde mir nicht noch mehr Schuld aufladen«, sagt Masataka und dreht sich um.

Auf dem Genkan schlüpft er in seine Halbschuhe.

»Masa.«

Er hat die Hand an der Türklinke. Dann drückt er sie runter und verlässt die Wohnung.

Einige Sekunden, in denen sich kein Atom im Raum rührt, vergehen. Dann schwenkt Ayame herum und fokussiert Junya, der sofort den Kopf einzieht und sich an Maske und Hammer festkrallt. Langsam und fast unmerklich verliert ihr Blick an Schärfe. Ihre Augenlider kehren zurück. Ihre Lippen runden sich. Dann sinkt sie auf die Knie.

Junya springt auf und läuft Masataka nach.

FANNI

Fanni legt das Ohr an die Badezimmertür. Knistern. Jemand rattert auf Englisch und mit gelangweilter Abgeklärtheit Namen von Pokémon herunter. Dann knistert es wieder und die Person rastet aus, schreit vor Freude, »hell yeah«, »woohoo«, »holy shit, finally«. Tobi sieht sich ein Pokémon-Trading-Card-Box-Opening-Video auf YouTube an.

Vor der Tür liegen ein paar leere Rationstüten eines serbischen MREs aus ihrem Vorratsschrank. Darunter ein beidseitig beschriebenes Blatt Papier. Fanni räumt Tobis Müll weg. Dann hebt sie den Zettel auf. Seit ihrer Schulzeit hat sie nichts Handgeschriebenes mehr gelesen, das länger als ein Post-it war.

Sie liest:

Hallo Fanni. Lilly hat mir eine WhatsApp geschickt. Sie hofft, dass ich mich wirklich umgebracht habe, damit sich unsere Eltern nicht umsonst Sorgen machen. Ich hab mein Handy ins Waschbecken gelegt und Wasser drüber laufen lassen, bis es ausgegangen ist. Sorry für die zusätzlichen Wasserkosten. Und danke, dass du dein WLAN-Passwort bis jetzt noch nicht geändert oder die Bullen gerufen hast. Ich wüsst sonst nicht wohin. Für mich gibts da draußen nix. Gabs auch noch nie. Alles, was ich je angepackt hab, was ich je versucht hab, hat sich in Nullkommanichts in Scheiße verwandelt. Bin nicht mal bis zum Abi gekommen. Die Ausbildungen, die ich angefangen hab, hab ich abgebrochen, oder ich bin einfach nich mehr hingegangen. Das gleiche war's mit den Minijobs, die ich gemacht hab. Und mit allem, was ich selbst versucht hab. Wollt auf meine Art was aus mir machen. Nach meinen eigenen Regeln. Dass meine Eltern trotz der ganzen Fehlschläge stolz auf mich sein können. Dass ich neben Lilly nich mehr so endlos abstinke. Dass ich ihnen das Geld zurückgeben kann, das sie bezahlen mussten, als damals das Anwaltsschreiben wegen der Musikdownloaderei auf Kazaa ins Haus flatterte. Glaube irgendwie, damit fing's an. Das ganze Losen mein ich. Hab versucht, Bandshirts, die ich auf anderen Seiten hab drucken lassen, über eBay zu verkaufen. Kam nur noch nen Anwaltsschreiben. Scheiß Copyright. Als Let's Player auf YouTube hab ich's nicht über 28 Subscriber geschafft. Als Twitch-Streamer nicht über zwei Views pro Stream. Wahrscheinlich wollt ich im Grunde eh schon immer eigentlich gar nix machen. Irgendwann nich mal mehr selber Videospiele zocken. Nich selber nachdenken müssen. Ist mir alles zu viel. Ich hab die Schnauze voll, Fanni. Von meinen Eltern und ihren Erwartungen, die ich eh nur enttäuschen kann. Von Lilly, dem Vergleichen mit ihr und dem Wissen, dass ich nicht rückgängig machen kann, wie ich früher zu ihr war. Von meinem Sachbearbeiter beim Arbeitsamt, von der Macht, die er über mich hat, und von den anderen Menschen in den Wartezimmern, die mich jedes Mal daran erinnern, dass es mir noch schlechter gehen könnte. Und von all den anderen, die in ihren dicken Karren an mir vorbeifahren und mir unwissentlich aufzeigen, was für ein Loser ich bin, ohne dass ich dafür meinen Kontostand abrufen muss. Ich hab die Schnauze voll davon, neidisch zu sein, und meinen eigenen Wert an Dingen festzumachen, die ich eigentlich nie wollte. Davon, dass ich auch nicht weiß, woran ich meinen Wert sonst festmachen soll. Aber am allermeisten, am allerallermeisten hab ich von mir selber die Schnauze voll. Von meinen vergifteten Gefühlen und meiner gepanschten Hirnchemie. Von den Gewittergedanken. Davon, *dass ich mir, wann immer ich mal zufällig aufwache und mich nicht vollkommen dreckig fühle, sage, dass so ein Stück Scheiße wie ich das nicht verdient hat. Davon, dass ich für niemanden jemals wirklich Zuneigung empfunden habe. Am allerwenigsten für mich selbst. Dass der Gedanke an Sex für mich noch nie mit Liebe machen verbunden war. Dafür aber untrennbar mit Fucking, Pounding, Gangbang, Bukkake, Gloryhole, Bangbus, Rocco Siffredi, Lisa Ann, Deep Throat und Stepfantasy. Ich hab die Schnauze voll davon, nichts auf die Kette zu kriegen, und davon, wie schwierig und kompliziert selbst die simpelste Handlung im echten Leben ist. Ich hab die Schnauze voll davon, so ein endloser und absoluter Fuck-up zu sein. Ich will nichts mehr tun. Nichts mehr versuchen müssen. Keine Anforderungen und Erwartungen mehr erfüllen und sowieso enttäuschen. Der Abschiedsbrief, den ich meinen Eltern hinterlassen habe, war wohl so was wie ein Probelauf. Das hier ist mein echter Abschiedsbrief. Meine Suicide Note. Ich will nicht mehr mitmachen. Nicht mehr teilnehmen. Keiner mehr von euch sein. Will nur noch meine Ruhe. Nur noch YouTube und Twitch glotzen. Konsumieren. Wenn es nach mir geht, bin ich tot für die Welt. Ich hoffe, du kannst das irgendwie respektieren, Fanni. Versuch bitte nicht, mit mir zu sprechen. Ich werd dir nich antworten. Im Real Life bin ich ab jetzt tot. Danke für dein Verständnis. C U, Tobi.*

Fanni bleibt lange vor dem Badezimmer stehen und hört mit an, wie ein Video nach dem anderen abgespielt wird. Ein paar Parts eines Let's Plays, ein Unboxing-Video, Mukbangs, irgendwelcher YouTube-Poop, eine True-Crime-Episode über irgendeinen aktuellen japanischen Serientäter, ein Grafikkarten-Review, 90s-Cartoon-Theme-Song-Compilations, ein Conspiracy Vlog über Reptilians. Sie klopft nicht. Sie sagt nichts. Sie ist mit dem Vorhaben nach Hause gekommen, an den Sicherungskasten zu gehen und den Strom abzustellen. Die Tür einzutreten. Tobi irgendwie aus ihrem Badezimmer zu bekommen. Sie tut nichts davon. Stattdessen packt sie ihren Rucksack. Laptop, ihre Zahnputzsachen und so viele MREs aus dem Küchenschrank, wie sie hineingestopft kriegt. Sie wird ein paar Tage weg sein. Dann fährt sie zum Businesspark Süd zurück. In der Tram legt sie sich eine Lüge für den Pförtner zurecht, doch der schaut nur kurz auf, als sie das Foyer durch die Drehtür betritt, und widmet sich wieder dem, was auch immer er hinter der Rezeptionstheke tut.

Fanni fühlt sich leicht. Sie fühlt sich inspiriert. Sie sieht zwei Reinigungskräfte durch die Glaswand das R&D-Büro wischen. Normalerweise würde sie den Kopf unten halten, bis sie an ihnen vorbei ist. Diesmal sieht sie ihnen nacheinander in die Augen, als sie durch die Cubicle-Reihen geht, grüßt und sagt, dass sie sich nicht von ihr bei der Arbeit stören lassen sollen. Dann setzt sie sich an ihren Schreibtisch und zieht das VivoBook aus dem Rucksack. Ein paar der MREs, die sie zu Hause hineingestopft hat, fallen dabei raus. Sie steckt sie zurück und schaltet ihren Arbeitsrechner an. Während er und das TAILS OS auf ihrem Laptop booten, öffnet sie die Malware-App auf dem Bittium.

Als Erstes stellt sie Lillys Kreditkartendaten offen und zur freien Verfügung für alle User_innen auf PasteMaker. Anschließend loggt sie sich in den MonstroMart ein und extrahiert aus der BELL-Datenbank einen weiteren Dump mit Kund_innen-Credentials. Sie löscht darin alle lokalen Adressen, bis auf eine einzige. Sie kennt den Namen nicht, kennt die Adresse nicht. Kann sich nicht erinnern, jemals in eine der dort installierten Kameras geschaut zu haben.

Der Zufall ist die einzige Auswahlmethode, die infrage kommt. Es steckt schon zu viel bewusste Entscheidung und Antrieb in diesem Vorhaben. Wen es trifft, sollte nicht in ihrer Hand liegen. Trotzdem stellt eine gemeine Fistelstimme in ihr die Frage, vor der sie sich fürchtet: Was wäre, wenn es rein zufällig die Adresse der Naumanns wäre? Oder die ihrer Eltern? Fanni kennt die Antwort darauf. Es ist reine menschliche Heuchelei. Sie denkt an Tobi und ihr Respekt für die Konsequenz hinter seiner Entscheidung, so unrealistisch und kindisch sie auch ist, wächst noch einmal an.

Sie kopiert die Liste auf ihren Stick. Er wandert vom Rechner in ihren Laptop. Dann stellt sie den fertigen Dump auf den MonstroMart – vollkommen sicher, dass German-Vermin wieder zuschlagen wird.

Sie wartet, bis die Reinigungskräfte den Office Space verlassen haben. Dann räumt sie die MREs aus dem Rucksack in ihren Schreibtisch, fährt Laptop und Computer herunter und legt sich unter den Schreibtisch. Sie schläft sofort ein – den Geruch von Vinyl und Putzmittel in der Nase.

JUNYA

Während der Fahrt an den Rand Ikebukuros dachte Junya an Ayame. Nachdem sie Masataka zum Abschied auf die Wange geküsst hatte, sah sie Junya sekundenlang an. Hinter ihrer zugemauerten Fassade schienen sich Wörter zu bilden, die ihren Weg heraus jedoch nicht fanden, bevor sie sich abwendete und weiter in ihrem Cup mit Instant Ramen rührte.

»Also. Vergiss nicht, was ich dir erklärt habe«, sagt Masataka und dreht sich zu Junya um, der im Fond des Wagens sitzt und an dem smaragdgrünen Satintrainingsanzug herumzupft, den er sich für diesen Anlass von Goro hat leihen müssen.

»Du wirst mich vorstellen. Ich sage nichts, wenn nicht direkt angesprochen. Wenn doch, spreche ich ihn nur indirekt an und –«

»Ihn bloß nicht Oyassan nennen. Du bist schließlich ein Außenstehender.«

»Wie nennt ihr ihn denn?«

»Wir sagen auch -sama. Gehören genauso wenig dazu wie du.«

»Weißt du noch, wie Yūichi mal das -dono rausgerutscht ist?«, sagt Goro und klatscht Masataka den Handrücken an den Oberarm.

»Der alte Kusotare hat Yūichi ordentlich auf links gedreht. Apropos, wo bleiben die beiden Yarô? 200 PS und er kommt trotzdem immer zu spät.«

»Kennst doch Yūichi. Außerdem, je mehr Pferdestärken, umso langsamer fährt man. Sonst sieht doch keiner, was für 'ne geile Karre man hat.«

»Er kann in seiner Freizeit so lahmarschig fahren, wie er will. Wir haben einen Termin.«

»Da kommen sie«, sagt Junya, der Yūichis IROC-Z hinter ihnen in die Straße biegen sieht.

Sie betreten ein Gebäude, dessen Unscheinbarkeit laut herausposaunt, dass dort Dinge vor sich gehen, die nicht für die Öffentlichkeit bestimmt sind.

Unmittelbar hinter dem Genkan führt eine Treppe ins Obergeschoss. Als wäre es nicht bereits eng genug, kommen ihnen drei Männer entgegen. Sie sehen aus wie wandelnde Fausthiebe. Auf engstem Raum nickt man sich knapp zu. Junya und die anderen ziehen ihre Schuhe aus. Die drei Männer ziehen ihre an. Aftershave erfüllt den winzigen Flur vollkommen und löst Junyas Würgreflex aus, den er mit zugepresstem Mund zu unterdrücken versucht. Masataka betritt ein Zimmer zur Rechten durch eine Glastür und spricht mit einem jungen tätowierten Mann in Unterhemd und mit einem blau-weißen Tenugui, das er sich mittels zweier Schläfenknoten um den Kopf gebunden hat.

Die Wände des Treppenaufgangs sind bis nach oben mit Postern, Flyern und Tabellen zugepflastert. Am Fuß der Treppe kündet ein großes buntes Plakat vom Sanja Matsuri-Festival von vor zehn Jahren. Es ist über noch ältere ausgeblichene Starterfeldlisten von Tokioter Pferderennen geklebt.

Masataka kommt wieder und sagt: »Alles klar. Er«, dabei zeigt er mit dem Daumen hinter sich auf den Mann mit dem Kopftuch, »sagt, Mitsunaga wäre noch in der Nachhilfe, aber wir könnten schon hochgehen.«

Einer Eingebung folgend, dreht Junya sich auf der ersten Stufe um. Die drei Männer stehen vor der Eingangstür und rauchen. Das tun sie auf eine solch aggressive Weise, als wären sie wütend auf die Zigaretten. Sie erwidern seinen Blick wie müde Wachhunde. Er folgt den anderen die Treppe hinauf. Ihr stumpfer Teppichbezug macht den Anschein, als hätten nicht nur zahllose Füße, sondern auch Köpfe und Schultern in der Vergangenheit schon ihre Bekanntschaft machen müssen.

Die Wände des Flurs im Obergeschoss sind mit gerahmten Fotografien anzugtragender, posierender Männer mit Granitmienen gesäumt. Masataka blickt sich immer wieder um, vorbei an Goro, Yūichi und Setsuo. So, als sei er sich unsicher, ob Junya es sich jeden Moment anders überlegen und umdrehen könnte. Hinter einer der Türen, an denen sie vorübergehen, ist eine Art mechanisches Flattern zu hören, als befinde sich dort die Druckerei einer Tageszeitung. Masataka bleibt am Ende des Flurs vor einer Tür mit Milchglasscheibe stehen. Gedämpfte Stimmen im Raum dahinter. Er klopft dreimal.

»Kommt rein«, ruft jemand.

Masataka nickt den anderen zu und geht voran. Sie betreten einen lichtdurchfluteten Raum. Zwei Fensterreihen an den Seiten. Ein älterer Mann mit stoppeliger Glatze, Bürstenschnurrbart und einem Kiefer wie eine Bärenfalle kniet im Kiza inmitten einer Gruppe von Kindern.

»Reinkommen. Setzt euch da hin«, er wedelt unbestimmt mit den Fingern. Auf einem davon steckt ein dicker quadratischer Goldring. »Wir sind hier gleich fertig.«

Er beachtet Junya und die anderen nicht weiter und widmet sich wieder den Kindern, die im fortgeschrittenen Grundschulalter sind und sich über Übungszettel mit Rechenaufgaben beugen; so viel kann Junya erkennen, bevor er sich neben Goro auf den Boden kniet.

Die Kinder haben sich um einen breiten Chabudai aus Glas verteilt, in dessen Mitte eine Schüssel mit pinken, gelben und hellblauen Bonbons steht. Der Mann, der, so schätzt Junya, Mitsunaga sein muss, wacht wie ein hautüberzogener Leuchtturm über ihnen. Unter seiner Brille hindurch schaut er von Blatt zu Blatt. Zwischendurch klopft er den Kindern auf die Schultern, lobt sie oder weist sie in ruhigem Tonfall darauf hin, das Ergebnis einer Aufgabe nochmals zu kontrollieren.

Gegenüber der Tür steht ein ornamentierter Holzschreibtisch, der aussieht, als habe ihn ein Kran vor dem Bau des Daches in den Raum herablassen müssen. Junya und die anderen sitzen unmittelbar vor einem lückenlos gefüllten Bücherregal, das als Raumteiler dient. Der bedeutsame Geruch von Buchseiten bestimmt die Luft. Junya schaut unter einem sich durchbiegenden Regalbrett hindurch. Auf der anderen Seite stehen weitere Bücherregale. Als ob Mitsunaga sich den Raum mit einer kleinen Bibliothek teilen müsste. An den Wänden setzen sich die Gruppenfotografien aus dem Flur fort, nur dass die hier hängenden Bilder größer sind. Dazwischen hängen Tegata mit schwarzen Handabdrücken, einige Kakejiku mit Kalligrafie sowie stumm schreiende Menpō-Gesichtsmasken mit aufgeklebten Bärten.

Masataka zischt zu Junya herüber, schaut zwischendurch immer wieder zu dem alten Mann.

»Die Tür«, flüstert Masataka und nickt an ihnen vorbei, »mach die Tür zu, Mensch.«

Seine Knie knacken beim Aufstehen. Er schließt leise die Tür und setzt sich wieder. Einer Einbildung gleich, huschen Mitsunagas Augen über ihn. Dann wuschelt er einem Kind durch die Haare, die wie trockene Grashalme exakt so stehen bleiben.

»Gut gemacht. Das soll es für heute gewesen sein.« Die
Kinder räumen ihre Federmäppchen und Übungsblätter
ein. »Nehmt euch jeder noch ein Bonbon mit auf den Weg.
Das habt ihr alle ganz toll gemacht. Nächstes Mal geht es
an der Stelle weiter. Und Junya«, Junyas Rücken streckt
sich, als hätte ihm jemand durch die Lücke im Regal ins
Kreuz getreten. Die anderen neben ihm reißen die Köpfe
herum und starren ihn entgeistert an. Der Junge mit dem
verwuschelten Haar, der gerade dabei war, seinen Randoseru aufzusetzen, an dem ein glitzernder Doraemon-Re-
flektor baumelt, dreht sich zu Mitsunaga um, »bring nächstes Mal ruhig auch deine Japanisch-Hausaufgaben mit,
wenn du damit Probleme hast. Das wäre doch gelacht,
wenn wir das nicht hinkriegen.«

»Ja«, sagt der kleine Junya energisch und wippt auf seinen Hacken vor und zurück.

Mitsunagas Gesicht kräuselt sich zu einem Lächeln und
seine Wangen wirken für einen Augenblick wie elastische
Baumrinde. »Und, was haben wir heute gelernt?«

In einstimmigem, rhythmischem Singsang sagen er und
die Kinder miteinander eine Eselsbrücke auf: »Durch null,
sag ich, teile nie, dies bricht dir schnell das Knie.«

Er lacht und klatscht ihnen Beifall.

»Dann genießt jetzt den Rest eures Nachmittags, ihr Lie-
ben. Bis nächste Woche.«

Die Schulkinder verlassen den Raum, verabschieden sich
von dem alten Mann. Er winkt ihnen zu. Junyas Augen
verfolgen den kleinen Junya, der mutig den Flur hinunter-
stapft und sich aufgeregt mit den anderen Kindern unterhält.

Als das letzte von ihnen die Tür hinter sich zuzieht, fällt
das Lächeln aus Mitsunagas Gesicht, als wäre es wie ein

lockerer Zahn mit einem Faden an der Türklinke befestigt gewesen. Er geht hinter den Schreibtisch und belegt Junya, Masataka und die anderen mit einem undurchsichtig urteilenden Blick. Währenddessen schüttelt er den hüftlangen Haori zurecht, den er über einem Feinrippunterhemd trägt, über dessen Kragen wiederum die blütenförmigen, schwarzen Schattierungen seiner tätowierten Brust hervorquillen.

Masataka bedeutet den anderen, nach vorne zu rutschen. Sie sitzen vor dem Schreibtisch wie Betende vor einem Götzenbild.

Bevor Mitsunaga anfängt zu reden, schmeckt er mit den Lippen die Luft ab, so als könne diese ihm verraten, was ihn im folgenden Gespräch erwarten wird.

»Also«, beginnt Masataka, »das hier –«

Ein Handzeichen Mitsunagas lässt ihn wieder verstummen.

»Masataka. Seit Wochen – was sage ich – seit Monaten, lässt du mich nun auf eine Antwort warten. Langsam fühle ich mich schon wie ein geprellter Verehrer.« Er verschränkt die Hände auf dem Tisch. »Dir ist doch klar, dass wir beide etwas davon haben, wenn du dich einverstanden erklärst. Auf einen Schlag wärst du die Schulden los, die du für deine kleine Agentur bei mir aufgenommen hast. Puff«, macht er und tut, als würde er Konfetti aus seinen Handflächen hervorzaubern, »und weg sind sie. Kein Gläubiger, keine Schulden.« Er macht eine lange Pause. »Was ist also?«

Die anderen werfen Masataka verstohlene Blicke zu.

»Mitsunaga-sama, Ihr Angebot ehrt mich. Uns. Aber nach Rücksprache mit meinen Partnern hier, muss ich Ihr Angebot mit allem Respekt ablehnen.«

In der kurzen Zeit, in der Masataka sich verbeugt, verfinstert sich Mitsunagas Miene. Als würde das, was Masataka gerade gesagt hat, nach Verwesung stinkt, zieht er seine Oberlippe samt Bart an seine Nüstern hoch.

»Enttäuschend. Und der da? Ist das dein Safeknacker? Warum sieht der denn so kränklich aus?«, sagt er mit ruppigem Desinteresse und nickt in Junyas Richtung.

»Nun, bei Safes bin ich mir nicht sicher, aber«, er schaut kurz zu Junya herüber, »verschlossene Türen sind für ihn kein Problem.«

»Vergiss die Geldkassette nicht«, sagt Goro eifrig.

»Ja, genau.«

»Die Geldkassette, die ihr aus dem Haus von Murayama entwendet habt – wie einige andere Dinge –, obwohl ich behaupten würde, doch relativ deutliche Anweisungen gegeben zu haben, lediglich die Inneneinrichtung ein wenig umzudekorieren.«

»Es ist etwas mit uns durchgegangen. Ich hatte mich bereits dafür entschuldigt.«

Mitsunaga schnaubt und sagt: »Und ich habe es auf eure Schulden angerechnet. Du da, Tonchiki«, seine aufgequollenen Augen sind auf Junya gerichtet. Sie sehen so aus, als wären sie einem Toten entfernt und ihm in die Höhlen gesetzt worden, »bist du wirklich so gut?«

Verunsichert sieht Junya zu den anderen. Sie nicken ermutigend.

»Ja«, sagt er leise und nickt einmal.

»Außerdem«, platzt es aus Yūichi hervor, »ist er ziemlich gut mit dem Hammer.«

Als gehörten ihre Hälse zu einem Körper, zu einem Verstand, wenden sie ihre Gesichter Yūichi zu.

»Was zum Teufel quatscht der da?«

Masataka schüttelt den Kopf und zieht ein Gesicht, als wäre Yūichi nicht ganz bei Trost. »Ach, das ist –«

Mitsunaga unterbricht ihn und spricht Yūichi direkt an: »Wer zum Teufel hat dich überhaupt gefragt? Was soll das bedeuten?«

»Er, Junya«, sagt Yūichi mit einer Anwandlung von Stolz in der Stimme, »ist der Albtraum von Tama. Der, über den die Nachrichten berichten. Ist in die Wohnungen von diesen ganzen Lehrern eingebrochen und davon –«

»Yūichi«, schnappt Masataka.

»Was denn? Stimmt doch. So viele Einbrüche und die Bullen haben ihn immer noch nicht geschnappt. Werden sie auch nich.«

Er kassiert von Masataka einen Schlag gegen den Hinterkopf.

»Hm«, macht Mitsunaga, verzieht den Mund und fährt sich über den Oberlippenbart. »Ist das so, ja?«

Masataka seufzt und nickt betreten.

»Baka, Trottel«, raunen Goro und Setsuo.

Junyas Körper ist kurz davor, zu implodieren und ein schwarzes Miniaturloch zu bilden, das seine gesamte Existenz aufsaugt.

Mitsunagas Zeigefinger drückt auf einen grauen Kasten auf seinem Schreibtisch, dessen Kabel irgendwo in der Wand dahinter verschwindet.

Er spricht in den Kasten: »Kintaro.«

Die Stille im Raum ist wie mit Drahtseilen an den Wänden verankert.

Kurz darauf wird die Tür geöffnet und die drei Männer aus dem Treppenhaus sowie der jüngere, mit dem Masataka bei ihrer Ankunft gesprochen hatte, betreten wortlos den Raum.

Mitsunagas Ellbogen ist auf den Tisch gestützt. Er bewegt Zeigefinger und Daumen gegeneinander, als würde er etwas dazwischen zerreiben. Dabei schaut er aus dem Fenster. »Wenn das so ist – und wir werden das nochmals nachprüfen –, dann haben wir für euren kränklichen Safeknacker eine bessere Verwendung.« Er sieht Masataka an, scheint aber zu niemandem direkt zu sprechen. »Die Zeiten sind schlecht. Nicht nur unsere eigene Organisation wird immer älter. Den anderen geht es nicht anders. Wir sterben langsam aus. Die Verordnungen von 2011 haben uns das Leben so schwer gemacht, dass es sich sogar unsere ehrenwerten Vorgänger zweimal überlegen würden, heutzutage noch beizutreten. Ich kann eure Vorbehalte verstehen. Wieso sich verpflichten, wenn es doch so viele Umstände mit sich bringt.« Er zieht ein Stofftuch aus der Tasche seines Haori und tupft sich den Oberlippenbart ab. »Die Behörden sind uns gegenüber gnadenlos geworden. Selbst raffgierige Unternehmer wollen nichts mehr mit uns zu tun haben. Fast alles an Gefallen, Vereinbarungen und Bündnissen, ja sogar an echten Freundschaften, jede Verbindung zur normalen Gesellschaft ist heute nichtig. Diese Nulltoleranzstrategie der Behörden macht uns langsam aber sicher den Garaus. Aber mit dem da«, Mitsunaga zeigt auf Junya und es ist wie ein Todesurteil, »haben wir bei der Polizei einen zentnerschweren Stein im Brett. Erkaufen uns ein wenig Nachsicht. Gewinnen ein wenig Akzeptanz zurück. Vielleicht erinnert sich die Gesellschaft sogar daran, dass sie uns braucht. Vorausgesetzt natürlich, es ist wahr, was Blondi da sagt.«

»Nein«, Masataka erhebt sich, »das geht nicht.«

Mitsunagas Gesicht wechselt den Ausdruck wie durch einen Münzeinwurf ausgelöst. Er grinst, beugt sich tief über die Tischplatte und sagt: »Oh doch, mein lieber Masataka, das geht.«

Die Wachhunde hinter ihnen setzen sich mit gleichmü-
tigen Gesichtern in Bewegung, als täten sie etwas Alltägli-
ches, wie den Müll herauszubringen.

Masataka und die anderen sind sofort auf den Beinen.
Goro reißt Junya auf die Füße. Sein Gesicht ist so nah, dass
er Goros Atem auf der Haut spürt. Er grinst, zwinkert ihm
zu und legt ihm die Hand auf die Schulter. Dann stürzen
er, Yūichi, Setsuo und Masataka sich auf die Männer, um
zu verhindern, dass sie zu Junya vordringen.

Goro taucht unter einem Schwinger durch und landet
seinerseits einen Kinnhaken. Dann dreht er seine Schulter
in den Mann und stößt ihn kräftig zurück, so dass er auf
den gläsernen Chabudai fliegt. Die Glasplatte zerklirrt
unter dem massigen Körper. Hellblaue, gelbe und pinke
Bonbons schleudern bis zur Decke hoch und fallen wie
bunter Hagel wieder zu Boden.

»Jetzt mach schon«, sagt Setsuo zu Junya und bugsiert
ihn in Richtung der Flurtür. Sogleich verschwindet sein
Gesicht hinter der Hand eines anderen Bodyguards, der ihn
wegstößt.

Junya stolpert vorwärts. Der Mann mit dem Tenugui auf
dem Kopf versperrt ihm den Weg. Der sofortige Drang,
sich zu einem Embryo zurückzuentwickeln und feucht und
harmlos auf dem Boden liegen zu bleiben, steigt in ihm auf.

»Los, mach, dass du wegkommst«, ruft Masataka ihm zu,
als er von rechts in sein Sichtfeld fliegt und den Mann mit
einem Bodycheck aus dem Weg räumt. Sie krachen in das
frei stehende Bücherregal. Es stürzt über ihnen ein wie ein
baufälliger Turm bei einer Sprengung.

Endlich setzen seine Füße sich in Bewegung. Er reißt die
Tür auf und spurtet durch den Flur und die Treppe hinunter.
Im Laufen greift er sich seine Schuhe und sprengt so heftig

aus der Eingangstür, dass sie gegen die Wand schlägt und die Glasscheibe birst. Er braucht einen Augenblick, um sich zu orientieren, und stellt fest, dass er nicht weiß, wo genau er sich befindet. Es bleibt ihm nichts anderes übrig, als exakt die Route zurückzulaufen, die sie mit dem Auto gekommen sind.

Durch die großen Fenster des Büros von Mitsunaga sieht er den alten Mann hinter dem Schreibtisch stehen und wild gestikulieren. Masatakas langes obsidianschwarzes Haar wirbelt umher, als er ans Fenster stolpert und sofort einen Arm, so dick wie ein Thunfisch, um den Hals hat. Er greift nach dem Arm und versucht sich loszureißen. Junya sieht ihn husten. Dann hebt er die Hände hoch.

Junya beißt die Zähne zusammen, dreht sich um, tritt seine insektendünnen Beine so heftig gegen den Asphalt wie er nur kann und rennt los.

FANNI

Die Auseinandersetzung mit ihrer Bio- und Mathelehrerin gab damals den Ausschlag, dass die Schulleitung Fannis Eltern vorlud und sie extra die knapp 700 km mit dem Auto ins Voralpenland fahren mussten.

Frau Helpers war, als Fanni zum x-ten Mal nicht zum Biounterricht erschienen war, in den Ostflügel hochmarschiert und von Fannis Zimmergenossin Tamara hereingelassen worden. Fanni lag auf dem Bauch im Bett. Vor ihr ihr Laptop. Diese Position hatte sie im Monat davor kaum noch verlassen. Weder für den Unterricht noch zu den gemeinsamen Mahlzeiten in der Mensa. Zu beschäftigt war sie, tiefer und tiefer in ihre neueste Community einzutauchen – die der Columbiner. Tage und Nächte verbrachte sie in den einschlägigen Foren. Da die meisten der User_innen aus den USA oder Kanada kamen, war zu jeder Tages- und Nachtzeit jemand online, um sich zu unterhalten. Nicht nur über die Columbine School Shooter Dylan Klebold und Eric Harris. Über alles Mögliche.

Frau Helpers riss ihr die Kopfhörer von den Ohren. Fanni setzte sie wieder auf. Frau Helpers klappte ihren Laptop zu, klemmte ihr die Finger darin ein. Fanni klappte ihn wieder auf. Die spindeldürre Lehrerin mit der Lockenfrisur und der Gap zwischen ihren Vorderzähnen redete auf sie ein. Fanni brauchte die Kopfhörer nicht, um sie zu ignorieren. Sie hatte die Kunst perfektioniert, alles auszublenden, was sich abseits der 14-Zoll-Bildschirmdiagonale abspielte.

Dass Frau Helpers ihr den Laptop entreißen wollte, konnte sie allerdings nicht ignorieren. Die knittrigen Finger der Lehrerin krallten sich an Fannis Eigentum. Sie blitzten sich an. Fanni biss die Zähne zusammen. Frau Helpers drohte ihr damit, dass ihr das Gerät bis zu den Ferien komplett entzogen werden würde. Fanni versuchte, das Gewicht ihres Oberkörpers auf den Laptop zu drücken, spürte aber, wie er auf dem weichen Untergrund ihrer Bettdecke wegrutschte. Auf der Ablage hinter ihrem Bett lag der Zirkel ihrer Zimmergenossin. Sie rammte ihn Frau Helpers in den Handrücken. Die Lehrerin schrie auf, riss die Hände zurück und der Laptop klapperte auf den Boden. Teile der Plastikummantelung brachen ab. Fanni sprang auf. Alles, was sie in diesem Moment wollte, war, sich auf die Frau zu stürzen, doch sie rannte an ihr vorbei und aus dem Zimmer. Flüchtete vom Internatsgelände und streifte den Rest des Tages durch Wälder und über Almen, bis sie von einem Suchtrupp aus einigen Lehrer_innen und Schüler_innen aufgelesen wurde. Ihre Eltern waren bereits verständigt worden.

Gleich am darauffolgenden Tag waren sie da. Fanni war lediglich als körperliche Hülle anwesend, als sie zu dritt der versammelten Schulleitung im Büro des Rektors gegenübersaßen. Die Monologe des Rektors und der Lehrerinnen drangen in eines ihrer Ohren ein und flossen – ohne in ihr auf Widerstände zu treffen – aus dem anderen wieder hinaus. Jedes einzelne Wort, das ausgesprochen wurde, so ernsthaft oder drohend es auch war, kam ihr so belanglos vor, dass sie das Gefühl hatte, in einem gescripteten Abklatsch der Realität festzusitzen. Alles fühlte sich komplett irreal und daher vollkommen unwichtig an.

Ohne Widerrede wurde sie aus dem Raum geschickt und wartete im Gang auf ihre Eltern. Keine fünf Minuten mussten vergangen sein, als sie herauskamen. Ihr Vater sah sie an – in seinen Augen ein unentwirrbares Geflecht aus Wut

und Scham, das ihn sprachlos machte. Er zog seine Auto-
schlüssel klimpernd aus der Hosentasche und ging. Ihre
Mutter legte ihr die Hand auf die Schulter und sagte:
»Komm, wir packen deine Sachen zusammen.«

Erst viel später erfuhr Fanni von ihrer Mutter, dass ihr
Vater der Schulleitung eine Spende – dieses Wort verwen-
dete ihre Mutter – versprochen hatte, falls Fanni auf der
Schule bleiben und ihr Abitur dort zu Ende machen dürfe.
Ihre Eltern waren vom Rektor postwendend des Geländes
verwiesen worden.

Mit krummem Rücken sitzt ihr Vater an seinem Schreibtisch und isst still die belegten Brote, die er sich geschmiert
hat, nachdem Fannis Mutter an ihm vorbeigerauscht war
und ihm mitgeteilt hatte, dass sie sich mit Freundinnen
zum gemeinsamen Frühstück in der Stadt träfe. Durch die
nach hinten gekämmten, grauen Striemen auf seinem Kopf
scheint die Haut durch. Er hebt seine Tasse Kaffee am Hen-
kel an, um zu trinken. Selbst aus einigen Metern Entfer-
nung und ohne Zoomfunktion kann Fanni das Zittern
seiner Hand ausmachen. Schnell stellt er die Tasse wieder
ab. Umschließt sie mit beiden Händen, führt sie zum Mund
und schlürft, als handele es sich um Suppe. Vor ihm liegt
die SportExtra, die Fannis Mutter, bevor sie gegangen war,
aus der Zeitungsrolle hereingeholt hatte. Ihr ›Was macht
eigentlich …‹-Interview ist in der Ausgabe abgedruckt worden. Er setzt seine Brille auf, die ihm an einer Kette um den
Schildkrötenhals hängt. Er liest das Interview mit auf und
zu gehendem Fischmund. Dann setzt er seine Brille wieder
ab und wirft das Sportmagazin auf den Tisch zurück. Er
hatte schon immer etwas dagegen, wenn Fannis Mutter mit
der Presse sprach. Sie weiß es zwar nicht genau, schätzt aber,

dass es wegen des damaligen Prozesses wegen Steuerhinterziehung ihres Ex-Trainers ist. Wahrscheinlich befürchtet er, die Journalist_innen würden ihr irgendwelche Interna entlocken. So wie Fanni es retrospektiv nachvollziehen und sich aus dem Netz zusammenrecherchieren konnte, dachte ganz Deutschland damals, dass ihr Ex-Trainer schuldig wie nur irgendwas war. Als ihr Vater ihn rausboxte, konnte es keiner so recht glauben. Zwar schrieb die Presse nichts von Bestechung oder Ähnlichem – wahrscheinlich um selbst einer Verleumdungsklage zu entgehen –, doch dass alles mit rechten Dingen zugegangen war, nahm niemand den Beteiligten ab.

Er kramt in einer seiner tiefen Schreibtischschubladen herum und zieht eine längliche, blaue Plastikbox heraus, die Fanni noch nie zuvor gesehen hat. Er schiebt einen durchsichtigen Deckel halb von der Box und dreht sie um. Irgendetwas landet in seiner Hand. Er zählt zwei gelbe, eine blaue und drei weiße Pillen in seiner Handfläche mit dem Zeigefinger ab. Dann legt er den Kopf in den Nacken und schüttet sich die Handvoll Pillen hinein. Mit beiden Händen greift er zu einem Wasserglas, das neben einer Karaffe bereitsteht. Er trinkt. Fanni sieht seinen Kehlkopf mehrmals unter der fleckigen Haut hüpfen. Er beugt den Kopf wieder nach vorne. Sein Gesicht verzerrt unter Schmerzen. Griff in den Nacken. Dann legt er die Unterarme auf die weiträumige Platte des massiven Schreibtischs. Als warte er darauf, dass jeden Moment eine Krankenpflegerin durch die Tür kommt und seinen Puls misst. Sein Rücken hebt und senkt sich mit schwerfälligen Atemzügen.

In das Kamerabild der Videotürklingel der Naumanns ragt die blaue, zerkratzte Fläche eines Containers. Georg und sein Vater tauchen immer wieder aus dem Haus auf, einen alten Stuhl in den Händen, ein paar Rollen nicht verwendeter Tapeten, zusammengelegte, alte Decken, abgenutzte Gartenwerkzeuge. Klanglos landet das Zeug hinter der Seitenwand des Containers.

Uta sitzt am Esstisch, der an den Bildrand der Indoor-Cam geschoben ist, und entfaltet Umzugskartons. Durch die Terrassenfenster sind Moira und ihre Oma zu sehen. Moira sitzt auf ihrem Schoß. Moira zieht einzeln die Tierkarten aus der Schatulle und reicht sie ihrer Oma. Diese schaut an Moira vorbei, ihr Gesicht über Moiras Schulter, und liest ihr die Beschreibungen vor – ihr Mund bewegt sich. Moira legt den Kopf nach hinten. Fragt etwas. Ihre Oma antwortet. Manchmal greift sie zu ihrem Handy, das neben ihr auf der Holzterrasse liegt, und googelt, wenn sie die Antwort auf Moiras Frage nicht weiß.

Fannis Mauszeiger schwebt schon seit mehreren Minuten über dem X in der rechten oberen Fensterecke. Sie ist eifersüchtig. Es ist schwer, das mitanzusehen. Ihre Oma wird in Zukunft noch so viele Gelegenheiten haben, Moira vorzulesen. Und außerdem hat Fanni Angst davor, was sie sehen wird, wenn sie sich das nächste Mal in den Account der Naumanns einloggt. Davor, dass die Kartons gepackt und zugeklebt und beschriftet sein werden. Das Haus leer. Doch am allermeisten fürchtet sie sich davor, die Naumanns in der Datenbank zu suchen und feststellen zu müssen, dass hinter den Einträgen der Kameras ein rotes ›Offline‹ steht.

JUNYA

Auf dem Weg in Masatakas Wohnung hat sich Junya alles genau überlegt. Mit jedem Schritt reifte der Plan in seinem Kopf weiter heran.

Er prescht durch die Tür und ruft augenblicklich nach Ayame. Die ganze Wohnung scheint verwaist. Im Webcam-Zimmer zieht er sich hastig Goros Trainingsanzug aus. Dann schlüpft er in seine eigene Kleidung. Die Tobi-Hose, die Jika-tabi und den Regenmantel. Er schnappt sich seinen Rucksack und ruft weiter ihren Namen. Aus der Sporttasche, die im Studio liegt, nimmt er sich einen der Baseballschläger und schiebt ihn in den Rucksack. Dann setzt er ihn auf.

»Ayame!«

Er schaut in Masatakas Schlafzimmer. Sie liegt auf dem Bett und reibt sich die Augen.

»Was ist denn los? Seid ihr schon zurück?«

»Es ist etwas passiert. Du musst sofort mitkommen. Hier ist es nicht mehr sicher. Pack deine Sachen.«

Sie setzt sich auf und fragt, was er mit dem Hammer und dem Baseballschläger vorhabe.

»Masataka und die anderen. Ich muss wieder dorthin. Aber zuerst muss ich dich in Sicherheit bringen.«

»Was redest du denn da?«

»Keine Zeit. Komm.«

Er greift nach ihrer Hand, aber sie zieht sie zurück.

»Junya, jetzt beruhig dich erst mal. Was ist passiert?«, sagt sie und streift sich ihre Socken über die Füße.

»Mitsunaga. Er wollte mich der Polizei ausliefern.« Junya bekommt kaum Luft beim Sprechen. Vor jedem zweiten

Wort muss er den Sauerstoff mit Gewalt in seine Lungen zwingen. »Masataka und die anderen. Haben mir geholfen. Konnte flüchten. Ich muss zurück und sie retten.«

Ayame sitzt an der Bettkante und gluckst. Wie kann sie nur so ruhig bleiben nach dem, was er ihr gerade erzählt hat?

»Mach dir mal keine Sorgen. Die können auf sich selbst aufpassen. Masataka und der Alte kennen sich schon ewig. Die geraten alle paar Monate aneinander. Die vertragen sich schon wieder. Die sind wie ein altes Ehepaar. Wahrscheinlich mehr, als Masataka und ich es je sein könnten.«

»Nein, du verstehst nicht. Sie haben sie. Sie werden – sie werden – sie foltern, sie umbringen. Irgendwas werden sie tun. Komm!«

Wieder greift er nach ihrem Handgelenk und zieht sie auf die Beine.

»Junya, du tust mir weh«, sagt sie und entzieht sich ihm. »Außerdem habe ich gleich einen Kundentermin. Glaub mir, Masataka weiß, was er tut.«

»Nein, nein, nein, nein, nein. Er ist in Gefahr. Du auch. Ich muss euch retten. Muss meine Freunde retten.«

Er läuft rüber ins Wohnzimmer und hängt seinen Kopf unter den Wasserhahn. Er trinkt so überhastet, dass er sich verschluckt und das Wasser ihm aus Mund und Nase kommt. Ayame folgt ihm unerträglich langsam und setzt sich mit ihrem Smartphone auf das Sofa.

Junya läuft aufgeregt zu ihr und sagt: »Los! Dürfen keine Zeit verlieren. Tauchst am besten eine Zeit lang bei deinen Eltern unter. Versöhnst dich mit ihnen. Alles wird gut. Keine Sorge.«

Während sie noch dabei ist, eine Nachricht zu tippen, sagt sie: »Junya, jetzt hör mal. Du stellst dir da Sachen vor –«

»Nein!« Seine Stimme ist losgelöst und schrill. Er spürt einen Druck hinter der Stirn, der droht, seine Augäpfel aus den Höhlen zu sprengen. »Ich muss das jetzt tun. Muss einfach. Ich bringe dich zum Bahnhof. Du kommst bei deinen Eltern unter. In Sicherheit. Ihr versöhnt euch wieder. Seid glücklich. Ich rette Masataka und die anderen. Und am Ende wird alles gut.«

Sie lässt den Kopf hängen und wiegt ihn seufzend hin und her. Junya hält ihr seine bleiche Skeletthand hin. Einige Sekunden lang sieht Ayame sie nur an. Junya beschließt, es auszuhalten, obwohl es ihm zutiefst unangenehm ist. Schließlich legt sie ihre Hand in seine.

Er begleitet Ayame auf der Zugfahrt nach Kawagoe, von wo aus ein Bus in ihren Heimatort fährt. Er will sichergehen, dass sie wohlbehalten dort ankommt.

Sie reden nicht viel. Sitzen nur nebeneinander und beobachten, wie die Häuserzacken nach und nach stumpfer, ebener werden und die karstigen Schluchten der Stadt bald verschwunden sind. Durch die Zugfenster wirkt alles unbewohnt und friedlich.

»Oh, das habe ich ganz vergessen«, sagt Ayame und kramt in ihrer Handtasche.

Sicherlich wird sie Junya nun etwas zum Abschied schenken. Einen Glücksbringer oder ein altes Erbstück etwa, das seit Generationen in ihrer Familie ist. Irgendeine Art von Gegenstand, an den sie Erinnerungen und Erfahrungen knüpft; gute wie schlechte. Junya wird ablehnen und sagen, dass er das nicht annehmen könne. Sie wird darauf bestehen und das Objekt in seine Hand legen und seine Hand mit ihrer schließen und ihn ansehen und lächeln und nicken. Und dann wird sie ihn bitten, ihr ihren Masataka heil

297

wiederzubringen. Und Junya wird zumindest einmal in seinem Leben nicht das Opfer sein, nicht der Schurke, sondern der Held.

»Ah, da ist es ja.«

Seine Finger kribbeln. Er krallt sich in den Stoff der grünlich schimmernden Trainingshose.

Sie zieht ihr pinkes Softbank-Smartphone hervor, steckt einen Finger durch den Ring auf der Rückseite, wischt ins Adressbuch und ruft einen Kontakt an: »Ja, hallo, es tut mir leid, aber wir müssen unser Date heute verschieben. Wann?« Junya bemerkt, wie sie ihn von der Seite ansieht. »Ich – ich melde mich noch mal. Ja, danke. Entschuldigung vielmals. Bis dann.«

Kein Glücksbringer. Kein Erbstück.

»Vielleicht ist es aus der Tasche gefallen«, murmelt Junya.

»Hast du was gesagt?«

»Nein.«

Sie stehen sich am Bahnsteig in Kawagoe inmitten von Pendlern gegenüber, die auf ihre Züge warten. Das sollte nicht so sein. Der Bahnhof sollte leer gefegt sein. Sie sollten die beiden einzigen Menschen dort sein.

Junya schaut zum Himmel auf. Jeden Moment müsste ein einsamer leuchtender Sonnenstrahl durch die stumpfe Wolkendecke brechen. Oder ein plötzlicher Platzregen geht nieder und weht in dichten Tüchern über die Gleise. Doch nichts von all dem passiert. Stattdessen lärmt eine Ansage aus den Bahnhofslautsprechern und sagt unbeteiligt den nächsten Zug an, der zurück nach Tokio geht.

Er wünschte, er hätte sich gemerkt, wie das die Helden in den alten Manga machen, Kenshiro oder Jonathan Joestar, sich von geretteten Fräulein zu verabschieden und gen Sonnenuntergang weiterzuziehen auf der Suche nach neuen

Abenteuern. Junya hatte solchen Szenen nie viel Beachtung geschenkt.

»Und du willst das jetzt tatsächlich durchziehen und –«

»Und Masataka und die anderen retten.«

Sie schiebt ihre Unterlippe vor und stößt Luft aus, so dass die Strähnen ihres Ponys sich heben.

»Junya, ich denke wirklich, du schätzt das alles etwas falsch ein. Sieh mal, ich habe schon mit Masa geschrieben und –«

»Nein«, schnappt er und schaut zu Boden, »ich – bitte, red mir das nicht aus.«

»Wie du meinst«, sie verdreht die Augen, »aber sei bitte nicht allzu enttäuscht, wenn das alles nicht so läuft, wie du dir das vorstellst.«

»Ich weiß nicht, was du meinst.«

»Dein Zug«, sagt sie.

Der Expresszug nach Ikebukuro fährt ein.

»Junya«, ruft Ayame, als er einsteigt. Er dreht sich um. »Du bist ganz alleine vor die Tür gegangen«, sagt sie und lächelt ihn an.

»Du warst bei mir.«

Dann schließen sich die Türen und der Zug fährt ab.

Minutenlang hat Junya das Gebäude der Yakuza von einem engen Durchgang auf der anderen Straßenseite aus beobachtet, doch es kam weder jemand heraus, noch betrat jemand das Gebäude. Die Autos von Masataka und Yūichi stehen an derselben Stelle wie zuvor, was bedeutet, dass sie noch im Gebäude sein müssen, sofern ihre Leichen nicht bereits zersägt und in Müllsäcken beseitigt worden sind.

Er legt seinen Werkzeuggürtel um und setzt sich die Maske auf den Kopf, so dass er sie nur noch vors Gesicht schieben muss. Währenddessen behält er die Fenster von Mitsunagas Büro im Auge.

Seit er zurückgekehrt ist, hat er noch niemanden im Obergeschoss gesehen. Wahrscheinlich ist Mitsunaga gerade dabei, Masataka und die anderen dazu zu bringen, ihm Junyas Aufenthaltsort zu verraten, während seine Handlanger ihnen die Fingernägel mit einer Kneifzange ausreißen oder ihnen Salpetersäure auf die Oberschenkel gießen, um sie zum Reden zu bringen.

Den Rucksack versteckt Junya hinter einer Mülltonne. Er nimmt Baseballschläger und Hammer in die Hände. Hoffentlich hören sie bald auf zu zittern. Dann läuft er geduckt zur anderen Straßenseite.

Noch nie ist Junya am Tage irgendwo eingedrungen. Er versucht, nicht daran zu denken, was Mitsunaga und seine Leute mit ihm machen würden, wenn sie ihn in die Finger kriegten. Doch er wird es gar nicht erst dazu kommen lassen. Er wird Masataka und die anderen befreien, oder er wird bei dem Versuch sterben. Einen Heldentod sterben, und damit seinem verkorksten Leben wenigstens ein positives Ende verleihen.

Er späht um die Hausecke. Eine Hintertür führt aus dem Erdgeschoss des Gebäudes in die Gasse. Ein letzter Blick zum Haupteingang und Junya schleicht eng an der Hauswand entlang. Sein Mantel schrabbt über den Putz. Dann ist er an der Tür. Es gibt keine Klinke, lediglich einen abgegriffenen silbernen Knauf. Er zieht daran. Die Tür bewegt sich einige Zentimeter im Rahmen, bevor der Riegel innen gegen die Fassung prallt. Das Geräusch lässt ihn zusammenzucken. Er holt sein Lederetui mit den Picks heraus und legt es neben sich. Als er den Spanner in der Hand hält, bemerkt er, dass sein Zittern verschwunden

300

ist. Junya ist in seinem Element. Er wird dieses Schloss knacken, den Raum, wahrscheinlich ein Heizungskeller oder etwas Ähnliches, ausfindig machen, etwaige Wachleute überwältigen und seine Freunde befreien. Vielleicht können sie Mitsunaga dazu zwingen, seine kriminellen Machenschaften im Viertel einzustellen oder ihn ansonsten der Polizei ausliefern. Während er sich daranmacht, das Schloss zu knacken, rotieren Tageszeitungen mit verschiedensten Schlagzeilen in seinem Kopf; ganz so wie in alten Hollywood-Filmen. Sie berichten über die Läuterung des Albtraums von Tama und wie es ihm gelungen ist, einen Unterweltboss dingfest zu machen. Reporter werden sich um Interviews mit Masataka und den anderen reißen, die der Presse haarklein nacherzählen, wie Junya sie aus dem Folterkeller Mitsunagas befreite. Alle Anklagepunkte gegen ihn würden fallen gelassen, da er, der Außenseiter, der einsame Wolf, der Gesellschaft einen gesuchten Verbrecher ausgeliefert hat.

Die Tür klickt und Junya sieht den Knauf auf sein Gesicht zurasen. Er trifft ihn mitten im Gesicht. Hart. Er spürt sofort, wie ihm das Blut aus den Nasenlöchern schießt. Er liegt auf dem Boden, krümmt sich und hält sich das Gesicht.

»Junya«, sagt Masataka über ihm, seine Haare umringen sein Gesicht, »was zum Henker tust du noch hier? Bist du bescheuert?«

Er stöhnt und sagt mit vorgehaltener Hand, von der Blut trieft: »Was glaubst du? Ich komme, um euch zu retten. Habe Ayame schon zu ihren Eltern gebracht. In Sicherheit. Ihr passiert nichts.«

Das lange Haar wippt, Masataka prustet und gackert, als hätte Junya gerade einen Witz erzählt. »Du warst zu lange in deinem Kinderzimmer eingesperrt. Was meinst du denn, was hier passiert ist?«

Junya setzt sich auf und wischt sich das Blut am Regenmantel ab. »Ich dachte, ihr würdet beseitigt und eure Leichen auf einer Müllhalde oder in der Bucht entsorgt werden. Ich wollte —«

Masataka hockt sich neben ihn. Er hat ein blaues Auge und Risse in Lippe und Anzugkragen. »Wolltest den Helden spielen, was«, sagt Masataka mit einem Anflug von Bedauern. »Junya, pass mal auf. Das hier ist nicht irgendein Gangsterfilm oder so was. So, wie du dir das denkst, so läuft das nicht hier draußen. Im echten Leben.« Er schüttelt den Kopf und fährt sich durchs Haar. »Es stimmt, Mitsunaga hätte dich der Polizei ausgeliefert, um sich selbst gut dastehen zu lassen – und deswegen solltest du jetzt am besten verschwinden –, aber das ist alles halb so wild. Wir hatten eine mordsmäßige Schlägerei, Mitsunaga hat uns die Hölle heiß gemacht, dass wir sein Büro dabei demoliert haben und – na ja, das war's dann auch.«

Masatakas Hände hängen vor seinem Schritt. Er trägt einen Verband um den kleinen Finger seiner rechten Hand. Ein tiefroter Fleck zeichnet sich darauf ab.

»Und was ist dann das da?«

Er besieht sich seinen Finger, der um eine Kuppe kürzer ist als sein Pendant an der anderen Hand. »Ach das. Also. So ist's nun mal. Um etwas Schadensbegrenzung zu betreiben, bin ich jetzt also doch beigetreten. Die anderen auch. Das war sozusagen meine erste Amtshandlung als Mitglied. Yubitsume. Dafür ist die Sache von vorhin aber auch vergessen und ich bin schuldenfrei.« Er dreht seine Hand, als müsste auch er sich noch an den Anblick gewöhnen, und schnaubt. »Dafür wird mir Ayame den Arsch aufreißen,

302

aber die wird sich auch wieder einkriegen. Ganz ehrlich, Junya? Früher oder später wäre es eh dazu gekommen. So wie der Alte an mir rumgebaggert hat. Vielleicht wollte ich auch ein bisschen umworben werden. Bin eben eitel.«

Masataka lacht in sich hinein. Dann zieht er ein Taschentuch aus seiner Jackentasche und reicht es Junya, der es unter seine Nase drückt.

»Also werdet ihr nicht gefoltert?«

Die Frage führt dazu, dass Masataka erneut in Gelächter ausbricht. »Nein, natürlich nicht. Der Alte und ich, wir kennen uns schon ewig. Und Ayame? Die ist schon wieder arbeiten. Musste ihren Kundentermin wegen dir verschieben, du alter Hakuba no Ōji-sama.«

»Was? Ist sie nicht bei ihren Eltern?«

»Junya«, sagt Masataka mit Nachdruck, »sie hat den nächsten Expresszug nach dir zurück in die Stadt genommen. Sie schrieb, dass sie versucht hat, dir klarzumachen, dass du dich da in etwas verrennst. Sie hat mitgespielt, weil sie dachte, du brauchst es, dich einmal in deinem Leben wie der Held der Geschichte fühlen zu können. So angestaubt und unrealistisch deine Vorstellung auch sein mag.« Masataka legt ihm seine Hand auf die Schulter. »Mach dir nichts draus, Junya Yamamura. Immerhin zählt auch der Wille. Du hast wahrscheinlich mit einem großen Showdown gerechnet, oder? Durch die Luft sirrenden Patronen, Stühle, die auf Rücken zerkrachen, Leute, die von Faustschlägen meterweit weggeschleudert werden. Dieser ganze Kram. Tut mir leid, dass ich dir das nicht bieten kann. Wir sitzen alle hinten, spielen Shōgi und kippen uns einen hinter die Binde. Mitsunaga ist schon sturzbesoffen. In seinem Alter verträgt man die Hitze und den Alk nicht mehr so.«

»Kann ich mit?«

Masataka lacht kurz auf und schüttelt den Kopf. »Nein, Junya. Du gehst jetzt besser.«

»Wohin?«

»Ich weiß nicht. Ich denke, es ist das Beste, wenn du nach Hause zurückkehrst. Das hier –«, sagt er nur, zeigt aber auf nichts Spezifisches, »das ist nicht deine Welt. Tut mir leid.«

Junya fühlt sich, als wären seine Beine von einem Moment auf den anderen erlahmt und als wüsste er, dass er nie wieder wird gehen können. Sein restlicher Körper fühlt sich doppelt so schwer an. Er schafft es, sich ein einzelnes Nicken abzuringen.

Masataka steht auf, reicht ihm die Hand und Junya zieht sich an ihr hoch. Er steht auf seinen Beinen, wenn sich auch alles etwas dreht.

»Sagst du den anderen Grüße von mir? Auch Natsumi, Haruko und Risa. Ayame.«

Masataka nickt energisch. Seine Lippen sind Striche und ergänzen sein geometrisches Gesicht. »Komm schon her«, sagt er und zieht Junya an sich, legt die Arme um ihn.

Es pocht hohl in Junyas Rücken.

»Es hat Spaß gemacht, eine Zeit lang Mensch zu spielen.«

Masataka grinst und sagt: »War schön, dich wiederzusehen. Vergiss nicht, für deine Mutter zu beten. Egal, was sie getan hat. Und wenn du schon dabei bist«, er zwinkert Junya übertrieben zu, »schieb doch auch noch ein kleines Stoßgebet für mich ein. Ausgehend von meinem bisherigen Leben werd ich's gebrauchen können«, er wedelt mit seinem gekürzten Finger. Dann hält er Junya die Hand hin, »genauso wie du selber. Mach's gut, Junya Yamamura.«

Junya ergreift Masatakas Hand. Der Verband scheuert an seiner Haut. »Danke.«

»Jetzt geh schon«, sagt Masataka und haut ihm gegen die Schulter.

Nachdem er seinen Rucksack aufgelesen hat, dreht sich Junya an der Hausecke ein letztes Mal um. Masataka schickt ihm einen Zwei-Finger-Gruß, schnippt seine Zigarette weg und geht hinein. Junya sieht sich das Taschentuch an. Bis auf die Zipfel ist es komplett rot. Er denkt an das Wohnzimmer in Masatakas Wohnung, an den dicken roten Teppich, die Pingpong-Bälle und das ewig lange Sofa. Er denkt an chinesisches Essen, das er mit Freunden teilen durfte. Dann geht er los, grob in Richtung Fussa, seinem Zuhause.

Junya findet sein Zimmer exakt in dem Zustand vor, in dem er es in der Nacht zurückgelassen hatte, als er losgegangen war, um den Lehrer Watanabe heimzusuchen.

Er stellt den Rucksack hinter seinem Bett ab. Dort, wo er ihn immer abstellt, wenn er von einer nächtlichen Tour heimkommt. Die Luft im Zimmer ist verbraucht wie der Atem eines Verdurstenden. Nachdem er sich ausgezogen hat, sucht er nach etwas Neuem zum Anziehen und sieht dabei am Rande seines Blickfelds Teile eines Körpers, der anders ist als der, der dieses Zimmer so lange bewohnte. Eine Verdunklung des Hauttons, kaum wahrnehmbar, wie eine veränderte Dezimalstelle einer sehr großen Zahl. Darunter reanimierte Muskelstränge. Und winzige Kratzer und Schürfschatten an den Händen, hervorgerufen vom Kontakt mit der Außenwelt. Unter der Bettdecke findet er seinen Pyjama und versteckt den entfremdeten Körper darin. Er setzt sich auf seinen Schreibtischstuhl und wartet darauf, dass sich endlich das Gefühl der Vertrautheit einstellt, dem er auf dem Weg aus Ikebukuro so sehr entgegengefiebert hatte.

305

Im Haus ist es vollkommen still, doch es ist eine ungewohnte Art von Stille. Sie klingt hohl und postapokalyptisch. Ist sein Kinderzimmer selbst wie eine unversehrte Zeitkapsel, lässt sich dies vom Rest des Hauses nicht behaupten. Angefangen bei der Haustür, die unsichtbare Helferlein zurück in ihren Rahmen gesetzt haben, wofür er durchaus dankbar ist. Bei dem Gedanken daran, dass das Haus ansonsten über Wochen offen dagestanden hätte und jeder Dahergelaufene es hätte betreten können, läuft ihm ein kalter Schauer den Rücken herab. Das Türschloss wurde ersetzt, und so musste Junya in sein eigenes Zuhause einbrechen, als wäre es die Wohnung von einem der Lehrer. Es kam ihm unendlich falsch vor. Die weiße Totenlaterne, die er bereits vom Handyfoto Ayames kennt, hat jemand im Flur hinter dem Genkan abgestellt. Die Küche ist, zu seinem Schrecken, sämtlicher Lebensmittel entledigt worden. Dafür stapeln sich im Spülbecken Schüsseln, Gläser und Tassen. Seine Tante und ihre Familie haben es anscheinend nicht für nötig gehalten, diese abzuwaschen, bevor sie zurück nach Nagano fuhren. Genauso wenig, wie sie die Futons, auf denen sie offenbar während ihres Aufenthalts geschlafen haben, wieder zusammengerollt und zurück in die Oshiire im großen Wohnzimmer geräumt haben. Junya hofft, dass sie auf ihrem Rückweg bei einem Autounfall ums Leben gekommen sind.

Er hat kurz in das Zimmer gegenüber gesehen. Ein Blick auf den Butsudan im offenen Wandschrank, sowie auf die Urne und das gerahmte Foto seiner Mutter davor, genügte, und er flüchtete sich über den Flur zurück in sein Zimmer.

Für einen Moment denkt er darüber nach, einen Haufen dreckiger Kleidung zusammenzusuchen und sie vor der Tür abzulegen. Vielleicht würde dann alles wieder wie früher werden. Die Dreckwäsche verschwände und kurze Zeit später würde er das Schlurfen ihrer Hausschuhe hören. Klimpernde Schälchen mit dampfendem Reis, frisch aus dem Kocher, säuerliches Tsukemono und Miso-Suppe auf dem Tablett.

Minutenlang starrt er die Tür an und horcht, doch schon bald wird ihm die Stille unerträglich. Er dreht sich mit dem Stuhl und rettet sich auf den Power-Button seines Computers. Zu seiner Überraschung schnurren die Lüfter, als hätten sie nichts verlernt in all der Zeit des Stillstands. Endlich fließt wieder Elektrizität durch die Schaltkreise des Computers. Er rückt mit dem Stuhl so nah an den Schreibtisch, wie er nur kann, und legt die Hand, mit dem Ballen zuerst, auf die Maus. So als wäre sie der diffizile Steuerknüppel eines Überschallkampfjets, der einen sicheren Griff von seinem Piloten erfordere.

Junya muss nicht lange im Clearnet suchen. Tagtäglich werden neue Tweets abgesetzt, die mit verschiedenen Hashtags zum Albtraum von Tama versehen sind, im True Crime-Subreddit hat jemand eigens für ihn einen Thread eröffnet, und sogar einen Discord-Server gibt es. Die Bildersuche ergibt verschiedene Interpretationen der spärlichen Täterbeschreibung. Langhaarige maskierte Spukgeschöpfe mit Hämmern und Knüppeln bewaffnet. Viele der Masken-Darstellungen sind zwar angelehnt an Yōkai, doch keines der Fanarts, die Junya findet, hat den Nagel auf den Kopf getroffen und ähnelt seiner Kanazuchibō-Maske. Er geht auf die Website der Japan Times und navigiert in den News-Bereich von Gesellschaft und Kriminalität. Direkt oben auf der Seite steht ein aktueller Artikel dieses Tages, in den auch ein Videoclip desselben Polizeisprechers eingebettet ist, den

Junya bereits aus den TV-Nachrichten kennt, wie dieser im Blitzlichtgewitter die Kopie eines Schreibens hochhält. Die Polizeibehörde Tokio und verschiedene Presseagenturen haben ein Bekennerschreiben erhalten. Es sei mit einem herkömmlichen Drucker erstellt worden und werde zurzeit auf DNA-Spuren und Fingerabdrücke überprüft. Man wolle keine voreiligen Schlüsse ziehen, doch die Polizei nehme das Schreiben ernst und tue alles in ihrer Macht Stehende, um den Täter endlich dingfest zu machen.

Junya sitzt kerzengerade in seinem Stuhl. Er liest den Artikel wieder und wieder und kann es nicht fassen. Er sucht auf anderen News-Seiten und liest auch dort ähnliche Berichte. Sie alle enthalten dieselben spärlichen Informationen. Seine Gedanken rasen, und auch wenn er die Wut in sich hochkochen spürt, muss er sich die Bedeutung dessen, was er gerade gelesen und gesehen hat, deutlich vor Augen führen. Irgendjemand da draußen hat sich für ihn ausgegeben. Versucht, sich mit seinen Federn zu schmücken. Jemand gibt sich als Albtraum von Tama aus. Als Hammer_Priest.

Daumen und Zeigefinger schnellen auf Alt + F4, so dass der Browser sich schließt. Dann deaktiviert er den VPN und begibt sich im Tor-Browser ins Forum. In diesem Moment bereut Junya ein wenig, dass er seine Videos aus Vorsicht stets gelöscht hat, sobald er sie ins Forum hochgeladen hatte. Doch dann muss er sie eben wieder herunterladen. Halb so wild.

Auf der minimalistischen Anmeldeseite gibt er Benutzername und Passwort ein und drückt auf die Return-Taste. Er rechnet damit, wie immer einen Moment warten zu müssen, in dem der Browser die Hauptseite des Forums aufbaut. Doch stattdessen erneuert sich die Anmeldeseite in nicht einmal einer Sekunde und eine Fehlermeldung erscheint unter den Eingabe-Feldern. Zugriff verweigert. Er gibt seine Daten nochmals ein. Das Resultat bleibt dasselbe. Bei der dritten Eingabe macht er sich jeden einzelnen Tastendruck bewusst. Unmöglich, dass er sich ein weiteres Mal verschreibt. Doch die Fehlermeldung bleibt. Auch die darauffolgenden Male ist es nicht anders. Schließlich gibt er es auf und erstellt mit schweißbeschichteten Händen einen neuen Account und hackt als Benutzernamen irgendeine zufällige Abfolge auf die Tastatur. Er landet auf der Hauptseite des Forums. Da er mit dem jungfräulichen Benutzerkonto keinen Zugriff auf die Creator's Corner hat, durchsucht er das Forum nach Beiträgen seines Hammer_Priest-Accounts. Die Suche ergibt keinen einzigen Treffer. Mit wachsender Panik sucht er in den verschiedenen Subforen nach Threads, von denen er mit absoluter Sicherheit weiß, dass diese Beiträge von ihm enthalten müssen, doch Fehlanzeige. Dort, wo seine Posts sein müssten, ist nichts. Kein Hinweis auf einen entfernten Beitrag, kein Platzhalter, keine Fehlermeldung. Es ist fast, als wäre er nie Mitglied im Forum gewesen. Als hätte Hammer_Priest, sein Alter Ego, das über Jahre mehr Junya war als Junya selbst, nie existiert. Und doch eben nur fast, denn die Beiträge anderer User, die auf seine Posts reagieren, existieren noch immer, ergeben allerdings an vielen Stellen plötzlich keinen Sinn mehr.

So weit Junya sich auch in einer Thread-Historie in die Vergangenheit klickt, überall wurde seine Existenz sorgfältig ausgelöscht.

»Nein, nein, nein, nein, nein«, sagt er vor sich hin, während sein Klicken zunehmend hektischer wird.

Bald fliegt der Mauszeiger wie eine verirrte Fledermaus durch das Forum. Hasserfüllt starrt er seine Hand an, die das Eingabegerät nicht mehr unter Kontrolle zu haben scheint und damit jegliche Daseinsberechtigung eingebüßt hat. Am liebsten würde er in die Küche gehen und sie sich mit einem Fleischerbeil abtrennen.

Er beißt die Zähne zusammen, bis es knirscht. Sein Finger klickt wie wildgeworden auf der linken Maustaste herum. Der Zeiger sirrt nur noch schemenhaft über den Bildschirm, öffnet Links, markiert Text, verändert die Fenstergröße des Browsers, fächert Kontextmenüs auf und landet schließlich auf dem X, das den Tor-Browser beendet.

Alles ist weg. Seine Kamera, die Perücke, sein Account, alle seine Beiträge, seine Identität. Verschwunden und ausgelöscht.

Mit Gewalt reißt Junya seinen Arm zurück. Seine spinnenartige Hand hält die gefangene Maus weiter gepackt. Ihr Kabel wird aus ihrem Anschluss am Computer gezerrt. Benutzte Taschentücher, Ramune-Flaschen, zusammengeknüllte Schmierzettel und ausgetrocknete Stifte fliegen durch die Gegend. Ein schiefes Jaulen wie von einem angeschossenen Tier bahnt sich seinen Weg aus seinen Untiefen. Er schleudert die Maus von sich und sie zerschellt an der Wand über seinem Bett und rieselt in Einzelteilen auf sein auf Ewigkeit platt gedrücktes Kissen herab. Es hält ihn nicht mehr auf dem Stuhl. Er springt auf. Sein ganzer widerwärtiger Körper vibriert, als würden Riesenhornissen darin toben. Er reißt auch die Tastatur vom PC und prügelt damit auf den Monitor ein, bis sie entzweibricht und ihm Tasten und Plastiksplitter ins Gesicht schießen. Er reißt den Monitor vom Schreibtisch. Mit einem elektrischen Surren geht er zu Bruch. Dann tritt er den Tisch um, greift sich den PC-Tower und schmeißt ihn gegen die Schiebetür, die aus ihrer Halterung gerissen wird und mitsamt des Com-

310

puters im Flur landet. Sein Gesicht ist tränenüberströmt, aus seinen Nasenlöchern treten Sekretbläschen, saure Galle steigt ihm in den Rachen und vor seinen Augen beginnt sich alles zu drehen. Er stürzt aus dem Zimmer, wirft die Fusuma des Raums gegenüber auf, und als er hineinstolpert, stößt er gegen den Kyozukue-Altar. Wasserbecher, Weihrauchschale und die Urne seiner Mutter fallen von dem kleinen Tischchen. Dann prallt Junya mit der Schulter voran hart auf die Wand auf und geht zu Boden. Verbrannte Überbleibsel seiner Mutter werden aus der Urne geschüttet und bilden einen kleinen grauen Abhang aus der Urnenöffnung. Speichel fließt schwallartig aus seinen Mundwinkeln und zerfließt am Boden. Er zieht die Knie an die Brust, presst seine tränenverquollenen Augen zusammen und wartet, bis das Schluchzen aufhört, das seinen ganzen Körper schubweise durchpflügt.

Als er seine Augen wieder öffnet, ist es Nacht. Junya setzt sich auf und verharrt für eine ganze Weile im Kiza. Aschegeruch liegt in der Luft. Er würde sich nicht wundern, wenn er etwas von der Asche eingeatmet hätte, nachdem die Urne umgekippt war.

Er knipst das Licht an. In der Asche, die aus der Urnenöffnung gekippt ist, liegt ein größeres Knochenfragment, das vom Schädel seiner Mutter stammen muss. Es ist halb von Asche bedeckt, doch ist eine leichte Krümmung erkennbar. So oft hat Junya als Kind ihren Hinterkopf betrachten müssen, doch weiter als bis zur Kopfhaut, die manchmal durch ihr damals noch dichtes Haar hindurchschien, waren seine Augen nie gedrungen. Er widersteht dem ersten Impuls, wegzuschauen. Warum sollte er peinlich berührt sein? Er sollte es viel mehr als Chance sehen, seiner

Mutter einmal noch nah zu sein. Auf eine Weise, die nicht möglich gewesen wäre, solange sie noch lebte.

Aus dem Butsudan lächelt ihm sein Vater entgegen. Das Foto ist von einem verschnörkelten goldenen Rahmen umfasst, der so gar nicht zu dessen forschem zahnlückigem Lächeln passen will. Junya hat dieses Foto noch nie gesehen und nicht die geringste Ahnung, wann es aufgenommen worden sein könnte. Sein Vater hatte über Jahrzehnte praktisch unverändert ausgesehen. Des Haupthaars, bis auf einige krumme Fäden, beraubt und eine Haut wie aus altem beanspruchtem Leder. Als ob mit seinen Wangen und seiner Stirn Messer abgezogen worden wären. Doch er erkennt den Kragen des Anzugs, den sein Vater trägt. Es war sein einziger.

Er findet den Anzug zusammengelegt in einer Pappschachtel im Oshiire, unter den förmlichen Kimonos seiner Mutter. Die Ärmel und Hosenbeine gehen ihm nach drei Vierteln der Strecke aus. Die Anzugjacke zwickt in den Achselhöhlen und spannt so sehr über seinen Schulterblättern, dass Junya Angst hat, sie mit einer hastigen Bewegung einreißen zu können.

Deshalb bewegt er sich vorsichtig und roboterhaft durch das Haus, als er den mit Wasser aufgefüllten Becher zurückbringt und auf den Kyozukue stellt. Aus der Küche hat er Kehrbesen und -schaufel geholt und legt sie an der Tür ab. Dann kniet er sich vor den Hausschrein.

Das Foto seiner Mutter ist ihm genauso unbekannt wie das seines Vaters. Sie sieht jünger aus. Zwischen vierzig und fünfzig vielleicht. Das Grau im Haar ist noch nicht mehr als ein dünner Striemen. Sie trägt einen schlichten graublauen Kimono; die Hände im Schoß gefaltet schaut sie an der Kamera vorbei. Ihre Schlupflider würden ihrem Gesichtsausdruck eine kindliche Vergnügtheit verleihen, wenn da nicht das regulierte Lächeln wäre.

Junya verbeugt sich, dann zündet er eines der Räucherstäbchen an, die neben dem Kyozukue am Boden in einer verzierten Schachtel liegen. Er steckt es in die Ascheschale. Das Gleiche macht er mit einem weiteren Stäbchen, doch als er das dritte aus der Schachtel zieht, hält er inne. Irgendetwas stimmt nicht. Er sieht sich den Schrein an. Die Verzierungen, die stumpf von Staub sind. Das Foto seines Vaters im Schrein. Das seiner Mutter auf dem Kyozukue. Die seidenen Rauchschlingen, die von den Räucherstäbchen aufsteigen, die senkrecht in der Ascheschale stecken. Mittig über allem, im Schrein, thront der goldene Gohonzon, ein sitzender Bodhisattva in Denkerpose. Ein letztes Stück fehlt. Er steht auf und geht in das große Wohnzimmer. Dort kramt er in den Oshiire herum, bis er findet, wonach er sucht. Es ein Foto Chiyonofujis, das seine Mutter vor einigen Jahren aus einer Zeitschrift ausgeschnitten und in einen schlichten schwarzen Bilderrahmen gefasst hatte. Er macht etwas Platz im Butsudan und stellt es neben das Porträt seines Vaters, als ob der Wolf, Chiyonofuji, ebenfalls ein Familienmitglied gewesen wäre.

Junya kniet sich wieder hin und entzündet das dritte Räucherstäbchen. Der würzige Duft hinterlässt bei ihm einen Nachgeschmack, der wie ein klebriger Kloß in seinem Rachen haftet. Er verbeugt sich ein weiteres Mal. Dann holt er sich zwei Hashi aus der Küche und pickt das Knochenschädelfragment aus der Asche auf, führt es langsam zur Urne, die wieder auf dem Kyozukue steht und legt es hinein; obenauf, so wie es sich gehört. Er fegt die restliche Asche sorgfältig auf das Kehrblech und schüttet sie zurück in die Urne. Dann legt er den Deckel auf.

Er weiß nicht genau, wann sie gestorben ist, wann neunundvierzig Tage vergangen sein werden. Er weiß nicht, ob am neunundvierzigsten Tag, am Shijūkunichi, jemand kommen wird, um die Urne auf den Friedhof zu bringen, zum Grab der Yamamura-Familie. Junya glaubt nicht, dass er dann noch da sein wird, um es herauszufinden.

Er schaltet das Licht aus. Im Dunkeln legt er sich in die Ecke des Zimmers und bettet seinen Kopf auf den Unterarm. Der Ärmel des Anzugs riecht noch nach seinem Vater, nach dessen Schweiß. Es riecht nach dem Holz der Hinoki. Nach Zitrusfrüchten.

FANNI

Auf Fannis Bittium ist die Etar-Kalender-App installiert. Keine Datenkrake im Background. Keine digitalen Noppen, die sich im OS festsaugen. Keine Happy-Birthday-Benachrichtigung, die ihr mit digitalem Konfetti und dem Gif einer Geburtstagstorte mit flackernden Kerzen durch die Blume sagt, dass sie nie wieder Herrin über die eigenen Daten sein wird. Fanni sieht das Datum unten rechts, in der Startleiste auf ihrem Monitor. Sie nimmt ihren Geburtstag zur Kenntnis. Mehr nicht.

Mit dem Wasserkocher geht sie auf die Damentoilette und füllt ihn im Waschbecken für ihr Breakfast for One auf. Sie traut sich nicht, den Namen Naumann in die Suchmaske einzugeben. Will nicht sehen, wie Moira, ihre Eltern und Großeltern zwischen gepackten Umzugskartons im Stehen frühstücken. Genauso wenig hat sie Lust, sich eine neue Familie in der Datenbank rauszusuchen. Da frühstückt sie lieber alleine. Im Office Space des R&D. Alleine IRL. Sie stellt den Wasserkocher beiseite, zieht ihr Shirt aus, putzt sich die Zähne und wäscht sich das Gesicht und unter den Achseln. Bevor sie ins Büro zurückkehrt, kontrolliert sie das Waschbecken auf Zahnpastaspuren. Falls jemand später am Tag wider Erwarten die Damentoiletten aufsuchen sollte.

Nachdem sie die Tüten ihres MRE beseitigt und den Rest Wasser ins Klo geschüttet hat, öffnet sie das BELL-Konto ihrer Eltern. Fannis Vater sitzt am halb gedeckten Frühstückstisch in der Küche. Tabletten gehen rein. Dann ein Glas Wasser, das so klein ist, dass es auch bis zum Rand

315

gefüllt niemandes Durst stillen könnte. Als sei es dezidiert zum Hinunterspülen von Tabletten angefertigt. Fanni stellt sich vor, dass es in dem Altenheim, in dem Uta gearbeitet hat, unzählige dieser Gläser geben muss. Auf Stapeln ineinander gestellt und klirrend werden sie auf dem Essenswagen in die Wohnbereiche gefahren. Ihr Vater sieht sich um. Ruft. Wahrscheinlich nach ihrer Mutter. Fanni hat den PC-Sound gemutet. Dann steht er auf. Stützt sich mühevoll auf die Tischplatte. Verlässt die Küche. Seine Hand greift blind an Türrahmen und andere Stützen. Fanni klickt sich durch die Kameras ihrer Eltern, bis sie ihre Mutter kniend auf dem Boden des Zigarrenzimmers findet, vor einer der Kommoden. Eine Schublade steht offen. Verzierte Schachteln, in Plastik verschweißte Servietten – wer weiß wie lange schon verpackt – darin. Ihre Mutter hat ein großformatiges Fotoalbum auf den Oberschenkeln und blättert durch die dicken Seiten. Ihr Vater erscheint in der Tür. Fanni steht auf und schaut sich kurz im Office Space um. Dann stellt sie den Sound an.

»– du denn hier?«, sagt ihr Vater.

Ihre Mutter schaut auf. Sie sieht aus, als würde sie gegen die Sonne schauen – oder mit zusammengekniffenen Augen lächeln – und sagt: »Sie wird heute dreißig. Kannst du dir das vorstellen? So lange ist das schon her.« Sie weist auf die Fotos in ihrem Schoß. Darauf ein nacktes, schweinchenrosafarbiges Geschöpf, dessen Kopf fast so groß wie sein Torso ist.

Fannis Vater brummt, oder räuspert seinen Hals frei. Ihre Mutter blättert um. Ein helles, »ha!«, entfährt ihr, und sie hält das Fotoalbum hoch, so dass er es von Nahem sehen kann. »Schau mal. Da saßt ihr beide in der Wanne. Das muss noch im alten Haus gewesen sein. Im Käthe-Kollwitz-Weg.«

Er beugt sich etwas vor, schaut auf das Fotoalbum hinab. »Da irrst du dich. Weißt du nicht mehr? Da waren wir schon hier. Beim Umzug war sie erst sechs Monate alt.«

»Ach«, sagt Fannis Mutter und sieht sich das Foto noch einmal genauer an, »stimmt. Du hast recht. Das ist noch die alte frei stehende Wanne. Mit den Löwentatzen. Die war eigentlich ganz schön. Warum haben wir die noch mal ausgetauscht?«

»Hatte ein Leck.«

Fannis Mutter nickt. Blättert weiter. Fanni sieht ihren Eltern dabei zu, wie diese das Fotoalbum durch schauen, Bild für Bild, sich immer wieder Blicke zuwerfen. Die letzten paar Seiten sind leer. Fanni kann die Dreiecke zum Einschieben von Fotos gerade noch so auf dem Papier ausmachen.

Vor 18 Jahren – Fanni war 12 – sah das Zigarrenzimmer schon genauso aus wie heute. Bei Nacht allerdings sah es eher so aus, wie man sich – von Horrorfilmen konditioniert – eine wenige Quadratmeter große Kammer unterhalb einer Treppe vorstellt. Finster und beengt. Fannis Freundschaft mit Lilly war zu dieser Zeit bereits Geschichte. Die mit Tobi noch spannend und unerschöpft. Nacht für Nacht testete sie ihre eigene Courage aus. Arbeitete sich immer näher an das Arbeitszimmer ihres Vaters – und seinen Computer – heran.

In dieser Nacht traute sie sich fast auf Armlänge heran. Hätte sie nicht die Geräusche aus dem Erdgeschoss gehört, vielleicht hätte sie schon ihre Hand auf den geschwungenen Türgriff gelegt gehabt. Sie beugte sich über das Geländer. Die Nacht fiel trüb durch die Fenster des Eingangsbereichs – es als Licht zu bezeichnen, wäre schon zu viel. Die

Tür des Zigarrenzimmers stand offen. Das kam eigentlich nie vor. Die Geräusche, die Fanni nicht definieren konnte, kamen definitiv aus dem vollgestellten, kleinen Raum. Sie schlich sich auf nackten Füßen die Stufen runter und blieb in der offenen Tür des Zimmers stehen. Hätte sie ernsthaft erwartet, dass dort jemand die Kommoden und Schränke durchsuchte, wäre sie wahrscheinlich nie so nah herangegangen. Nie hätte sie damit gerechnet, es auch nur für theoretisch möglich gehalten, dass jemand bei ihnen einbrechen könnte. Eine ganz in Schwarz gekleidete Person bückte sich in der Raummitte nach unten. Die geöffneten Schubladen und Schranktüren wie magnetisch auf die Gestalt zustrebend. Skimaske über dem Kopf. Eine Nicht-Person. Eine Leerstelle mit humanoidem Umriss. Der oder die Einbrecher_in bemerkte Fanni nicht. Nur zwei Schritte entfernt. Fanni hatte das Schleichen nicht verlernt. Sie beobachtete jeden einzelnen der flüssigen Handgriffe. Jede Neigung und Drehung des Oberkörpers, so weit sie ohne die Konturen eines Tagmenschen in normaler farbiger Kleidung erkennbar waren. Es war, als sähe sie einer Lehrvorführung zu. Als zeige der Einbrecher Fanni, wie man es richtig macht. Vielleicht spürte Fanni deshalb keine Angst. Sie erwartete zwar, dass diese jede Sekunde über sie kommen musste. Versuchte, sich auf erhöhten Puls, schnellere Atmung, kalten Schweiß – oder was auch immer geschah, wenn man sich fürchtete – einzustellen. Aber: nichts.

Sie war dermaßen hypnotisiert von der texturlosen Gestalt, dass sie nicht rechtzeitig registrierte, dass der Einbrecher sich umdrehte. Langsam stand er auf. Es war wie ein Entfalten. Obwohl da nur Schwarz war. Und zwei weiße Augen im dunklen Zimmer, die sie fixierten. Ohne Überraschung und Drohung. Ohne Gefahr, die aus den Augenlöchern der Maske drang. Sie sahen sich mehrere Sekunden lang an. Keiner von beiden sagte etwas. Doch als die schwarze Figur an ihr vorüber ins Foyer glitt, war es, als hätten sie einen Vertrag geschlossen. Der Einbrecher schlich weiter ins Wohnzimmer hinter der Küche. Verschwand um die Ecke. Fanni hörte weitere Schubladen aufgehen. Sie löste sich aus ihrem Stillstand. Wurde wieder zu einem handlungsfähigen Körper. Und ging zurück ins Bett.

Am nächsten Morgen war die Aufregung groß. Ihre Mutter rannte von Raum zu Raum und führte laut eine Inventur durch. Ihr Vater schrie die 110 an und forderte priorisierte Behandlung ein. Ein Polizist fragte sie später, ob sie irgendetwas gehört oder gesehen hatte. Fanni sagte kein Wort. Weder dem Polizisten noch ihren Eltern.

JUNYA

Der alte Mann sitzt vor dem Butsudan, als Junya seine verklebten Augen öffnet. Er entzündet ein Räucherstäbchen und steckt es in die Ascheschale zu den anderen. Dann verbeugt er sich.

»Wie bist du ins Haus gekommen, Junya-kun?«, sagt er, ohne ihn anzusehen.

Junya stützt sich auf die Ellbogen und reibt sich wächsernen Schlaf aus den Augenwinkeln. »Ich habe das Schloss geknackt.«

»Ist das so? Das scheint mir ein reichlich bemerkenswertes Talent für jemanden zu sein, der sein eigenes Zimmer knapp zwanzig Jahre lang nicht verlassen hat, findest du nicht?«

Junya wünscht sich, Maeda würde ihn endlich einmal ansehen, und wünscht es sich gleichzeitig auch nicht.

»Deine Tante bat mich, nach dem Haus zu sehen. Sie und ihr Mann mussten zurück nach Nagano, weil er alle seine Urlaubstage aufgebraucht hat, um herzukommen. Die Kinder konnten solange nicht in die Schule gehen. Deine Tante und ihr Mann mussten für die Bestattung deiner Mutter an ihre Ersparnisse heran. Sie haben alles organisiert.« Er macht eine seiner Pausen, in denen er stets zu erwarten scheint, dass Junya sie füllt. »Als Sohn wäre es deine Aufgabe gewesen, deiner Mutter das letzte Geleit zu geben.« Er streicht über die Wölbung der Urne. Junya muss einen Impuls unterdrücken, vorzuschnellen und Maedas Hand wegzuschlagen. »Dich zu kümmern. Aber du warst verschwunden. Ich selbst bin zur Polizei gegangen und habe eine

Vermisstenanzeige aufgegeben. Ich mag mir nicht einmal vorstellen, wo du gewesen bist. Warum du weggelaufen bist. Doch irgendwie hatte ich so ein Gefühl, dass du zurückkommen würdest.« Maeda wendet ihm das Gesicht zu, und in seinen Augen spiegelt sich eine Art von Neutralität, wie sie in Wahrheit nur am Ende der Welt existieren könnte. »Allerdings, wenn ich dich jetzt ansehe, denke ich, du wirst nicht bleiben.«

Maeda scheint Dinge zu wissen, an die Junya noch nicht einmal begonnen hat, zu denken, doch jetzt, da der Alte ihm eine Abkürzung aufzeigt, nimmt er sie dankbar an.

»Nein.«

»Die Vermisstenanzeige?«

»Ich erledige das«, sagt Junya, setzt sich an der Wand auf und lässt seinen Hinterkopf gegen das Holz fallen.

Moderflecken säumen die Deckenbalken.

»Beantwortest du mir eine Frage, Junya-kun? Wusstest du, dass sie krank war?«

Er dreht den Kopf hin und her, wobei sein Haar an der Wand reibt.

»Lungenkrebs. Er war bereits weit fortgeschritten, doch dachten wir, sie habe noch ein paar Monate. Vielleicht ein halbes Jahr. Lange habe ich versucht, sie davon zu überzeugen, sich in Behandlung zu begeben. Sie hätte noch ein paar Jahre herausholen können, aber sie wollte nicht von hier weg. Wer sollte sich um ihren Sohn kümmern, während sie in der Klinik wäre? Irgendwann war es dann ohnehin zu spät. Sie hat sich für dich aufgeopfert, obwohl sie sicher war, dass du sie verabscheust, ja vielleicht sogar hasst.«

»Ich habe mich selbst verabscheut, aber – ja, gehasst habe ich sie.«

»Ich habe mir geschworen, nicht über dich zu urteilen, sollten wir uns noch einmal begegnen, doch ich muss ehrlich sein, Junya-kun, dass mir das ungemein schwerfällt. Ich glaube, du hast es ignoriert. Die Anzeichen. So wie du meine Versuche abgeblockt hast, über sie zu sprechen. Ich glaube, du hattest Angst. Und von dieser Angst hast du dich lähmen lassen. Daran ist nichts Verwerfliches. Wir haben alle Angst. Ich zum Beispiel hatte Angst, du würdest deiner Mutter das Gleiche antun, was mein Sohn mir angetan hat. Ich fürchtete, du würdest dir irgendwann das Leben nehmen und all ihre Bemühungen wären umsonst gewesen.« Junyas Kopf rollt zur Seite, so dass er den Alten nicht sehen muss. »Du hast mich nie gefragt, warum ich die Selbsthilfegruppe gegründet habe.«

»Bei allem Respekt, Maeda-san. Es hat mich nicht interessiert. Ich wollte nie etwas mit Ihrer Gruppe zu tun haben.«

Maeda muss merklich alle Mühe aufbringen, um seine Empörung ganz schnell wieder zurückzustopfen. Er räuspert sich. »Mein Sohn war Hikikomori. Sogar noch eine ganze Weile vor dir. Damals gab es noch keinerlei Hilfen. Weder für die Betroffenen selbst noch für die überforderten Eltern. Ich habe den Zustand meines Sohnes zu lange abgetan und, so gut es eben ging, versucht zu ignorieren. Alle, mein Sohn, meine Frau und ich haben still nebeneinander her gelitten. Zu spät habe ich seine Einsamkeit und seine Ängste gesehen.« Maeda zieht ein Stofftaschentuch aus seiner Hosentasche und presst es nacheinander an sein linkes und sein rechtes Auge. »Zu spät habe ich angefangen, nach Lösungswegen zu suchen. Da hatte er sicher schon beschlossen, nicht mehr leben zu wollen.«

»Warum erzählen Sie mir das?«, sagt Junya, dem allmählich der Nacken schmerzt, beim Versuch strikt woanders hinzuschauen, nur nicht zu dem alten Mann.

»Der Punkt ist, Junya-kun, dass du in dem einen Moment, in dem deine Mutter dich wirklich gebraucht hätte – und sei es nur in Form bloßer Gegenwart –, in diesem Moment warst du nicht da. Und alles nur, weil deine Angst und, ja, auch dein Hass so egoistisch waren, dass du nicht einmal gemerkt hast, wie deine Mutter stirbt, während sie dich am Leben erhält.« Maeda wartet äußerst geduldig darauf, dass Junya ihm eine Antwort gibt.

Dann macht er sich daran, aufzustehen. »Ich habe nie die Hoffnung aufgegeben, dass du irgendwann so weit bist und dir helfen lassen wirst. Ich weiß nicht, ob ich diese Hoffnung noch habe. Aber – und wenn es nur deiner Mutter zuliebe ist – ich werde es weiter versuchen. Vorausgesetzt, du möchtest irgendwann meine Hilfe. Meine Adresse und Telefonnummer stehen auf einem Zettel, den ich dir auf dem Kotatsu hinterlassen habe. Falls du ihn noch nicht weggeworfen hast.« Eine Stirn wie eine Düne im Wind. »Leb wohl, Junya-kun.«

Maeda hält sich am Türrahmen fest und steigt mit Bedacht erst mit dem einen, dann dem anderen Fuß über die untere Zarge, um nicht zu stolpern.

Er ist bereits außer Sicht, als Junya ihm, »Maeda-san!«, hinterherruft.

Einige Sekunden später erfolgt eine Antwort.

»Verfolgen Sie die Nachrichten?«

»Ich lese täglich die Zeitung. Weshalb fragst du?«

»Vergessen Sie morgen nicht, sich ein Exemplar zu kaufen«, ruft Junya.

Kurz darauf hört er, wie die Haustür ins Schloss fällt.

323

FANNI

Es wird diese Nacht passieren, denkt Fanni. Sie ist wiederholt die Recordings durchgegangen. Hat die Metadaten auf Gemeinsamkeiten hin angeschaut. Die überwältigende Mehrzahl der Nächte, in denen GermanVermin seine Besuche durchgezogen hat, war von Donnerstag auf Freitag. Fanni ist sich ganz sicher.

Jede Nacht lag sie in ihrem Cubicle auf der Lauer, hat im VAT den Account eines gewissen Robert Ernsting geöffnet, des BELL-Kunden, den sie GermanVermin per Zufallsprinzip zugeteilt hat. GermanVermin hat umgehend den neuen Data Dump gekauft – natürlich. Robert Ernsting passt perfekt in sein Beuteschema. Ende 30, Frau, ein Kind, glatt gebügeltes Eigenheim, zwei Autos, Garten, Smoker-Grill auf der Terrasse, militärisch eingehaltene Zeiten, an wiederholte Tätigkeiten geknüpft. Aufstehen, Frühstück, zur Arbeit fahren, Feierabend, das Kind samt Sporttasche in den SUV verladen, Einkauf ausräumen, Kaffee trinken, das Kind wieder abholen und Duschen schicken, ihm sagen, keine Grasflecken auf dem Sofa zu hinterlassen, ihm bei den Hausaufgaben helfen, nach dem Abendessen zweieinhalb Stunden Smart TV, Bettgehzeit. Neustart.

Die Haare auf Fannis Armen stehen zu Berge. Den ganzen Tag schon konnte sie sich kaum konzentrieren. Hat nur wenige Instances geschafft. Immer wieder Fehler begangen, die den Algorithmus durchdrehen ließen. Bei jedem Niesen, jedem Handyklingeln im Office Space ist sie aufgeschreckt oder hat ihre Brust sich zusammengezogen. Heute Nacht wird es ganz sicher passieren. Es muss einfach.

Die Tür des R&D wird aufgestoßen.

»Alles kein Ding, siehst du. Na und, das ist es. Die Schaltzentrale. Mein Reich, könnte man sagen.« Steves Stimme – schmalzig und dick verstrichen.

Fanni duckt sich, obwohl sie vom Eingang her unmöglich zu sehen ist. Die Trennwände verdecken sie.

Eine tiefe unbekannte Frauenstimme. Fanni versteht nicht, was sie sagt. Es ist leise hingeschlurrt. Schritte am anderen Ende des Raums. Sie gehen in Steves Glaspuff. Zwar liegt das abgetrennte Büro etwas erhöht, jedoch nicht so sehr, dass Fannis laufende Monitore von dort zu sehen wären.

Sie schaut auf die Uhr. Es ist 23:34 Uhr. Die Ernstings sind seit einer Stunde auf keiner Kamera mehr zu sehen. Ein weiteres Detail, das Fanni sofort aufgefallen war, als sie die Recordings verglich, war die Uhrzeit der Einbrüche. Egal in welcher Nacht, GermanVermin tauchte stets gegen halb eins in der Nacht vor einer Kamera auf.

Glasgedämmte Stimmen im Hintergrund. Fanni mutet den PC-Sound und reduziert die Helligkeit der Monitore. Darauf bedacht, kein Geräusch zu erzeugen, rollt sie mit dem Stuhl so nah es geht an den Schreibtisch heran und senkt die Sitzfläche ab. Sie kann jetzt nicht erwischt werden. Nicht jetzt, so kurz vor GermanVermins Auftritt.

Sie zählt die Minuten, die plötzlich so zäh vergehen, als hätte jemand die Windows-Zeitanzeige manipuliert. Nichts regt sich vor den Indoor-Cams des BELL-Kunden. Auch der Ausschnitt des Wohngebiets liegt dunkel und nekrotisch vor der Videotürklingel. Gelächter in Steves Büro. Es ist kurz vor viertel vor zwölf. Fanni wechselt im Fünfsekundentakt zwischen den Cams. Das Licht im Office Space blitzt auf und wird gleich darauf heruntergedimmt, so dass es die Cubicles kaum noch erreicht. Fanni kämpft mit sich und der Frage, ob sie die Monitore besser ganz ausstellen sollte – selbst mit reduzierter Helligkeit könnten sie zu viel Licht abgeben. Doch könnte sie so auch GermanVermin verpassen.

»Hey!« Glasscheiben klappern. Zu spät. Sie hätte auf Nummer sicher gehen sollen. »Behrends«, ruft Steve. Er trampelt durch die Cubicle-Reihen. Mit zitternden Fingern schließt Fanni den Live-Feed und öffnet willkürlich eine Instance im VAT, die ihr am kommenden Morgen als Erstes angezeigt worden wäre. Dann steht sie auf und macht einen Schritt Richtung Mittelgang. Positioniert sich vor ihrem Arbeitsplatz.

»Es ist mitten in der Nacht! Kannst du mir mal verraten, was das hier soll?!«

Vorne in Steves Glaspuff schiebt sich eine Frau ihre Spaghettiträger über die Schultern hoch.

Fannis Beine sind gelatinös. Ihre Kniescheiben schwimmen.

»Ich – mir ist eingefallen, dass ich heute einen Fehler bei einer Instance gemacht habe. Wollte ich korrigieren.«

»Und das geht nicht in der regulären Arbeitszeit?«

Fanni fallen die Nähte auf Steves hautengem T-Shirt auf. Es ist auf links gedreht.

»Und du?« Sie ruckt mit dem Kinn in Richtung seines Büros. »Was machst du hier?«

Er dreht sich um, als habe er für eine Sekunde vergessen, dass dort jemand Betriebsfernes steht. Sein Gesicht kehrt mit einem Arschlochgrinsen zu Fanni zurück.

»Nichts. Rein gar nichts mache ich hier. Ich bin gar nicht da. Genauso wenig wie du.« Er fixiert sie. »Haben wir uns verstanden?«

Fanni hält sämtliche Gesichtsmuskeln dazu an, sich nicht zu rühren. Erwidert seinen Blick.

»Ob wir uns verstanden haben.« Ein Anflug von Besorgnis tritt auf sein Gesicht. Nur ganz kurz. Ist mit dem nächsten Blinzeln bereits wieder verschwunden. »Niemand hat irgendwen gesehen. Weil wir alle daheim in unseren Betten liegen. Um fit zu sein für den nächsten Arbeitstag. Vorzeige-Employees. Das sind wir doch, oder?«

Sie schaut zurück zu ihrem Schreibtisch. Die Trennwand zwischen ihrem und Marcels Arbeitsplatz ist im Weg. Sie kann die Monitore nicht sehen. Es ist bald Mitternacht.

Sie nickt.

»Dann fahr deinen PC runter und hau ab.«

Fanni wendet sich um, beugt sich hinunter zu Maus und Tastatur. Der Mauszeiger beschreibt einen Umweg zum X in der Ecke des aktiven Fensters. Auf den Info-Reiter des geöffneten Accounts. Die Anschrift des BELL-Kunden Robert Ernsting. Seine E-Mail-Adresse. Das schwache Passwort. Dann schließt Fanni das VAT. Fährt den PC herunter, schnappt sich ihre Sachen und schlüpft am R&D-Teamleiter vorbei.

Die Frau in seinem Büro und Fanni tauschen einen flüchtigen Blick. Sie ist jung. Studentinnenjung. Tinderjung.

Fanni eilt den Flur hinunter. Im Augenwinkel der helle Glatzkopf Steves. Sein Blick folgt ihr. Making sure. Sie schüttelt es ab. Als sie durchs Foyer ist, auf dem Vorplatz steht, ist es schon egal. Sie muss sich beeilen.

JUNYA

Seit fast einer Stunde drückt sich Junya vor dem Kōban – der kleinen Polizeistation – herum, das drei Straßen von seinem Elternhaus entfernt ist.

Sein erster Anlauf einzutreten, endete damit, dass er unmittelbar vor der offen stehenden Eingangstür abdrehte, als wäre ihm plötzlich klar geworden, dass er sich im Gebäude geirrt hat. Wie ein aasfressender Greifvogel über einem Kadaver, drehte er mehrere Runden über die Gehwege der Straßenkreuzung.

Als er sich erneut ein Herz gefasst hatte und drauf und dran war, das kleine, mit schwarzbraunen Kawara-Schindeln gedeckte Häuschen zu betreten, leuchteten die roten Lampen über dem Eingang auf. Zwei der im Kōban stationierten Polizisten rannten ihn beinah über den Haufen, als sie sich auf ihre Fahrräder schwangen, die vor dem Gebäude abgestellt waren.

Junya wischt seine feuchten Handflächen am Regenmantel ab. Wenn er sich jetzt nicht traut, dann ist es aus. Dann schafft er es nicht noch einmal, sich zu überwinden. Er macht einen großen Schritt in die Tür des Kōban, um seinen sich widerstrebenden Körper zu überlisten.

Ein junger Polizist schaut von seinem Schreibtisch auf, hinter ihm sind die Gesichter gesuchter Verbrecher an eine Korkwand angepinnt. Er bewegt seinen Mund, doch Junyas ganze Aufmerksamkeit wird von einem Bild auf sich gezogen, das aus der Reihe der restlichen Verbrecherfotos herausfällt. Es ist das einzige Phantombild auf der Pinnwand und zeigt eine dunkel schraffierte Nō-Maske, deren

Merkmale an eine hornlose Hannya erinnern. Langes helles Haar ist hinter der Maske angedeutet. Viel mehr als die Tatsache, dass nach ihm gefahndet wird, verwundert Junya, dass die Polizei tatsächlich ein Fahndungsbild verwendet, das keinerlei unveränderliche Merkmale besitzt. Als ginge die Polizei davon aus, er laufe auch tagsüber mit der Maske herum. Und trotzdem vermochte es kein Spiegel jemals, ihn so wahrheitsgetreu wiederzugeben wie dieses praktisch unbrauchbare Phantombild. Dieses Faktum ist es, das ihn für einen Moment alles um sich herum ausblenden lässt, bis eine Handfläche mehrmals vor seinem Gesicht vorbeiwischt und Junya aus seiner Trance reißt.

»Ich habe gefragt, ob es Ihnen gutgeht«, sagt der Polizist überdeutlich.

Junya ruckelt einige Male mit dem Kopf, was in der Summe vielleicht ein vollständiges Nicken ergibt. »Ja – nein –«, stammelt er.

Der Polizist macht einen besorgten Gesichtsausdruck und bietet Junya an, sich auf einen Stuhl zu setzen, der unter einem Fenster mit heruntergelassenen Jalousien steht.

Er lehnt ab und zeigt auf das Phantombild. »Darf ich das haben?«

Der Polizist dreht sich kurz um. »Nein, tut mir leid, aber das geht nicht. Die Verbrecher auf diesen Fotos sind noch auf freiem Fuß. Deshalb müssen sie hier hängen bleiben.« Der Mann sieht zu Junya hoch, die Augenbrauen noch immer zur Mitte hin aufgehäuft. »Kann ich Ihnen sonst irgendwie weiterhelfen?«

»Was passiert mit den Bildern, wenn Sie einen Verbrecher fangen?«

Sekundenlang starrt ihn der Polizist mit offenem Mund an. »Dann nehmen wir das Foto ab und schmeißen es in den Müll«, sagt er mit dem unsicheren Tonfall von jemandem, der nicht weiß, ob er sein Gegenüber richtig verstanden hat.

»Ich möchte mich bitte stellen.«

»Sie möchten – was?«, sagt er und es klingt wie ein druckvoller Schluckauf.

»Ich bin der, den Sie suchen. Der –«, es kommt einfach nicht über Junyas Lippen. »Der.« Er zeigt auf das maskierte Phantombild.

Der Polizist dreht sich erneut um und sagt: »Und wo ist Ihr Bekennerschreiben?«

Junya fragt, was der Mann meint.

»Hören Sie, es reicht schon, dass die Polizei Tokio in der letzten Woche an die zehn Schreiben von angeblichen Bekennern bekommen hat, die sich wahrscheinlich alle als Trittbrettfahrer herausstellen werden. Wir brauchen nicht auch noch Witzbolde, die uns auf dem Revier auf die Nerven gehen.«

»Nein, hören Sie. Ich bin es. Wirklich«, sagt Junya schnell, so als würde ihm jeden Moment die Stimme versagen und er müsse vorher noch alles loswerden.

In der Sekunde, die der Polizist braucht, um von seinem Stuhl aufzustehen, wandelt sich mehr als nur seine Mimik. »Jetzt passen Sie mal auf. Wenn das ein Scherz sein soll, dann finde ich ihn alles andere als lustig. Man könnte das auch als Behinderung von Polizeiarbeit ansehen. Und darauf steht eine Strafe. Also bitte, gehen Sie einfach. Sonst muss ich andere Saiten aufziehen.« Er zeigt auf den Ausgang.

»Ich – nein, warten Sie«, Junya setzt seinen Rucksack ab. Er holt die Kanazuchibō-Maske und den Hammer heraus und legt sie nebeneinander auf den Schreibtisch. »Bitte, ich bin derjenige, den die Polizei sucht.«

»Langsam wird es mir wirklich zu bunt mit Ihnen. Dass der Täter Maske und Hammer benutzt, weiß doch nun wirklich jeder. Was Sie hier treiben, das fände ich nicht einmal auf einer Halloween-Party lustig. Sie sollten sich wirklich was schämen. Sind Sie nicht schon lange aus dem Alter raus, in dem man solche Verbrecher idealisiert? Sie sind doch keine vierzehn mehr, Mann!« Der Polizist schiebt seinen Stuhl mit den Beinen von sich und macht sich daran, um den Schreibtisch herumzukommen. »Das ist meine letzte Warnung. Packen Sie Ihre Scherzartikel wieder ein und verschwinden Sie!«

Junya schnappt sich den Sanmoku-Hammer, drückt seinen Rucksack an sich und weicht zurück. »Bleiben Sie da stehen. Sie müssen mir glauben!« Umständlich gräbt er mit der gleichen Hand, mit der er den Rucksack an seine Brust presst, darin herum. »Hier! Hier ist der Beweis«, ruft er laut, in der Hoffnung, eine erhobene Stimme würde dem, was er sagt, mehr Dringlichkeit verleihen.

»Sie sind doch nicht mehr normal, Mann!«

Der Polizist nähert sich ihm. Seine ausgestreckten Hände, die in weißen Handschuhen stecken, versuchen den Hammer zu packen. Junya vollführt Hammerschwünge quer durch die Luft zwischen ihnen und der Polizist bleibt stehen. Dann lässt er seinen Rucksack fallen. Mit erhobenem Hammer knallt er seine Hand auf die Ecke des Schreibtischs und zieht sie sofort wieder weg. An derselben Stelle liegt jetzt eine SD-Karte.

FANNI

Fanni sitzt in der Ecke des von den zugezogenen Rollos abgedunkelten Schlafzimmers des BELL-Kunden. Eingequetscht zwischen Kleiderschrank und einer Art Sekretär, vor dem ein Stuhl steht; und auf dem etwas, was Fanni durch längeres Anstarren als elektrische Nähmaschine identifiziert hat. Die gleichmäßigen Atemzüge von Robert Ernsting und seiner Frau sind wie ein bebildertes ASMR-YouTube-Video in Verbindung mit Meeresrauschen und dem Getrippel von Regen auf einem Zeltdach. Wäre da nicht diese nagende Antizipation, Fanni könnte sich durchaus vorstellen, auf der Stelle einzunicken – ganz ohne Stilnox.

Es war so einfach. Alles hatte irgendwie Sinn gemacht. Jeder einzelne Schritt, jede Handlung. Als wäre das Haus ein Szenario in einem Point & Click-Adventure und sie hätte zuvor die Komplettlösung gelesen. Nachdem sie die Strecke von der nächstgelegenen Tramhaltestelle zurückgelegt hatte und am Haus ankam, hielt sie sich an der Mauer, die die Grundstücke voneinander abgrenzte, um nicht in den Weitwinkel der Videotürklingel zu geraten. Sie stieg auf die Mauer, um den Zaun zu umgehen. Das Gartentor war verschlossen. Als sie oben stand, fiel ihr das Doppelfenster im ersten Stock auf, dessen eine Hälfte offen stand, um Frischluft hereinzulassen. Mit einem kleinen Satz von der Mauer hievte sie sich auf das Garagendach, das leicht zur Hauswand hin anstieg. Nackte Dachpappe knisterte unter den Sohlen ihrer Laufschuhe. Hinter dem offenen Fenster befindet sich eine kleine Waschküche. Fanni roch den Duft der frisch gewaschenen Laken, noch bevor sie das

Haus betreten hatte. Sie schlich die Türen im Flur ab und fand die des Schlafzimmers angelehnt. Die Meeresrauschenatmung lockte sie herein.

Sie weiß nicht, ob GermanVermin den gleichen Weg nimmt. Oder ob er oder sie irgendwo im Erdgeschoss eindringt. Mit Brecheisen oder Dietrich, Glasschneider oder Kreditkarte. Auf keinem der Recordings war zu sehen gewesen, wie der eigentliche Einbruch vonstattenging. Im Grunde weiß sie ja nicht mal sicher, ob GermanVermin wirklich heute Nacht kommt. Morgen, in einer Woche, in zwei. Ob überhaupt. Vielleicht war Fannis Aktion zu auffällig.

Doch da ist ihr Gefühl, das ihr sagt, dass es heute Nacht passieren wird. Sie wartet.

Ihre Augen haben sich vollständig an die Dunkelheit gewöhnt. Vage schwimmende Konturen haben sich verfestigt. Oberflächen sind als solche zu erkennen. Das Schlafzimmer ist inzwischen Realität geworden. Ist mehr geworden als eingebrannte Bildsprengsel auf einer schwarzen Bildfläche. Auch sich selbst – ihre eigene körperliche Präsenz, so eingezwängt sie auch dasitzt – nimmt sie stärker wahr als zuvor. Es ist eine ähnliche Selbsterkenntnis des eigenen Vorhandenseins, wie Fanni sie hat, wenn sie bis zur Erschöpfung joggen geht. Und auch das Paar im Bett vor ihr, das sie vom Boden aus nicht sehen – nur hören – kann, scheint so real, als wäre sie in der Lage, sie mit ihrem Gehör abzutasten.

Die rechteckige Fläche der Tür wird aufgeschoben. Humanoide Schwärze drängt fast lautlos in den Raum. Augenblicklich spannt sich alles in Fanni an. Sie spürt, wie sich ihre Augenlider zurückstülpen. Muss sich förmlich zum Blinzeln zwingen, damit ihr nicht Tränen die Sicht trüben und alles wieder zu einer dunklen Brühe verschwimmen lassen. Sie konzentriert sich voll und ganz auf ihre Atmung. Versucht, ihre so intensiv gespürte Präsenz zu nullifizieren. Wieder ganz Spectator zu sein.

GermanVermin scheint sie nicht zu bemerken. Hat nur Augen für die Schlafenden im Bett.

Fanni hatte damit gerechnet, dass GermanVermins Gegenwart irgendetwas ausstrahlen würde. Doch wie die unendlich schwarze Maske vor dem Gesicht, scheint auch der Körper jegliche Reflexion wieder in sich einzusaugen.

GermanVermin dreht Fanni den Rücken zu. Sie sieht die Figur schräg von unten. In breitbeiniger Pose steht sie vor dem Fußende des Betts. Reglos und wie ein Spalt IRL. Wie ein unmögliches schwarzes Loch, das alles aufsaugt, in sich speichert und dann unvermittelt zerreißt, um zertrümmerte Realität und Splitter von Wirklichkeit zurück in die Welt zu sprengen wie ein menschliches Schrapnell. Stiebende tiefe Atemzüge von unter der Maske. Wie das Echo eines Schreis aus einem Minenstollen. Sie überlagern die Schlafgeräusche des Paars und spülen das Rauschen aus Fannis Gehörgängen, so dass sie nichts anderes mehr hört.

GermanVermin setzt einen Fuß auf die Matratze. Testet den Widerstand, den sie ihm bietet. Fanni erhebt sich. GermanVermin zieht den anderen Fuß nach. Steht über den Schlafenden. Der maskierte lichtschluckende Kopf nur Zentimeter unter der Lampenleiste an der Decke.

In der nächsten Sekunde werden die digitale und die gegenständliche Welt aufeinanderprallen. Auf diesen Moment hat sie gewartet. Hingefiebert vielleicht sogar. Shock Video ohne Video. Dafür aber mehr als nur in 2D. Mehr als in 3D. Fanni fühlt sich, als hätte sie eine VR-Brille auf dem Kopf, einen Haptiksuit am Körper. Sie hat das hier produziert. Ihr gehört das Copyright an diesem Moment. GermanVermin ist nichts weiter als Akteur. Unter der Maske Schnauben. Sie sieht die Hände, die in schwarzen Handschuhen stecken – wie sie die Finger ausstrecken, sich zu Fäusten ballen. Ledernes Knarzen. Schnauben. Horny. Punching. Maiming. Mauling. Battering. Fatal. Lethal. Broken. Ripped. Shredded. Wounded. Splattered. Blood. Innards. Viscera. Gore.

Nichts kollidiert. Beide Sphären bleiben unversehrt. Es findet nicht die kleinste Veränderung statt. Fanni überkommt ein alles einnehmendes Déjà-vu. Reboot. Remake. Reupload. Restart. Rehash. Sie hat das alles schon mal gesehen.

Nichts ist anders und ihre Hände beben. Auf dem Sekretär, neben der Nähmaschine. Ein Streifen Mondlicht liegt auf reflektierendem Stahl. Ein zweilöchriger Griff wie eine Sehhilfe.

Sie greift nach der Schere und stürzt sich von hinten auf GermanVermin. Zusammen fallen sie auf die Schlafenden. Das Holz des Bettgestells kracht und bricht in sich zusammen. Schreie von unter ihr. Neben ihr. Der schwarz gekleidete Körper wehrt sich gegen ihren Griff. Eine lederne Hand greift ihr ins Haar und zerrt an ihrem Pferdeschwanz. Sie stemmt den Kopf dagegen. Das Schnauben wird zu einem Toben. Einem Grunzen, das auf den Schreien der Hausbewohner_innen tanzt. Fanni presst die Zähne zusammen. Die Luft aus ihren Lungen drängt Speichel dazwischen hindurch. Sie sticht zu. Einmal. Zweimal. Ihre Finger verkrampfen um den Scherengriff. Der metallische Gestank von Blut färbt die Dunkelheit des Raums tiefrot. GermanVermin rollt umher, versucht, sie abzuwerfen. Kehlige Laute wie das Scharren von schweren Ketten auf Asphalt.

Die Hand löst sich von ihren Haaren. Sie sticht noch mal zu, trifft auf etwas Hartes. Rippen. Wirbelsäule. Hüftknochen. Sie rutscht ab. GermanVermin hat ihren Rucksack zu fassen bekommen. Es ist, als würde etwas versuchen, sie aus der anderen Zimmerhälfte anzusaugen. Sie schlingt ihren Arm um den Hals. Spürt die harte Schale der Maske am Arm. Vor ihrem inneren Auge wird die gesamte Historie aller Trollposts, jeder einzelnen anonym oder hinter einer Persona versteckten Hate Message ausgekotzt. Sie löst ihren Arm und greift nach der Maske. GermanVermin schlägt um sich. Rollt sich herum. Jetzt ist sie unten. Spürt einen panisch zappelnden Körper im Rücken. Jemand schreit ihr sein Entsetzen aus der Dunkelheit direkt ins Ohr. Sie will nochmal zustechen, doch die Schere ist plötzlich nicht mehr in ihrer Hand. Das tiefe Grunzen platzt in Brüllspitzen auf. Ihr Daumen findet eines der Augenlöcher. Sie zerrt an der Maske und merkt, wie etwas reißt, das die Maske an GermanVermins Kopf gehalten hat. Sie hat sie in der Hand. Fühlt keinen Widerstand mehr. Im gleichen Moment verstummt das Grunzen. Erschlafft der stämmige, schwere Körper über ihr. Sie rollt ihn von sich herunter. Oder er rollt von selbst. Sie weiß es nicht. Wenn das Paar nur für eine Sekunde aufhören würde, zu schreien. Sie stemmt sich vom Bett weg und knallt auf den Boden, aber steht sofort wieder auf. Die glatte, leicht gewölbte Oberfläche der Maske zwischen ihren Fingern. Es ist, als greife ihre Hand in ein Loch, das mitten im Raum schwebt, oder als fresse das Loch ihre Hand – obwohl sie es ja fühlen kann. Ein Stöhnen. Der dunkle, erschlaffte, Körper liegt wie eine lebensechte Puppe auf den in Panik aufgelösten Hausbewohner_innen, die ohne jegliches Verstehen versuchen, was auch immer da auf ihnen liegt, von sich herunterzubekommen.

Sie muss nur das Licht anschalten. GermanVermins Persona, Avatar, Handle in ihrer Hand. Sie muss nur das Licht anschalten. Doch was würde das ändern? Sie würde in ein fremdes Gesicht blicken. Merkmale, die, so definiert sie dann auch wären, ihr trotzdem vollkommen unbekannt blieben. Es ist nicht nötig, dem ein Gesicht, eine Identität zu geben. Zumindest nicht für sie. Es ist ein Irrtum, zu denken, damit wäre irgendetwas gesagt.

Fanni schmeißt die Tür auf, wendet sich nach rechts und rennt den Flur hinab. Sie reißt Laken von Wäscheleinen, setzt durchs Fenster und prallt auf Teerpappe. Ein kühler Windhauch streift ihr offenes Haar. Ihr Zopfgummi ist ihr entrissen worden. Fanni trägt die Haare nie offen. Wie der sachte Wind durch ihr Haar fährt, fühlt sich unangenehm echt an. Das Fenster hinter ihr ist dunkel. Schreie von drinnen – jetzt leise. Wie aus der Vergangenheit widerhallend, kurz vor dem Vergessen. Sie springt von der Garage in die Auffahrt. Schmerzen platzen wie Feuerwerkskörper in ihren Fußknöcheln. Fanni läuft los.

Sie hat das angekippte Fenster zur Abstellkammer mit Georgs Pflanzkelle aufgehebelt, die sie im Garten gefunden hat. Es hat weniger Lärm gemacht, als Fanni gedacht hätte. Trotzdem hätte es sein können, dass Georg und Uta sie hören. Die Polizei rufen. Doch das Haus blieb still, als Fanni das nur noch an einem Scharnier hängende Fenster nach innen gedrückt hat und in die Kammer gestiegen ist. Ihr war bewusst, dass sie auf der Indoor-Cam, die auf Georgs selbst gezimmerten Esstisch zeigt, zu sehen war. Doch was macht das noch für einen Unterschied? Sie ließ ihre Schuhe in der Abstellkammer und ging auf Socken durchs leere Haus. Die Treppe hoch.

Sie weiß nicht, wie lange sie schon in der Ecke von Moiras Kinderzimmer sitzt – eine Stunde, anderthalb. Hier ist nicht viel mehr von der Einrichtung übrig als Moiras Bett. Der Auszug, die Auswanderung, steht kurz bevor. Moiras Okapi steht auf dem mit Stretchfolie umwickelten Nachtschrank. Fannis Finger fahren über die winzigen Erhebungen und Vertiefungen, welche die Fellstruktur des Tiers – die Zebrastreifen auf seinen Beinen – nachempfinden sollen. Die Hufe. Über die fragil abstehenden Ohren. Die Nüstern am Ende der länglichen Schnauze. Seine Augen. Fanni kann es spüren. Den Widerstand der Tierfigur. Seine Okapiform. Sie fühlt es unter ihren Fingerkuppen. Weiß, was es repräsentieren soll, und kann die Verbindung rational nachvollziehen. Und trotzdem fühlt es sich unecht an. Nicht wie das, was die Realität sein sollte. Vielleicht sind es aber auch ihre Finger, denkt Fanni, ihre Nervenenden, ihr Gehirn, die Neuronen und die elektrischen Impulse, die nicht echt sind. Die sich selbst in ihr als simuliert entlarven. Fanni fühlt sich im Uncanny Valley verschollen. Alleine, ohne Aussicht auf Rettung. Verlassen.

Das Rascheln der Bettdecke. Moira dreht sich. Der Ansatz eines Kindergähnens. Schmatzende Mundwinkel. Blutgeruch in der Nase. Feuchtfleckige Kleidung, die an ihrem Körper haftet. Ausgetrocknete flache Seen, die die Haut an Fannis Händen spannen.

»Hallo?« Moiras Stimme im dunklen Zimmer vor ihr. »Ist da wer?«

Neue Feuchtigkeit. Schlieren auf den Wangen. Ein beinahe realistischer Geschmack von Salz auf den Lippen, an der Zungenspitze.

»Hallo? Wer ist da?«

Fannis Kehlkopf generiert eine Stimme. Sie ist der nachempfunden, an die sie sich als ihre erinnert. »Keine Angst.«

»Ich hab keine Angst«, sagt Moira, »hast du Angst?«

Der Berechnungsvorgang läuft. Bevor Fanni antworten kann, sagt Moira: »Du musst keine Angst haben, weißt du?«

»Okay.« Sie zieht die Nase hoch. Irgendwo an der Prozessoreinheit muss ein Leck sein, aus dem zähe Kühlflüssigkeit heraussickert.

»Bist du – bist du ein Geist?«

»Ich weiß es nicht«, sagt Fanni.

JUNYA

Die Polizisten sagten, es sei genau ein Kilometer von der Haftanstalt Tachikawas zum Bezirksgericht und dass sie theoretisch zu Fuß schneller dort seien als mit dem Auto. Natürlich erlaubten dies die Sicherheitsregularien nicht.

Junya sitzt zwischen zwei Polizisten auf der Rückbank des zivilen Transportwagens und schaut hinaus. Vielleicht sind es nur die getönten Fensterscheiben, doch der Himmel über Tokio scheint seine Intensität eingebüßt zu haben. Das übernatürliche Blau des Sommers ist einem leichten Pastell gewichen. Solitäre Wolkeninseln sitzen wie Späher des heranrückenden Herbstes am Himmel. Die Menschen auf den Gehwegen haben ihre Übergangsjacken herausgeholt und streben unbekannten Zielen zu.

Das Auto fährt am Tachikawa Hikōjō vorbei.

»Da«, sagt einer der beiden Uniformierten und alle drei sehen sie zu, wie ein Militärhelikopter in erdigem Tarnmuster vom Flugfeld aufsteigt. Nachdem er einen Moment auf der Stelle geschwebt ist, senkt sich die Nase und er fliegt vorwärts, neigt sich in eine Kurve und balanciert sich wieder aus. Selbst im Inneren des Wagens sind sein Brummen und Schreien zu hören. Er macht eine Runde über dem Flugfeld. Dann dreht er ab. Dann ist er außer Sicht.

Die Straßenränder am Parkplatz des Bezirksgerichts sind von geparkten Übertragungswagen zahlreicher lokaler und nationaler Fernsehsender gesäumt. Der Parkplatz selbst ist abgesperrt, und als sich das Auto in Schrittgeschwindigkeit der Schranke nähert, bricht von allen Seiten

ein Blitzlichtgewitter los. Fernsehteams rennen hektisch
umher, um sich in letzter Sekunde einen besseren Platz zu
sichern, von dem aus sie live Bericht erstatten können,
verstreute Polizisten versuchen mit ausgebreiteten Armen
die Masse in Schach zu halten, die die Elastizität der Ab-
sperrbänder ausreizt.

Der Wagen hält vor dem Hintereingang des weißen
Gerichtsgebäudes. Jemand öffnet die Tür von außen und
augenblicklich schwillt die Geräuschkulisse von einem hin-
tergründigen Rauschen zu einer überbordenden Dauer-
explosion an, die jeden Gedanken an Schlussplädoyers und
Urteile hinweg fegt. Die Polizisten geleiten Junya aus dem
Fond des Wagens und achten darauf, dass er sich den Kopf
nicht anstößt. Die Rücken etlicher adretter Reporter, die
zu Fernsehkameras, zu Millionen Menschen im ganzen
Land sprechen. An den Absperrungen feuern Fotojourna-
listen ihre Salven ab. Sie müssen sich ihren Platz gegen
einige Zivilisten erkämpfen, die mit wütenden Mienen und
Gesten Verwünschungen schreien. Doch direkt hinter ihnen stehen seine Fans. Sie halten Plakate und Smartphones
hoch, werfen Kuscheltiere auf den Parkplatz, singen selbst
gedichtete Lieder und führen mit ihren Händen eingeübte
Choreografien vor, sie rufen Junya zu und strecken ihm die
Hände entgegen, so als könnten sie ihn tatsächlich errei-
chen, wenn sie sich nur genug anstrengen. Alle haben sie
sich versammelt. Schülerinnen, Teenager, Studenten,
Otaku, Verlierer, Yankii, Einzelgänger und Fangruppierun-
gen. Von Discords und YouTube, Yahoo und Reddit, aus
Foren, Boards und Bulletins, aus OpenChats und Teamspe-
aks. Von überall aus dem digitalen Raum sind sie nach
Tachigawa gepilgert. Nur für ihn. Ihn, den sie früher den
Albtraum von Tama nannten, als noch niemand seinen Na-

men kannte. Jetzt wissen sie ihn. Die, die ihm die Höchststrafe und mehr wünschen. Und die, die ihn bewundern. Ihn anhimmeln. Und alle rufen sie aus vollem Halse seinen Namen. Junya Yamamura.

Solltest du an Depressionen leiden oder es befürchten, versuch, es nicht zu ignorieren. Hier sind ein paar Stellen, an die du dich wenden kannst:

› Dein_e Hausärzt_in
› www.deutsche-depressionshilfe.de (dort findest du Informationen, Selbsttests und weitere Adressen)
› Das deutschlandweite Info-Telefon Depression 0800 33 44 5 33 (kostenfrei)
› Der sozialpsychiatrische Dienst in deiner Gemeinde
› Die fachlich moderierten www.diskussionsforum-depression.de (Erwachsene) und www.fideo.de (junge Menschen ab 14 Jahren)
› Selbsthilfegruppen in deiner Nähe unter www.nakos.de

Philipp Winkler
Hool
Roman
310 Seiten. Broschur
ISBN 978-3-7466-3395-4
Auch als E-Book lieferbar

»Verzweifelt, knallhart und voller Herz.« Lucy Fricke

Jeder Mensch hat zwei Familien. Die, in die er hineingeboren wird, und die, für die er sich entscheidet. HOOL ist die Geschichte von Heiko Kolbe und seinen Blutsbrüdern, den Hooligans. Philipp Winkler erzählt vom großen Herzen eines harten Jungen, von einem, der sich durchboxt, um das zu schützen, was ihm heilig ist: Seine Jungs, die besten Jahre, ihr Vermächtnis. Winkler hat einen Sound, der unter die Haut geht. Mit HOOL stellt er sich in eine große Literaturtradition: Denen eine Sprache zu geben, die keine haben.

»Winkler schreibt bewegend, kraftvoll und mit feinem Gespür für die Welt der Außenseiter. Denn eigentlich ist Heiko Kolbe ein hoffnungsloser Romantiker und seine Gewalt ein stummer Schrei nach Liebe.«
Moritz Rinke

**Regelmäßige Informationen erhalten Sie über unseren Newsletter.
Jetzt anmelden unter: www.aufbau-verlage.de/newsletter**

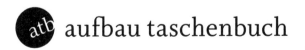